두번째 봄

AGATHA CHRISTIE

두번째 봄

애거사 크리스티 장편소설
공경희 옮김

UNFINISHED PORTRAIT

문학동네

차례

프롤로그

친애하는 메리

이 원고를 당신에게 보내는 건 내가 이것을 가지고 뭘 어째야 좋을지 몰라서입니다. 사실 나는 이것이 별을 보길 바라는 것 같습니다. 그래요, 완벽한 천재는 자기 그림을 작업실에 쌓아둘 뿐 결코 아무에게도 보여주지 않을지 모릅니다. 그러나 나는 그래본 적이 없고, 천재였던 적도 없습니다. 전도유망하던 젊은 초상화가 래러비였을 뿐.

사랑하는 친구여, 당신은 좋아했기 때문에 열심히 했고 잘해오던 일에서 차단된 것이 어떤 느낌인지 누구보다 잘 알 겁니다. 그게 우리가 친구가 된 이유니까요. 그리고 당신은 글을 쓰는 일에 대해 알지만, 나는 모릅니다.

이 원고를 읽어보면 당신은 내가 바지 씨의 조언을 들었다는 것을 알 수 있을 겁니다. 기억하나요? 그는 "새로운 수단을 모색해보게"라고 내게 말했습니다. 이것은 초상화입니다. 그리고 나는 이 수단에 대해 잘 모르기 때문에 지독하게 형편없을 겁니다. 당신이 이 글이 부족하다고 해도 난 기꺼이 받아들이겠습니다. 하지만 이 글이 미력하나마 우리가 예술의 기본 바탕이라고 믿는 의미 있는 형식을 갖췄다고 인정해준다면—그래요, 그렇다면 출판되지 못할 이유가 없겠죠. 나는 원고에 모두 실명을 썼지만 그건 당신이 바꾸면 될 겁니다. 또 누가 신경이나 쓰겠습니까? 마이클은 안 그럴 겁니다. 그리고 더멋, 그 사람은 자신인 줄도 모를 겁니다! 그는 그렇게 생겨먹지 않았으니까요. 아무튼 실리아도 말했듯이 그녀의 사연은 아주 진부합니다. 누구에게나 일어날 수 있는 일이죠. 사실 그런 일은 널렸습니다. 내가 관심을 가진 건 그녀의 사연이 아닙니다. 내 관심은 언제나 실리아 그녀였습니다. 그래요, 실리아 그녀……

당신도 알다시피 나는 그녀를 캔버스에 붙잡아두고 싶었지만 그건 불가능했기 때문에 다른 수단으로라도 그녀를 붙잡아보려 했습니다. 이 낯선 수단—어휘와 문장, 쉼표와 마침표—은 내가 가진 기술이 아닙니다. 아마도 당신은 크 사 스 부아(그런 것 같네요)!라고 말하겠죠.

난 그녀를 두 가지 입장에서 바라보았습니다. 우선 내 입장에서. 그리고 이십사 시간의 특수한 상황에서 잠시나마 그녀가 되어, 그녀의 입장에서. 두 입장에서 본 것이 언제나 일치하지는 않습니다. 그 점이 내게는 무척이나 감질나면서도 매혹적입니다! 나는 신이 되고 싶고, 진실을 알고 싶습니다.

작가라면 자신이 창조한 인물들에게 신이 될 수 있습니다. 작가에게는 자신이 원하는 대로, 혹은 생각하는 대로 인물을 만들 수 있는 힘이 있습니다. 하지만 그 인물들이 도리어 작가에게 놀라움을 선사하지요. 진짜 신 역시 인간에 대해 그런 느낌을 갖는지 궁금합니다…… 그래요, 궁금합니다……

자, 친구여, 더이상 망설이지 않겠습니다. 날 위해 당신이 할 수 있는 일을 해주십시오.

당신의 J. L.

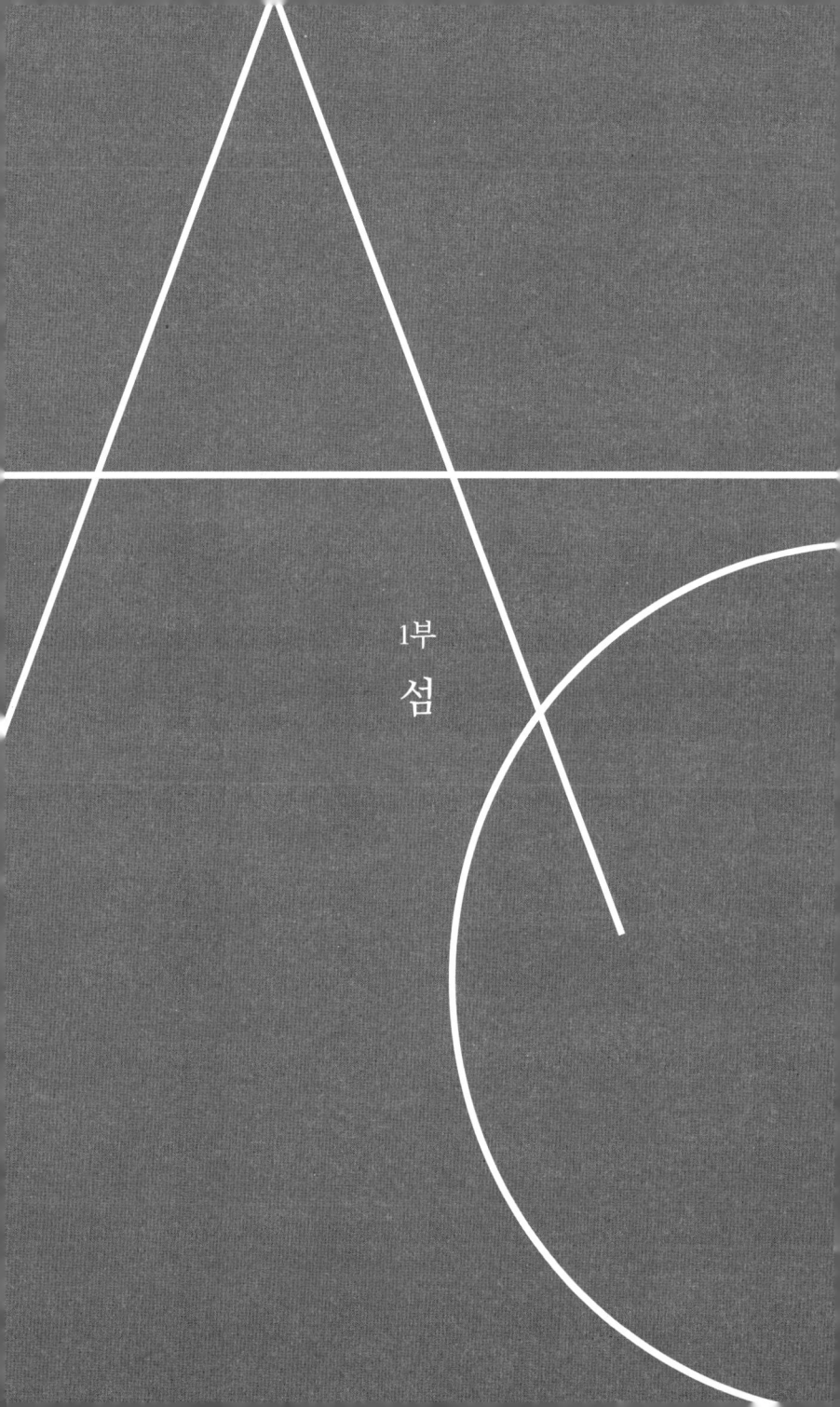

1부

섬

외따로 떨어져
쓸쓸한 섬
바다 가운데에 있네
남쪽으로 먼길 가는 새들이
잠시 쉬었다 가는 곳
하룻밤 쉬었던 새들이
날개를 펴고 떠나네

남쪽 바다로……
나는 외딴섬
바다 가운데에 있네
육지에서 날아든 새 한 마리
내게서 쉬었네……

Chapter 1

정원의 여자

뭔가를 아주 잘 아는데 아무리 애써도 그게 뭔지 도무지 생각나지 않을 때의 기분을 아는가?

타운으로 이어지는 구불구불한 하얀 길을 내려가는 내내 나는 그런 기분을 느꼈다. 산장 정원에 있는 바다 쪽으로 튀어나온 고원에서 걸어나올 때부터 그랬다. 걸음을 옮길 때마다 그 생각은 강렬해졌고, 왠지 더 다급해졌다. 그리고 마침내 야자수 길이 끝나고 해변으로 접어들기 전에 걸음을 멈췄다. 지금이 아니면 절대 못 하리란 걸 알았기 때문이다. 머릿속 한구석에 숨은 그늘진 뭔가를 끄집어내야 했다. 샅샅이 살피고 조사하고 밝혀서 그것이 뭔지 알아내야 했다. 확실히 밝히지 못하면 너무 늦어버릴 것 같았다.

나는 사람들이 기억을 떠올릴 때 쓰는 방법을 썼다. 일어난 사실을 하나씩 검토한 것이다.

타운에서부터 먼지를 뒤집어쓰고 목덜미에 따가운 햇볕을 받으며 올라간 길. 그 길에는 아무도 없었다.

산장의 정원. 스카이라인을 배경으로 큰 사이프러스나무들이 검게 뻗어 있었고, 공기는 시원하고 상쾌했다. 고원으로 이어지는 푸른 오솔길과 바다가 내려다보이는 벤치. 그곳에 앉아 있는 여자를 보고 느낀 놀라움과 가벼운 불만.

나는 순간 당혹감을 느꼈다. 여자가 고개를 돌려 나를 쳐다봤다. 영국 여자. 아무 말이라도 건넬 필요가 있었다. 내가 물러가는 핑계가 되어줄 말.

"올라와서 보니 전망이 좋군요."

이것이 내가 한 말이었다. 흔해빠지고 바보 같고 틀에 박힌 말. 그러자 그녀도 예의바르고 평범한 여자의 말투와 어조로 명확히 대답했다.

"아름다워요. 날씨도 정말 화창하고요."

"타운에서 꽤 걸어올라와야 하네요." 내가 말했다.

그녀는 고개를 끄덕였고, 먼지가 많은 긴 길이었다고 말했다.

그것이 전부였다. 만난 적도 없고 다시 만날 것 같지도 않은 영국인 둘이 이국에서 만나 주고받은 정중한 인사. 나는 발길을 돌려 산장을 한두 바퀴 돌면서 오렌지색 매자나무(그 이름이 맞는다면)를 보며 감탄하다 타운을 향해 걷기 시작했다.

그곳에서 있었던 일은 정말 그게 전부였다. 그러나 나는 왠지 그런 것 같지 않았다. 뭔가를 아주 잘 아는데 그게 뭔지 생각나지 않는 기분이었다는 말이다.

그녀의 태도에 뭔가 있었을까? 아니다, 그녀의 태도는 극히 정상적이었고 정중했다. 여자 백 중 아흔아홉이 행동하듯 했고 또 그렇게 보였다.

다만—그렇다, 그거였다—그녀는 내 손을 보지 않았다.

세상에, 글로 써놓으니 정말 이상하다! 나도 보고 놀랄 만큼. 이 말은 확실히 모순이다. 하지만 제대로 쓴다 해도 그 뜻을 명확히 전달할 수는 없을 것이다.

그녀는 내 손을 보지 않았다. 물론 나는 내 손을 쳐다보는 여자들에게 익숙했다. 여자들은 아주 기민했다. 그리고 마음 약한 그녀들의 얼굴에 떠오르는 표정에도 난 익숙했다. 그들에게 축복, 그들에게 저주 있으라. 동정심, 신중함, 알아차린 내색을 하지 않겠다는 다짐. 그리고 갑자기 상냥해지는 태도.

하지만 그녀는 보지 않았거나 눈치채지 못했다.

나는 그녀를 더 자세히 생각하기 시작했다. 이상했다. 그녀에게서 돌아선 직후에는 그녀에 대해 묘사할 수 없었다. 그저 피부가 희고 서른 몇 살쯤으로 보였다고만 했을 것이다. 하지만 언덕을 내려오면서 그녀의 모습은 암실에서 현상하는 사진

건판처럼 점점 선명해졌다. (아버지와 함께 암실에서 사진을 현상하던 일은 내 아주 어릴 적 기억 중 하나다.)

나는 그 스릴을 잊은 적이 없다. 하얗고 넓은 건판에 현상액을 붓는다. 곧바로 아주 작은 반점이 나타나 어두워지면서 순식간에 넓게 퍼진다. 그 불가측성이 주는 스릴이란. 건판은 금세 어두워지지만 여전히 분명히 보이지는 않는다. 빛과 어둠이 섞여 있을 뿐이다. 그러다 인식의 순간이 와서 나뭇가지인지 사람 얼굴인지 의자 등받이인지 알게 되고, 건판이 거꾸로 됐는지—만약 그렇다면 돌려놓는다—제대로인지 알게 되며 그것이 다시 어두워져 사라지기 전까지, 애초에 아무것도 없던 곳에 드러난 전체 상을 보게 되는 것이다.

아무튼 이것이 내가 겪은 일에 대한 최선의 설명일 것이다. 타운으로 내려가는 동안 그녀의 얼굴이 점점 또렷하게 떠올랐다. 머리에 딱 붙은 듯한 작은 귀에는 청금석 빛깔의 길쭉한 귀고리가 달랑거렸고, 갈색이 도는 옅은 금발은 귀 위에서부터 구불거렸다. 그녀의 얼굴선과 양미간, 아주 맑고 옅은 파란색 눈도 떠올랐다. 짧고 풍성한 다갈색 속눈썹과 가느다란 눈썹은 약간 놀란 듯한 인상을 풍겼다. 작고 각진 얼굴, 굳게 다문 입술.

그런 특징들이—단번에가 아니라—마치 사진을 현상하는 것처럼 조금씩 떠올랐다.

그다음에 벌어진 일은 나도 설명할 수가 없다. 현상은 끝났다. 이미지가 다시 어두워지기 시작하는 시점에 도달한 것이다.

그러나 이 경우에는 사진이 아니라 사람이었다. 그렇기에 현상은 계속됐다. 표면에서 뒤로 혹은 안으로. 어느 쪽이든 내키는 대로 됐다. 적어도 이것이 내가 설명이라 할 만한 것에 가까운 것이리라.

나는 분명 진실을 알고 있었다. 그녀를 처음 본 순간부터 줄곧. 현상은 내 안에서 일어나고 있었다. 그 사진은 내 잠재의식 속에서 의식으로 올라오고 있었다……

나는 알았다. 내가 무엇을 아는지도 모르다가 불현듯 깨달았다! 흑백의 공간에서 불쑥 올라왔다! 하나의 점, 그다음 하나의 이미지가.

나는 몸을 돌려 먼지 이는 길을 한참 달려올라갔다. 내 체력을 자신하지만 그리 빠르지는 못했을 것이다. 산장 입구로 들어가 사이프러스나무 사잇길을 지나 오솔길로 달려갔다.

그녀는 내가 떠날 때 있던 그 자리에 그대로 앉아 있었다.

나는 숨을 몰아쉬며 그녀 옆에 털썩 앉았다.

"이봐요." 나는 말했다. "난 당신이 누군지, 어떤 사람인지 전혀 모릅니다. 하지만 그러면 안 됩니다. 내 말 듣고 있어요? 그러면 안 된다고요!"

Chapter 2

행동 개시

무엇보다 이상했던(나중에 생각했을 때야 비로소 느꼈던) 점은 그녀가 흔히 할 법한 어떠한 방어도 하지 않았다는 것이다. '대체 무슨 뜻이죠?'라거나 '무슨 말을 하는지 알기나 해요?'라고 말할 수도 있었을 것이다. 아니면 그저 쳐다볼 수도 있었다. 냉랭한 눈빛으로.

물론 그녀는 이미 그 단계를 넘은 상황이었다. 바닥까지 가라앉은 상태였다. 그 순간에는 누구도 그녀에게 말을 붙이거나 그녀를 놀라게 할 수 없었을 것이다.

그녀가 아주 차분하고 이성적이라는 것이 나는 오히려 두려웠다. 감정은 다룰 수 있다. 감정은 지나가기 마련이고, 격렬할수록 나중에는 더 냉정해지기 마련이다. 하지만 차분하고 이성적인 결단은 전혀 다르다. 서서히 그 생각에 이른 만큼 쉽게 떨쳐지지 않기 때문이다.

그녀는 생각에 잠겨 나를 바라볼 뿐 아무 말도 하지 않았다.

"이유가 뭔지 말해줄 수 있습니까?" 내가 물었다.

그녀는 체념한 듯 고개를 숙였다.

"단순해요." 그녀가 말했다. "그게 최선이기 때문이에요."

"당신이 잘못 생각했어요. 그야말로 완전히 틀렸습니다." 내가 말했다.

격한 말도 그녀를 흔들지는 못했다. 그녀는 무척이나 침착했고, 저멀리에 있는 것 같았다.

"오래 생각했어요. 정말 그게 최선이에요. 쉽고 간단하고—빠르죠. 그리고 누구에게도 폐를 끼치지 않고요." 그녀가 말했다.

마지막 말에서 나는 그녀가 이른바 '좋은 집안 출신'일 거라 짐작했다. '타인에 대한 배려'가 바람직한 것으로 각인돼 있었으니까.

"그러면—그뒤에는요?" 내가 물었다.

"그건 해봐야 알겠죠."

"사후세계를 믿습니까?" 나는 호기심에 물었다.

"나는," 그녀가 천천히 대답했다. "있을 것 같아요. 하지만 믿기지 않을 만큼 좋은 건 아닐 거예요. 평화롭게 잠들어 그저 깨지 않는 것. 그런 거라면 참 좋겠어요."

그녀는 꿈꾸듯 눈을 반쯤 감았다.

"아기 때 방의 벽지가 무슨 색깔이었는지 기억나요?" 내가 불현듯 물었다.

"연보라색이었어요. 연보라색 아이리스가 기둥을 휘감은 것 같았죠." 그녀는 놀란 듯 물었다. "내가 그 생각 하고 있던 걸 어떻게 알았죠?"

"그냥 짐작했을 뿐입니다." 나는 이어서 말했다. "어렸을 때는 천국을 어떻게 생각했나요?"

"양떼와 목동이 있는 푸른 목장, 푸른 계곡이라고요. 찬송가에 나오는 것처럼."

"누가 들려줬어요? 엄마? 아니면 유모?"

"유모……" 그녀는 살짝 미소 지었다. "선한 목자가요. 사실 난 목동은 본 적 없어요. 집 근처 들판에 양은 두 마리 있었지만." 그녀는 멈췄다가 덧붙였다. "이제 그곳에는 건물이 들어섰죠."

나는 생각했다. '묘하군. 거기 건물이 들어서지 않았다면 이 여자는 지금 여기 없었을지도 몰라.' 나는 그녀에게 물었다. "어릴 때는 행복했습니까?"

"네, 물론이죠!" 그 목소리에 담긴 확신은 의심할 여지가 없었다. 그녀는 덧붙였다. "지나치다 싶을 만큼요."

"그럴 수도 있나요?"

"그럴 수도 있어요. 나중 일을 대비하지 못한다는 점에서. 어떤 일이 벌어질 수 있다고 상상도 못하게 되니까요."

"비극적인 일을 겪었나보군요." 나는 생각을 내비쳤다.

그녀는 고개를 저었다.

"아니요—그렇게 생각하지 않아요—그게 아니에요. 내가 겪은 일은 특별하지 않아요. 많은 여자가 겪는 어리석고 흔한 일이죠. 나만 특별히 불행했던 게 아니에요. 난—바보예요. 그래요, 바보였어요. 그리고 이 세상에 바보가 발붙일 곳은 없어요."

"자, 이제," 내가 말했다. "내 얘기를 들어봐요. 난 내가 무슨 말을 하는지 잘 알아요. 나도 지금의 당신과 비슷한 상황이었던 적이 있으니까요—나도 당신처럼 더 살아갈 필요가 없다고 생각했어요. 하나의 출구밖에 보이지 않는 맹목적인 그 절망감을 알아요. 하지만 난 이렇게 말할 겁니다, 그것 또한 모두 지나간다고요. 슬픔은 영원하지 않아요. 영원한 건 없습니다. 위로와 약은 오직 하나예요. 그건 시간입니다. 시간에 맡겨보는 거예요."

나는 진지하게 말했지만 실수했다는 걸 바로 알아차렸다.

"당신은 몰라요." 그녀가 말했다. "그 말이 무슨 뜻인지는 알아요. 나도 그렇게 생각했던 적이 있으니까. 실은 전에도 한

번 시도했는데 뜻대로 되지 않았어요. 나중에는 실패해서 오히려 다행이었다고 생각했죠. 하지만 이번에는 달라요."

"어떻게요?" 내가 물었다.

"이번에는 아주 천천히 왔어요. 정확히 표현하기가 조금 어렵네요. 난 서른아홉 살이고―아픈 데 없이 아주 건강해요. 적어도 일흔 살까지 살겠다 싶을 만큼, 아니 어쩌면 더 오래. 그럴 거라 생각하면 견딜 수가 없어요, 그뿐이에요. 앞으로 삼십 년도 넘게 공허한 시간을 보내야 한다는 게."

"공허하지 않을 거예요. 당신이 잘못 생각하는 부분이 바로 그겁니다. 뭔가가 다시 피어나 그 시간을 채워줄 겁니다."

그녀가 나를 보며 낮은 목소리로 중얼거렸다.

"그게 가장 두려워요. 생각만 해도 견딜 수가 없어요."

"당신은 겁쟁이군요." 내가 말했다.

"그래요." 그녀는 순순히 인정했다. "언제나 겁쟁이였어요. 난 그걸 너무 잘 알고 있는데 남들은 모르는 것 같아 우스울 때도 가끔 있었어요. 맞아요, 난 무서워요―무서워―무섭다고요."

침묵이 흘렀다.

"결국은 이게 자연스러운 거예요." 그녀가 입을 열었다. "불똥에 데어본 개는 불만 봐도 무서워하죠. 언제 또 불똥이 튈지 모르니까. 사실 그건 일종의 지혜예요. 정말 바보는 불이 푸근

하고 따뜻한 거라고만 생각하지 화상이나 불똥에 대해서는 생각하지 않아요."

"그러니까 당신이 받아들이지 못하는 건─행복해질 가능성이군요." 내가 말했다.

내 말이 이상하다고 생각했지만, 사실 특별히 이상할 것 없다는 느낌도 들었다. 나는 신경과 정신에 대해 어느 정도 안다. 친한 친구 셋이 전쟁터에서 전쟁신경증을 얻었기 때문이다. 장애인이 되는 것이 어떤 의미인지, 그게 당사자에게 어떤 영향을 미치는지 나는 잘 안다. 정신적인 장애에 대해서도. 상처는 치료하면 흉터가 남지 않을 수 있지만, 그것은 거기에 그대로 남는다. 넌 장애인이고 온전치 않아, 라는 약점─결점─이 남는다.

"그것도 모두 시간과 함께 지나갈 겁니다." 나는 장담했지만 실은 그렇다고 느끼지 못했다. 표면적인 치유는 아무 소용이 없다. 흉터는 깊이 새겨지니까.

"하나의 위험을 피한다 해도," 나는 말을 이었다. "또다른 위험이 오겠죠─단순하지만 큰 위험이."

그녀는 침착을 잃고 조금 흥분해서 말했다.

"하지만 그건 전혀 달라요. 전혀요. 인간은 아는 것에 대해서는 모험을 하지 않아요. 미지의 위험─거기에 아주 매혹적인 뭔가가 있죠, 모험하고 싶은 뭔가. 죽음도 결국 그런 거예요—"

우리의 대화에 이 단어가 실제로 언급된 것은 이때가 처음이었다. 죽음……

그 순간 처음으로 자연스러운 호기심이 생긴 듯 그녀는 고개를 살짝 돌리고 물었다.

"어떻게 알았죠?"

"제대로 설명할 수 있을지 모르겠지만," 나는 털어놓았다. "나도 경험했으니까요—그래요, 그 뭔가를. 그래서 알게 됐을 겁니다."

"그랬군요." 그녀가 말했다.

그녀는 내 경험에는 관심이 없는 듯했다. 내가 그녀를 돕겠다고 결심한 게 바로 그 순간이었을 것이다. 내게는 그 반대의 경우가 훨씬 많았다. 여자다운 친절과 동정. 하지만 내가 원하던 건—비록 나는 의식하지 못했지만—받는 것이 아니라 주는 것이었다.

실리아에게는 친절도 동정도 없었다. 그녀는 모든 감정을 헛되이 소진해버렸던 것이다. 스스로 알았듯 그녀는 그런 점에서 바보 같았다. 그녀는 너무 불행했기 때문에 다른 사람에게 베풀 동정심이 없었다. 입가에 새겨진 깊은 주름은 그녀가 지금까지 참고 견딘 커다란 고통의 흔적이었다. 그녀는 이내 내게도 '어떤 일이 일어났음'을 알아차린 듯했다. 우리는 동등

했다. 그녀는 자기연민에 빠지지 않았고, 날 동정하지도 않았다. 그녀에게 내 불행은, 그저 내가 어떻게 겉으로 드러나지도 않는 그녀의 결심을 알아보았는가를 이해하는 근거에 지나지 않았던 것이다.

그 순간 나는 알았다. 그녀는 어린아이였다. 그녀를 둘러싼 세상은 진짜 세상이지만 그녀는 일부러 어린 시절로 돌아가 가혹한 세상으로부터 숨을 곳을 찾고 있었던 것이다.

그녀의 태도가 나를 몹시 뒤흔들었다. 지난 십 년 동안 줄곧 내가 구하던 것. 그건 바로 행동하라는 호소였다.

그랬다. 나는 행동했다. 내가 두려웠던 한 가지는, 그녀를 혼자 두는 것이었다. 나는 그녀를 혼자 두고 떠나지 않았다. 속담에 나오는 거머리처럼 그녀에게 달라붙었다. 우리는 꽤 다정하게 타운으로 돌아왔다. 그녀는 지각 있는 사람이었다. 그녀는 자신의 목적을 떠올리고는 잠시 좌절했다. 아직 단념한 것은 아니고 잠시 미뤘을 뿐이었다. 그녀는 한마디도 하지 않았지만 나는 알았다.

세세한 것까지 쓰지는 않을 것이다. 이 글이 시시콜콜 늘어놓는 일지는 아니니까. 작고 예스러운 스페인 타운이나 그녀가 묵던 호텔 레스토랑에서 함께한 식사, 내가 묵던 호텔에서 나와 몰래 그녀와 같은 호텔에 방을 얻은 이야기도 할 필요 없을 것이다.

그렇다, 나는 핵심만 기록할 생각이다. 나는 무슨 일이 일어나기 전까지—어찌됐든 그녀가 무너져 항복할 때까지 그녀 곁을 떠나면 안 된다는 것을 알았다.

나는 그녀 곁을 지켰다. 그녀가 방에 가겠다고 하자 내가 말했다.

"십 분 기다릴게요—그때까지 방에서 안 나오면 내가 들어갑니다."

더 기다리지 않았다. 그녀의 방은 사층에 있었고, 그녀가 자라면서 익힌 '타인에 대한 배려'를 저버리고 절벽 대신 창문에서 뛰어내려 호텔 지배인을 당황시킬 수도 있었으니까.

나는 그녀의 방으로 들어갔다. 그녀는 침대에 앉아 옅은 금발머리를 빗고 있었다. 그녀가 우리의 행동을 이상하게 느꼈다고는 생각지 않는다. 물론 나도 그랬다. 호텔 사람들이 어떻게 생각했는지는 모르겠다. 내가 밤 열시에 그녀의 방에 들어가 다음날 아침 일곱시에 나온 사실을 알았다면 그들은 유일한 결론에 도달했을 것이다. 하지만 난 그런 데 신경쓸 여유가 없었다.

나는 한 인간의 목숨을 구하기 위해 거기 있었고, 평판 따위는 챙길 수 없었다.

아무튼 우리는 침대에 앉아 이야기를 나눴다.

밤새 이야기했다.

이상한 밤이었다. 그런 밤은 처음이었다.

그녀의 고민이 뭐였든 그것에 대해서는 말하지 않았다. 대신 우리는 처음부터 시작했다. 연보라색 아이리스가 프린트된 벽지, 들판의 양, 앵초 핀 기차역 옆의 골짜기……

얼마쯤 지나자 이야기하는 사람은 내가 아니라 그녀였다. 나는 그녀의 이야기를 들어주는, 말하자면 인간 녹음기였을 뿐 거기 없는 사람이었다.

그녀는 혼잣말하듯, 혹은 신에게 이야기하듯 말했다. 열기나 열정 없이. 그것은 단순한 기억, 맥락도 없이 옮겨가는 단순한 서술이었다. 한 사람의 생애가 만들어지면서―중요한 사건들 사이에 다리가 놓였다.

이상했다. 기억을 떠올릴 때 그 기억이란 우리가 선택한 것들이다. 무의식적으로 우리는 우리가 좋아하는 것을 선택하게 된다. 어린 시절의 어느 한 해를 돌이켜보라. 아마도 대여섯 가지 일이 기억날 것이다. 어쩌면 중요하지 않았던 일일 텐데, 왜 하필 삼백육십오 일 중에 그날이 기억날까? 그중 어떤 일은 당시에도 별 의미가 없었다. 그런데도 무슨 이유인지 아직도 기억에 새겨져 있다. 그 기억들이 당신과 함께 세월을 흘러온 것이다……

내가 실리아의 내면을 볼 수 있었던 것은 그 밤의 대화 덕분이다. 나는 그녀에 대해, 전에 말했듯이 신의 관점에서 쓸 수 있을 것이다…… 그러려고 노력할 것이다.

실리아는 내게 중요한 것과 중요하지 않은 것 전부를 이야기했다. 그녀는 이야기를 꾸미지 않았다.

그러나 나는 꾸미고 싶었다! 그녀는 보지 못하는 패턴을 나는 얼핏 본 것 같았으니까.

실리아의 방에서 나왔을 때는 아침 일곱시였다. 그녀는 마침내 내게서 돌아누워 아이처럼 잠에 빠졌다…… 위험이 사라진 것이었다.

그녀의 어깨를 누르던 짐이 사라지고 그것이 대신 내 어깨를 누르는 것 같았다. 그녀는 안전해졌다……

그날 아침 느지막이 나는 그녀를 배 타는 곳까지 배웅했다.

그리고 그때 그 일이 벌어졌다. 그 일, 내 눈에는 그녀의 전부를 상징하는 것 같은 일이……

어쩌면 내가 틀렸을 것이다…… 어쩌면 그저 평범하고 사소한 사건이었을 수도 있다……

아무튼 지금은 그 일에 대해 쓰지 않을 것이다……

실패하든 성공하든 신이 되려는 시도를 해본 후에 쓸 것이다.

내게는 새롭고 낯선 수단인 어휘로…… 그녀를 캔버스에 그려보고자 노력한 후에……

어휘들을 엮어서……

붓과 물감 없이―오래되고 익숙한 것들 없이.

사차원의 초상화가 될 것이다. 왜냐하면 메리, 글을 쓰는 그녀는 글에 공간뿐만 아니라 시간도 불어넣을 테니까……

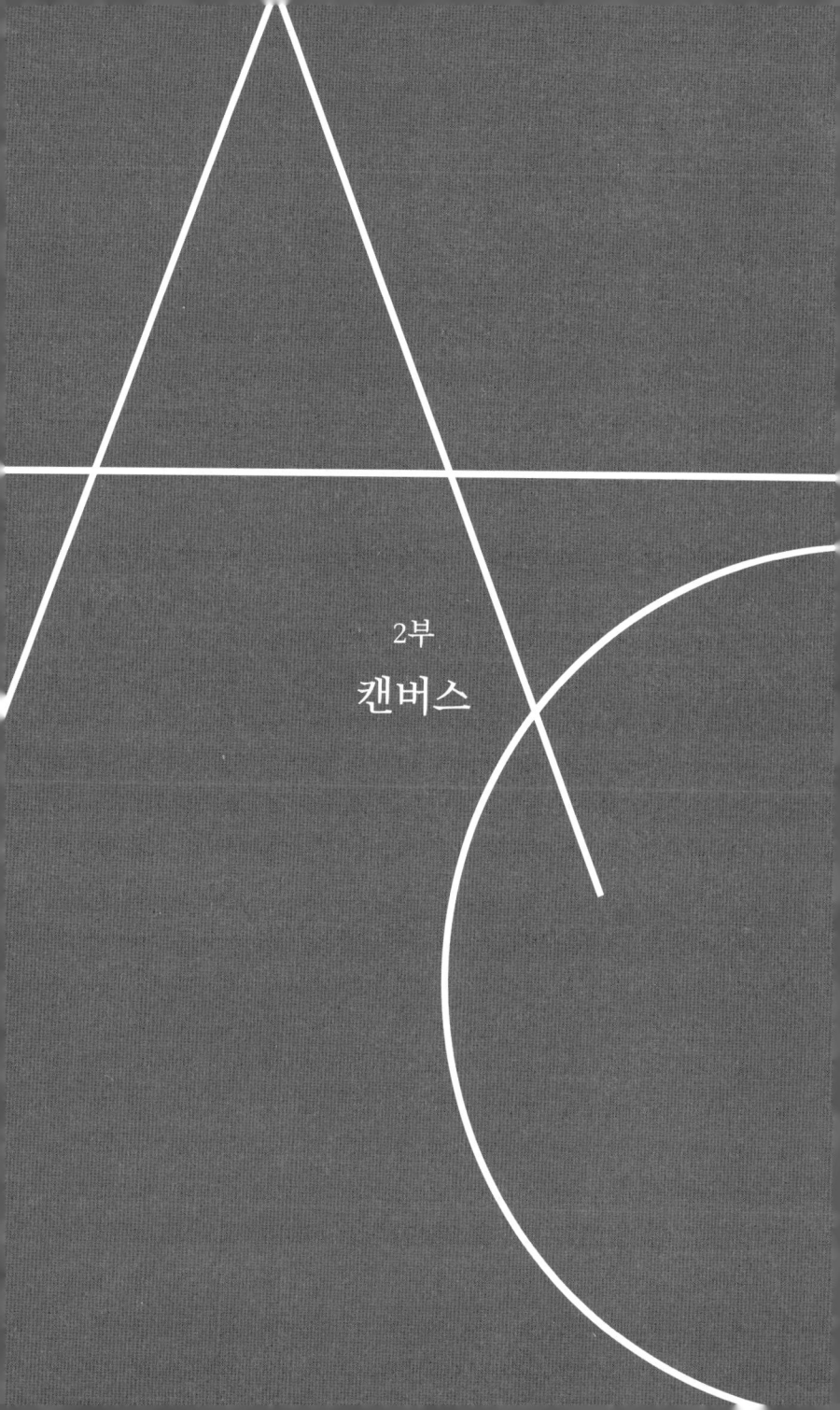

2부

캔버스

"캔버스를 세워라. 바로 여기에 소재가 있다."

Chapter 1

집

1

실리아는 침대에 누워 아기방 벽지의 연보라색 아이리스 무늬를 바라보았다. 행복하고 졸렸다.

침대 발치에 가리개가 있었다. 유모가 켜둔 램프 불빛을 차단하기 위한 것이었다. 실리아에게는 보이지 않지만 유모는 가리개 뒤에 앉아 성경을 읽고 있었다. 유모의 램프는 특별했다. 묵직한 놋쇠 본체에 분홍색 도자기 갓이 씌워져 있었다. 램프에서 냄새가 나지 않는 것은 수전이 신경써서 관리하기 때문이었다. 실리아는 수전이 좋은 사람이라는 걸 알았다. '덤병대는' 것이 단점이긴 하지만. 수전은 덤병대다가 걸핏하면 주변의 작은 장식품들을 넘어뜨렸다. 수전은 덩치가 컸고, 팔꿈치는 생고기 색깔을 띠었다. 실리아에게 그것은 알 수 없는 어휘인 '엘보 그리스*'를 어렴풋이 연상시켰다.

가만히 속삭이는 소리가 들렸다. 유모가 성경을 중얼거리고 있었다. 그 소리가 실리아를 다독였다. 눈꺼풀이 내려왔다⋯⋯

문이 열리고 수전이 쟁반을 들고 들어왔다. 그녀는 조심조심 걸으려 애썼지만 요란하게 삐걱대는 발소리가 방해했다.

그녀가 낮은 목소리로 말했다.

"저녁식사가 늦어서 죄송해요, 유모."

유모는 이렇게만 말했다. "쉿, 잠들었어."

"아, 절대 깨우지 않을게요." 수전은 깊은 숨을 내쉬고는 가리개 끝에서 안쪽을 슬쩍 들여다보았다.

"귀여워라. 제 조카는 아가씨 반만큼도 영리하질 못해요."

수전은 몸을 돌려 탁자로 뛰어갔다. 숟가락이 바닥에 떨어졌다.

유모가 부드럽게 말했다.

"덤벙대지 않으려고 조금만 노력해보렴, 수전."

수전은 풀이 죽어 말했다.

"일부러 그러는 건 아니에요."

그녀는 발끝으로 걸어 방을 나갔지만 그 바람에 삐걱대는 발소리가 더 요란해졌다.

---

* elbow grease. 육체노동, 힘든 노동을 가리킨다.

"유모." 실리아가 조심스럽게 불렀다.

"네, 아가씨, 무슨 일이에요?"

"잠이 안 와, 유모."

유모는 못 알아들은 척했다.

"네, 아가씨."

잠시 침묵이 흘렀다.

"유모?"

"네, 아가씨."

"저녁 맛있어?"

"아주 맛있죠."

"뭔데?"

"생선찜하고 트리클 타르트예요."

"와!" 실리아가 황홀한 듯 한숨을 내쉬었다.

잠시 말이 끊겼다가 유모가 가리개를 돌아 나타났다. 백발의 왜소한 부인은 턱 밑으로 끈을 묶는 리넨 모자를 쓰고 있었다. 그녀의 손에 들린 포크 끝에 트리클 타르트 조각이 꽂혀 있었다.

"이제 착한 아이가 돼서 얼른 자야죠." 유모가 따뜻하게 말했다.

"응, 알았어!" 실리아가 신이 나서 대답했다.

극락! 천국! 트리클 타르트 조각이 실리아의 입속으로 들어왔다. 꿀맛이었다.

유모가 다시 가리개를 돌아 사라졌다. 실리아는 옆으로 돌아누웠다. 연보라색 아이리스가 벽난로 불빛에 춤췄다. 타르트의 달콤함이 온몸으로 퍼졌다. 방안에는 사람을 달래는 듯한 부스럭대는 소리. 충만한 기분.

실리아는 잠이 들었다……

2

실리아의 세번째 생일이었다. 가족은 정원에서 다과를 들었다. 에클레어가 나왔지만 실리아는 한 개만 먹을 수 있었다. 시릴은 세 개나 먹었다. 실리아의 오빠 시릴은 열한 살의 덩치 큰 소년이었다. 그가 하나 더 먹고 싶다고 하자 엄마가 말했다. "시릴, 그 정도면 충분하잖니."

그리고 일상적인 대화가 오갔다. 시릴은 끝없이 "왜요?"라고 물어댔다.

눈에 잘 보이지도 않을 만큼 작은 붉은 거미가 하얀 탁자보 위를 재빨리 가로질렀다.

"행운의 거미구나. 실리아 쪽으로 기어가네. 오늘이 생일이니까. 큰 행운이 온다는 뜻이란다." 엄마가 말했다.

실리아는 설렜고, 중요한 사람이 된 것 같았다. 시릴은 다른 관점에서 질문을 던졌다.

"왜 거미가 행운을 뜻해요, 엄마?"

마침내 시릴이 들어가고, 실리아와 엄마만 남았다. 엄마는 실리아 차지가 됐다. 탁자 맞은편에서 엄마가 딸에게 미소 지었다―멋진 미소―딸을 우스운 꼬마로 여기는 미소가 아니었다.

"엄마, 이야기해주세요." 실리아가 말했다.

실리아는 엄마가 들려주는 이야기를 무척 좋아했다. 다른 사람들의 이야기와는 달랐다. 다른 사람들은 『신데렐라』 『잭과 콩나무』 『빨간 모자』 이야기를 했다. 유모는 요셉과 그의 형제들 이야기, 갈대 바구니 속 아기 모세 이야기를 했다(실리아는 '갈대bulrushes'라는 단어를 들을 때마다 주위에 황소들bulls이 모여 있는 나무 오두막이 떠올랐다). 가끔은 인도에 있는 스트레턴 대령의 어린 자식들 이야기도 했다. 하지만 엄마는!

우선 무슨 이야기를 할지 짐작할 수 없었다. 전혀 알 수 없었다. 쥐 이야기, 혹은 아이들이나 공주들 이야기일 수도 있었다. 어떤 이야기도 될 수 있었다…… 유일한 단점이라면 같은 이야기를 다시 해주지 않는다는 것이었다. 엄마는 기억할 수 없다고 했다(실리아는 도무지 이해할 수 없었지만).

"좋아. 어떤 이야기를 해줄까?" 엄마가 물었다.

실리아는 숨을 멈추고 대답했다.

"『워터십 다운의 토끼들』*요. '긴 꼬리와 치즈**' 이야기도요."

"이런! 난 그 이야기들은 다 잊어버렸는데. 그럼 우리 새 이야기를 해볼까." 엄마는 탁자 너머로 시선을 옮기더니 한순간 아무것도 보지 않았다. 빛나는 갈색 눈동자가 일렁거렸다. 길고 기품 있는 갸름한 얼굴은 무척 진지했고, 작고 둥그런 코끝을 치켜들었다. 집중하려고 노력하면서 주의를 기울였다.

"그래—" 그녀가 갑자기 정신을 차렸다. "이 이야기의 제목은 신기한 양초야……"

"와!" 실리아는 황홀한 듯 숨을 내쉬었다. 벌써부터 궁금했고, 마음을 빼앗겼다…… 신기한 양초라니!

3

실리아는 진지한 소녀였다. 신을 자주 생각하고, 착하고 신앙심 깊은 아이가 되려고 했다. 위시본***을 잡아당겼을 때 비는

---

* 원제는 'Bright Eyes'다.
** 『이상한 나라의 앨리스』에 나오는 이야기.
*** 새의 쇄골. 브이 자의 뼈 양끝을 잡아당겼을 때 긴 쪽을 가진 사람의 소원이 이루어진다고 한다.

소원도 언제나 착한 아이가 되게 해달라는 것이었다. 이 아이는, 아! 의심할 것도 없이 고지식했지만 적어도 자신의 그런 면을 남에게 드러내지는 않았다.

때때로 실리아는 자신이 '세속적'(뜻은 잘 모르지만 불안한 단어!)인지 아닌지 무척 불안했다. 풀 먹인 모슬린 옷에 커다란 황금색 허리띠를 매고 디저트를 먹으러 내려갈 때 특히 그랬다. 하지만 대개는 스스로에게 만족했다. 실리아는 선택받은 사람, 구원받은 사람이었다.

하지만 가족에 대해서는 끔찍하게 걱정했다. 무서운 일이지만, 엄마에 대해 확신이 서지 않았다. 엄마가 천국에 가지 못하면 어쩌지? 하고 고통스럽고 괴로운 생각에 빠졌다.

계율은 아주 분명하게 정해져 있었다. 일요일에 크로케를 하는 건 사악한 짓이었다. 피아노를 치는 것도(찬송가가 아니라면) 마찬가지였다. 실리아라면 '주일'에 크로케 나무망치를 잡느니 차라리 자발적인 순교자가 됐을 것이다. 물론 다른 요일에는 잔디밭에서 마음껏 공을 치는 것이 최고의 즐거움이지만.

하지만 엄마는 일요일에도 크로케를 했고 아빠도 마찬가지였다. 게다가 아빠는 피아노를 치면서 '그는 C씨가 타운에 갔을 때 C씨 부인을 찾아가 차를 마셨다'는 내용의 노래를 불렀다. 성가가 아닌 게 분명했다!

실리아는 너무도 걱정스러웠다. 안달이 나서 유모에게 물었다. 착하고 성실한 유모는 곤혹스러워했다.

"부모님은 부모님이에요." 유모가 말했다. "그분들이 하시는 일은 모두 옳고 맞아요. 그러니 아가씨도 달리 생각하면 안 돼요."

"하지만 일요일에 크로케를 하는 건 잘못이잖아." 실리아가 말했다.

"그렇죠, 주일을 거룩하게 지키는 건 아니죠."

"하지만 그러면―그러면―"

"그건 아가씨가 걱정할 일이 아니에요. 아가씨는 계속 자신의 의무만 다하면 되는 거예요."

그래서 실리아는 부모가 '끼워주려고' 나무망치를 내밀어도 계속 고개를 저었다.

"도대체 왜 저러지?" 아빠가 말했다.

그러자 엄마가 목소리를 낮춰 말했다.

"유모 때문이에요. 유모가 애한테 이러는 건 잘못이라고 하니까."

그러고는 실리아에게 말했다.

"괜찮아, 실리아. 네가 싫으면 안 해도 돼."

하지만 엄마는 가끔 부드러운 말투로 이렇게 말했다.

"실리아, 하느님은 우리에게 아름다운 세상을 만들어주셨고, 우리가 행복하기를 바라셔. 주일은 우리가 특별한 대접을 받을 수 있는 아주 특별한 날이고, 다른 사람, 예를 들면 하인들에게 일을 시키면 안 되는 날이지. 하지만 우리가 즐기는 건 얼마든지 괜찮아."

실리아는 엄마를 깊이 사랑했지만 이상하게 그 말을 듣고도 생각은 달라지지 않았다. 유모가 그렇다면 그런 거였다.

그래도 엄마에 대한 걱정은 접게 됐다. 엄마는 성 프란체스코 그림을 벽에 걸어두었고, 침대 옆에 『그리스도를 본받아』*를 두었다. 일요일에 크로케를 하는 건 아마 하느님도 눈감아주실 것 같았다.

하지만 아빠는 정말 걱정이었다. 아빠는 종종 신성神聖을 가지고 농담했으니까. 언젠가 점심식사 때는 어느 부목사와 주교에 대해 우스갯소리를 했다. 실리아는 웃기기는커녕 소름만 끼쳤다. 결국 어느 날엔가 실리아는 울음을 터뜨렸고, 흐느끼면서 엄마의 귀에 대고 끔찍한 두려움을 털어놓았다.

"아냐, 실리아, 네 아빠는 정말 좋은 분이야. 믿음도 아주 깊어. 매일 밤 아이처럼 무릎 꿇고 기도하거든. 아빠는 세상에서 가장 착한 사람 중 하나란다."

"아빠가 목사님을 비웃었어요. 일요일에는 게임을 하고 노래를 불렀고요, 세속적인 노래를요. 난 아빠가 지옥불에 떨어

---

* The Imitation of Christ. 15세기 토마스 아 켐피스가 쓴 신앙서.

질까봐 너무 무서워요."

"지옥불이라니, 그게 뭔지는 아니?" 엄마가 엄한 목소리로 물었다.

"나쁜 짓 하면 가는 데잖아요." 실리아가 대답했다.

"누가 그런 이야기로 널 겁주는 거지?"

"겁먹지 않아요." 실리아가 놀라서 말했다. "난 거기 안 갈 거니까. 계속 착하게 살아서 천국에 갈 거예요. 하지만―" 실리아의 입술이 떨렸다. "―아빠도 천국에 가면 좋겠어요."

그러자 엄마는 여러 가지 이야기를 들려줬다. 하느님의 사랑과 자애에 대해, 하느님이 사람들을 영원히 불태울 만큼 잔인하지 않다는 이야기를 했다.

하지만 실리아는 전혀 확신할 수 없었다. 천국과 지옥, 양과 염소*가 있었으니까. 아빠가 염소가 아니라는 걸 실리아가 확실히 믿을 수 있다면! 그럴 수만 있다면 좋을 텐데!

물론 천국뿐 아니라 지옥도 있었다. 그건 인생에서 변하지 않는 사실이었고, 식후의 라이스푸딩이나 귀를 씻는 일이나 네, 주세요. 아니요, 괜찮습니다라는 말만큼이나 당연한 것이었다.

---

* 선인과 악인을 뜻한다.

4

실리아는 곧잘 꿈을 꿨다. 실제 있었던 일이 뒤죽박죽된 웃기고 이상한 꿈도 있었다. 하지만 아주 근사한 꿈도 꿨다. 그녀가 아는 곳이 나왔는데, 현실과는 달랐다.

어떤 점이 흥분되는지는 설명하기 애매하지만, 아무튼 (꿈에서는) 그랬다.

역 근처에 골짜기가 있었다. 현실에서는 골짜기를 따라 철로가 이어졌지만 기분좋은 꿈에서는 강이 있었고, 강기슭에 가득 핀 앵초가 숲까지 죽 흐드러져 있었다. 꿈에 그 광경이 나올 때마다 실리아는 유쾌한 놀라움을 느꼈다. '와! 몰랐어―여기는 철로만 있는 줄 알았는데.' 철로 대신 멋지고 푸른 골짜기와 반짝이는 강물이 있었다.

정원 끝에는 현실의 흉하고 붉은 벽돌집 대신 꿈같은 들판이 있었다. 하지만 실리아를 가장 두근거리게 했던 건 집안에 있는 비밀의 방들이었다. 때로는 식료품 저장실을 지나, 때로는 뜻밖에도 아빠의 서재에서 그 비밀의 방으로 갈 수 있었다. 너무 오래되어 잊어버리긴 했지만 그 방들은 언제나 그곳에 있었다. 그런 방을 볼 때마다 기분좋은 설렘을 느꼈다. 사실 그 방들은 볼 때마다 전혀 달랐다. 그래도 비밀의 방을 찾으면 언제나 묘하고 은밀한 기쁨을 느꼈다……

무시무시한 꿈도 꾸었다. 머리에 파우더를 뿌리고 청홍색 제복을 입은 총을 든 남자가 나오는 꿈. 가장 무서웠던 건 양쪽 소매 밑으로 보이는 그의 두 손이었다. 아니, 그는 손이 없었다. 손목만 있었다. 그 남자가 꿈에 나올 때마다 실리아는 비명을 지르며 깼다. 그게 가장 안전했다. 그러면 실리아는 무사히 침대에 누워 있었고, 유모는 옆에 있는 자기 침대에 있었다. 아무 일도 없었다.

그 남자가 왜 그렇게 무서운지 특별한 이유는 없었다. 총을 쏠 것 같아서가 아니었다. 그의 총은 직접적인 위협이 아니라 일종의 상징이었다. 그의 얼굴에 뭔가가 있었다. 엄격하고 강렬한 파란색 눈, 악의에 찬 표정. 그것이 그녀를 겁먹게 했다.

실리아는 낮에도 여러 가지 상상을 했다. 길을 따라 얌전히 걷고 있지만 실은 흰색 준마에 올라타고 있다는 사실을 아무도 몰랐다. (실리아가 생각하는 말의 모습은 모호했다. 코끼리만한 거대한 말을 상상했다.) 오이 온상이 있는 좁은 벽돌담을 따라 걷는 건 바닥이 안 보이는 낭떠러지 옆을 걷는 것이었다. 그때마다 실리아는 공작부인이 됐다가 공주가 됐다가 거위 치는 소녀가 됐다가 구걸하는 아가씨가 됐다. 이 모든 상상이 일상을 아주 흥미진진하게 해주었다. 그래서 실리아는 혼자서도 조용히 잘 놀았고, 놀아달라고 어른을 조르지 않는 '착한 아이'로 지냈다.

인형이 많았지만 실리아에게는 전부 현실의 것 같지 않았다. 유모가 권하면 얌전히 갖고 놀았지만 진짜 관심은 없었다.

"착한 아이예요." 유모는 말했다. "상상력은 없지만, 모든 걸 가질 수는 없잖아요. 스트레턴 대령님의 장남인 토미 도련님은 쉴새없이 질문을 퍼부어서 절 괴롭혔거든요."

실리아는 질문하지 않았다. 그녀의 세상은 대부분 머릿속에 있었다. 바깥세상은 실리아에게 호기심을 일으키지 않았다.

5

4월의 어느 날 벌어진 일 때문에 실리아는 바깥세상을 두려워하게 됐다.

실리아는 유모와 앵초를 꺾으러 갔다. 4월이라 맑고 화창했고, 조각구름이 푸른 하늘을 빠르게 흘러갔다. 두 사람은 철로로 가서(실리아의 꿈에서는 강이 흐르는 곳) 언덕을 올라 뒤쪽 잡목림으로 들어갔다. 앵초가 노란 융단처럼 피어 있었다. 그들은 꽃을 따고 또 땄다. 멋진 날이었고 앵초에서는 실리아가 좋아하는 레몬향이 향긋하고 희미하게 풍겼다.

그때 (총을 든 남자가 나오는 꿈처럼) 누군가 갑자기 아주 거친 목소리로 고함쳤다.

"어이, 거기서 뭐하는 거야!"

얼굴이 붉고 덩치가 큰 남자는 코듀로이 옷을 입고 있었다. 그가 노려보았다.

"여긴 사유지야. 침입하면 신고해버리겠어."

"죄송합니다. 정말 죄송합니다. 몰랐어요." 유모가 말했다.

"여기서 나가. 지금 당장!" 나가려고 돌아선 둘의 등뒤에 대고 그가 소리쳤다. "산 채로 삶아줄까? 그래, 그렇게 해주지. 이 숲에서 삼 분 안에 나가지 않으면 산 채로 삶아버린다."

실리아는 유모를 필사적으로 잡아당기면서 비틀비틀 걸어갔다. 왜 유모는 더 빨리 가지 않지? 저 남자가 쫓아올 텐데. 그가 붙잡으러 올 텐데. 커다란 솥에 산 채로 삶아버린다잖아. 실리아는 겁이 나서 속이 울렁거렸다······ 비틀거리며 필사적으로 걸었고, 작은 몸이 두려움에 바들바들 떨렸다. 그가 쫓아와서―따라잡고―우리를 삶아버릴 거야······ 실리아는 끔찍하게 무서웠다. 빨리―아아, 제발 빨리!

그들은 도로로 나왔다. 실리아는 헐떡이며 크게 숨을 내쉬었다.

"그 사람은―그 사람은 이제 우릴 못 잡을 거야." 실리아가 말했다.

유모는 백지장처럼 변한 실리아의 얼굴을 보고 깜짝 놀랐다.

"왜 그래요? 무슨 일이에요?" 한 가지 생각이 유모의 머리를 스쳤다. "설마 삶아버린다는 말에 겁먹은 거예요? 농담한 거잖아요—아가씨도 그런 줄 알았죠?"

그러자 아이들이 대개 그렇듯 실리아도 순응하며 아닌 척 중얼거렸다.

"응, 당연하지, 유모. 농담인 줄 알았어."

그러나 실리아는 그때의 공포를 극복하기까지 오랜 시간이 걸렸다. 평생 그 일을 완전히 잊지는 못했다.

그 공포는 아주 끔찍하게 생생했다.

6

네번째 생일에 실리아는 카나리아를 선물받았다. 수컷 카나리아에게는 골디라는 흔한 이름이 지어졌다. 골디는 금세 길들여져 실리아의 손가락에 앉기도 했다. 실리아는 골디를 사랑했다. 골디는 실리아가 삼씨를 주며 키우는 새였지만 모험의 동반자이기도 했다. 둘은 딕의 아내인 왕비와 그녀의 아들인 디키 왕자였고, 함께 세상을 돌아다니며 모험을 했다. 디키 왕자는 대단한 미남이었고, 소매 부분이 검은 금색 벨벳 옷을 입고 다녔다.

얼마 후 골디는 대프니라는 짝을 얻었다. 대프니는 몸집이 크고 갈색 털이 풍성한 암컷 카나리아였는데, 별스럽고 볼품없었다. 물을 엎지르거나 걸터앉은 곳에 있는 것들을 넘어뜨렸다. 대프니는 결코 골디처럼 길들여지지 않았다. 아빠는 '덤벙댄다'는 이유로 대프니를 수전이라고 불렀다.

수전은 '어떻게 할지 궁금하다'며 성냥개비로 새들을 찌르곤 했다. 새들은 수전을 무서워했고 그녀가 다가오면 새장에 붙어 날개를 퍼덕였다. 수전은 별의별 것들을 다 재미있어했다. 쥐덫에서 쥐꼬리가 발견됐을 때도 정말 많이 웃었다.

수전은 실리아를 무척 귀여워했다. 커튼 뒤에 숨었다가 왁! 하며 튀어나와 놀래주는 장난도 쳤다. 사실 실리아는 수전을 많이 좋아하지는 않았다. 수전은 덩치가 크고 너무 어수선했다. 실리아는 요리사인 라운스웰 부인을 훨씬 좋아했다. 실리아가 라운시라고 부르는 그녀는 키도 덩치도 컸지만 침착함의 화신이었다. 그녀는 서두르는 법이 없었다. 위엄 있는 침착한 태도로 주방을 돌아다니며 의식을 치르듯 요리했다. 결코 당황하거나 허둥대지 않았다. 그러면서 항상 제시간에 식사를 차려냈다. 라운시에게는 상상력이 없었다. 실리아의 엄마가 "자, 오늘 점심으로는 뭐가 좋을까?" 하면 그녀의 대답은 언제나 똑같았다. "네, 부인, 맛있는 닭요리와 생강푸딩 어떨까요." 라운시는 수플레, 볼로방, 크림, 살미, 각종 페이스트리, 가장 손이 많이 가는 프랑스 요리를 만들 수 있었다. 그런데도 닭요리와 생강푸딩 외에는 아무것도 권하지 않았다.

실리아는 주방을 좋아했다. 그곳은 라운시처럼 아주 크고, 아주 넓고, 아주 깔끔하고, 아주 평화로웠다. 라운시는 넓고 깨끗한 주방 한가운데에 서서 뭔가 연상시키듯 턱을 우물거렸다. 그녀는 늘 맛을 보고 있었다. 이것 조금 저것 조금, 그리고 다른 것 조금.

그러면서 말하곤 했다. "자, 실리아 아가씨, 뭘 줄까요?"

그리고는 천천히 미소 지으며 찬장으로 가서 깡통을 열고 건포도나 까치밥나무 열매를 실리아의 오므린 양손에 부어줬다. 빵이나 트리클 타르트 조각을 얻을 때도 있었고, 잼 타르트 귀퉁이를 얻을 때도 있었다. 주방에는 언제나 뭔가가 있었다.

그러면 실리아는 음식을 받아들고 정원으로 가서 담장 옆 비밀 장소에서 먹었다. 덤불이 무성한 그곳에서 실리아는 적들로부터 몸을 숨긴 공주가 되었고, 그 음식은 한밤중에 헌신적인 추종자들이 가져다준 것이 되었다……

유모는 위층 놀이방에서 바느질을 했다. 실리아가 안전하게 놀 수 있는 멋진 정원이 있어서 다행이었다. 정원에는 지저분한 연못도 위험한 곳도 없었다. 유모는 늙어가고 있었고, 앉아서 바느질을 하며 이런저런 생각에 잠기기를 좋아했다—스트레턴 대령의 자식들이 이제 모두 어른이 됐어—꼬마였던 릴리언은 곧 결혼을 하고—로더릭과 필은 윈체스터대학에 들어갔지…… 그녀의 생각은 가만가만 오래전으로 돌아갔다……

7

무서운 일이 벌어졌다. 골디를 잃어버렸다. 잘 길들여진 터라 새장 문을 열어놓았었다. 골디는 놀이방 안을 날아다니곤 했다. 골디가 유모의 머리에 앉아 모자를 콕콕 쪼면, 유모는 부드럽게 말했다. "자 자, 골디 도련님, 이제 그만." 실리아의 어깨에 앉아 그녀가 입에 문 삼씨를 쪼아먹기도 했다. 골디는 응석받이 같았다. 신경써주지 않으면 토라져서 찍찍댔다.

그런데 이 끔찍한 날에 골디를 잃어버렸다. 놀이방 창문이 열려 있었다. 골디가 날아가버린 게 분명했다.

실리아는 쉼없이 울었다. 엄마와 유모가 달래주었다.

"돌아올 거야. 그럴 거란다. 애야."

"잠깐 돌아보려고 나갔을 거야. 우리가 창밖에 새장을 걸어놓으면 돼."

하지만 실리아는 계속 울었다. 다른 새의 공격으로 죽을 수도 있다―누군가 그런 말을 했었다. 골디는 죽었을 것 같았다―나무 밑 어딘가에 죽어 있을 것 같았다. 다시는 그 작은 부리를 만지지 못할 것 같았다. 실리아는 온종일 울었다 그쳤다 했다. 저녁도 먹지 않고 차도 마시지 않았다. 창밖에 걸어 놓은 골디의 새장은 계속 비어 있었다.

마침내 잠자리에 들 시간이 됐다. 실리아는 작고 하얀 침대에 누웠다. 여전히 눈물이 절로 흘렀다. 실리아는 엄마의 손을 꼭 붙잡았다. 유모보다 엄마와 있고 싶었다. 유모는 아빠가 다른 새를 사줄 거라고 했지만, 엄마는 유모보다 실리아의 마음을 잘 알았다. 그녀가 원하는 건 다른 새가 아니라―대프니는 아직 있었다―골디였다. 아! 골디야, 골디야, 골디…… 실리아는 골디를 사랑했는데―날아가버렸다―다른 새의 공격으로 죽었을 것 같았다. 실리아는 엄마의 손을 꽉 움켜잡았다. 엄마도 손을 꽉 잡아줬다.

그때 실리아의 무거운 숨소리밖에 들리지 않던 조용한 방에서 작은 소리가 났다. 짹짹거리는 새소리였다.

골디가 온종일 얌전히 앉아 있던 커튼 봉 위에서 날아내려왔다.

실리아는 믿을 수 없던 그 순간의 경이를 평생 잊지 않았다……

그후로 가족들은 누가 무슨 일로 걱정하면 이렇게 말했다.

"그럼 골디와 커튼 봉을 떠올려봐!"

8

총을 든 남자 꿈이 달라졌다. 웬일인지 더 무서워졌다.

꿈은 좋게 시작되곤 했다. 소풍이나 파티를 즐기는 행복한 꿈이었다. 그런데 갑자기, 한창 흥겨울 때 이상한 기분이 스멀스멀 밀려왔다. 뭐가 어디서부터 잘못된 거지…… 그게 뭐지? 그랬다, 거기 총을 든 남자가 있었다. 하지만 그는 그가 아니었다. 손님 중 한 명이 총을 든 남자였다……

그것이 가장 오싹했다, 그는 누구라도 될 수 있다는 것. 사람들을 쳐다보았다. 다들 즐겁게 웃으며 이야기하고 있었다. 그러다가 문득 알게 됐다. 그가 엄마나 아빠, 혹은 유모—방금 나와 이야기를 나눈 누군가라는 걸. 엄마의 얼굴을 올려다보았다—당연히 엄마였다. 그러다가 연한 강청색 눈을 보았고, 엄마의 소매에서—아, 무서워!—그 무시무시한 잘린 손목을 보았다. 그는 엄마가 아니었다—총을 든 남자였다…… 그리고 비명을 지르며 깼다……

아무에게도, 엄마나 유모에게도 말할 수 없었다. 말로 하면 별로 무섭게 들리지 않았다. 누군가 말했다. "자 자, 무서운 꿈을 꿨나보구나, 우리 귀염둥이." 그러고는 토닥여줬다. 실리아는 다시 잠들었다…… 자고 싶지 않다, 다시 꿈을 꿀 테니까.

어두운 밤에 실리아는 절망적으로 중얼거렸다. "엄마는 그

남자가 아니야. 아니야. 절대 아니야. 엄마가 아니란 걸 난 알
아. 엄마는 엄마야."

하지만 그림자와 꿈이 계속해서 주위를 어슬렁대는 밤에는
어떤 것도 확신하기 힘들었다. 어쩌면 보이는 그대로인 것은
아무것도 없을지 모르고, 사실은 언제나 그것을 알고 있었다.

"실리아 아가씨가 어젯밤에 또 나쁜 꿈을 꿨나봐요. 부인."

"어떤 꿈인데?"

"총을 든 남자가 나온다나 어쩐다나요."

실리아는 말하고 싶었다.

"아니에요. 엄마. 그냥 총을 든 남자가 아니라 그 남자예요.
내 꿈에 나오는 그 남자."

"그 사람이 널 쏠까봐 무서웠니? 그랬어?"

실리아는 고개를 저었고, 몸을 떨었다.

설명할 수가 없었다.

엄마는 더 묻지 않고 아주 부드럽게 말했다.

"실리아, 넌 아주 안전해, 우리가 옆에 있잖아. 아무도 널 해
치지 못해."

그 말을 듣자 안심이 됐다.

"유모, 저기 포스터에 있는 저 큰 글자는 뭐라고 읽어?"

"'위안을 주는'이라고 읽지요. '위안을 주는 차 한잔을 준비하세요.'"

매일 이런 일이 반복됐다. 실리아는 언어에 대해 끝없이 호기심을 보였다. 글자는 알았지만, 엄마는 아이에게 읽기를 너무 일찍 가르치는 게 좋지 않다고 생각했다.

"실리아가 여섯 살이 되기 전까지는 읽기를 가르치지 않을 거예요."

하지만 교육은 늘 생각대로만 되지는 않는다. 실리아는 다섯 살 반이 됐을 때 놀이방 책꽂이에 있는 모든 책을 읽을 수 있었고, 포스터에 있는 단어들도 거의 다 알았다. 가끔 단어들을 혼동하기는 했다. 그럴 때는 유모에게 달려가서 물었다. "유모, 이 단어가 '욕심 많은'이야 '이기적인'이야? 기억이 안 나." 실리아는 단어를 철자가 아니라 글자 모양으로 알았기 때문에 평생 철자법에 애를 먹게 됐다.

실리아는 읽기의 매력을 알게 됐다. 책은 새로운 세계를 열어줬다. 요정과 마녀, 도깨비, 유령의 세계. 그녀는 요정 이야기에 홀딱 빠졌다. 현실 세계의 아이들 이야기는 별로 재미없었다.

또래의 놀이 친구가 거의 없었다. 집은 외딴곳에 있었고 아직 자동차가 흔하지 않던 시절이었다. 실리아보다 한 살 많은 마거릿 머크레이라는 여자아이가 있었다. 이따금 실리아가 마거릿을 다과에 초대했고, 실리아가 초대를 받기도 했다. 하지만 그럴 때마다 실리아는 가지 않겠다고 고집부렸다.

"왜? 마거릿이 싫어?"

"아뇨, 좋아요."

"그런데 왜 그래?"

실리아는 고개를 저을 수밖에 없었다.

"부끄러워서 그렇겠죠." 시릴이 무시하듯 말했다.

"다른 아이와 놀지 않으려고 하다니 이상해. 희한한데." 아빠가 말했다.

"혹시 마거릿이 괴롭히니?" 엄마가 물었다.

"아니요!" 실리아는 이렇게 외치고 왈칵 눈물을 쏟았다.

실리아는 설명할 수 없었다. 그저 설명할 수가 없었다. 하지만 사실은 아주 단순했다. 마거릿은 앞니가 다 빠졌다. 그래서 말도 빠른데다 쉿 쉿 소리가 나서 뭐라고 하는지 전혀 알아들을 수 없었다. 마거릿과 산책할 때 최악의 사건이 벌어졌다. 마거릿은 "내가 대미있는 이야기해둘게, 실리아" 하더니 바로 이야기를 쏟아냈다. 쉿 쉿 소리와 혀짤배기소리를 내며 '공수님과 동나무(독나무)' 이야기를 했다. 실리아는 힘겹게 들었다. 마거릿은 중간중간 말을 멈추고 물었다. "어때, 대밌디?"
실리아는 하나도 못 알아들었다는 사실을 꼭꼭 숨기고 적당히
대답하려 애썼다. 그러면서 속으로는 습관처럼 기도를 올렸다.

'아, 하느님, 제발요. 얼른 집에 돌아가게 해주세요. 제가 아
무것도 못 알아들은 걸 마거릿이 알아채지 못하게 해주세요.
얼른 돌아가게 해주세요―부탁이에요, 하느님.'

왠지 모르지만 실리아는 자신이 못 알아듣는 것을 마거릿이
아는 건 너무 가혹하다고 생각했다. 마거릿은 절대 알아서는
안 됐다.

하지만 압박감이 심했다. 실리아는 하얗게 질려서 울먹이며
집에 돌아오곤 했다. 모두 실리아가 마거릿을 싫어한다고 생
각했다. 하지만 사실은 그 반대였다. 마거릿을 많이 좋아했기
때문에 친구가 그 사실을 아는 걸 견딜 수 없었던 것이다.

아무도 이해하지 못했다―아무도. 그것이 실리아를 이상하
고 두렵고 지독하게 외로운 기분에 빠트렸다.

10

목요일에는 무용 수업이 있었다. 수업에 처음 갔을 때 실리
아는 겁을 먹었다. 교실에는 아이들이 가득차 있었다. 실크 스

커트를 입은 키 크고 예쁜 소녀들도 보였다.

교실 한가운데에 길고 흰 장갑을 끼고 서 있는 사람이 매킨토시 선생님이었다. 실리아는 그렇게 위엄 있고도 매력적인 여자를 본 적이 없었다. 매킨토시는 키가 아주 컸다. 실리아에게는 세상에서 가장 큰 사람처럼 보였다. (나중에 매킨토시의 키가 평균보다 약간 클 뿐이라는 사실을 깨닫고 실리아는 충격을 받았다. 부푼 스커트와 완벽할 정도로 바른 자세, 그리고 순전히 개성 때문에 그렇게 보인 것이었다.)

"아! 네가 실리아구나." 매킨토시가 상냥하게 말했다. "텐더든!"

텐더든이 충직한 테리어처럼 재빨리 다가왔다. 춤은 아주 아름답게 추지만 개성은 없는, 초조해 보이는 여자였다.

실리아는 그녀에게 맡겨졌고, 곧 작은 아이들이 선 줄에 세워졌다. 아이들은 '익스팬더'—양끝에 손잡이가 달린 감청색 고무 밴드를 잡고 동작을 하고 있었다. '익스팬더' 시간이 끝나자 신기한 폴카 시간이 이어졌고, 작은 아이들은 앉아서 실크 스커트를 입고 탬버린을 든 아이들이 현란하게 춤추는 멋진 모습을 구경했다.

그다음에 랜서스*를 춘다고 했다. 한 소년이 검은 눈을 장난

---

* 네 명이 서로 마주보며 추는 프랑스 춤인 '카드리유'의 일종.

스럽게 빛내며 실리아에게 재빨리 다가왔다.

"나랑 짝할래?"

"난 못 해." 실리아가 애석해하며 말했다. "어떻게 추는지
몰라."

"그래? 아쉽다."

하지만 곧 텐더든이 실리아에게 불쑥 다가왔다.

"어떻게 추는지 몰라? 그래, 당연히 모르겠지. 하지만 곧 알
게 될 거야. 자, 애가 네 짝이다."

실리아는 주근깨가 있는 노랑 머리 소년과 짝이 됐다. 그들
맞은편에 검은 눈의 소년과 그의 짝이 있었다. 중간에서 만나
자 소년이 실리아에게 원망스럽다는 듯이 말했다.

"넌 나랑 짝하지 않겠다고 했지? 유감이다."

그후에도 실리아를 엄습했던, 실리아가 잘 아는 고통이 남았
다. 어떻게 설명하겠는가. '실은 너랑 추고 싶어. 너랑 추는 게
더 좋았을 거야. 이건 완전히 실수야'라고 어떻게 말하겠는가.

그것은 실리아의 소녀 시절에 일어난 첫번째 비극이었다—
잘못 만난 짝!

하지만 랜서스의 흐름이 두 사람을 멀어지게 했다. 둘은 그
랜드체인 동작에서 다시 만났지만 소년은 아주 못마땅한 눈으
로 바라보며 실리아의 손을 그저 꾹 잡을 뿐이었다.

소년은 그후로 무용 수업에 나오지 않았고, 실리아는 그 아

이의 이름을 잊었다.

11

실리아가 일곱 살이었을 때 유모가 떠났다. 유모의 하나뿐
인 언니의 건강이 나빠져서 돌봐주러 가야 했다.

실리아는 슬픔을 참지 못하고 서럽게 울었다. 유모가 떠난
후 실리아는 매일 그녀에게 짧고, 알아보기 힘들고, 철자는 틀
렸지만 굉장히 공들여 쓴 편지를 보냈다.

엄마가 부드럽게 말했다.

"실리아, 편지를 매일 쓸 필요는 없어. 사실 유모는 그러길
바라지 않을 거야. 일주일에 두 번이면 충분하단다."

하지만 실리아는 단호하게 고개를 저었다.

"유모는 내가 자기를 잊어버렸다고 생각할 거예요. 난 잊지
않을 건데―절대로."

엄마가 남편에게 말했다.

"아이가 애정에 대해서는 참 고집스러워요. 안쓰럽게."

"시릴과는 대조적이군."

기숙학교에 들어간 시릴은 누가 시키거나 원하는 게 있을
때가 아니면 부모님에게 편지를 쓰지 않았다. 하지만 워낙 성

격이 좋아서 사소한 잘못은 모두 용서받았다.

엄마는 실리아가 유모에 대한 기억에 고집스럽게 매달리는 것을 걱정했다.

"이건 자연스럽지 않아요. 그 나이에는 금세 잊어버리는데."

새 유모는 오지 않았다. 수전이 실리아를 저녁에 목욕시키고 아침에 깨웠다. 실리아는 옷을 갈아입자마자 엄마의 방으로 가곤 했다. 엄마는 항상 침대에서 아침식사를 했다. 실리아는 마멀레이드를 바른 작은 토스트 조각을 받아먹었고, 그런 뒤에는 엄마의 세면대에 작고 통통한 오리 인형을 띄우고 놀았다. 아빠는 그 옆에 있는 옷방에 있었다. 가끔 아빠는 실리아를 불러 1페니를 줬고, 이 돈은 페인트칠한 작은 나무 저금통으로 들어갔다. 저금통이 차면 동전들을 은행으로 가져갔고, 돈이 충분히 모이면 실리아는 진짜 멋진 것을 살 생각이었다. 그게 무엇이 될지가 실리아 인생의 주요 관심사였다. 갖고 싶은 물건이 매주 달라졌다. 처음에는 엄마의 검은 머리에 꽂을 장식이 많이 달린 비싼 별갑 빗핀이었다. 수전이 상점에 진열된 그런 빗핀을 가리키며 "귀족 부인들은 저런 빗핀을 꽂아요" 하고 부러운 듯이 말했었다. 그다음에는 무용 수업 때 입을 아코디언플리츠가 달린 흰 실크 드레스였는데, 그건 실리아의 희망사항이었다. 아코디언플리츠 드레스는 스커트댄스를 하는 아이들만 입었다. 실리아가 스커트댄스를 배울 수 있는 나이가 되려면 아직 멀었지만, 그래도 결국 그날은 올 것이었다. 그다음에는 진짜 금으로 만든 슬리퍼였고(실리아는 그런 물건이 있다고 믿어 의심치 않았다) 그다음에는 숲속 별장, 그다음에는 조랑말이었다. '은행에 돈이 충분히 모이는' 그날, 이 멋진 것들이 실리아를 기다리고 있을 것이었다.

낮에는 정원에서 놀았다. 굴렁쇠 굴리기도 하고(이것은 역마차부터 급행열차까지 뭐든 될 수 있었다), 불안해하며 조심조심 나무에 오르고, 숨거나 로맨스를 지어낼 수 있도록 빽빽한 수풀 속에 비밀 장소를 만들고. 비가 오면 놀이방에서 책을 읽거나 여왕을 수도 없이 그렸다. 다과와 저녁식사 시간 사이에 엄마와 재미있는 놀이도 했다. 때로는 의자들 위에 수건을 여러 장 펼쳐 집을 만들어 들락거렸고, 때로는 비눗방울을 불었다. 전에는 몰랐지만 늘 신나고 재미있는 놀이—혼자서는 생각해낼 수 없는, 엄마하고만 가능한 놀이—가 있었다.

이제 아침에는 '수업'을 받았고, 실리아는 아주 중요한 사람이 된 기분이 들었다. 수학은 아빠와 했다. 실리아는 수학을 좋아했고 아빠가 "실리아는 수학적인 머리가 뛰어나. 당신처럼 손가락으로 셈을 하진 않을 거야, 미리엄" 하면 기분이 좋았다. 그러면 엄마가 웃으며 말했다. "난 숫자에 약하죠." 처음에 덧셈을 배웠고 다음에 뺄셈, 곱셈을 배웠는데 재미있었다. 그러고서 나눗셈을 배울 때는 많이 자란 듯한 기분이 들었지만 어려웠다. 그다음에는 '문제'라는 페이지가 있었다. 실리아는 문제 풀이가 정말 좋았다. 문제에는 소년, 사과, 들판의 양, 케이크, 일하는 남자가 나왔다. 덧셈, 뺄셈, 곱셈, 나눗셈이 모양을 바꾼 것에 지나지 않았지만, 답이 소년과 사과와 양으로 나오니 그냥 계산 문제보다 훨씬 흥미로웠다.

수학 공부가 끝나면 연습장에 '습자'를 했다. 엄마가 맨 위에 문장을 적으면 실리아가 페이지 맨 아래까지 따라 썼다. 실리아는 필사를 별로 좋아하지 않았지만 엄마는 '사팔눈 고양이는 편안하게 기침할 수 없다'처럼 정말 웃긴 문장으로 실리아를 크게 웃겨주곤 했다. 그다음에는 철자 공부를 했다. 아주 간단한 단어들이었지만 실리아는 꽤 고역을 치렀다. 철자에 대한 불안감 때문에 매번 불필요한 알파벳을 많이 덧붙여서 뭔지 모를 단어가 됐다.

저녁에 수전이 실리아를 목욕시키면 엄마가 방에 들어와 '마지막으로 이불을 덮어'줬다. 실리아는 이것을 '엄마의 이불 덮어주기'라고 불렀고, 아침에도 '엄마의 이불 덮어주기' 상태 그대로가 되도록 얌전히 자려고 애썼다. 하지만 왜 그런지 한 번도 성공하지 못했다.

"우리 강아지는 불을 켜놓는 게 좋니? 아니면 문만 열어둘까?"

엄마는 이렇게 묻곤 했지만 실리아는 불빛을 좋아하지 않았다. 기분좋고 따뜻하고 포근한 어둠에 잠기는 게 좋았다. 실리아에게는 어둠이 친근했다.

"세상에, 아가씨는 어두워도 겁내지 않네요." 수전이 말했다. "우리 조카는 어두운 데 두면 울고불고하거든요."

실리아는 전부터 수전의 조카를 상상하면서, 분명 무지 재미없고 둔한 여자애일 거라 생각했다. 왜 어둠을 무서워하지? 사람을 무섭게 할 수 있는 건 꿈뿐인데. 꿈은 현실을 온통 뒤죽박죽으로 만들기 때문에 무서운 것이다. 총을 든 남자 꿈을 꾸면 실리아는 비명을 지르며 일어나 침대에서 뛰어내려 어둠 속에서도 길을 훤히 아는 복도를 내달려 엄마의 방으로 갔다. 그러면 엄마는 실리아를 방으로 데리고 돌아와 곁에서 한동안 이야기해줬다. "총을 든 남자는 없어. 아무 일도 없어—괜찮아, 실리아." 그러면 실리아는 엄마가 진짜 모든 불안을 없애줬다고 느끼며 다시 잠들었고, 몇 분 후에는 강가 골짜기에서 앵초를 꺾으며 의기양양하게 중얼거리면서 돌아다녔다. "난 이게 철로가 아니란 걸 알고 있었어, 정말. 당연하지, 여긴 예전부터 쭉 강이었다고."

Chapter 2

외국

1

유모가 떠나고 반년 후, 엄마가 실리아에게 아주 신나는 소식을 전해줬다. 가족이 외국에 간다고 했다—프랑스에.

"나도 가요?"

"그럼, 너도 가지."

"오빠도요?"

"그렇단다."

"수전과 라운시도요?"

"아니, 아빠와 엄마, 시릴과 실리아만 가. 아빠가 몸이 안 좋으신데 의사가 추운 겨울은 따뜻한 외국에서 보내는 게 좋을 것 같다고 해서 가는 거야."

"프랑스는 따뜻해요?"

"남부는 그렇지."

"거긴 어떻게 생겼어요, 엄마?"

"글쎄, 거긴 산이 있어. 눈 덮인 산들이."

"왜 산에 눈이 덮여 있어요?"

"산이 아주 높기 때문이지."

"얼마나 높은데요?"

엄마는 산이 얼마나 높은지 설명하려고 애썼지만 실리아는 상상하기가 무척 힘들었다.

우드버리 비컨은 알았다. 꼭대기까지 올라가는 데 삼십 분이 걸렸다. 하지만 우드버리 비컨은 산으로 치지 않았다.

모든 게 정말 흥미로웠지만 여행 가방이 특히 그랬다. 실리아의 진짜 여행 가방, 진녹색 가죽 여행 가방 안에는 주머니들이 있었고, 브러시와 빗과 옷솔을 넣는 자리가 있었다. 여행용 작은 시계, 작은 잉크병까지 있었다!

지금까지 가졌던 물건 중에 가장 멋지다고 생각했다.

여행은 정말 흥미진진했다. 우선 채널해협을 건넜다. 엄마가 선실에 들어가 눕고 아빠와 단둘이 갑판에 남자 실리아는 다 자라 중요한 사람이 된 기분이 들었다.

프랑스를 실제로 봤을 때는 조금 실망했다. 다른 곳과 비슷해 보였다. 하지만 프랑스어로 말하는 파란 제복 차림의 짐꾼들은 아주 멋졌고, 그들이 탄 우스꽝스럽고 높다란 기차도 그랬다. 기차에서 자는 일은 실리아를 한층 더 흥분시켰다.

실리아는 엄마와 자고, 아빠와 시릴은 옆 칸에서 잤다.

물론 시릴은 그 모든 일에 대해 무척 잘난 척했다. 열여섯 살의 시릴은 어떤 일에도 흥분하지 않아야 체면이 선다고 여기는 듯했다. 그는 태연한 척 질문했지만, 굉장한 프랑스 기관차에 대한 열광과 호기심은 감추지 못했다.

실리아가 엄마에게 물었다.

"엄마, 정말 산이 있어요?"

"그럼."

"아주 아주 아주 높아요?"

"그럼."

"우드버리 비컨보다?"

"훨씬, 훨씬 더 높지. 산 정상에 눈이 쌓여 있을 정도로 아주 높아."

실리아는 눈을 감고 상상했다. 산. 봉우리들이 높이, 높이 솟은—너무 높아 어쩌면 꼭대기가 보이지 않을지도 모르는. 가파른 산등성이를 올려다본다고 상상하니 실리아의 고개가 점점 젖혀졌다.

"왜 그래, 실리아? 목이 아파?" 실리아는 힘차게 고개를 저었다.

"높은 산을 상상하고 있었어요." 실리아가 대답했다.

"바보 꼬맹이." 시릴이 재밌다는 듯이 놀렸다.

드디어 잠자리에 드는 짜릿한 순간이 찾아왔다. 아침에 일어나면 그들은 프랑스 남부에 있을 것이었다.

포에 도착한 건 다음날 오전 열시였다. 짐을 챙기느라 야단이었는데 윗부분이 둥글고 커다란 트렁크가 자그마치 열세 개였고, 작은 가죽 가방은 수도 없이 많았다.

드디어 역을 나와 차를 타고 호텔로 갔다. 실리아는 주변을 두리번거렸다.

"엄마, 산은 어디 있어요?"

"저기 있어. 저기 눈 덮인 산봉우리들 보이지?"

저게? 종이를 지그재그 오린 것 같은 하얀색 스카이라인이 보였다. 높지 않았다. 실리아의 머리 위 하늘로 높이높이 솟은 산은 어디 있는데?

"아아!" 실리아는 중얼거렸다.

씁쓸한 실망감이 휩쓸고 지나갔다. 저게 산이라니!

2

산에 대한 실망감을 떨치자 포에서의 생활을 무척 즐기게 됐다. 음식이 맛있었다. 타벨도트라는 묘한 이름으로 불리는 점심식사는 진기하고 흥미로운 갖가지 음식이 차려진 기다란 식탁에서 했다. 호텔에는 아이가 둘 더 있었는데 실리아보다 한 살 많은 쌍둥이 자매였다. 실리아는 바, 비어트리스 자매와 어디든 뭉쳐 다녔다. 팔 년 동안 얌전한 아이로 지내온 실리아는 난생처음 장난의 재미를 알게 됐다. 셋은 발코니에서 오렌지를 먹다가 청홍색 제복을 입고 지나가는 군인들에게 씨를 던졌다. 군인들이 화가 나서 올려다보면 아이들은 이미 숨어 보이지 않았다. 타벨도트 식탁에 차려진 음식들에 소금과 후추를 잔뜩 뿌려 나이든 웨이터인 빅토르를 크게 화나게도 했다. 또 계단 아래 틈에 숨어 있다가 긴 공작 털로 저녁 먹으러 내려오는 사람들의 다리를 간질이기도 했다. 셋이 저지른 마지막 사고는 위층 객실의 사나운 청소부를 정신이 산란할 정도로 성가시게 한 것이었다. 아이들은 청소부를 쫓아 빗자루, 양동이, 청소용 솔을 두는 작은 방으로 갔다. 화가 난 청소부는 아이들에게 알아들을 수 없는 프랑스어로 잔소리를 퍼부었고, 문을 쾅 닫고 잠가버렸다. 셋은 포로가 됐다.

"저 여자가 우릴 가뒀어." 바가 억울한 듯이 말했다.

"언제쯤 내보내줄까?"

셋은 심각하게 서로를 바라보았다. 바의 눈이 반항적으로 빛났다.

"난 저 여자가 이겼다고 뽐내는 꼴은 보기 싫어. 어떻게든 해야지."

바는 언제나 대장이었다. 바는 그 방에 하나뿐인 창문의 작은 틈으로 눈을 돌렸다.

"저 틈으로 나갈 수 있을지도 몰라. 우린 별로 뚱뚱하지 않으니까. 밖은 어때, 실리아? 뭐가 보여?"

실리아는 홈통이 보인다고 대답했다.

"걸어갈 수 있을 만큼 커." 실리아가 말했다.

"좋아, 우리가 쉬잔을 끝장내주자. 우리가 짠 하고 나타나면 기절하지 않겠어?"

힘겹게 창문을 열고 한 사람씩 나갔다. 폭 30센티미터, 높이 5센티미터인 홈통이 튀어나와 있었다. 다섯 층 아래가 바닥이었다.

33호실의 벨기에인 부인은 54호실의 영국인 부인에게 정중한 메시지를 보냈다. 부인의 딸이 오언 부인의 아이들과 오층 난간을 타고 걸어다닌다는 걸 아시나요?

이어서 벌어진 소동은 실리아에게 너무 유난스럽고 무척 부당한 것 같았다. 난간을 걸어다니지 말라는 말은 한 번도 못 들었는데.

"거기서 떨어지면 죽을 수도 있었어."

"아니에요, 엄마! 아니라고요! 양발을 디딜 만큼 충분한 공간이 있었다고요."

이 사건은 아무것도 아닌 일에 법석을 떠는 어른들의 이해할 수 없는 모습의 하나로 기억에 남았다.

3

실리아는 당연히 프랑스어를 배워야 했다. 시릴에게는 프랑스인 청년이 매일 찾아왔다. 실리아를 위해서는 매일 함께 산책하며 프랑스어로 대화할 젊은 아가씨가 고용됐다. 그녀는 영어 책 전문 서점을 운영하는 부부의 딸로, 영국인이지만 포에서 나고 자라 영어만큼 프랑스어를 잘했다.

레드베터는 아주 세련된 숙녀였다. 뽐내는 듯한 딱딱한 영어를 썼다. 그녀는 친절을 베풀듯 천천히 말했다.

"실리아, 저건 빵 가게야. 불랑주리."

"네."

"실리아, 작은 개가 길을 건너고 있어. 무엇을 하고 있지? 윙 시앵 키 트라베르스 라 뤼. 케스 킬 페?"

이 질문은 레드베터에게 좋지 않았다. 개는 장소를 가리지 않고 행동하는 동물이라서 아주 고상한 아가씨의 얼굴을 붉히게 만들기 쉬웠다. 그 개는 길을 건너다 말고 다른 짓을 했다.

"저걸 프랑스어로 어떻게 말하는지 모르겠어요." 실리아가 대답했다.

"다른 걸 보자, 실리아." 레드베터가 말했다. "점잖지 못하구나. 저 앞에 교회가 있어. 부알라 윈 에글리즈."

길고 지루하고 단조로운 산책이었다.

두 주가 지나자 실리아의 엄마는 레드베터를 해고했다.

"마음에 안 드는 아가씨예요. 세상에서 가장 재미있는 일도 따분하게 만드는 사람이죠." 그녀가 남편에게 말했다.

실리아의 아빠도 동의했다. 그는 딸에게 프랑스어를 가르치는 사람은 반드시 프랑스 여자여야 한다고 말했다. 실리아는 별로 내키지 않았다. 외국인에 대해 상당히 편협한 불신을 갖고 있었기 때문이다. 뭐, 산책하는 동안만이라면…… 엄마는 실리아에게 마드무아젤 모우라는 마음에 쏙 들 거라고 장담했다. 실리아는 별나게 웃긴 이름이라고 생각했다.

모우라는 키도 크고 덩치도 컸다. 늘 자잘한 케이프가 달린 옷을 입었고 움직이면서 탁자의 물건들을 건드려 넘어뜨리곤 했다.

유모라면 분명 '덤벙댄다'고 했을 거라고 실리아는 생각했다.

모우라는 아주 수다스럽고 아주 다정했다.

"오, 라 셰르 미뇬(귀여워라)!" 모우라가 소리쳤다. "라 셰르 프티트 미뇬(작고 귀여운 아이네요)." 그녀는 실리아 앞에 무릎을 꿇고 앉아 얼굴을 들여다보며 활짝 웃었다. 실리아는 무척이나 영국인답게 무뚝뚝했고 모우라가 그러는 게 너무 싫었다. 어색했다.

"누 잘롱 누 자뮈제(우리 재미있게 지내보자). 아, 콤 누 잘롱 누 자뮈제(뭐하고 놀까)?"

그리고 다시 산책이 시작됐다. 모우라는 쉬지 않고 말했고, 실리아는 알아듣지 못하는 말이 쏟아져나와도 예의바르게 참았다. 모우라는 아주 상냥했고, 실리아는 그럴수록 그녀가 싫었다.

열흘 후 실리아는 감기에 걸렸다. 열이 조금 있었다.

"오늘은 나가지 않는 게 좋겠어. 모우라에게 들어오라고 하자." 엄마가 말했다.

"싫어요!" 실리아가 소리쳤다. "싫어요, 엄마. 돌려보내요. 돌아가라고 해줘요."

엄마는 딸의 얼굴을 물끄러미 보았다. 실리아가 잘 아는 눈빛이었다. 기묘하고, 반짝거리고, 뭔가를 찾는 듯한 눈길. 엄마가 작게 말했다.

"그래, 실리아, 그렇게 하마."

"여기 들어오지 못하게 해줘요." 실리아는 애원했다.

하지만 그 순간 거실 문이 열렸고, 케이프가 주렁주렁 달린 옷을 입은 모우라가 들어왔다.

엄마는 모우라에게 프랑스어로 말했다. 모우라는 안타까움과 동정을 담은 감탄사를 내뱉었다.

"아, 라 포브르 미뇬(가여워라)!" 엄마가 말을 마치자 모우라가 외쳤다. 모우라는 실리아 앞에 털썩 앉으며 "라 포브르, 포브르 미뇬(가엽고 가여워라)" 하고 말했다.

실리아는 애원하듯 엄마를 보고 얼굴을 찡그렸다. 그 표정은 '돌려보내줘요. 돌려보내달라고요'라고 말하고 있었다.

다행히 그 순간 모우라의 옷에 달린 케이프가 꽃병을 스쳐 넘어뜨렸고, 모우라의 관심은 온통 사과하는 일에 쏠렸다.

마침내 그녀가 거실에서 나가자 엄마가 부드럽게 말했다.

"실리아, 그런 얼굴 하면 못써. 모우라는 널 걱정했을 뿐인데. 마음이 상했을 거야."

실리아는 놀라서 엄마를 보았다.

"하지만 엄마, 그건 영국식 표정이잖아요." 실리아가 말했다.

실리아는 엄마가 왜 그렇게 크게 웃는지 이해할 수 없었다.

그날 저녁 미리엄이 남편에게 말했다.

"이번 선생님도 안 되겠어요. 실리아가 싫어해요. 어쩌면⋯⋯"

"어쩌면?"

"아무것도 아니에요." 미리엄이 말했다. "실은 오늘 의상실에서 본 아가씨를 생각하던 중이었어요."

얼마 후 가봉하러 의상실에 들렀을 때 미리엄은 그 아가씨에게 말을 걸었다. 그녀는 의상실 보조 중 하나였는데 가봉할 때 핀을 들고 있는 일을 했다. 열아홉 살쯤 되어 보였고, 깔끔한 시뇽 스타일*의 검은 머리, 들창코에 장밋빛 얼굴을 가진 쾌활해 보이는 아가씨였다.

영국인 부인이 함께 영국에 가지 않겠느냐고 묻자, 잔은 무척 놀랐다. 잔은 마망(엄마)에게 물어봐야 한다고 했다. 미리엄은 잔의 엄마가 어디 사는지 물었다. 잔의 부모님은 작은 카페를 운영하고 있었다. 카페는 아주 아담하고 깔끔했다. 보주 부인은 영국인 부인의 제안에 몹시 놀라며 귀를 기울였다. 잔이 부인의 집에서 일하면서 여자아이를 보살핀다고요? 잔은 경험도 거의 없는데다 서툴고 어설퍼요. 보주 부인은 큰딸인 베르트에 대해 말했지만 영국인 부인이 원하는 사람은 잔이었다. 의논하기 위해 보주 씨가 나왔다. 그는 부모로서 잔의 앞길을 막아서는 안 된다고 말했다. 잔은 의상실에서 받는 봉급보다 훨씬 많은 돈을 받게 될 터였다.

사흘 후에 잔은 아주 떨리고 설레는 모습으로 찾아와 그 일을 하겠다고 말했다. 잔은 자기가 보살필 영국인 소녀가 조금 두려웠다. 잔은 영어를 전혀 하지 못했다. 그녀는 유일하게 아는 문장을 희망에 차서 말했다. "안녕하세요, 아가씨."

안타깝게도 잔의 억양이 너무 이상해서 실리아는 잘 알아듣

---

* 뒤로 모아 틀어올린 머리 모양.

지 못했다. 실리아는 잠자코 몸단장을 했다. 실리아와 잔은 낯선 개들처럼 서로를 멀뚱멀뚱 쳐다봤다. 잔이 손가락으로 실리아의 곱슬머리를 빗어줬다. 실리아는 그녀를 계속 쳐다보았다.

"엄마, 잔은 영어를 한마디도 못 해요?" 아침식사 때 실리아가 물었다.

"응."

"재미있네요."

"잔은 마음에 드니?"

"아주 재미있게 생겼어요." 실리아가 대답했다. 그녀는 잠시 생각에 잠겼다. "잔한테 내 머리를 더 세게 빗어달라고 해주세요."

삼 주가 지나자 실리아와 잔은 가까워졌다. 사 주가 되어갈 무렵 두 사람은 산책길에 소떼를 만났다.

"몽 디외(맙소사)!" 잔이 외쳤다. "데 바슈(소떼야), 데 바슈! 엄마! 엄마야!"

잔은 실리아의 손을 잡고 정신없이 강둑으로 뛰어올라갔다. "왜 그래?" 실리아가 물었다.

"제 푀르 데 바슈(난 소가 무서워)."

실리아가 잔을 다정하게 바라보았다.

"또 소떼를 만나게 되면 내 뒤에 서." 실리아가 말했다.

이 사건 이후 둘은 단짝이 됐다. 실리아는 잔이 아주 재미있는 사람이라는 걸 알게 됐다. 잔은 실리아가 선물받은 작은 인형들에게 옷을 입혀주고 목소리를 흉내내 연기해주곤 했다. 잔은 (몹시 건방진) 팜 드 샹브르(하녀), 엄마, (군인 같고 콧수염을 만지작거리는) 아빠, 말썽꾸러기 세 아이의 역할을 번갈아 연기했다. 한번은 신부님이 되어 그들의 고해성사를 듣고 무서운 보속補贖을 내리기도 했다. 실리아는 이 대목에 푹 빠져서 늘 다시 해달라고 잔을 졸랐다.

"농(안 돼), 실리아. 세 트레 말 스 크 제 페 라(그건 못된 짓이야)."

"푸르쿠아(왜)?"

잔이 설명했다.

"신부님을 조롱하는 거니까. 죄야, 하면 안 되는 짓이야!"

"잔, 한 번만 더 해주면 안 돼? 정말 웃기단 말이야."

마음이 약한 잔은 영생 못할 위험을 무릅쓰고 그 장면을 훨씬 더 실감나게 연기했다.

실리아는 잔의 가족을 모두 알게 됐다. 트레 세리외즈(사려 깊은) 베르트, 시 장티(인정 많은) 루이, 스피리튀엘(신앙심 깊은) 에두아르, 첫 영성체를 한 라 프티트(작은) 리즈. 그리고 카페 창가 한가운데에 웅크리고 있어도 창문 한번 깨트린 적 없는 무척 영리한 고양이까지.

실리아도 잔에게 골디, 라운시, 수전에 대해 이야기했다. 정원에 대해서도. 같이 영국에 가서 무엇을 할지에 대해서도 말했다. 잔은 바다를 본 적이 없었다. 그녀는 영국에 배를 타고 가는 것을 몹시 겁냈다.

"즈 므 피귀르 크 조레 오리블르망 푀르(난 너무 무서울 것 같아). 낭 파를롱 파(말하지 말아줘)! 파를레무아 드 **보트르** 프티 투아조(대신 작은 새 이야기를 들려줘)."

4

어느 날 실리아가 아빠와 걸어가는데 호텔 바깥에 놓인 작은 탁자에서 누군가 외쳤다.

"존! 존 아닌가?"

"버나드?"

덩치 큰 쾌활한 남자가 벌떡 일어나더니 아빠와 반갑게 악수했다.

그는 아빠의 오랜 친구인 그랜트 씨였다. 두 사람은 몇 년이나 만나지 못했고, 포에 온 것도 서로 모르고 있었다. 그랜트 가족은 다른 호텔에 묵고 있었지만 데죄네(점심식사) 후에 만나 커피를 마시곤 했다.

실리아는 지금까지 봤던 사람들 중에 그랜트 부인이 가장 아름답다고 생각했다. 우아하게 매만진 잿빛 도는 은발, 짙푸른 멋진 눈과 뚜렷한 이목구비, 맑고 또렷한 목소리를 갖고 있었다. 실리아는 곧바로 새로운 인물을 상상해 머리스여왕이라 불렀다. 그녀는 그랜트 부인의 모든 매력을 가졌으며, 충성스러운 신하들의 존경을 받는 여왕이었다. 그녀는 세 번이나 암살당할 뻔했지만 콜린이라는 헌신적인 청년이 구해줬다. 여왕은 곧 그를 기사로 책봉했다. 여왕의 대관복은 선녹색 벨벳이었고, 다이아몬드가 박힌 은 왕관을 썼다.

그랜트 씨를 왕으로 만들지는 않았다. 그는 좋은 사람이지만 얼굴이 너무 통통하고 불그스름했고, 웃을 때마다 습관처럼 갈색 수염을 위로 흩날리는 아빠만큼 근사하지 않았다. 실리아는 자기 아빠가 아빠로서 딱 좋다고 생각했다. 그랜트 씨의 농담은 종종 상대를 바보 같다고 느끼게 했지만, 아빠의 농담은 그렇지 않고 늘 재미있었다.

그랜트 부부에게는 짐이라는 아들이 있었는데, 주근깨투성이의 명랑한 소년이었다. 그는 늘 기분좋고 웃는 얼굴이었고, 아주 동그랗고 파란 눈은 뭔가에 놀란 듯한 느낌을 주었다. 짐은 자기 엄마를 잘 따랐다.

짐과 시릴은 낯선 개들처럼 서로를 쳐다보았다. 짐은 자기보다 두 살 많고 사립학교에 다닌다는 이유로 시릴에게 아주 공손하게 대했다. 실리아는 아직 어렸기 때문에 둘 중 누구에게도 별로 신경쓰지 않았다.

삼 주 정도 지나 그랜트 가족은 영국으로 돌아갔다. 실리아는 그랜트 씨와 엄마가 나누는 대화를 우연히 듣게 됐다.

"존을 봤을 때 충격을 받긴 했지만 그래도 여기 와서 한결 좋아졌다고 하더군요."

실리아는 나중에 엄마에게 물었다.

"엄마, 아빠가 아파요?"

엄마는 약간 어색한 표정을 지으며 대답했다.

"아니, 물론 아니야. 지금은 아주 건강하셔. 영국이 습하고 비가 많이 와서 그랬던 거야."

실리아는 다행이라고 생각했다. 아빠가 아플 리 없다는 생각이 들었다. 아빠는 몸져눕거나 재채기나 구토를 한 적이 한 번도 없었다. 가끔 기침은 했지만 그건 담배를 너무 많이 피우기 때문이었다. 아빠가 그렇다고 했으니 실리아도 그런 줄로 알고 있었다.

그런데 엄마의 표정이 왜 그렇게 어색했는지 실리아는 궁금했다……

5

5월이 되자 포를 떠나 피레네산맥 기슭의 아르젤레스로 갔다가 그후 산중의 코트레로 올라갔다.

아르젤레스에서 실리아는 사랑에 빠졌다. 열정의 상대는 엘리베이터 보이인 오귀스트였다. 가끔 실리아나 바, 비어트리스 자매와(그들 역시 아르젤레스에 왔다) 장난을 치는 키 작고 잘생긴 또다른 엘리베이터 보이인 앙리가 아니라 오귀스트였다. 열여덟 살인 그는 키가 크고 머리가 검고 창백한 얼굴에 무척 우울해 보였다.

그는 엘리베이터를 이용하는 손님에게 아무 관심이 없었다. 실리아는 그에게 말을 붙일 용기가 없었다. 누구도, 잔조차도 실리아의 낭만적인 열정을 알지 못했다. 밤에는 침대에 누워 여러 가지 상상을 했다. 오귀스트가 탄 말이 흥분해서 날뛰자 실리아가 고삐를 붙들어 그의 목숨을 구했고, 난파선에서 두 사람만 살아남자 실리아는 그의 머리가 물에 잠기지 않게 붙잡고 해안까지 헤엄쳐왔다. 어떤 때는 오귀스트가 화염에 휩싸인 실리아를 구해주기도 했는데, 이 상상은 어쩐지 별로 만족스럽지 않았다. 그녀가 가장 좋아하는 클라이맥스는 오귀스트가 눈물이 그렁그렁한 채 "아가씨는 제 생명의 은인입니다. 이 은혜를 어떻게 갚아야 할까요"라고 말하는 대목이었다.

짧지만 강렬한 사랑이었다. 한 달 후 가족은 코트레로 갔고, 실리아는 오귀스트 대신 재닛 패터슨에게 빠졌다.

열다섯 살의 재닛은 갈색 머리에 파란 눈을 가진 착하고 상냥하고 유쾌한 소녀였다. 특별히 예쁘지도 않고 눈에 띄는 외모도 아니었지만 재닛은 어린아이들에게 상냥했고 지루한 내색 없이 잘 놀아줬다.

실리아의 유일한 소망은 언젠가 커서 이 우상처럼 되는 것이었다. 줄무늬 블라우스에 타이를 매고, 머리는 땋아서 검은색 리본으로 묶을 것이다. 실리아도 몸매라는 신비로운 것을 갖게 될 테니까. 재닛은 이미 그것을 가져서 줄무늬 블라우스 앞부분이 눈에 띄게 봉긋했다. 실리아는 깡말랐기 때문에(시릴은 동생을 약 올리고 싶을 때마다 뼈만 남은 병아리라고 놀려 그녀를 울렸다) 통통한 몸이 무척 부러웠다. 언젠가는, 영광스러운 어느 날에는 실리아도 나올 데 나오고 들어갈 데 들어간 몸매를 갖게 될 거라고 생각했다.

"엄마, 내 가슴은 언제 나와요?" 어느 날 실리아가 물었다.

엄마가 딸을 보며 말했다.

"왜? 빨리 그랬으면 좋겠어?"

"그럼요." 실리아가 간절한 듯이 숨을 내쉬었다.

"열넷이나 열다섯 살쯤 되면 그럴 거야―지금 재닛의 나이가 되면."

"그때는 나도 줄무늬 블라우스 입을 수 있죠?"

"그렇겠지. 그런데 엄마는 그거 별로 예쁘지 않던데."

실리아는 불만스러운 듯이 엄마를 쳐다보았다.

"내 눈에는 예뻐요. 엄마, 열다섯 살이 되면 그런 블라우스를 입어도 된다고 해줘요."

"물론이지―그때도 네가 그걸 원한다면."

실리아는 당연히 그럴 터였다.

실리아는 우상을 찾으러 나갔다. 그런데 너무 속상하게도 재닛은 프랑스인 친구인 이본 바르비에와 걷고 있었다. 실리아는 질투심을 느꼈고 이본 바르비에가 미웠다. 이본은 아주 예쁘고, 아주 우아하고, 아주 세련된 소녀였다. 열다섯 살이지만 열여덟 살로 보였다. 이본은 재닛과 팔짱을 끼고 다정하게 속삭였다.

"나튀렐망, 즈 네 리엥 디 아 마망(물론 엄마한테는 말하지 않았어). 즈 뤼 에 레퐁뒤(난 그 사람한테 이렇게 말했어)……"

"자리 좀 비켜줄래, 실리아? 이본하고 내가 지금 좀 바빠서." 재닛이 상냥하게 말했다.

실리아는 샐쭉하며 돌아섰다. 이본이 너무 미웠다.

아쉽게도 이 주 후에 재닛의 가족은 코트레를 떠났다. 실리아의 마음속에서 재닛의 이미지는 금세 흐려졌지만, 언젠가 생길 '가슴'에 대한 황홀한 기대감은 남아 있었다.

코트레는 정말 재미있는 곳이었다. 산이 코앞에 있었다. 그러나 여전히 실리아가 그렸던 산의 모습은 아니었다. 실리아는 죽을 때까지 산의 풍경에 진심으로 감탄하지 못할 것 같았다. 속은 기분이 마음 한구석에 남아 있었다. 그래도 코트레에는 여러 가지 즐거움이 있었다. 아침에 엄마 아빠와 뜨거운 햇볕을 받으며 라 라일리에르까지 걸어가 고약한 맛이 나는 물을 마셨다. 그러고는 쉬크르 도르주(갱엿)를 샀다. 다양한 색과 맛의 나선형 엿들이 막대에 꽂혀 있었다. 실리아는 보통 아나나(파인애플) 맛을 먹었고, 엄마는 초록색 아니스 열매 맛을 좋아했다. 희한하게도 아빠는 아무 맛도 좋아하지 않았다. 그래도 아빠는 코트레에 온 후 힘이 넘치고 아주 행복해 보였다.

"나는 여기가 잘 맞는 것 같아, 미리엄." 그가 말했다. "새로 태어난 기분이야."

그의 아내가 대답했다.

"우리 여기 최대한 오래 머물러요."

엄마도 즐거운 듯했고, 전보다 많이 웃었다. 초조해하며 찌푸렸던 미간도 펴졌다. 실리아에게는 별로 신경쓰지 않았다. 딸을 돌보는 일은 안심하고 잔에게 맡기고 미리엄은 정성껏 남편을 돌봤다.

아침 외출이 끝나면 실리아는 잔과 함께 숲을 걸어 집으로 돌아왔다. 지그재그로 난 오솔길을 오르내렸고, 가파른 비탈을 썰매 타듯 내려오다 속바지 엉덩이 부분이 찢어지는 난처한 일도 생겼다. 잔은 걱정스럽다는 듯이 투덜거렸다.

"아, 실리아. 스 네 파 장티유 스 크 부 페트 라(이러면 안 돼). 에 보 팡탈롱(바지는 또 어떡해). 크 디레 마담 보트르 메르(부인께서 뭐라고 하시겠어)."

"앙코르 윈 푸아(한 번만), 잔. 윈 푸아 쇨망(딱 한 번만)."

"농, 농(안 돼, 안 돼). 아, 실리아!"

점심식사 후에 잔은 바느질하느라 바빴다. 실리아는 광장에 나가서 다른 아이들과 뛰놀았다. 실리아에게 어울리는 놀이 친구로 메리 헤이스라는 여자애가 특별히 지목됐다. "정말 괜찮은 아이야. 행실도 바르고 무척 상냥해. 실리아와 좋은 친구가 될 거야." 실리아의 엄마가 말했다.

실리아는 어쩔 수 없을 때는 메리와 놀았지만 안타깝게도 메리는 지독하게 재미없는 아이였다. 차분하고 상냥했지만 너무 지루했다. 실리아가 좋아하는 친구는 미국에서 온 마거리트 프리스트먼이었다. 미국 서부의 어느 주에서 온 이 소녀는 비음 섞인 멋진 억양으로 영국인 소녀를 사로잡았고, 실리아가 모르는 놀이도 많이 알고 있었다. 마거리트 옆에는 언제나 깜짝 놀랄 만큼 나이든 보모가 따라다녔다. 펄럭이는 크고 검은 모자를 쓴 그녀는 "패니 옆에 딱 붙어 있어요, 알았죠?"라는 말을 입에 달고 살았다.

이따금 입씨름이 벌어지면 패니가 와서 해결해줬다. 어느 날 보모는 두 아이가 울먹이며 크게 다투는 모습을 보았다.

"자, 무슨 일인지 패니한테 다 말해봐요." 그녀가 명령했다.

"내가 실리아한테 무슨 이야기를 했는데, 실리아는 그게 아니래. 내 말이 맞는데."

"무슨 이야기인지 패니한테 말해봐요."

"멋진 이야기가 되어가고 있었어. 의사선생님이 검은 가방에 넣어 데려가주지 않아서 숲속 유치원에서 외롭게 자란 여자아이 이야긴데ㅡ"

실리아가 끼어들었다.

"아니에요. 마거리트는 의사가 숲속에서 아기들을 찾아 엄마들에게 데려다준다고 했어요. 그런데 그게 아니에요. 아기들은 밤에 천사들이 데려가서 요람에 넣어주는 거예요."

"의사선생님이야."

"천사야."

"아냐."

패니가 커다란 손을 들었다.

"둘 다 내 말 잘 들어요."

아이들은 귀를 기울였다. 패니는 작고 검은 눈을 영리하게 깜빡이며 궁리하더니 이 문제를 해결했다.

"두 사람 모두 그렇게 흥분할 거 없어요. 마거리트 아가씨 말도 맞고 실리아 아가씨 말도 맞아요. 영국 아기들은 그렇게, 미국 아기들은 또 그렇게 생기거든요."

정말 간단했다! 실리아와 마거리트는 마주보며 활짝 웃었고 다시 친구가 됐다.

"패니 옆에 딱 붙어 있어요." 패니가 중얼거리고는 뜨개질을 했다.

"그 이야기 계속해도 돼?" 마거리트가 물었다.

"응, 해봐." 실리아가 대답했다. "내가 나중에 복숭아씨에서 나온 오팔 요정 얘기 해줄게."

마거리트는 다시 시작했지만, 잠시 후 또 방해를 받았다.

"전굴이 뭐야?"

"전굴? 세상에 실리아, 너 전굴이 뭔지 몰라?"

"몰라, 그게 뭔데?"

이건 더 까다로운 문제였다. 마거리트가 한바탕 설명했지만 실리아는 전굴은 전굴이라는 것만 알아들었을 뿐이었다! 실리아의 기억에 전굴은 아메리카 대륙과 관련된 엄청난 짐승으로 남아 있었다.

어른이 된 실리아는 어느 날 문득 그 기억이 떠올랐다.

"그래! 마거리트 프리스트먼이 말한 전굴은 전갈이었어."

실리아는 뭔가를 잃어버린 듯한 큰 아픔을 느꼈다.

6

코트레에서는 저녁식사를 일찍 했다. 여섯시 반에 먹었다. 실리아는 더 앉아 있어도 된다는 허락을 받았다. 식사 후에는 모두 바깥에 있는 작은 탁자 앞에 둘러앉았고, 일주일에 한두 번은 마술사가 와서 마술을 했다.

실리아는 이 마술사를 아주 좋아했다. 명칭부터 마음에 들었다. 프랑스어로 프레스티디지타퇴르라고 한다고 아빠가 알려주었다.

실리아는 한 음절씩 천천히 되뇌었다.

마술사는 키가 컸고 수염이 검고 길었다. 그는 색색의 리본을 가지고 아주 매혹적인 마술을 선보였는데 순식간에 입에서 몇 미터나 되는 리본이 줄줄 나오기도 했다. 공연이 끝날 때쯤 그는 '간단한 뽑기'를 하겠다고 발표했다. 우선 그가 커다란 나무 접시를 돌리자 모두 돈을 냈다. 그런 다음 번호를 뽑았고, 당첨된 사람은 선물을 받았다. 종이부채, 작은 등, 종이꽃이 꽂힌 꽃병. 뽑기에서는 유독 아이들이 운이 좋은 것 같았다. 선물은 대부분 아이들 차지가 됐다. 실리아는 종이부채가 무척 갖고 싶었다. 하지만 등을 두 번 받았을 뿐 부채는 받지 못했다.

어느 날 아빠가 호텔 뒤편의 산등성이 한 곳을 가리키며 실리아에게 물었다. "저 산꼭대기에 올라가보지 않을래?"

"아빠, 나요? 산꼭대기에 올라가자고요?"

"응. 노새를 타고 올라가는 거야."

"노새가 뭐예요, 아빠?"

그는 당나귀나 말과 비슷한 거라고 설명했다. 실리아는 모
험을 한다는 생각에 흥분됐다. 엄마는 조금 걱정스러운 눈빛
으로 물었다. "존, 정말 괜찮을까요?"

실리아의 아빠는 아내의 걱정을 흘려들었고, 당연히 괜찮을
거라고 했다.

아빠와 실리아와 시릴이 가기로 했다. 시릴은 우쭐거리며
말했다. "아이구! 얘도 간다고요? 짐만 될걸요." 시릴은 실리
아를 귀여워했지만 같이 가는 건 남자로서 자존심이 상한 듯
했다. 그 일은 남자들의 원정이었다. 여자들과 애들은 집에 있
어야 했다.

대원정을 떠나는 아침 일찍 실리아는 준비를 마치고 발코니
에 서서 노새들이 오는 모습을 지켜봤다. 노새들이 모퉁이를
돌아 타박타박 걸어왔다. 아주 컸고 당나귀보다는 말과 더 비
슷했다. 실리아는 기대감에 신이 나서 아래층으로 달려갔다.
베레모를 쓴 구릿빛 얼굴의 왜소한 가이드가 아빠와 이야기를
나누고 있었다. 그는 프티트 드무아젤(작은 아가씨)이 괜찮을
거라고 말하고 있었다. 그가 실리아를 보살피기로 했다. 아빠

와 시릴이 노새에 올라탔다. 그리고 가이드가 실리아를 번쩍 안아 안장에 앉혔다. 무척 높은 데 올라온 것 같았다! 하지만 아주아주 흥분됐다.

일행이 출발했다. 발코니에서 엄마가 손을 흔들었다. 실리아는 뿌듯함에 가슴이 뛰었다. 어른이 된 기분이었다. 가이드가 실리아 옆에서 달렸다. 그가 뭐라고 얘기했지만 스페인어 억양이 강해서 실리아는 거의 알아들을 수 없었다.

노새를 타고 가는 여정은 정말 재미있었다. 그들은 점점 가팔라지는 꼬불꼬불한 길을 올라갔다. 마침내 산중턱에 도착했는데, 한쪽은 암벽이고 다른 쪽은 깎아지른 절벽이었다. 가장 위험해 보이는 곳에 이르자 실리아의 노새가 벼랑 끝에 반사적으로 멈춰 서더니 한쪽 발을 천천히 차올렸다. 그 노새는 가장자리를 따라 걷는 것을 좋아했다. 실리아는 아주 멋진 노새라고 생각했다. 이름이 아니시드*였는데 노새 이름으로는 좀 이상했다.

정오쯤 정상에 도착했다. 작은 오두막이 보였고, 그 앞에 탁자가 있었다. 그들이 탁자에 둘러앉자 한 부인이 곧 점심식사를 가져왔다. 오믈렛, 송어 튀김, 크림치즈와 빵이 나왔는데 아주 맛있었다. 실리아는 거기서 커다란 털북숭이 개와 놀았다.

---

* 아니스 씨나 열매.

"세 프레스크 윙 앙글레(이 녀석은 거의 영국산이에요), 일 사펠 밀로르(이름은 밀로르죠)." 부인이 말했다.

밀로르는 아주 순했고, 실리아와 실컷 놀아줬다.

이윽고 아빠가 손목시계를 보더니 내려갈 시간이 됐다고 말했다. 그가 가이드를 불렀다.

가이드가 빙긋 웃으며 다가왔다. 손에 뭔가 들고 있었다.

"제가 뭘 잡았는지 보세요." 그가 말했다.

크고 예쁜 나비였다.

"세 푸르 마드무아젤(이건 아가씨 드려야죠)." 그가 말했다.

가이드는 실리아가 알아차릴 새도 없이 민첩하고 능숙하게 핀을 꺼내 실리아의 밀짚모자 꼭대기에 나비를 꽂았다.

"부알라 크 마드무아젤 에 시크(봐요, 아가씨, 멋진데요)." 그가 자신의 솜씨를 보려고 뒤로 물러서며 말했다.

그런 다음 노새들을 끌고 나왔고, 일행은 다시 노새에 올라타 산을 내려가기 시작했다.

실리아는 마음이 아팠다. 모자에서 퍼덕대는 나비의 날갯짓을 느낄 수 있었다. 나비는 살아 있었다―살아 있었다. 핀에 찔린 채! 실리아는 속이 울렁거리고 괴로웠다. 눈물이 차올라 뺨을 타고 흘러내렸다.

마침내 아빠가 알아차렸다.

"왜 그러니, 귀염둥이야?"

실리아는 고개를 저었다. 눈물이 더 많이 흘렀다.

"어디 아파? 많이 피곤하니? 머리 아파?"

질문이 이어질 때마다 실리아는 고개를 더 세게 저었다.

"노새가 무섭나보죠." 시릴이 말했다.

"아니야." 실리아가 말했다.

"그럼 왜 훌쩍거리는데?"

"라 프티트 드무아젤 에 파티게(작은 아가씨가 지쳤나보군요)." 가이드가 말했다.

눈물이 점점 더 많이 흘렀다. 다들 의아한 듯이 쳐다봤지만 뭐가 문제인지 실리아가 어떻게 말할 수 있겠는가. 얘기하면 가이드가 많이 속상해할 것이다. 그는 친절을 베풀려고 했다. 실리아를 위해 일부러 나비를 잡고, 모자에 꽂아줄 생각을 하고는 뿌듯해했을 텐데. 그런데 어떻게 실리아가 싫다고 말할 수 있겠는가. 게다가 아무도 절대, 절대 이해하지 못할 텐데! 바람이 불자 나비의 날갯짓이 더 심해졌다. 실리아는 울음을 그치지 않았다. 이런 고통이 또 없을 것 같았다.

"최대한 서둘러 내려가는 게 좋겠어." 아빠가 말했다. 곤혹스러운 듯했다. "애엄마에게 데려가야겠어. 미리엄 말이 맞았어. 아이에게 너무 무리였어."

실리아는 소리치고 싶었다. '아니요, 아니에요. 그런 게 아니라고요.' 하지만 그러지 않았다. 소리치면 사람들이 '그럼 왜 그러는데?'라고 다시 물을 걸 알았기 때문이다. 실리아는 말 없이 고개만 저었다.

산을 내려오는 내내 울었다. 고통은 더욱더 심해졌다. 실리아는 울면서 아빠에게 안겨 노새에서 내렸고 안긴 채 거실로 들어갔다. 엄마가 앉아서 가족을 기다리고 있었다. "당신 말이 맞았어, 미리엄." 아빠가 말했다. "아이에게 너무 무리였나봐. 애가 아픈 건지 피곤한 건지 잘 모르겠어."

"아니에요." 실리아가 말했다.

"험한 산길을 내려오는 게 무서웠겠죠." 시릴이 말했다.

"아니야." 실리아가 대꾸했다.

"그럼 왜 그랬는데?" 아빠가 물었다.

실리아는 엄마를 멀뚱멀뚱 바라보았다. 말할 수 없다는 것을 알았다. 고통의 이유는 영원히, 언제까지고 가슴에 묻어야 했다. 말하고 싶지만—아, 정말 말하고 싶지만—어쩐지 그럴 수가 없었다. 이상한 거리낌에 짓눌려 입이 열리지 않았다. 엄마가 알아준다면. 엄마라면 이해할 텐데. 하지만 실리아는 엄마에게도 말할 수 없었다. 모두가 실리아의 말을 기다리며 빤히 쳐다보았다. 가슴속에 끔찍한 고통이 차올랐다. 실리아는 괴로워하며 엄마를 바라보았다. 그 눈빛은 '도와줘요. 제발 도와줘요'라고 말하고 있었다.

미리엄도 딸을 바라보았다.

"모자에 꽂힌 나비 때문인 것 같은데요. 이걸 누가 꽂았지?" 엄마가 물었다.

아, 안도감―놀랍고 시큰하고 저릿한 안도감.

"설마." 아빠가 말문을 열었지만 실리아가 가로막았다. 무너진 댐에서 물이 쏟아지듯 말이 쏟아져나왔다.

"나비 싫어요. 싫다고요. 나비가 퍼덕거려요. 살아 있어요. 아파해요."

"그럼 왜 그렇다고 말을 안 했어, 바보야!" 시릴이 말했다.

엄마가 대답했다. "실리아는 가이드의 기분을 생각해서 그랬을 거야."

"엄마!" 실리아가 외쳤다.

거기―그 짧은 말에 모든 게 있었다. 안도, 감사―그리고 차오르는 큰 사랑.

엄마는 다 알고 있었다.

Chapter 3

할머니

1

그해 겨울 실리아의 부모는 이집트로 갔다. 그들은 딸을 두고 가는 게 낫겠다고 판단했고, 그래서 실리아는 잔과 함께 할머니 집에서 지냈다.

실리아는 윔블던에서 할머니와 지내게 된 것이 무척 기뻤다. 할머니의 집은 무엇보다 정원이 특별했다. 손수건처럼 반듯한 초록 정원이 있었고 가장자리에 장미나무들이 있었다. 실리아는 나무를 다 알았고, 심지어 겨울에도 알아보았다. "잔, 저건 라 프랑스라는 분홍 장미야. 잔은 저 장미를 좋아할 것 같아." 하지만 뭐니 뭐니 해도 이 정원의 자랑은 정자의 철제 지지대들 사이로 우뚝 솟은 커다란 물푸레나무였다. 실리아의 집에는 물푸레나무가 없었고, 실리아는 이 나무를 세상에서 가장 신비한 경이 중 하나로 생각했다. 다음으로는 크고 고풍스러운 마호가니 변기가 있었다. 아침식사 후 실리아는 화장실에 들어가 마치 왕좌에 앉는 여왕이 된 기분으로 문을 잠그고 편안하게 앉아 위엄 있게 인사를 하거나, 상상 속 신하들의 키스를 받기 위해 손을 내밀며 그 시간을 최대한 누렸다. 정원으로 접어드는 문 옆에는 할머니의 식료품 찬장이 있었다. 매일 아침 할머니는 커다란 열쇠 꾸러미를 짤랑거리며 찬장으로 갔다. 식사 시간을 잘 지키는 어린아이나 개나 사자처럼 실리아도 그 앞에 서 있곤 했다. 할머니는 찬장에서 설탕 봉지, 버터, 달걀, 잼 단지 같은 것을 꺼냈다. 그리고 요리사인 세라 할멈과 오랫동안 아웅다웅했다. 세라 할멈은 라운시와 전혀 달랐다. 라운시는 뚱뚱했지만 세라 할멈은 홀쭉했다. 주름지고 합죽한 얼굴의 왜소한 노인이었다. 그녀는 할머니 집에서 오십 년이나 일했고, 그 세월 동안 두 사람은 한결같이 입씨름을 벌였다. 설탕을 많이 쓴다느니 차가 반 파운드나 남았는데 또 산다느니 하며. 입씨름은 할머니가 세심한 주부로서 매일같이 치르는 일종의 의식이었다. 하인들은 낭비가 너무 심했다! 그러니 그들을 매섭게 지켜봐야 했다. 할머니는 그 의식이 끝나야 실리아가 눈에 들어오는 듯했다.

"아이고, 꼬마 아가씨가 여긴 어쩐 일이지?"

그러고는 깜짝 놀란 척하며 말했다.

"아이고 이런, 원하는 게 있는 건 아니겠지?"

"있어요, 할머니. 있어요."

"그래, 그럼 내가 찾아보마." 할머니는 찬장 깊숙한 곳을 천천히 뒤졌다. 뭔가 나왔다. 프랑스 자두, 안젤리카*, 마르멜루** 잼. 여자아이가 좋아할 만한 뭔가가 항상 있었다.

할머니는 아주 근사한 노부인이었다. 하얀 피부, 장밋빛 뺨, 이마 양옆으로 간간이 보이는 곱슬곱슬한 흰머리, 재미있는 이야기가 쏟아져나올 것 같은 큰 입. 풍만한 가슴과 커다란 엉덩이, 장대하고 튼실한 몸매를 가졌다. 할머니는 풍성하게 퍼지는 벨벳이나 실크 드레스를 허리를 꽉 조여서 입었다.

"난 예전부터 몸매가 좋았지." 할머니는 실리아에게 말하곤 했다. "내 여동생 패니는 우리 중에 얼굴은 가장 예뻤지만 몸매가 별로였어. 사실 몸매랄 것도 없었지! 합판 두 장을 못질해놓은 것처럼 비쩍 말랐거든. 내가 옆에 있으면 남자들은 패니에게 오래 눈길을 주지 않았어. 남자들이 끌리는 건 얼굴이 아니라 몸매란다."

할머니의 이야기는 주로 '남자들'에 대한 것이었다. 그녀는 남자들이 우주의 중심이던 시대에 자랐다. 여자는 그 대단한

---

* 약초의 일종으로 설탕에 졸여 먹는다.

** 모과 비슷한 열매.

존재를 거들기 위해 존재할 뿐이었다.

"난 우리 아버지보다 잘생긴 사람을 못 본 것 같아. 키가 백팔십이었지. 우리 형제들은 모두 아버지를 무서워했어. 정말 엄격하셨거든."

"할머니 엄마는 어떤 분이었어요?"

"아, 불쌍한 분이었지. 겨우 서른아홉에 세상을 떠나셨거든. 자식이 열이나 됐어. 배고픈 입이 많았지. 어머니가 아기를 낳고 침대에 누워 있으면—"

"왜 침대에 누워 있었는데요, 할머니?"

"그건 관습이란다."

실리아는 산후조리 이야기를 별 관심 없이 들었다.

"아기를 낳으면 한 달 동안은 침대에서 지내셨어." 할머니가 계속했다. "그게 유일한 휴식이었어, 가엾게도. 어머니는 이 기간을 즐기셨지. 침대에서 삶은 달걀 하나를 아침으로 드셨어. 먹을 게 넉넉하지 않았거든. 우리는 어머니를 성가시게 했단다. '그 달걀 맛 좀 봐도 돼요, 엄마? 그 윗부분은 제가 먹어도 돼요?' 그러면서 아이들이 맛보고 나면 어머니가 드실 건 거의 없었어. 아주 상냥한 분이었단다, 아주 자상하셨지. 어머니는 내가 열네 살 때 세상을 뜨셨어. 나는 장녀였고. 불쌍한 아버지는 슬퍼하셨지. 금슬이 좋은 부부였어. 육 개월 후에 아버지도 어머니를 따라 저세상으로 가셨단다."

실리아는 고개를 끄덕였다. 그러는 게 옳고 마땅한 것 같았다. 놀이방에 있는 동화책들에도 죽는 장면이 종종 등장했다. 보통은 아이가 죽었다. 유난히 순수하고 천사 같은 아이가.

"할머니의 아빠는 무슨 병으로 돌아가셨어요?"

"급성 폐결핵." 할머니가 대답했다.

"그럼 할머니의 엄마는요?"

"어머니는 점점 쇠약해지셨단다, 얘야. 그냥 쇠약해지셨어. 동풍이 불 때는 목을 폭 감싸고 나가야 해. 기억해라, 실리아. 동풍은 사람의 목숨을 앗아가거든. 불쌍한 생키—세상에, 바로 한 달 전에 같이 다과를 했는데. 형편없는 수영장에 갔다가 목도리도 없이 동풍을 맞으며 돌아오는 바람에 일주일 만에 죽었단다."

할머니의 이야기와 회상은 매번 이런 식으로 끝났다. 할머니는 아주 명랑했지만 불치병이나 돌연사, 원인 불명의 병에 대해 이야기하는 것을 좋아했다. 실리아는 그런 할머니에게 익숙해져서 이야기 중간중간 깊고 열렬한 흥미를 내보이며 묻곤 했다. "그래서 그 사람도 죽었어요?" 그러면 할머니는 대답했다. "그래, 죽었지. 가엾게도." 여자아이나 남자아이, 여자 어른일 때도 있었다. 할머니의 이야기는 행복하게 끝나는 법이 없었다. 그건 할머니의 건강과 왕성한 원기에서 비롯된 자연스러운 반동이었을지 모른다.

할머니는 알 수 없는 경고도 잔뜩 늘어놓았다.

"모르는 사람이 사탕을 주면 절대 받으면 안 돼. 네가 더 자라면, 총각과 단둘이 기차에 타서도 안 된다는 걸 잊지 마라."

마지막 경고는 실리아를 불편하게 했다. 실리아는 수줍음이 많은 아이였다. 총각과 단둘이 기차에 타지 않으려면 남자에게 결혼했는지 물어봐야 할 것 아닌가. 겉모습만으로는 알 수 없을 테니까. 그런 생각만으로도 실리아는 불안해서 안절부절못했다.

실리아는 마침 할머니 집에 방문했던 손님이 한 말을 자신과 연관시켜 듣지 않았다.

"그런 걸 주입하는 건—별로 좋지 않아요."

할머니의 대답은 강경했다.

"미리 알아두면 안 좋은 일을 당할 리 없지요. 젊은 사람들은 이런 것들을 알아둬야 해요. 그리고 부인이 못 들은 이야기가 있어요. 내 남편이 해준 건데—첫번째 남편이요."(할머니는 결혼을 세 번 했다. 몸매 좋고 내조도 잘하는 아내였던 할머니는 차례로 남편을 묻었다—한 명은 눈물을 흘리며—한 명은 체념한 채—한 명은 정중하게.) "그이는 여자들이 알아둬야 할 게 있다고 했어요."

할머니의 목소리가 작아졌다. 쉬쉬거리며 속삭였다.

언뜻 들어보니 지루한 이야기 같았다. 실리아는 정원으로 나갔다……

2

잔은 행복하지 않았다. 프랑스와 가족에 대한 향수병이 점점 심해졌다. 그녀는 영국인들은 인정이 없다고 실리아에게 푸념했다.

"퀴지니에르(요리사) 세라 할멈은 날 교황주의자*라 부르긴 해도 장티유(친절해). 하지만 다른 사람들…… 메리와 케이트는 내가 봉급을 받으면 옷도 사지 않고 모두 고향의 엄마에게 보낸다고 비웃어."

할머니는 잔을 위로하려고 했다.

"현명한 아가씨답게 계속 그래야지. 쓸데없이 화려한 옷이나 입고 장신구나 주렁주렁 걸치고 다니면 건실한 남자를 못 만나. 앞으로도 계속 그렇게 엄마에게 보내드리려무나. 그럼 결혼할 때쯤 꽤 큰 돈이 모일 거야. 일하는 사람에겐 치렁치렁한 것보다 단정하고 수수한 옷차림이 훨씬 어울리지. 계속 착실하게 해나가는 거야."

---

* papist. 개신교도들이 가톨릭교도를 경멸하며 부르는 말.

하지만 메리나 케이트가 심하게 괴롭히거나 심술궂게 굴면 잔은 종종 눈물을 흘렸다. 영국인 아가씨들은 외국인을 좋아하지 않는데다 잔은 가톨릭교도였다. 로마가톨릭교도들이 음녀*를 숭배한다는 건 누구나 알고 있었다.

할머니의 서툰 위로가 언제나 상처를 아물게 해주는 건 아니었다.

"자기 종교에 충실한 게 옳지. 내가 로마가톨릭을 지지한다는 말은 아니다, 난 그건 아니야. 내가 아는 가톨릭 신자들은 대부분 거짓말쟁이였어. 그들의 사제가 결혼을 한다면 난 오히려 좋게 생각할 거야. 수녀원도 그래! 아름다운 처녀들이 거기 갇혀 평생 소식조차 못 듣잖니. 난 알고 싶어, 그 처녀들에게 무슨 일이 일어나는지! 아마 그 질문에는 신부들만 대답할 수 있을 거다."

다행히 잔의 영어 실력으로는 쏟아지는 듯한 이 말을 제대로 알아들을 수 없었다.

잔은 할머니에게 감사하다고 말했고, 다른 사람들이 무슨 말을 하든 신경쓰지 않으려고 노력하겠다고 말했다.

할머니는 메리와 케이트를 불러 낯선 나라에서 온 불쌍한 아가씨에게 심술궂게 군다고 한바탕 혼냈다. 메리와 케이트는

---

* 개신교도들은 로마가톨릭이 우상을 숭배한다며 '바빌론의 음녀'로 보기도 한다.

얌전하고 공손하게, 그러나 뜻밖이라는 듯이 대꾸했다. 사실 자기들은 아무 말도 하지 않았다고, 절대 아무 말도 안 했다고, 잔이 멋대로 지어낸 거라고 말했다.

할머니는 자전거를 타고 싶다는 메리의 부탁을 매몰차게 거절함으로써 작은 만족감을 느꼈다.

"그런 부탁을 하다니, 놀랍구나, 메리. 내 집에서 일하는 사람에게 그런 꼴사나운 짓은 허락 못한다."

메리는 부루퉁한 표정으로 리치먼드에 사는 사촌은 자전거를 허락받았다고 중얼거렸다.

"그 얘기는 이제 그만해라." 할머니가 말했다. "자전거는 여자한테 위험한 물건이야. 그 고약한 걸 탔다가 평생 아기를 못 갖게 된 여자도 많아. 아무튼 여자 몸에 좋지가 않아."

메리와 케이트는 샐쭉해서 물러갔다. 그만두겠다고 할 수도 있지만 그들은 이 집만큼 편한 곳이 없다는 걸 알았다. 좋은 음식을 먹었고—어떤 집에서는 하인용으로 질 나쁘고 오래된 식품을 따로 샀다—일은 힘들지 않았다. 노부인은 조금 까다로웠지만 나름대로 자상했다. 집에 일이 생기면 도와줬고, 크리스마스에는 그보다 더 인심 좋을 수가 없었다. 물론 세라 할멈의 말버릇은 참아야 했다. 음식 솜씨만은 최고였으니까.

다른 아이들처럼 실리아도 주방에 자주 드나들었다. 세라 할멈은 라운시보다 훨씬 괴팍했지만, 그건 물론 그녀가 너무 늙었기 때문이었다. 백오십 살이라고 해도 전혀 놀라지 않았을 것이다. 실리아는 세라 할멈처럼 늙은 사람은 없다고 생각했다.

세라 할멈은 이상한 일에 별 이유도 없이 예민했다. 어느 날 실리아가 주방에 들어가 세라 할멈에게 뭘 만드는지 물었다.

"내장 수프예요, 아가씨."

"내장이 뭔데?"

세라 할멈은 입을 다물었다.

"꼬마 숙녀가 묻기에 좋지 않은 것들이 있어요."

"그런데 그게 뭔데?" 실리아의 호기심이 더욱 커졌다.

"자, 그만해요, 아가씨. 아가씨 같은 꼬마 숙녀가 그런 걸 캐묻는 건 좋지 않아요."

"세라," 실리아는 춤을 추며 주방을 돌아다녔다. 옅은 금발 머리가 찰랑거렸다. "내장이 뭐야? 그게 뭔데? 내장—내장—내장?"

화난 세라 할멈이 프라이팬을 들고 달려오자 실리아는 주방에서 나갔다가 몇 분 후 다시 고개를 들이밀고 물었다. "내장이 뭐야?"

다음에는 주방 창문에 나타나 똑같이 물었다.

세라 할멈은 잔뜩 화가 나 어두워진 얼굴로 대답은 않고 혼 잣말을 중얼거렸다.

갑자기 이 놀이에 싫증이 난 실리아는 할머니에게 갔다.

할머니는 언제나 식당에 앉아 있었다. 식당에서는 집 앞의 짧은 차도가 보였다. 이곳은 이십 년이 흐른 후에도 실리아가 상세하게 묘사할 수 있었던 곳이다. 노팅엄 레이스가 달린 묵직한 커튼, 진홍빛과 금빛이 섞인 벽지, 전체적으로 가라앉은 분위기, 희미하게 풍기는 사과 냄새, 한낮의 정적. 빅토리아풍 넓은 식탁에는 셔닐사로 짠 식탁보가 씌워져 있고, 커다란 마호가니 찬장이 있었다. 난로 옆 작은 탁자에는 신문이 쌓여 있고, 벽난로 선반에는 무거운 청동상들("네 할아버지가 파리박람회에서 70파운드나 주고 산 것들이지")이 있었다. 실리아는 광택이 나는 붉은 가죽 소파에서 가끔 '휴식'을 취했는데, 너무 미끄러워서 소파 가운데에 앉아 있기가 어려웠다. 소파 등받이에 털실로 뜬 덮개가 걸쳐 있고, 창가의 연회용 탁자들에는 자질구레한 것들이 잔뜩 쌓여 있었다. 둥근 탁자 가까이에 있는 회전식 책꽂이와 실리아가 너무 힘껏 흔들었다가 뒤로 자빠져 머리에 달걀만한 혹이 난 적도 있는 빨간색 벨벳 흔들의자, 벽에 줄줄이 기대놓은 가죽 의자들도 있었다. 그리고 등받이가 아주 높은 가죽 의자가 있었는데 할머니는 이 의자에 앉아 이런저런 일을 했다.

할머니는 게으름을 피우는 법이 없었다. 삐뚤빼뚤하고 길쭉한 필체로 보통 편지지 반만한 종이에 편지를 썼다. 반이면 충분하기 때문이었고, 그녀는 낭비를 참지 못했다. ("낭비를 안 하면 아쉬울 일도 없단다, 실리아.") 그리고 숄을 뜨개질했다. 자주색, 파란색, 연보라색 예쁜 숄을 떠서 하인들의 친척들에게 선물했다. 보드랍고 보송보송한 큰 털실 뭉치를 놓고 뜨기도 했는데 보통 누군가의 아기를 위한 것이었다. 작고 둥근 다마스크 천조각 둘레에 섬세하게 그물코를 떠넣기도 했다. 이렇게 만든 거품처럼 생긴 도일리*에는 갖가지 케이크와 비스킷을 담은 접시를 놓았다. 아는 신사들을 위해 조끼를 만들기도 했다. 허커백 타월 천 같은 데다 아름다운 색실로 자수를 놓았다. 어쩌면 이것이 할머니가 가장 좋아하는 일이었다. 여든한 살이었지만 그녀는 여전히 '남자' 보는 눈이 있었다. 할머니는 그들에게 수면양말도 떠줬다.

엄마가 돌아오면 놀래주기 위해 실리아는 할머니에게 세면대 밑에 까는 매트 세트 뜨는 법을 배웠다. 크기가 다른 동그란 타월 천을 먼저 털실로 휘갑친 다음 코바늘뜨기를 했다. 실리아는 하늘색 털실로 휘갑쳤는데 할머니와 실리아 모두 크게 감탄했다. 다과 접시를 치운 후에는 함께 나무블록 빼기를 했고, 그다음에는 크리비지**를 했다. 두 사람은 진지하고 몰두한

* 그릇 밑에 놓는 장식용 깔개.
** 카드게임의 일종.

표정으로 점수를 계산했다. "이건 1점, 이건 2점, 합쳐서 15니까 2점, 또 15니까 4점, 또 15니까 6점, 그리고 6이니까 12점이요." "크리비지가 왜 좋은 게임인지 아니, 실리아?" "아뇨, 할머니." "셈을 가르쳐주기 때문이지."

할머니는 이 말을 빠트리는 적이 없었다. 그녀는 재미만을 위해 게임을 하며 자란 세대가 아니었다. 음식을 먹는 건 건강에 좋기 때문이었다. 할머니가 체리 조림을 무척 좋아하고 매일같이 먹는 것도 '콩팥에 아주 좋기 때문'이었다. 또 할머니가 좋아하는 치즈는 '소화를 돕기 때문에' 먹었고, 디저트에 포트와인 한 잔을 곁들이는 건 '의사의 지시 때문'이었다. 특히 술을 즐기는 데는 이런 이유를(여자는 술에 약하니까) 강조할 필요가 있었다. "좋아서 마시는 거 아니에요, 할머니?" 실리아가 물으면 할머니는 "아니야" 하고 얼굴을 찡그리며 우선 한 모금 들이켰다. 그러고는 "건강을 위해 마시는 거란다" 하고 판에 박힌 답을 말한 뒤 아주 즐거운 듯이 술잔을 비웠다. 하지만 커피에 대한 기호만은 숨기지 않았다. "커피 색깔이 무어인 같구나." 할머니는 눈가에 주름이 생기도록 만족스러운 듯이 웃으며 말했다. "아주 더* 마셔야겠네." 그녀는 농담을 던지고 웃으면서 커피를 더 따랐다.

---

* 무어에서 연상한 모어(more)로 농담함.

복도 맞은편의 오전용 거실*에는 재봉사인 불쌍한 베넷이 앉아 있었다. 베넷의 이름 앞에는 늘 '불쌍한'이라는 수식어가 붙었다.

"불쌍한 베넷." 할머니는 말하곤 했다. "베넷에게 일감을 주는 건 자선 행위지. 불쌍한 베넷은 끼니를 거를 때도 있을 거야."

특별한 요리가 식탁에 오르면 할머니는 불쌍한 베넷을 위해 꼭 챙겨두었다.

불쌍한 베넷은 자그마하고, 덥수룩한 회색 머리가 새 둥지 같았다. 진짜 기형은 아니었지만 왠지 그런 느낌을 주었다. 고상한 척 아주아주 우아하게 말했고, 할머니에게는 마담이라고 불렀다. 베넷은 제대로 만들 줄 아는 옷이 하나도 없었다. 그녀가 만든 실리아의 옷은 언제나 너무 커서 소매가 손등을 덮고 겨드랑이가 팔 중간까지 파여 있었다.

사람들은 불쌍한 베넷의 감정을 건드리지 않기 위해 특별히 신경써야 했다. 조금이라도 감정이 상하면 베넷은 뺨을 붉히고 홱 돌아앉아 신경질적으로 바느질했다.

불쌍한 베넷에게는 불행한 과거가 있었다. 본인이 누누이 밝혀온 바에 따르면 그녀의 아버지는 연줄이 든든한 사람이었다. "사실 이런 말을 하면 안 되지만, 정말 비밀인데요, 우

---

* 영국의 대저택에는 오전용 거실이 따로 있기도 했다.

리 아버지는 정말 대단한 신사였어요. 어머니가 늘 그렇게 말씀하셨죠. 전 아버지를 닮았어요. 제 손과 귀를 보셨는지 모르겠지만, 그걸 보면 태생을 알 수 있다고 하잖아요? 제가 이런 일로 밥벌이한다는 걸 아셨다면 아버지가 큰 충격을 받으셨을 거예요. 마담은 제가 견뎌온 몇몇 부인과는 다르게 절 대해주시죠. 어떤 댁에서는 마치 하인 부리듯 한다니까요. 마담은 이해하시겠죠."

그래서 할머니는 불쌍한 베넷이 적절한 대접을 받는지 항상 마음을 썼다. 식사는 쟁반에 담아 가져가도록 했다. 베넷은 하인들을 막 대하고 심부름도 시켰기 때문에 그들은 그녀를 몹시 싫어했다.

"주제에 으스대는 꼴이라니." 실리아는 세라 할멈이 중얼대는 소리를 들었다. "애비 이름도 모르는 사생아 주제에."

"사생아가 뭐야?"

세라 할멈의 얼굴이 빨개졌다.

"꼬마 숙녀의 입에서 나올 소리가 아니에요, 실리아 아가씨."

"내장이야?" 실리아가 기대하며 물었다.

옆에 있던 케이트가 큰 소리로 웃다가 발끈한 세라 할멈에게 입조심하라는 타박을 들었다.

오전용 거실 뒤편에 응접실이 있었다. 응접실은 춥고 어두컴컴하고 외따로 있었다. 파티를 열 때만 쓰는 곳이었다. 벨벳

의자, 탁자, 양단 소파로 가득차 있었고, 커다란 캐비닛들에는 도자기 인형이 넘쳐날 만큼 많았다. 한쪽 구석에는 저음부는 요란하고 고음부는 여리고 아름다운 소리가 나는 피아노가 있었다. 창밖 온실은 정원으로 이어졌다. 쇠살대와 난로용 철물들은 세라 할멈의 자랑이었는데, 그녀는 얼굴이 비칠 정도로 그것들을 번쩍번쩍하게 광냈다.

위층에는 천장이 낮고 길쭉하고 정원이 내다보이는 놀이방이 있었고 그 위층에는 메리와 케이트가 함께 쓰는 다락방이 있었다. 그리고 계단 몇 칸 위에 가장 좋은 침실 세 개가 있었고, 통풍이 잘 안 되는 길쭉한 방은 세라 할멈이 썼다.

실리아는 이 침실들이 할머니 집에서 가장 웅장하다고 생각했다. 이곳에는 커다란 가구 세트가 있었는데, 하나는 어룽더룽한 무늬의 회색 목제였고, 두 개는 마호가니 가구였다. 할머니의 침실은 식당 위쪽에 있었다. 그 방에는 네 개의 기둥이 달린 큰 침대가 있었고, 벽 한쪽에 커다란 마호가니 옷장이 있었다. 멋진 세면대와 화장대, 큰 서랍장도 있었다. 서랍에는 깔끔하게 개놓은 옷이 가득했다. 할머니가 가끔 잘 닫히지 않는 서랍과 씨름하기도 했지만. 모든 것이 안전하게 잠겨 있었다. 문 안쪽 자물쇠 옆에는 단단한 빗장과 황동 암톨쩌귀 두 개가 달려 있었다. 보안을 신경쓰는 할머니의 침실에는 파수꾼의 딸랑이와 경찰 호루라기가 손만 뻗으면 닿는 곳에 놓여 있었다. 그래서 할머니의 요새에 도둑이 침입하면 당장 경보를 울릴 수 있었다.

옷장 맨 위에는 하얀 조화로 장식한 큰 화관이 유리 상자에 담겨 있었다. 할머니의 첫번째 남편이 죽었을 때 헌화로 썼던 것이었다. 오른쪽 벽에는 할머니의 두번째 남편의 추도회 장면을 담은 사진 액자가 있었다. 왼쪽 벽에는 할머니의 세번째 남편의 멋진 대리석 묘비를 찍은 큰 사진이 걸려 있었다.

침대에는 깃털을 넣은 이불이 있었고, 창문은 언제나 닫혀 있었다.

할머니는 밤공기가 몹시 해롭다고 말했다. 사실 그녀는 바깥 공기는 다 위험하다고 생각했다. 한여름이 아니면 정원에도 나가지 않았다. 외출은 육해군 협동조합에 갈 때만 했다. 사륜차를 타고 역에 가서 기차를 타고 빅토리아역으로 간 다음, 다시 사륜차를 타고 조합으로 갔다. '망토'로 몸을 감싸고 깃털 목도리를 꽁꽁 두르고.

할머니는 사람들을 만나러 다니지도 않았다. 사람들이 그녀를 찾아왔다. 손님들은 케이크와 달콤한 비스킷을 가져왔고, 할머니는 직접 담근 갖가지 술을 대접했다. 남자 손님에게는 우선 무슨 술을 좋아하는지 물었다. "우리 체리브랜디를 들어봐요. 남자들은 다 좋아하죠." 여자 손님에게는 술을 마셔보라고 부추겼다. "조금만 마셔봐, 추위가 가실 만큼만." 할머니는 여자들은 술을 좋아해도 남들 앞에서는 인정하지 않는다고 믿었다. 저녁이라면 "소화제 삼아 마셔봐"라고 말하기도 했다.

조끼를 입지 않은 노신사에게는 할머니가 뜨고 있는 조끼를 보여줬다. 그러며 활기차고 천연덕스럽게 말했다. "부인이 싫어하지만 않는다면 제가 한 벌 떠드릴 수도 있죠." 그러면 노신사의 부인이 외쳤다. "어머, 만들어주세요. 그래주시면 감사하죠." 할머니는 익살스럽게 대꾸했다. "제가 괜한 문제를 일으키는 게 아닌가 몰라요." 노신사는 '부인이 뛰어난 솜씨로' 만든 조끼를 입게 되리라는 데 정중히 감사를 표했다.

손님이 돌아가면 할머니는 평소보다 혈색이 배로 좋아지고 자세도 배로 꼿꼿해졌다. 그녀는 어떤 식으로든 호의를 베푸는 것을 좋아했다.

3

"할머니, 여기 잠깐 있어도 돼요?"

"왜? 위층에서 잔과 놀지 않고?"

실리아는 할머니가 납득할 만한 대답을 생각하느라 잠시 머뭇거렸다. 그러다 마침내 입을 열었다.

"오늘은 별로 놀이방에서 놀고 싶지 않아요."

할머니가 웃고는 말했다.

"그래, 그럴 수도 있지."

아주 드물긴 했지만 잔과 사이가 틀어질 때면 실리아는 불편하고 속상했다. 이날 오후에 예기치 못한 문제가 일어났다.

두 사람은 실리아의 인형 집에 가구 놓는 문제를 두고 다퉜다. 실리아가 뭔가를 지적하면서 "메 마 포브르 피유(너는 가난한 여자라서 그렇겠지만)—" 하고 말해버린 것이다. 그게 다였다. 그런데 잔이 눈물을 쏟으며 프랑스어를 막 쏟아냈다.

그랬다, 실리아의 말처럼 잔은 분명 가난한 여자였지만 잔의 가족은 가난해도 정직했고 존경받았다. 아빠는 포 전역에서 존경을 받았다. 심지어 그는 르 메르(시장)와도 친분이 있었다.

"아니 내 말은 그게 아니라—" 실리아가 말했다.

잔은 계속 흐느꼈다.

"라 프티트(어린) 아가씨는 아주 부자인데다 예쁜 옷도 아주 많고, 여행 다니시는 부모님을 뒀고, 실크 드레스를 입는다고 나를 거리의 거지로 보는 게 분명해—"

"그런 게 아니라—" 더 당황한 실리아가 다시 입을 열었다.

하지만 가난한 여자에게도 감정은 있다. 잔에게도 감정이 있었다. 그녀는 상처받았다. 아주 깊이 상처받았다.

"하지만 잔, 난 잔을 아주 많이 좋아해." 실리아가 간절하게 외쳤다.

하지만 잔의 마음은 풀리지 않았다. 그녀는 가장 까다로운 바느질감인 할머니의 버크럼* 칼라를 꺼내더니 말없이 바느질하며 고개만 저을 뿐 실리아의 사과를 받아주지 않았다. 실리아는 점심때 메리와 케이트가 딸의 봉급을 몽땅 받아가는 잔의 가족이 진짜 가난하다고 흉본 걸 당연히 몰랐다.

이해할 수 없는 상황에 부딪히자 실리아는 물러나 식당으로 쪼르르 갔다.

"그래서 내가 뭘 해주면 좋을까?" 할머니가 안경 너머로 쳐다보며 물었다. 그녀는 큰 털실 뭉치를 떨어뜨렸고, 실리아는 그것을 집었다.

"할머니 어렸을 때 얘기 해주세요—티타임이 끝난 뒤에 내려가서 했다는 이야기요."

"우리는 다 같이 내려가서 거실 문을 두드렸지. 아버지가 '들어오렴' 그러셨고. 우리는 들어가서 문을 닫았단다. 조용히. 문은 항상 조용히 닫아야 해. 숙녀는 문을 쾅 닫지 않는단다. 사실 내가 어렸을 때 숙녀는 문을 닫지도 열지도 않았지. 그러는 게 손 모양을 망가뜨렸거든. 탁자 위에 진저와인이 있었고, 우린 술을 한 잔씩 받았어."

"그런 다음—" 이야기를 훤히 아는 실리아가 채근했다.

---

* 면이나 마에 풀을 먹인 것.

"우리는 돌아가면서 말했지. '부모님에게 자식의 도리를.'"

"그러면 부모님은 뭐라고 하셨어요?"

"이러셨지. '자식들에게 부모의 사랑을.'"

"와!" 실리아는 기분좋은 황홀감에 젖어 꼼지락거렸다. 이 이야기가 왜 그렇게 좋은지 알 수 없었다.

"교회에서 찬송가 불렀던 얘기도 해주세요." 실리아가 졸랐다. "할머니랑 톰 할아버지 얘기도요."

할머니는 부지런히 코바늘을 뜨면서 전에도 자주 했던 이야기를 했다.

"찬송가 번호를 적는 커다란 판이 있었어. 목사님이 번호를 부르시거든. 울림이 있는 멋진 목소리를 가진 분이었지. '이제 하느님의 영광을 찬미합시다. 찬송가는 음―' 목사님이 말을 멈췄어. 판이 거꾸로 놓여 있었거든. 목사님이 다시 말했어. '이제 하느님의 영광을 찬미합시다. 찬송가는 음―' 그리고 또. '하느님의 영광을 찬미합시다. 찬송가는―, 어이, 빌, 번호 판 좀 돌려놓게.'"

할머니는 뛰어난 배우였다. 런던내기의 말투를 독백하듯 누가 흉내도 못 내게 읊었다.

"그래서 할머니랑 톰 할아버지가 웃었고요." 실리아가 끼어들었다.

"그래, 둘 다 웃음을 터뜨렸지. 그런데 아버지가 우리를 쳐

114

다보셨어. 그냥 말없이 쳐다보시기만 했지. 아버지는 집에 돌아오자마자 우리에게 침실에 가 있으라고 하고 점심도 못 먹게 하셨어. 그날은 거위 요리를 먹는 성 미카엘 축일이 있는 일요일이었는데."

"그래서 두 분은 거위를 못 먹었고요." 실리아가 시무룩하게 말했다.

"그래서 우리는 거위를 못 먹었지."

실리아는 잠시 그 괴로움에 대해 생각해봤다. 그러고는 깊은 숨을 내쉬며 말했다. "할머니, 절 닭으로 만들어주세요."

"넌 이제 너무 컸는데."

"제발요, 할머니, 절 닭으로 만들어주세요."

할머니는 뜨개질을 멈추고 안경을 벗어 한쪽에 내려놓았다.

코미디는 화이틀리 씨 가게에 들어서는 대목부터 시작됐다. 화이틀리 씨를 찾는 장면. 아주 특별한 만찬을 위해 특별히 좋은 닭이 필요해요. 화이틀리 씨가 직접 골라주겠어요? 할머니는 화이틀리 씨와 할머니 역할을 번갈아 했다. 닭을 싸고(실리아를 신문지로 싸고), 집으로 가져오고, 안을 채우고(더 꽁꽁 싸고), 묶고, 꼬챙이에 꿰고(즐거운 비명), 오븐에 넣고, 그릇에 담으면 드디어 클라이맥스였다. "세라! 세라! 이리 와봐. 닭이 살아 있어!"

아, 할머니 같은 놀이 친구는 또 없었다. 사실 할머니는 아이 못지않게 노는 것을 좋아했다. 상냥하기도 했다. 어떤 면에서는 엄마보다 상냥했다. 끈질기게 조르면 할머니는 항복하고 들어줬다. 심지어 그게 별로 좋지 않은 일이어도.

4

부모님에게 온 편지. 글씨가 아주 반듯하게 적혀 있었다.

사랑스럽고 귀여운 우리 꼬마에게
우리 딸 잘 지내고 있니? 잔과 즐겁게 산책도 하고? 무용 수업은 어떠니? 여기 사람들은 얼굴이 죄다 검게 그을렸단다. 할머니가 널 팬터마임 공연장에 데려가신다더구나. 정말 친절하시지 않니? 너도 당연히 아주 감사할 테지. 네가 할머니를 도와드리려고 열심히 노력할 거라고 믿는다. 널 예뻐해주시는 좋은 할머니 옆에서 착하게 잘 지낼 거라고 믿어. 아빠가 보내는 삼씨는 골디에게 주렴.

사랑하는 아빠

내 소중한 딸에게
정말정말 보고 싶구나. 하지만 널 많이 예뻐해주시는 할머니와 아주 행복한 시간 보내면서 할머니 말씀 잘 듣고 기쁘게 해드릴 거라 믿는다. 이곳에는 따뜻하고 근사한 햇살과 아름다운 꽃이 있단다. 우리 똑똑한 딸이 엄마 대신 라운시에게 편지 써주겠니? 주소는 할머니가 봉투에 써주실 거야. 라운시에게 크리스마스로즈*를 꺾어 할머니에게 보내라고 전해줄래? 크리스마스에는 큰 대접에 한가득 우유를 부어 토미에게 주라고도 전해주고.

키스를 듬뿍 담아 보낸다, 내 소중한 복슬강아지.

엄마

멋진 편지였다. 멋지고 멋진 두 통의 편지. 왜 목구멍에 뭐가 걸린 기분이 들까? 크리스마스로즈—산울타리 아래 꽃밭—볼bowl에 꽃과 이끼를 담는 엄마—"활짝 핀 예쁜 얼굴들 좀 봐봐" 하는 엄마 목소리……

몸집이 큰 흰색 고양이 토미. 오물오물, 언제나 입을 오물거리는 라운시.

집, 실리아는 집에 가고 싶었다.

집, 엄마가 있는 집…… 귀여운 새끼 양, 소중한 복슬강아지—엄마는 웃으며 이렇게 부르고 실리아를 느닷없이 꽉 껴

---

* 미나리아재빗과의 상록 다년초.

안곤 했다.

아, 엄마—엄마……

할머니가 위층으로 올라와서 말했다.

"왜 그래? 우니? 왜 울어? 팔아야 할 생선도 없으면서."

그건 할머니의 농담이었다. 늘 그렇게 말했다.

실리아는 그 농담이 싫었다. 그 말을 들으면 더 울적해졌다. 기분이 안 좋을 때는 할머니도 싫었다. 너무너무 싫었다. 왜 그런지 할머니는 기분을 더 안 좋게 만들었다.

실리아는 할머니를 지나쳐 아래층 주방으로 갔다. 세라 할멈이 빵을 만들고 있었다.

그녀가 실리아를 향해 고개를 들고 물었다.

"엄마한테 편지가 왔죠?"

실리아는 고개를 끄덕였다. 눈물이 또 주르륵 흘렀다. 아아, 텅 비고 쓸쓸한 세상이야.

세라 할멈은 계속 반죽을 치댔다.

"곧 돌아오실 거예요. 금방 오신다고요. 아가씨는 새잎이 나오는지만 지켜보면 돼요."

그러고는 반죽을 밀기 시작했다. 세라 할멈의 목소리는 멀리서 들려오는 듯했고 위로가 됐다.

세라 할멈이 반죽을 조금 떼어냈다.

"작게 만들어봐요. 내 거랑 같이 구워줄 테니까."

실리아의 눈물이 멈췄다.

"꽈배기랑 코티지*랑?"

"꽈배기랑 코티지랑."

실리아는 바로 시작했다. 반죽을 세 개로 나눠 소시지처럼 길쭉하게 만든 다음 땋아서 끝부분을 꾹 눌러 꽈배기를 만들었다. 크고 둥근 반죽 덩어리 위에 그보다 작은 덩어리를 올리고―짜릿한 순간―엄지로 눌러 큼직한 구멍을 내서 코티지도 만들었다. 실리아는 꽈배기 다섯 개, 코티지 여섯 개를 만들었다.

"아이가 엄마랑 떨어져 사는 건 좋지 않지." 세라 할멈이 작게 중얼거렸다.

실리아의 눈에 눈물이 맺혔다.

십사 년쯤 지나 세라 할멈이 죽자, 가끔 그녀를 만나러 왔던 똑똑하고 예쁘장한 조카가 실은 그녀의 딸이었다는 게 밝혀졌다. 그녀의 표현대로 하자면, 젊은 시절에 지은 '죄의 대가'였다. 세라 할멈이 이 사실을 필사적으로 숨겼기 때문에 육십 년 넘게 그녀를 봤던 할머니도 전혀 몰랐다. 할머니의 기억에는 세라 할멈이 드물게 휴가를 얻어 떠났다가 아프다며 돌아오는 날을 미뤘던 것밖에 없었다. 그때 유난히 야위어서 돌아왔다

---

* 코티지 로프. 크고 작은 반죽 두 개를 포개 굽는 빵으로, 오븐 공간을 효과적으로 이용하기 위해 만들어졌다.

는 것도. 세라 할멈이 이를 숨기느라, 꽁꽁 싸매고 있느라, 절
망을 감추느라 얼마나 고통스러웠는지는 영원히 미스터리로
남았다. 세라 할멈이 죽고 사실이 드러날 때까지 그 일은 비밀
이었다.

J. L.의 덧붙임

어휘—가볍고 관계가 없어 보이는 어휘가 만나 상상 속에
서 어떤 장면에 생명력을 부여하는 것이 신기할 따름입니다.
나는 이들에 대해 얘기해준 실리아보다 이들을 더 잘 안다고
자신합니다. 나는 실리아의 할머니를 떠올릴 수 있습니다. 활
달하고 자신의 세대를 대변하는 듯하며 라블레풍* 말투를 가
진, 하인들을 혼내고 불쌍한 재봉사를 배려하던 그분을 말입
니다. 할머니의 어머니까지도 상상할 수 있습니다. '산후조리
기간을 즐기던' 섬세하고 사랑스러운 분이었죠. 남녀의 묘사
차이도 눈여겨볼 만합니다. 아내는 쇠약해져 죽고 남편은 급
성 폐결핵으로 죽었습니다. 폐병이라는 추한 단어는 끼어들
지 않죠. 여자들은 쇠약해져서 죽고, 남자들은 분마**처럼 죽

---

* 섹스와 인체를 풍자적으로 다루는 풍조를 가리킴.
** 奔馬. 급성 폐결핵을 분마성 폐결핵이라고도 부른다.

음으로 달려갑니다. 또 이 병을 앓은 사람의 자식들이 가졌던 활력에도 주목하십시오. 실리아는 열 명의 자식 중 세 명만 사고로 일찍 죽었다고 내게 말했습니다. 선원이 된 아들이 황열병으로, 두 딸이 각각 사고와 산고産苦로 죽었다고요. 나머지 일곱은 칠십대까지 살았답니다. 우리가 유전에 대해 정말 알기는 하는 걸까요? 노팅엄 레이스와 털실로 수놓은 덮개, 단단하고 반들거리는 마호가니 가구가 있는 집의 풍경이 나를 기분좋게 합니다. 근간이 있는 집이지요. 그 세대는 자신들이 무엇을 원하는지 알았습니다. 그들은 그것을 구하고 즐겼고, 자기보존의 능력으로 열렬하고 생생한 즐거움을 누렸습니다.

실리아가 그 집, 그러니까 할머니의 집을 자기 집보다 훨씬 선명하게 그린다는 점에 주목할 만합니다. 그녀는 호기심이 왕성한 시기에 그곳에 갔을 겁니다. 그녀가 자신의 집에 대해 기억하는 건 집 자체라기보다 거기 사는 사람들이었습니다. 유모, 라운시, 뛰어다니는 수전, 새장 속 골디.

그리고 엄마라는 존재의 발견이 있습니다. 이전에는 발견하지 못했다는 게 이상할 정도입니다.

미리엄의 성격이 아주 생생하기 때문이죠. 나는 미리엄에 대해 언뜻 들었을 때부터 그녀에게 매혹됐습니다. 그녀에게는 실리아가 다 물려받지 못한 매력이 있었다는 생각마저 듭니다. 어린 딸에게 보내는 편지의 관습적인 표현 사이사이에도(도덕적 가르침으로 가득한 그 편지들은 일종의 '시대물' 같죠) 착하게 지내야 한다는 평범한 충고 속에도 미리엄의 진솔한 면모가 드러납니다. 소중한 복슬강아지같이 사랑이 듬뿍 담긴 애칭이나 느닷없이 꽉 껴안는 것과 같은 애정 표현이 마음에 듭니다. 감상적이거나 감정을 드러내는 충동적인 사람이 아니라 묘하고 직관적인 이해의 빛을 품은 사람이죠.

아빠는 조금 흐릿합니다. 아빠는 실리아에게 갈색 수염이 있고, 몸집이 크고, 태평하고 쾌활하며 아주 재미있는 사람으로 비쳤습니다. 그는 그의 어머니를 닮지 않은 것 같습니다. 아마 실리아의 이야기에서 유리 상자 속 화관으로 상징되는 그의 아버지를 닮았겠죠. 실리아의 아빠는 다정했고 모두가 좋아했고 아내보다 인기가 많았지만 아내가 지닌 매력은 없었을 겁니다. 실리아는 아빠를 닮은 것 같습니다. 온화함, 침착함, 상냥함 같은 것을 말이죠.

하지만 엄마에게 물려받은 기질도 있습니다. 무모하고 격렬한 애정 같은 것이죠.

나는 그렇게 생각합니다. 하지만 모두 내가 지어낸 것인지도 모릅니다…… 그들은 결국 내가 창조한 인물들이니까요.

Chapter 4

죽음

1

실리아는 집으로 가고 있었다!

정말 신이 났다!

기차 여행은 끝없이 계속되는 것 같았다. 실리아에게는 재미있는 책이 있었고 객차에 함께 탄 가족이 있었지만 안달이 나서 모든 게 끝이 없을 것처럼 느껴졌다.

"집에 돌아가니까 좋니, 우리 귀염둥이?"

아빠가 실리아를 장난스럽게 꼬집으며 물었다. 아빠는 생각했던 것보다 몸집이 훨씬 커 보였고 햇볕에 그을려 있었다. 반대로 엄마는 더 작아진 것 같았다. 형태와 크기가 시간의 흐름에 따라 달라지는 것처럼 보이는 건 이상한 일이다.

"그럼요, 아빠. 정말 좋아요."

실리아는 새침하게 말했다. 묘하게 벅차오르는 기분, 저릿저릿한 느낌 때문에 어쩔 수가 없었다.

아빠는 조금 실망한 표정을 지었다. 실리아네 가족과 지내기 위해 같이 가고 있던 사촌 로티가 말했다.

"정말 진지한 꼬마구나!"

실리아의 아빠가 말했다.

"그래, 아이는 금세 잊어버리지……" 그의 얼굴에 아쉬운 표정이 떠올랐다.

"잊었다니요. 속이 끓어오를 정도로 좋아하고 있는데." 엄마가 말했다.

엄마가 손을 내밀어 실리아의 손을 꼭 잡았다. 엄마의 웃는 눈과 딸의 눈이 마주쳤다. 마치 둘만의 비밀이라도 있는 듯.

통통하고 애교 있는 로티가 말했다.

"이 아이는 별로 유머감각이 없는 것 같지 않아요?"

"전혀 없어. 나보다 나을 게 없지." 미리엄이 말하고는 안타깝다는 듯이 덧붙였다. "적어도 존은 내가 유머감각이 없다고 말하거든."

실리아가 중얼거렸다.

"엄마, 금방이죠? 금방 나오죠, 엄마?"

"뭐가, 아가?"

실리아가 숨을 내쉬었다. "바다요."

"오 분만 기다리면 나올 거야."

"해변에서 모래놀이를 하고 싶은가보구나." 로티가 말했다.

실리아는 대답하지 않았다. 어떻게 설명해야 할까? 바다가 보인다는 건 집에 가까워졌다는 증거였다.

기차가 터널을 빠져나왔다. 아아, 드디어 나타났다. 왼편으로 검푸른 바다가 빛나고 있었다. 그들은 몇 개의 터널을 통과하며 바다를 따라 달렸다. 푸르디푸른 바다―너무 눈이 부셔서 실리아는 자기도 모르게 눈을 감았다.

이윽고 기차가 내륙 쪽으로 방향을 틀었다. 이제 곧 집에 도착할 것이다!

2

다시 크기 이야기! 집이 어마어마하게 큰 것 같았다! 그야말로 컸다! 가구가 별로 없는 휑뎅그렁한 방들―윔블던의 할머니 집에서 지내다 와서 그렇게 커 보였던 걸까. 너무 흥분돼서 실리아는 뭐부터 해야 좋을지 알 수 없었다……

정원. 그래, 일단 정원으로 가보자. 실리아는 가파른 길을 정신없이 내달렸다. 너도밤나무가 있었다. 너도밤나무를 한 번도 생각하지 않았던 게 이상했다. 이 나무야말로 이 집의 자랑거리인데. 가막살나무들 사이에 앉을 수도 있을 것 같은 작은 정자가 만들어져 있었다. 아! 그런데 나무가 너무 무성했다. 숲에 가보면—초롱꽃이 피어 있을 것이다! 그런데 초롱꽃이 없었다. 꽃 피는 시기가 지났나보았다. 꼭꼭 숨은 여왕 놀이를 하던, 나뭇가지가 갈라져 우거진 곳이 있었다. 아! 아! 아! 조그만 백인 소년도 있었다.

그 조각상은 숲속 정자 안쪽에 있었다. 통나무 계단을 세 칸 올라간 곳이었다. 소년이 이고 있는 돌바구니에 제물을 넣고 소원을 빌 수 있었다.

실리아는 그 일을 의식처럼 했었다. 절차는 이랬다. 집에서 나와 잔디밭을 가로지른다, 흐르는 강을 건너는 것처럼. 말을 강의 장미 아치에 묶고 제물로 바칠 꽃을 꺾은 다음 엄숙하게 오솔길을 지나 숲으로 들어간다. 제물을 바치고 소원을 빈 다음 고개 숙여 절하고 돌아온다. 그러면 소원이 이루어진다. 소원은 일주일에 하나만 빌 수 있었다. 실리아는 유모의 영향으로 항상 같은 소원을 빌었다. 위시본을 당길 때나 숲속 소년에게나 얼룩말에게나, 언제나 소원은 똑같았다—착한 사람이 되게 해달라는 것! 유모는 물건을 바라는 건 옳지 않다고 했다. 주님은 인간에게 필요한 것을 보내주신다고. 또 물건은 주님이 (할머니, 엄마, 아빠를 통해) 대단히 너그럽게 베푸셨기 때문에 실리아는 명예롭게 신성한 소원을 고수했다.

실리아는 생각했다. '나는 꼭, 꼭, 꼭, 반드시 꼭 거기로 제물을 가져가야 해.' 예전과 똑같이 할 작정이었다. 해마를 타고 잔디 강을 건너서 장미 아치에 해마를 묶어두고 오솔길을 올라가서 제물—너덜너덜해진 민들레 두 송이를 돌바구니에 넣고 소원을……

하지만 슬프게도 유모가 떠올랐고, 실리아는 오랫동안 빌었던 신성한 소원을 저버렸다.

"영원히 행복하게 해주세요." 실리아는 소원을 빌었다.

그런 후에 텃밭에 가보니, 아! 거기 정원사 럼볼트가 있었다. 그는 몹시 우울하고 화가 난 것처럼 보였다.

"안녕, 럼볼트. 나 집에 돌아왔어."

"그렇군요, 아가씨. 그런데 어린 양배추는 밟지 말아줬으면 좋겠네요. 지금 그걸 밟고 있어요."

실리아가 비켜섰다.

"나 구스베리 먹어도 돼?"

"철이 지났어요. 올해는 흉작이었고요. 라즈베리는 조금 있을 텐데—"

"와!" 실리아가 춤추며 물러갔다.

"전부는 안 돼요. 나도 맛있는 디저트로 먹고 싶으니까." 럼볼트가 실리아의 등에 대고 소리쳤다.

실리아는 라즈베리나무 사이를 돌아다니면서 열심히 따먹

었다. 조금이 아니라 엄청 많았다!

마침내 실리아가 흡족한 듯 한숨을 내쉬며 라즈베리나무 사이에서 나왔다. 그다음 가볼 곳은 도로가 내려다보이는 담 근처의 비밀 공간이었다. 입구를 찾기가 힘들었지만 결국 찾아서 들어갔다―

그러고는 주방에 가서 라운시를 만났다. 라운시는 아주 깔끔해 보였고 전보다 덩치가 커 보였으며, 늘 그렇듯 율동적으로 턱을 오물거리고 있었다. 그립고 그리웠던 라운시. 그녀는 얼굴이 함죽해지도록 웃으면서 예전처럼 부드러운 소리로 킥킥댔다……

"아이고, 맙소사! 실리아 아가씨, 많이 컸네요."

"뭘 먹고 있었어, 라운시?"

"주방 식구들 다과에 낼 록 케이크*를 굽고 있었죠."

"와! 나도 하나만!"

"그러면 저녁식사가 맛이 없을 텐데요."

그건 진짜로 안 된다는 게 아니었다. 라운시는 그렇게 말하면서도 커다란 몸을 움직여 오븐 쪽으로 갔다. 그리고 오븐을 열어젖혔다.

"마침 다 구워졌네요. 자, 조심, 실리아 아가씨, 뜨거워요."

---

* 말린 과일을 넣고 구워 표면이 울퉁불퉁한 케이크.

아아, 집은 정말 좋았다! 서늘하고 어둑한 복도로 돌아가 계단참 창가에 서서 초록으로 빛나는 너도밤나무를 바라보았다.

방에서 나오던 엄마가 계단 꼭대기에서 양손으로 배를 누르며 황홀한 표정으로 서 있는 실리아를 보았다.

"왜 그러니, 실리아? 왜 배를 만지고 있어?"

"너도밤나무요, 엄마. 정말 아름다워요."

"넌 뭐든 배로 느끼는구나, 실리아."

"이상하게 여기가 짜르르해요. 진짜로 아픈 건 아니고요, 기분좋게 아파요."

"다시 집에 와서 기쁜 거지?"

"네, 엄마!"

3

"럼볼트가 전보다 더 우울해 보여." 실리아의 아빠가 아침식사 자리에서 말했다.

"아휴, 난 그가 우리집에서 일하는 게 못마땅해요. 들이지 않았다면 좋았을걸." 엄마가 큰 소리로 말했다.

"여보, 그는 일류 정원사야. 우리집에서 일했던 정원사 중에서 최고라고. 작년에 수확한 복숭아를 봐."

"알죠, 알아요. 하지만 난 그 사람이 마음에 들지 않았어요."

실리아는 엄마가 그렇게 강하게 말하는 것을 처음 보았다. 엄마는 양손을 꽉 맞잡고 있었다. 아빠는 엄마를 너그러운 눈빛으로 바라보았다. 실리아를 볼 때와 같은 눈빛이었다.

"생각해봐, 나도 당신 뜻에 따랐었잖아. 그렇지?" 그가 재미있다는 듯이 말했다. "추천장을 갖고 왔는데도 럼볼트 대신 스피너커라는 게으른 녀석을 고용했었다고."

"정말 이상해요." 미리엄이 말했다. "난 럼볼트가 싫어요. 우리가 포로 떠나며 집을 세놨을 때 스피너커가 그만둬서 좋은 추천장을 가진 다른 정원사를 들일 거라고 로저스 씨가 편지로 알렸잖아요. 그런데 돌아와보니 럼볼트가 일하고 있었어요."

"당신이 왜 그렇게 럼볼트를 싫어하는지 모르겠어. 조금 우울하긴 하지만 아주 성실한 친구야."

미리엄은 몸을 떨었다.

"잘 모르겠어요. 하지만 뭔가 있어요."

그녀는 멍하니 눈앞을 바라보았다.

부엌일을 돕는 하녀가 식당으로 들어왔다.

"럼볼트의 안사람이 드릴 말씀이 있다고 찾아왔는데요. 지금 현관에 있습니다."

"럼볼트의 아내가? 알았어, 내가 나가보지."

아빠는 냅킨을 내려놓고 나갔다. 실리아는 엄마를 빤히 쳐다보았다. 엄마의 표정이 너무 이상했다. 잔뜩 겁먹은 것 같았다.

아빠가 돌아왔다.

"럼볼트가 어젯밤 집에 들어오지 않았다는군. 이상한데? 요즘 그 부부가 좀 다툰 것 같아."

그는 식사 시중을 들고 있던 하녀에게 몸을 돌리고 물었다.

"럼볼트가 아침에 여기 왔나?"

"전 못 봤어요. 라운스웰 부인에게 물어보겠습니다."

아빠가 다시 식당에서 나갔다. 그러고는 오 분 후에 돌아왔다. 아빠를 보자 엄마가 작게 소리쳤고 실리아까지 깜짝 놀랐다.

아빠의 표정이 정말 이상했다. 노인같이 정말정말 이상했다. 아빠는 숨쉬는 것조차 힘들어 보였다.

엄마는 벌떡 일어나 남편에게 달려갔다.

"존, 존, 무슨 일이에요? 말해봐요. 일단 앉아요. 당신, 큰 충격을 받은 것 같아요."

아빠는 이상하리만큼 창백했다. 아빠가 헐떡이며 힘겹게 말했다.

"목을 맸어—마구간에서…… 줄을 끊어서 내리긴 했는데—숨을 쉬지 않아—어젯밤에 그런 게 틀림없어……"

"충격은 당신에게 몹시 안 좋아요." 엄마는 급히 일어나 사이드보드에서 브랜디를 잔에 따라 왔다.

그녀가 외쳤다.

"난 알았어요—뭔가 있다는 걸 알았다고요—"

그녀는 남편 옆에 무릎을 꿇고 앉아 브랜디 잔을 입에 대쳤다. 그러고는 실리아를 힐끗 쳐다보았다.

"얼른 이층에 가서 잔 옆에 있어, 아가. 무서워할 거 없어. 아빠가 기분이 좀 안 좋아서 그래." 그러고는 남편에게 낮게 속삭였다. "실리아가 알면 안 돼요. 이런 일은 아이 기억에 평생 남을 거예요."

실리아는 아주 얼떨떨한 기분으로 식당에서 나왔다. 이층 계단참에서 도리스와 수전이 이야기하고 있었다.

"둘이 바람피운 걸 마누라가 눈치챘대. 아이고, 얌전해 보이는 사람들이 더한다니까."

"그 남자 봤어? 혀가 늘어져 있었다는데?"

"못 봤어, 아무도 못 들어가게 하셨거든. 목매달았던 밧줄 한 토막 얻을 수 있을까? 그게 그렇게 큰 행운을 가져온다잖아."

"큰 충격을 받으셨을 거야. 심장도 안 좋은데."

"어휴, 이런 일이 생기다니 정말 끔찍해."

"무슨 일이 생겼는데?" 실리아가 물었다.

"정원사가 마구간에서 목을 맸어요." 수전이 흥미롭다는 듯이 말했다.

"정말?" 실리아는 큰 동요 없이 중얼거렸다. "그런데 왜 그 밧줄 토막을 갖고 싶어하는 거야?"

"목매단 밧줄 토막을 갖고 있으면 평생 행운이 따른대요."

"맞아요." 도리스가 맞장구쳤다.

"정말?" 실리아가 다시 물었다.

실리아는 럼볼트의 죽음을 일상의 하나로 받아들였다. 럼볼트를 좋아하지 않았고 그 역시 실리아에게 특별히 다정하게 대해준 적이 없었다.

그날 저녁 엄마가 잠자리를 봐주러 오자 실리아가 물었다.

"엄마, 럼볼트가 목맨 밧줄 한 토막 가져도 돼요?"

"그런 얘기는 누구한테 들었니?" 엄마가 화난 목소리로 말했다. "내가 특별히 당부도 했는데."

실리아는 눈을 크게 떴다.

"수전한테 들었어요. 엄마, 나도 가져도 돼요? 수전이 그러는데 그게 엄청난 행운을 가져온대요."

엄마가 갑자기 피식 웃었다. 그러다 크게 웃음을 터뜨렸다.

"왜 그래요, 엄마?" 실리아가 이상하다는 듯이 물었다.

"내가 아홉 살이었을 때가 너무 오래전이라 그때 마음을 잊고 있어서 그랬어."

실리아는 어리둥절해하다가 잠이 들었다. 수전은 휴가 때 바다에 갔다가 익사할 뻔한 적이 있었다. 그때 다른 하인들이 웃으면서 말했다. "넌 교수형을 당하려고 태어났구나*."

교수형과 익사―둘은 틀림없이 연관이 있었다……

'나라면 익사하는 편이 훨씬, 훨씬, 훨씬 낫겠어.' 실리아는 졸면서 생각했다.

사랑하는 할머니에게(실리아는 다음날 편지를 썼다),

『핑크 페어리 북』**을 보내주셔서 정말 감사합니다. 정말 최고예요. 골디는 잘 지내고 있고 할머니에게 안부 전해달래요. 세라 할멈과 메리, 케이트, 불쌍한 베넷에게 안부 전해주세요. 우리 정원에 시베리아 개양귀비가 피었어요. 어제는 정원사가 마구간에서 목을 맸고요. 아빠는 침대에 누워 있는데 엄마 말로는 많이 아프신 건 아니래요. 라운시도 제게 꽈배기와 코티지를 만들게 해준다고 했어요.

아주 아주 아주 큰 사랑과 키스를 보냅니다.

실리아

4

아빠는 실리아가 열 살 때 세상을 떠났다. 그는 윔블던의 할

---

* '교수형을 당할 운명이라면 결코 익사하지 않는다'라는 말이 있다.
** 영국의 작가 앤드루 랭이 다양한 나라의 동화들을 수집해 펴낸 열두 권의 색별(色別) 동화집 중 한 권.

머니 집에서 눈을 감았다. 칠 개월 동안 병상에 있었고, 집에는 간호사가 둘이나 있었다. 실리아는 아빠의 병치레에 익숙했다. 엄마는 아빠가 회복하면 무엇을 할지 항상 이야기했다.

실리아의 머릿속에 아빠가 죽을 수도 있다는 생각은 없었다. 계단을 올라가는데 아빠가 있는 방의 문이 열리면서 엄마가 나왔다. 한 번도 본 적이 없는 모습이었다……

오랜 시간이 흐른 후 실리아는 그 일이 바람에 날리는 나뭇잎 같았다고 회상했다. 엄마는 슬픔에 잠긴 채 하늘을 향해 양팔을 뻗더니 침실 문을 와락 열고 들어가버렸다. 엄마를 뒤따라 계단참으로 나온 간호사가 입을 벌린 채 서 있는 실리아를 보았다.

"엄마한테 무슨 일 있어요?"

"엇, 실리아. 네 아빠가…… 네 아빠가 천국으로 가셨단다."

"아빠가요? 아빠가 죽어서 천국에 갔어요?"

"응, 이제 실리아는 착한 아이가 돼야 해. 기억하렴, 네가 엄마를 위로해드려야 해."

간호사는 엄마의 침실로 들어갔다.

실리아는 어리둥절한 채 정원으로 나갔다. 현실을 받아들이는 데 한참이 걸렸다. 아빠. 아빠가 떠났어―죽었어……

그 순간 실리아의 세계는 산산조각났다.

아빠가 없다―그런데 모든 게 예전 그대로였다. 실리아는 덜덜 떨었다. 총을 든 남자 꿈과 비슷했다. 모든 게 그대로인데 그가 거기 서 있는 것이다…… 실리아는 정원을 바라보았다. 물푸레나무, 오솔길. 모든 게 그대로지만 어딘가 달랐다. 상황은 변할 수 있었다—생각지도 않게 변할 수 있었다……

아빠가 천국에 갔다고? 아빠는 행복할까?

아, 아빠……

실리아는 울기 시작했다.

집으로 들어갔다. 할머니가 있었다. 할머니는 블라인드를 모두 내린 식당에 앉아 있었다. 편지를 쓰고 있었다. 할머니의 뺨에 이따금 눈물이 흘러내렸고, 손수건으로 눈물을 닦았다.

"우리 가여운 꼬마로구나." 할머니가 실리아를 보고 말했다. "자 자, 괴로워하지 마라, 아가. 이건 신의 뜻이란다."

"왜 블라인드를 내렸어요?" 실리아가 물었다.

실리아는 블라인드를 내린 것이 싫었다. 집이 어둡고 이상해 보였다. 너무 달라 보였다.

"조의를 표하는 거란다." 할머니가 대답했다.

할머니가 주머니를 뒤지더니 까치밥나무 열매와 글리세린에 담근 대추를 꺼냈다. 할머니는 실리아가 좋아하는 걸 알고 있었다.

실리아는 열매들을 건네받고 고맙다고 인사했다. 하지만 먹지는 않았다. 잘 넘어갈 것 같지 않았다.

실리아는 그것들을 들고 옆에 앉아서 할머니를 지켜보았다.
할머니는 검은 테두리가 있는 편지지에 쓰고 또 썼다.

5

이틀 동안 실리아의 엄마는 많이 아팠다. 무뚝뚝한 간호사
가 할머니에게 중얼거리듯 말했다.

"오랫동안 중압감을 느낀 상태에서, 결국 벌어진 이 일들의
충격을 견디지 못하실 겁니다. 기운을 북돋워주세요."

그들은 실리아에게 엄마를 보러 가도 된다고 말했다.

방은 어두웠다. 엄마는 옆으로 누워 있었다. 흰머리 섞인 갈
색 머리카락이 엄마의 얼굴 주변에 아무렇게나 흩어져 있었
다. 엄마의 눈빛은 이상하고 아주 번쩍거렸다. 뭔가를—실리
아 뒤쪽에 있는 뭔가를 바라보았다.

"여기 사랑하는 따님이 왔네요." 간호사가 '내가 누구보다 잘
알지' 하는 듯이 높고 거슬리는 목소리로 말했다.

엄마는 실리아를 보고 미소 지었지만, 그건 진짜 미소가 아
니었고, 마치 실리아는 거기 없는 듯했다.

무슨 말을 해야 하는지는 간호사가 미리 알려줬었다. 할머
니도 그랬다.

실리아는 얌전하고 착한 딸의 목소리로 말했다.

"사랑하는 엄마, 아빠는 행복해요. 천국에 갔으니까요. 아빠를 불러내고 싶은 건 아니겠죠?"

엄마가 순간 소리 내어 웃었다.

"아니, 그래. 그러고 싶어! 불러낼 수 있다면 밤낮으로 끊임없이 소리칠 거야. 존, 존, 내게 돌아와요, 이렇게."

엄마는 한쪽 팔꿈치를 짚고 몸을 일으켰다. 변함없이 아름다웠지만 어딘가 이상했다.

간호사는 서둘러 실리아를 내보냈다. 실리아는 간호사가 침대 옆으로 돌아가서 하는 말을 들었다.

"자식을 위해서라도 살아야 한다는 걸 잊지 마세요, 부인."

그러자 엄마가 이상하게 유순한 목소리로 대답했다.

"그럼요, 자식을 위해 살아야죠. 그런 말은 안 해도 돼요. 알고 있으니까."

실리아는 아래층 거실로 갔다. 거실에는 인쇄한 채색화 두점이 걸려 있었다. 작품 제목은 '괴로워하는 엄마'와 '행복한 아빠'였다. 실리아는 두번째 그림에 대해서는 별로 생각하지 않았다. 여성적인 모습의 그는 행복하든 행복하지 않든 실리아가 생각하는 아빠와 닮은 데가 전혀 없었다. 하지만 머리를 풀어헤친 채 자식들을 꽉 끌어안고 괴로운 표정을 짓고 있는 여자는 엄마의 모습 그대로였다. '괴로워하는 엄마.' 실리아는 묘한 만족감 같은 것을 느끼며 고개를 끄덕였다.

6

몇 가지 일이 빠르게 일어났다. 흥분되는 일도 더러 있었다. 할머니가 검은색 옷을 사준 일이 그랬다.

실리아는 그 검은색 옷을 좋아하지 않을 수 없었다. 상복! 상복을 입다니! 그 말은 대단히 중요하고 다 자란 듯한 기분을 느끼게 했다. 실리아는 거리에서 사람들이 쳐다보는 상상을 했다. "저기 온통 검은색 옷 입은 아이 보여?" "응, 이제 막 아빠를 잃었나봐." "어머! 세상에, 너무 슬프다. 가여워." 그러면 실리아는 상심한 듯 고개를 숙이고 얌전 떨며 걸을 터였다. 이런 상상을 하는 게 좀 부끄럽긴 했지만 흥미롭고 낭만적인 사람이 된 것 같았다.

시릴은 집에 있었다. 부쩍 자란 시릴은 가끔 이상한 목소리를 냈고, 그러면 얼굴을 붉혔다. 그는 무뚝뚝했고, 불편해했다. 이따금 눈에 눈물이 고였지만 남이 알아보면 성을 냈다. 그는 거울 앞에서 새 옷을 입고 단장하는 실리아를 대놓고 경멸했다.

"너 같은 애들이 생각하는 게 고작 그렇지. 새 옷 입으니까

좋냐? 하긴 너야 너무 어려서 상황을 이해 못하겠지."

실리아는 울면서 그가 너무 못됐다고 생각했다.

시릴은 엄마를 피했다. 할머니와 더 가깝게 지냈다. 그는 할머니에게 가장 노릇을 했고, 할머니도 손자를 격려했다. 할머니는 편지를 다 쓴 후 시릴과 의논했고, 이런저런 일에 그의 의견을 구했다.

실리아는 장례식에 갈 수 없다는 이야기를 듣자 몹시 부당하다고 생각했다. 할머니도 가지 않았다. 엄마와 시릴만 참석했다.

장례식 날 아침, 엄마는 처음으로 아래층에 내려왔다. 귀엽고 자그마한 과부 보닛을 쓴 모습이 실리아에게는 무척 낯설었고ㅡ그리고ㅡ그리고ㅡ그랬다, 무기력해 보였다.

시릴은 아주 늠름했고 보호자처럼 굴었다.

할머니가 말했다. "미리엄, 흰 카네이션 몇 송이 준비해뒀다. 관이 내려질 때 이 꽃을 던지면 어떻겠니?"

하지만 엄마는 고개를 저으며 낮은 목소리로 말했다.

"아니요, 그건 안 하는 게 좋겠어요."

장례식이 끝나자 블라인드를 올렸고, 평소와 같은 생활이 이어졌다.

실리아는 할머니가 엄마를 진심으로 좋아하는지, 또 엄마가 할머니를 진심으로 좋아하는지 궁금했다. 어떻게 생각해야 좋을지 알 수 없었다.

실리아는 엄마 때문에 속상했다. 엄마는 너무 조용히, 너무도 고요히, 거의 말없이 움직였다.

할머니는 하루의 대부분을 편지를 읽으며 보냈다. 그러면서 이렇게 말했다.

"미리엄, 이 부분이 괜찮구나. 파이크 씨가 존에 대해 정감 있는 이야기를 썼어."

하지만 엄마는 뒤로 움찔하며 말했다.

"제발 됐어요, 지금은 안 들을래요."

그러면 할머니는 눈썹을 살짝 치떴고, 편지를 접으면서 딱딱하게 말했다. "좋을 대로 하렴."

하지만 다음 우편물이 도착하면 똑같은 일이 벌어졌다.

"클라크 씨는 참 좋은 사람이야." 할머니는 코를 훌쩍이며 편지를 읽다가 말했다. "너도 이 대목은 정말 좋아할 거다. 위로가 될 거야. 그는 고인이 항상 우리와 함께 있다는 말을 참 아름답게 썼구나."

그러자 조용하던 엄마가 갑자기 소리쳤다.

"아뇨, 됐어요!"

갑작스러운 외침을 듣고 실리아는 엄마가 무엇을 원하는지 깨달았다. 엄마는 혼자 있고 싶었던 것이다.

어느 날 외국 소인이 찍힌 편지 한 통이 도착했다…… 엄마는 앉아서 봉투를 뜯고 편지를 읽었다. 약간 기운 듯한 섬세한 필체로 쓰인 네 장짜리 편지였다. 할머니는 며느리를 지켜보았다.

"루이즈에게 왔니?" 할머니가 물었다.

"네."

그들은 말이 없었다. 할머니는 궁금한 눈길로 편지를 쳐다보았다.

"뭐라고 썼니?" 마침내 그녀가 물었다.

미리엄은 편지를 접었다.

"저만 봐야 할 것 같아요. 루이즈는―이해하네요." 그녀가 조용히 말했다.

그러자 할머니가 이마 위로 눈썹을 바짝 치떴다.

며칠 후 엄마는 기분전환을 위해 로티와 집을 떠났다. 실리아는 한 달간 할머니와 지냈다.

엄마가 돌아오자 실리아는 함께 집으로 돌아왔다.

그리고 삶이 다시 시작됐다―새로운 삶. 큰 집과 정원에 엄마와 실리아만 남았다.

Chapter 5

엄마와 딸

1

엄마는 실리아에게 이제 상황이 많이 달라질 거라고 했다. 아빠가 있을 때는 비교적 부유하다고 느꼈었다. 하지만 이제 아빠는 세상에 없고, 변호사들은 남은 재산이 거의 없다고 했다.

"최대한 절약하며 살아야 해. 어쩌면 이 집을 팔고 작은 집을 구해야 할지도 몰라."

"아, 안 돼요. 엄마―그건 안 돼요."

엄마는 격렬하게 반응하는 딸에게 미소 지었다.

"이 집이 그렇게 좋아?"

"그럼요."

실리아는 무척 진지했다. 이 집을 팔다니. 안 된다, 그런 일은 있을 수 없었다.

"시릴도 그러더구나…… 하지만 내가 잘하는 건지 모르겠어…… 그러려면 아주 지독하게 절약해야 할 텐데—"

"부탁이에요, 엄마. 제발요—제발—제발요."

"알았다, 실리아. 어쨌든 여긴 행복한 집이니까."

그랬다. 그 집은 행복한 집이었다. 오랜 세월이 흘러 되돌아보니, 그 말은 사실이었다. 그 집에는 어떤 분위기가 있었다. 행복한 가정과 그곳에서 보낸 행복한 시간.

물론 변화가 있었다. 잔은 프랑스로 돌아갔다. 정원사는 일주일에 두 번만 왔고, 정원은 그런대로 깔끔했지만 온실은 점점 망가져갔다. 수전과 부엌일을 돕던 하녀는 떠났다. 라운시는 남았다. 그녀는 무덤덤하지만 단호했다.

미리엄은 라운시와 말다툼했다. "하지만 훨씬 힘들어질 거야. 난 살림과 부엌일을 같이 할 하녀 한 명만 겨우 쓸 형편이고, 다른 일을 거들 일손은 쓸 수 없어."

"그래도 전 일할 거예요. 전 변하는 게 싫어요. 이 부엌이 익숙하고, 이 일이 제게 맞아요."

둘은 충성이니 애정이니 운운하지 않았다. 그런 표현을 했다면 오히려 라운시가 몹시 당황했을 것이다.

결국 라운시는 봉급을 삭감하고 남기로 했고, 나중에 실리아는 라운시가 그때 떠났다면 엄마가 덜 힘들었을 거라고 생각하게 됐다. 라운시는 대량의 재료에 익숙한 손 큰 요리사였다. 그녀의 요리는 '진한 크림 반 리터에 신선한 달걀 열두 개를 넣고'로 시작됐다. 절약하면서 소박한 요리를 하고 재료를 조금씩 주문하는 것은 라운시에게 상상도 할 수 없는 일이었다. 그녀는 여전히 하인들에게 줄 록 케이크를 잔뜩 구웠고 오래된 재료는 미련 없이 돼지 여물통에 던져버렸다. 좋은 재료를 대량으로 주문하는 것이 라운시에게는 일종의 자존심이었다. 그러면 집안의 신용도 높아진다고 생각했다. 나중에 미리엄이 직접 주문하겠다고 나서자 라운시는 크게 실망했다.

살림과 부엌일을 도울 하녀가 들어왔다. 그레그라는 나이든 여자였다. 그레그는 미리엄이 갓 결혼했을 때 부엌일 돕는 하녀로 일한 적이 있었다.

"신문에서 부인이 내신 광고를 보자마자 하던 일도 때려치우고 달려왔어요. 저는 이 집에서 일할 때가 가장 좋았거든요."

"이제는 사정이 달라졌어, 그레그."

그래도 그레그는 오겠다고 했다. 그녀는 부엌일에 선수였지만 그 재능을 살릴 수 없었다. 이제 집에서는 만찬 파티를 열지 않았다. 그레그는 살림을 대충 했고, 집안에 거미줄이 생겨도, 먼지가 앉아도 내버려두었다.

그녀는 영광스러웠던 과거에 대해 줄줄이 늘어놓으며 실리아를 즐겁게 해줬다.

"아가씨 부모님이 연 만찬에 스물네 명이 둘러앉았어요. 수

프 두 가지, 생선 코스 두 가지, 앙트레*는 네 가지, 소르베**던
가요. 아무튼 그 달콤한 것 두 가지, 그리고 바닷가재 샐러드
와 아이스푸딩이 나왔죠!"

"다 지난 일이죠." 그레그는 미리엄과 실리아의 저녁식사인
마카로니 그라탱을 마지못한 듯이 내오며 애석한 마음을 내비
쳤다.

미리엄은 원예에 관심을 갖게 됐다. 전에는 원예에 대해 아
무것도 몰랐고 배우려고 했던 적도 없었다. 시험삼아 해봤는
데 뜻밖에 대성공을 거뒀다. 그녀는 엉뚱한 시기에 엉뚱한 깊
이로 땅을 파 꽃과 구근을 심었고 아무렇게나 씨앗을 뿌렸다.
그런데도 손대는 모든 것이 꽃을 피우고 살아났다.

"아가씨 어머니는 살리는 손을 가졌어요." 애시 할아범이
우울하게 말했다.

애시 할아범은 일주일에 두 번 오는 임시 정원사였다. 그는
원예에 대해 잘 알았지만 안타깝게도 죽이는 손을 타고난 사
람이었다. 그가 심는 건 뭐든 죽었다. 가지치기를 하면 운 나
쁘게도 '고사병'에 걸리거나 '이른 서리'의 피해를 입었다. 엄
마는 이 정원사의 이런저런 조언을 받아들이지 않았다.

---

* 코스에서 생선 다음 나오는 주요리.
** 유제품을 넣지 않고 과일즙 등으로 만든 차가운 디저트.

한번은 애시 할아범이 잔디 사면을 깎자고 진지하게 제안했다. "꽃밭을 초승달과 다이아몬드 모양으로 만들어서 멋진 화초를 옮겨 심으면 좋을 것 같습니다." 그러나 미리엄이 딱 잘라 거절하자 그는 기분이 상했다. 미리엄이 끊기지 않고 죽 뻗은 잔디가 더 좋다고 하자 그는 "글쎄요, 꽃밭이 훨씬 어울릴 텐데요, 누구라도 그렇다고 할 겁니다"라고 했다.

실리아와 미리엄은 경쟁하듯 집안을 꽃으로 '장식'했다. 흰 꽃, 덩굴 재스민, 달콤한 향기의 고광나무꽃, 하얀 지면패랭이꽃, 스톡으로 크고 기다란 꽃다발을 만들었다. 미리엄은 벚꽃 향기가 나는 꽃과 향긋하고 납작한 분홍 장미로 이국적인 꽃다발을 만드는 것을 아주 좋아했다.

그후로 실리아는 그 고풍스러운 분홍 장미의 향기를 맡을 때마다 엄마를 떠올리게 됐다.

실리아는 아무리 시간과 노력을 쏟아도 엄마의 솜씨를 따라갈 수 없는 것이 속상했다. 엄마는 자연스러운 우아함이 드러나도록 꽃꽂이했다. 기존 방식에 따르지 않았고 독창적이었다.

실리아의 수업은 별다른 계획 없이 진행됐다. 엄마는 실리아가 혼자서라도 수학 공부를 계속해야 한다고 했다. 엄마는 수학에 자신이 없었다. 실리아는 아빠와 시작했던 작은 갈색 책으로 열심히 공부했다.

이따금 불확실이라는 수렁에 빠졌다. 답을 양≠으로 내야 하는지 사람으로 내야 하는지에서 막히곤 했다. 방에 필요한 도배지 양量을 계산하는 문제도 너무 어려워서 다 건너뛰어버렸다.

미리엄은 교육에 대해 자신만의 지론을 가지고 있었다. 그녀는 뛰어난 교사였다. 명쾌하게 설명했고, 주제가 무엇이든 딸을 집중하게 만들었다.

실리아는 역사 과목을 좋아했고 엄마의 지도 아래 세계의 역사적 사건을 하나하나 배워나갔다. 단순하게 흐르는 영국사는 지루했다. 하지만 엘리자베스여왕, 카를 5세, 프랑스의 프랑수아 1세, 러시아의 표트르대제는 실리아에게 모두 살아 있는 인물 같았다. 로마의 영광이 다시 살아났다. 카르타고가 멸망했다. 표트르대제는 러시아를 미개에서 일으키고자 노력했다.

책 읽어주는 것을 좋아하는 실리아를 위해 미리엄은 지금 배우고 있는 다양한 시대를 다룬 책들을 골라서 읽어줬다. 중간중간 과감하게 건너뛰기도 했다. 미리엄은 지루한 것을 못 참았다. 지리는 역사와 많은 연관이 있었다. 그 밖에 다른 과목은 가르치지 않았지만 미리엄은 실리아의 철자법 실력을 키워주기 위해 무척 애썼다. 실리아의 철자법 실력이 또래에 비해 형편없었기 때문이다.

독일인 부인이 실리아에게 피아노를 가르치러 왔다. 실리아는 곧 피아노에 흥미와 소질을 보였고, 선생님과 약속한 시간보다 더 많이 연습했다.

마거릿 머크레이는 동네를 떠났지만 메이틀런드가家의 엘리와 재닛이 일주일에 한 번 차를 마시러 왔다. 엘리는 실리아보다 나이가 많았고 재닛은 어렸다. 그들은 색칠하기와 할머니 발자국 놀이*를 했고, 담쟁이덩굴이라는 비밀단체를 만들었다. 암호와 독특한 악수를 만들고 보이지 않는 잉크로 메시지를 쓰다가 이 비밀단체는 점차 쇠했다.

또 파인가의 아이들도 있었다.

뚱뚱한 그 아이들은 편도염에 걸렸을 때 나는 목소리를 가졌고 실리아보다 어렸다. 도러시와 메이블 자매는 그저 먹는 것만 생각했다. 매번 과식했고, 보통은 집에 가기도 전에 탈이 났다. 가끔 실리아가 자매의 집으로 점심을 먹으러 가기도 했다. 파인 씨는 뚱뚱하고 얼굴이 불그스름했고, 그의 아내는 키가 크고 호리호리하고 검고 멋진 앞머리를 가지고 있었다. 애정 넘치는 부부였지만 그들 역시 먹는 것에만 매달렸다.

"퍼시벌, 이 양고기 맛있네요. 정말 맛있어요."

"조금 더 줘, 여보. 도러시, 더 먹을래?"

"고마워요, 아빠."

"메이블은?"

---

* '무궁화 꽃이 피었습니다'와 유사한 놀이.

"아뇨, 괜찮아요."

"이런, 왜 그러니? 맛이 기가 막힌데."

"자일스한테 고맙다고 해야겠어요, 여보."(자일스는 정육
점 주인이었다.)

파인 가족도 메이틀런드 가족도 실리아의 인생에 별다른 영
향을 주지는 않았다. 실리아에게는 혼자 하는 놀이가 여전히
가장 생생했다.

피아노 실력이 늘자 실리아는 커다란 공부방에서 먼지투성
이 낡은 악보를 넘기며 오랜 시간을 보내게 됐다. 〈계곡 아래〉
〈잠의 노래〉〈바이올린과 나〉 같은 옛 가곡을 맑고 청아한 목
소리로 목청껏 불렀다.

실리아는 목소리에 대해 어느 정도 자부심이 있었다.

실리아가 어렸을 때 나중에 커서 공작과 결혼하겠다고 말하
자, 유모는 밥만 좀더 빨리 먹는다면 그럴 수 있을 거라고 했
었다.

"그런 저택에서는 식사를 다 마치기도 전에 집사가 와서 접
시를 치우거든요."

"집사가 그래?"

"그럼요, 집사가 한 바퀴 돌면서 식사를 끝냈든 못 끝냈든
모든 사람의 접시를 치워요!"

그후로 실리아는 공작 가문의 습관을 익힌답시고 제법 빨리

먹게 됐다.

그 계획이 처음으로 흔들렸다. 실리아는 공작과 결혼하지 않고 프리마돈나가 될지도 몰랐다. 멜바* 같은.

실리아는 여전히 혼자서 많은 시간을 보냈다. 메이틀런드가나 파인가의 아이들과 차를 마시거나 어울렸지만 그들은 '소녀들'만큼 현실적이지 않았다.

'소녀들'은 실리아가 상상해낸 인물들이었다. 실리아는 그들이 어떻게 생기고 어떤 옷을 입고 무엇을 느끼고 생각하는지 전부 잘 알았다.

우선 에설레드 스미스는 키가 크고 피부가 새까맣고 아주, 아주 똑똑했다. 운동도 잘했다. 사실 에설은 못하는 게 없었다. 아름다운 '몸매'를 타고났고 줄무늬 셔츠를 입고 다녔다. 에설은 실리아와 모든 면에서 정반대였다. 에설은 실리아가 되고 싶은 모습을 보여줬다. 그리고 에설의 단짝인 애니 브라운이 있었다. 애니는 피부가 희고, 약하고 '가냘팠다'. 에설은 애니의 공부를 도와줬고, 애니는 에설을 동경하고 흠모했다. 다음으로 이저벨라 설리번은 빨강 머리에 갈색 눈을 가진 예쁜 소녀였다. 부유하고 자존심이 강하고 제멋대로였다. 이저벨라는 크로케를 할 때마다 에설을 이길 거라고 생각했지만 실리아는

---

* 오스트레일리아 소프라노 가수.

그렇게 만들어주지 않았다. 가끔 일부러 이저벨라가 공을 놓치게도 했는데, 그럴 때 실리아는 자신이 심술궂다고 느꼈다. 엘시 그린은 이저벨라의 사촌—불쌍한 사촌이었다. 짙은색 곱슬머리에 파란 눈을 가진 엘시는 아주 쾌활했다.

엘라 그레이브스와 수 드 베트는 훨씬 어린 일곱 살이었다. 엘라는 무척 진지하고 부지런하고, 숱 많은 갈색 머리에 얼굴은 수수했다. 공부를 열심히 해서 종종 수학 과목에서 상을 받았다. 피부가 아주 희지만 실리아는 엘라가 어떤 모습인지 확실히 정하지 않았고 성격도 다양했다. 수 드 베트의 의붓자매인 열네 살의 비러 드 베트는 '그 학교'의 낭만적인 인물이었다. 비러는 밀짚 색깔 머리와 물망초 같은 짙푸른 눈을 가졌다. 비러의 과거에는 비밀이 있는데, 실리아는 태어나자마자 아이가 바뀌었으며 사실 비러가 이 나라에서 가장 지체 높은 귀족 가문의 딸인 레이디 비러로 밝혀지리란 것을 알고 있었다. 새로운 소녀 리나도 있었다. 실리아가 가장 좋아하는 대목 중 하나는 리나가 학교에 도착하는 장면이었다.

미리엄은 '소녀들'에 대해 어렴풋이 알았지만 묻지는 않았다. 실리아는 그것이 무척 고마웠다. 날씨가 안 좋으면 '소녀들'은 교실에서 음악회를 열었고 각자에게 곡이 주어졌다. 실리아는 가장 잘 치게 하고 싶은 에설이 되어 연주할 때는 손가락이 엉겨버리고, 항상 가장 어려운 곡을 맡기는 이저벨라가 되어 연주할 때는 완벽하게 되는 것이 몹시 짜증스러웠다. '소녀들'은 크리비지 게임을 했고 이저벨라는 여기서도 짜증나게 연달아 행운을 누리는 것 같았다.

가끔 할머니 집에 놀러가면 할머니는 실리아를 뮤지컬 극장에 데려갔다. 두 사람은 사륜차를 타고 역으로 가서 기차를 타고 빅토리아역까지 간 다음 다시 사륜차를 타고 육해군 협동조합에 갔다. 식료품 코너에서 할머니는 언제나 자신을 도와주는 특별한 노인 점원에게 물건을 잔뜩 샀다. 그런 다음 레스토랑에서 점심을 먹고 우유를 넉넉히 넣을 수 있게 '큰 컵에 커피는 조금만' 넣어 식사를 마무리했다. 그러고는 과자 코너에서 초콜릿 커피크림을 200그램 정도 산 다음 다시 사륜차를 타고 극장으로 갔다. 할머니는 실리아만큼이나 공연을 즐겼다.

공연이 끝나면 할머니는 실리아에게 악보를 사주곤 했다. 악보는 '소녀들'에게 새로운 활동 영역을 열어줬다. 이제 그들은 뮤지컬 스타로 거듭났다. 이저벨라와 비러는 소프라노였다. 이저벨라는 성량이 풍부했지만 목소리는 비러가 더 아름다웠다. 에설은 웅장한 알토였고 엘시는 작고 예쁜 목소리를 가졌다. 애니, 엘라, 수가 맡은 역할은 별로 중요하지 않았지만 수는 점점 발전해서 시녀 역할을 맡았다. 〈시골 처녀〉는 실리아가 가장 좋아하는 뮤지컬이었다. 실리아는 지금까지 들어본 노래 중 〈개잎갈나무 아래서〉가 가장 아름답다고 생각했다. 실리아는 그 노래를 목이 쉬도록 불렀다. 공주 역할을 맡은 비러가 그 노래를 불렀고, 이저벨라는 주인공을 맡았다. 실리아는 에설에게 어울리는 배역이 있는 〈싱걸리〉도 무척 좋아했다.

미리엄은 두통에 시달리는데다 침실이 피아노 방 바로 아래 있었기 때문에 결국 실리아에게 하루 세 시간 이상 피아노 치는 것을 금지했다.

2

마침내 실리아의 어릴 적 소망이 이루어졌다. 아코디언플리츠가 달린 무용복을 갖게 됐고, 남아서 스커트댄스 수업을 받게 됐다.

이제 선택받은 사람들 사이에 끼게 됐다. 단순한 흰색 파티드레스 차림의 도러시 파인과는 이제 더이상 춤추지 않을 것이다. 아코디언플리츠 무용복을 입은 여자애들은 자기들끼리 춤췄다. 남을 의식해서 '친절'을 베풀 때가 아니면 언제나 그랬다. 실리아는 재닛 메이틀런드와 짝이 됐다. 재닛은 아름답게 춤췄다. 둘은 영원히 왈츠를 같이 추기로 약속했다. 그들은 행진곡에서도 짝이 됐지만 실리아가 재닛보다 머리 하나 반

정도가 작아서 가끔은 헤어져야 했다. 매킨토시는 행진곡의 파트너들이 대칭을 이루는 걸 좋아했기 때문이다. 폴카는 어린아이들과 추는 게 유행이었다. 나이가 위인 소녀들은 각자 어린아이를 선택했다. 여자애 여섯이 스커트댄스를 배우기 위해 남았다. 실리아는 매번 뒷줄에 서는 것이 퍽 실망스러웠다. 재닛이야 누구보다 춤을 잘 추니까 파트너가 되어도 괜찮았지만 대프니는 춤도 별로고 실수도 잦았다. 실리아는 매킨토시가 키 작은 아이들을 앞에, 큰 아이들을 뒤에 세우는 것이 몹시 불공평하다고 생각했지만 그 문제를 해결할 방법은 좀처럼 떠오르지 않았다.

엄마는 아코디언플리츠 무용복 색깔을 고를 때 실리아만큼이나 흥분했다. 두 사람은 오랫동안 진지하게 의논했고 다른 아이들의 옷 색깔을 고려해서 결국 불꽃색으로 정했다. 그런 색깔의 무용복은 아무도 입은 적이 없었다. 실리아는 황홀했다.

남편이 세상을 떠나자 미리엄은 외출을 거의 하지 않았다. 실리아 또래의 자식을 둔 사람이나 친구 몇하고만 겨우 관계를 '유지'했다. 그럼에도 예전의 환경에서 그렇게 쉽게 떨어져나오게 된 것이 어느 정도는 속상했다. 돈이 만든 차이였다. 그들 부부에게 지나칠 정도로 관심을 쏟던 많은 사람! 그들은 이제 미리엄의 존재를 기억조차 못했다. 그래도 상관없었다. 그녀는 늘 수줍음을 탔으니까. 미리엄이 사교활동을 한 건 남편을 위해서였다. 그는 사람들을 초대하거나 외출하는 것을 좋아했다. 미리엄이 워낙 잘했기 때문에 그는 아내가 그런 것을 싫어한다는 걸 짐작도 못했다. 이제 그녀는 마음이 놓였지만 실리아를 생각하면 안타까웠다. 딸이 자라면 사교적인 것들을 원할 테니까.

엄마와 딸이 함께 보내는 저녁 시간이 하루 중 가장 행복한 때였다. 그들은 일곱시쯤 일찌감치 저녁을 먹고 공부방으로 올라갔다. 실리아는 공상에 잠기고, 엄마는 책을 읽어주곤 했다. 책을 읽어주다가 졸 때도 있었다. 목소리가 이상해지고 흐릿해지고, 고개가 앞으로 숙여졌다……

"엄마, 그러다 잠들겠어요." 실리아가 타박하듯 말했다.

"아니야." 미리엄이 발끈해서 말했다. 그녀는 다시 아주 꼿꼿하게 앉아서 또렷하고 분명한 목소리로 두 쪽쯤 더 읽다가 불쑥 말했다.

"네 말이 맞는 것 같구나." 미리엄은 책을 덮고 잠깐 잠들었다.

그러고는 겨우 삼 분쯤 눈을 붙였다가 깨어서는 다시 활기차게 책을 읽기 시작했다.

가끔은 책을 읽어주는 대신 예전 일을 이야기해줬다. 할머니의 먼 친척뻘인 엄마가 어떻게 할머니와 살게 됐는지도 말해줬다.

"어머니가 돌아가시고 집에 돈이 바닥났어. 그때 네 할머니가 친절하게도 나를 입양하겠다고 하셨지."

엄마는 할머니의 친절에 조금 냉담했다, 아마도—단어가 아니라 말투에 냉담함이 묻어났다. 어린아이의 외로움, 친엄마에 대한 그리움을 감추는 것이었다. 엄마는 끝내 병이 났고 왕진 온 의사는 "아이에게 괴로운 일이 있나봅니다"라고 말했다. 할머니는 긍정적으로 대답했다. "이런, 그럴 리가요. 어린 것이 얼마나 잘 지내고 소소한 일에도 즐거워하는데요." 의사는 아무 말도 하지 않았고, 할머니가 방에서 나가자 침대에 걸터앉아 친절하고 비밀스러운 태도로 엄마에게 말을 걸었다. 엄마는 순간 감정을 주체하지 못했고, 그에게 밤마다 침대에서 오래오래 운다고 털어놨다.

의사에게 그 말을 들은 할머니는 무척 놀랐다.

"이런, 나한테는 그런 말을 한 적이 한 번도 없는데."

그후로는 괜찮아졌다. 말을 했을 뿐인데 아픔을 떨친 것 같았다.

"그리고 네 아빠가 있었지." 엄마의 목소리가 부드러워졌다. "아빠는 내게 언제나 다정했단다."

"아빠 이야기 해주세요."

"그는 어른이었지—열여덟 살이었어. 집에 자주 오지는 않았어. 새아버지를 별로 좋아하지 않았거든."

"엄마는 아빠를 보자마자 사랑에 빠졌어요?"

"그랬지, 처음 본 순간부터. 나는 네 아빠를 사랑하면서 자랐어…… 그 사람이 나를 마음에 뒀을 거라고는 상상도 하지 못했단다."

"정말요?"

"응. 언제나 멋진 아가씨들과 어울려 다녔거든. 굉장한 바람둥이였고—또 그때는 아주 괜찮은 신붓감과 맺어질 것 같았어. 난 그 사람이 다른 여자와 결혼할 거라고 생각했지. 그래도 집에 오면 내게 굉장히 잘해줬어—꽃이나 사탕, 브로치도 선물해주고. 그 사람에게 난 그저 '꼬마 미리엄'이었어. 내가 잘 따르니까 예뻐했던 것 같아. 한번은 존의 친구 어머니가 '존, 내가 볼 때 넌 그 어린 친척과 결혼할 것 같구나'라고 했다더구나. 그러자 그 사람은 웃으면서 '미리엄요? 아니에요, 아직 어린애인데요'라고 했대. 그때 존은 굉장히 예쁜 아가씨에게 푹 빠져 있었거든. 하지만 어찌어찌 그들은 아무것도 아닌 사이로 끝났고…… 그가 청혼한 여자는 나 하나였지…… 기억나—그 사람이 결혼하면 난 소파에 누워 야위어갈 거고 내게 무슨 문제가 있는지 아무도 모를 거라고 생각했지! 그렇게 점점 시들어갈 거라고! 그 시절 여자들은 흔히 그런 감상적인 생각에 빠졌단다…… 절망적인 사랑, 소파에 몸져눕는 것. 나는 죽을 테고 사람들이 파란 리본에 묶인 그의 편지들 사이에서 눌린 물망초를 발견할 때까지 아무도 사정을 모를 거라고. 정말 어리석기 그지없지만—모르겠어, 그 상상이 내게 어떤 도움이 됐는지……

네 아빠가 불쑥 '요 녀석, 눈이 정말 예쁘네'라고 말한 날이 기억나는구나. 나는 깜짝 놀랐지. 난 내가 지독하게 못생겼다고 생각했거든. 의자에 올라서서 거울에 비친 내 모습을 보고 또 보면서 그 말이 무슨 뜻인지 생각해봤어. 그러다가 마침내 어쩌면 내 눈이 좀 예쁜지도 모른다는 생각이 들었지……"

"아빠가 결혼하자고 한 건 언제였어요?"

"내가 스물두 살 때. 그때 그 사람은 일 년 동안 집을 떠나 있었단다. 난 그를 위해 쓴 시와 크리스마스카드를 보냈어. 그는 그 시를 수첩에 보관했고. 그가 눈감을 때까지 그건 거기 있었어……

청혼을 받고 내가 얼마나 놀랐는지 몰라. 하지만 나는 싫다고 대답했었어."

"왜요, 엄마? 왜 그랬어요?"

"설명하기 어려워…… 난 정말 자신감이 없었거든. 스스로를 '땅딸막하다'고 생각했어. 늘씬하고 멋진 사람이 아니라고. 아마 우리가 결혼하면 그가 내게 실망할 거라고 생각했나봐. 너무 소심했던 거야."

"그런데 톰 삼촌이—" 이 대목을 엄마 못지않게 잘 아는 실리아가 채근했다.

엄마는 미소 지었다.

"그래, 톰 삼촌. 그때 우리는 서식스로 내려가서 톰 삼촌과 지냈어. 톰 삼촌은 노인이었지만 아주 현명하고 친절했지. 나는 피아노를 치고 삼촌은 난롯가에 앉아 있던 기억이 나는구나. 삼촌이 말했어. '미리엄, 존이 너한테 청혼하지 않았니? 넌 거절했고.' 나는 '네'라고 대답했어. '하지만 존을 사랑하지, 미리엄?' 그래서 다시 '네'라고 대답했지. 삼촌이 말했어. '다음에는 싫다고 하지 마라. 존은 한번 더 청혼하겠지만 세 번은 묻지 않을 거다. 존은 좋은 남자야, 미리엄. 네 행복을 차버리지 마.'"

"그래서 아빠가 청혼했고 엄마는 '좋아요'라고 말했고요."

미리엄이 고개를 끄덕였다.

그녀의 눈이 별빛처럼 빛났고 실리아도 잘 아는 눈빛이었다.

"엄마 아빠가 어떻게 여기 살게 됐는지도 말해줘요."

그것 또한 익히 아는 이야기였다.

미리엄은 미소 지었다.

"우리는 여기 내려와 집을 구했지. 아기가 둘이었어, 죽은 네 언니 조이와 시릴. 존은 사업차 인도에 가야 했지만 나까지 데려갈 수는 없었단다. 우리는 이곳이 아주 마음에 들었고 일 년간 살 집을 얻기로 했어. 난 할머니와 집을 보러 돌아다녔지.

존이 점심을 하러 집에 왔을 때 내가 '존, 우리가 집을 샀어요'라고 말했어. 네 아빠는 '뭐?' 하더구나. 할머니가 그러셨지. '괜찮다, 존. 꽤 괜찮은 투자가 될 거야.' 할머니의 남편이자 존의 새아버지가 내게도 유산을 조금 남겨주셨어. 내가 본 집들 가운데 유일하게 마음에 드는 집이 바로 이 집이었단다. 정말 평화롭고 아늑했어. 하지만 집주인은 세를 놓지 않고 판다고만 했어. 퀘이커교도였는데, 굉장히 상냥하고 점잖은 노부인이었지. 난 네 할머니에게 '제 돈으로 이 집을 사면 어떨까요?'라고 물었단다.

네 할머니가 내 재산을 관리해주셨거든. '주택은 좋은 투자지. 사려무나' 하시더구나.

퀘이커교도인 그 부인은 정말 친절했단다. '여기서 아주 행복할 겁니다. 당신과 당신의 남편, 당신의 아이들 모두……' 꼭 축복의 말 같았지."

얼마나 엄마다운지─돌발적이고, 신속한 결정.

실리아가 말했다.

"그래서 내가 여기서 태어났고요?"

"그랬지."

"아, 엄마. 이 집을 팔지 마요……"

미리엄은 한숨을 쉬었다.

"내가 잘하는 건지 모르겠구나…… 하지만 네가 이 집을

이렇게 좋아하니······ 이 집은 언제든 네가 돌아올 수 있는 곳
이 되겠지······"

3

사촌 로티가 내려왔다. 이제 그녀는 결혼해서 런던에 살고
있었다. 하지만 엄마는 로티에게 기분전환과 시골 공기가 필
요하다고 말했다.

로티는 건강이 별로 좋지 않았다. 침대에 누워 지냈고 끙끙
앓았다.

로티는 뭘 잘못 먹어서 속이 안 좋다고 모호하게 말했다.

"하지만 지금쯤이면 괜찮아져야 하잖아요." 실리아가 말했
다. 일주일이 지났지만 로티는 여전히 아팠다.

'속이 안 좋을' 때는 피마자유를 먹고 쉬면 다음날이나 그다
음날쯤 한결 나아졌다.

미리엄은 재미있어하는 표정으로 실리아를 쳐다보았다. 미
안함 반, 미소 반이 섞인 표정이었다.

"실리아, 말해주는 편이 낫겠구나. 로티는 곧 아기를 낳을
거라서 아픈 거야."

실리아는 지금까지 그렇게 놀란 적이 없었다. 마거리트 프

리스트먼과 말다툼한 뒤로 아기에 대해서는 생각하지 않았다.

실리아가 열띠게 물었다.

"그런데 속이 왜 안 좋아요? 아기를 여기서 낳을 거예요? 내일이요?"

엄마는 웃음을 터뜨렸다.

"아이고! 아니, 내년 가을이 되면."

미리엄은 아기가 태어나는 데 걸리는 시간이나 과정에 대해 자세히 설명해줬다. 실리아에게는 하나같이 놀라운 이야기였다. 한 번도 들어본 적 없는 가장 특별한 이야기였다.

"하지만 로티 앞에서는 아는 척하면 안 돼. 아이들은 몰라도 되는 일이니까."

다음날 실리아는 무척 흥분해서 엄마에게 갔다.

"엄마, 엄마, 아주 신나는 꿈을 꿨어요. 꿈에서 할머니가 아기를 낳으려고 했어요. 꿈처럼 될까요? 할머니한테 편지로 물어봐야 할까요?"

엄마가 소리 내어 웃자 실리아는 놀랐다.

실리아는 원망스럽다는 듯이 말했다. "꿈은 이루어져요. 성경에도 그렇게 나와 있어요."

4

로티의 아기로 인한 흥분은 일주일이나 계속됐다. 실리아는 아기가 다음해 가을이 아니라 당장 나올지도 모른다는 희망을 여전히 품고 있었다. 엄마도 틀릴 때가 있을 테니까.

그러다가 로티가 런던으로 돌아갔고, 실리아는 그 일을 잊었다. 다음해 가을 할머니 집에서 지낼 때 세라 할멈이 불쑥 정원으로 나와 "로티 아가씨가 사내아이를 낳았다는군요. 참 잘됐죠?" 하자 실리아는 깜짝 놀랐다.

실리아가 집안으로 뛰어가 보니 할머니가 전보를 들고 앉아서 매킨토시 부인과 이야기를 나누고 있었다.

"할머니, 할머니!" 실리아가 소리쳤다. "로티 언니가 정말 아기를 낳았어요? 아기는 얼마만해요?"

수면양말을 뜨던 할머니는 큰 결심을 내린 듯 커다란 편물 바늘로 아기의 크기를 가늠해 보였다.

"그렇게 작아요?" 믿을 수가 없었다.

"내 여동생 제인은 어찌나 작았는지 비눗갑에 들어갈 정도였어." 할머니가 말했다.

"비눗갑에요?"

"사람들은 그 아이가 살 수 없을 거라고 했지." 할머니는 재미있다는 듯이 말하고는 매킨토시 부인에게 소리 죽여 말했다. "오삭둥이였어요."

실리아는 조용히 앉아서 그만한 크기의 아기를 상상해보려고 애썼다.

"어떤 비누였는데요?" 실리아가 곧바로 물었지만 할머니는 대답해주지 않았다. 할머니는 매킨토시 부인과 낮고 조용한 소리로 얘기하느라 바빴다.

"그래요, 샬럿의 경우에는 의사들도 의견이 분분했어요. 전문의는 진통촉진을 시켰고요—사십팔 시간—탯줄이 목을 감아서……"

할머니의 목소리는 점점 작아졌다. 그러다가 실리아를 힐끗 보더니 말을 멈췄다.

할머니는 정말 특이한 방식으로 말했다. 어쩐지 흥미진진하게 들렸고…… 사람을 쳐다보는 눈빛도 특이했다. 마치 내키기만 하면 온갖 이야기를 다 해줄 것 같은 눈빛이었다.

5

실리아는 열다섯 살이 되자 다시 종교에 몰두했다. 이번에는 다른 종교인 고교회파*였다. 견진성사를 받았고, 런던 주교의 설교를 들었다. 그리고 당장 주교에게 빠져 낭만적인 감상에 사로잡혔다. 주교의 사진엽서를 벽난로 선반에 올려놓았고 그에 대한 기사가 났는지 신문을 열심히 훑어보았다. 실리아는 긴 이야기를 지어냈다. 그 이야기에서 실리아는 이스트엔드 교구에서 아픈 사람들을 찾아다니며 봉사하다 어느 날 주교의 눈에 들었고, 마침내 둘은 결혼해서 풀럼셩에 살았다. 또 다른 이야기에서는 수녀가 되어—로마가톨릭교회뿐만 아니라 국교회에도 수녀가 있다는 것을 알게 됐다—아주 성스러운 삶을 살았고, 종교적 환상들을 보았다.

견진성사를 받은 후에는 그와 관련된 다양한 소책자를 읽었고, 주일에는 아침 일찍 교회에 갔다. 실리아는 엄마가 같이 가주지 않아서 속상했는데, 미리엄은 성령강림절에만 교회에 갔다. 그녀에게 성령강림절은 기독교의 큰 축일이었다.

미리엄은 말했다. "신의 성스러운 영혼. 그것에 대해 생각해보렴, 실리아. 그건 신의 커다란 경이, 신비, 아름다움이란다. 기도서들은 그것을 멀리하고 목사님들도 그것에 대해서는 거의 말하지 않지. 그들은 두려운 거야, 그게 뭔지 잘 모르니까. 그건 성령聖靈이야."

미리엄은 성령을 숭배했다. 그것이 실리아를 불편하게 만들었다**. 미리엄은 교회를 별로 좋아하지 않았고, 어떤 교회에

---

* 영국 국교회의 일파.

가면 다른 교회보다 성령이 충만하게 느껴진다고 말했다. 그건 거기서 예배하는 사람들에 달려 있어, 라면서.

확고하고 엄격한 정통파인 실리아는 고민에 빠졌다. 엄마의 비정통파 같은 면이 달갑지 않았다. 엄마에게는 알 수 없는 뭔가가 있었다. 엄마는 예지력, 보이지 않는 것에 대한 통찰력을 가지고 있었다. 상대방이 무슨 생각을 하는지 알아채서 당황하게 만드는 능력 같은 것.

런던 주교의 아내가 되는 상상은 수그러들었다. 대신 수녀가 되고 싶다는 생각에 점점 사로잡혔다.

마침내 엄마에게 털어놓기로 했다. 엄마가 속상해할까봐 걱정됐다. 하지만 엄마는 아주 차분하게 받아들였다.

"그렇구나."

"괜찮아요, 엄마?"

"그래. 네가 스물한 살이 되어서도 원한다면 그럴 수도 있지……"

실리아는 로마가톨릭교회 신자가 되어야겠다고 생각했다. 왠지 가톨릭 수녀가 더 현실감이 있었다.

미리엄은 가톨릭을 아주 훌륭한 종교라고 생각했다.

"전에 네 아빠와 나는 가톨릭 신자가 될 뻔했단다. 정말 거

** 성령(Holy Ghost)에 '유령'이란 단어가 있기 때문이다.

의 그랬지." 순간 엄마가 미소 지었다. "내가 존을 끌다시피 가톨릭교회로 데려갔어. 네 아빠는 착해서―아이처럼 단순했지―자기가 믿는 종교에 만족했어. 종교를 발견하고 받아들이라고 채근한 사람은 언제나 나였어."

실리아는 당연히 그것이 중요하다고 생각했다. 하지만 그런 말은 하지 않았다. 그랬다면 엄마는 또 성령 얘기를 꺼냈을 것이다. 실리아는 그 이야기가 꺼림칙했다. 성령은 책에도 별로 나오지 않았다. 실리아는 수녀가 되어 수도실에서 기도하는 자신의 모습을 상상했다⋯⋯

6

얼마 후 미리엄은 딸에게 파리에 갈 때가 됐다고 말했다. 실리아는 파리에서 교육을 '마무리'하게 될 것을 알고 있었다. 그 생각을 하자 신바람이 났다.

역사와 문학에 관해서는 상당한 교육을 받았다. 실리아는 무슨 책이든 선택해서 읽을 수 있었고, 엄마의 격려를 받았다. 또 시사에 대해서도 잘 알았다. 미리엄이 '상식'을 쌓으려면 반드시 신문을 읽어야 한다고 주장했기 때문이다. 수학은 일주일에 두 번 지역 학교에서 배우는 것으로 해결했다. 수학은 실리아가 원래 좋아하던 과목이었다.

기하학, 라틴어, 대수학, 문법에 대해서는 완전히 무지했다. 지리는 여행책을 보고 대충 얻은 지식이 전부였다.

파리에서는 성악과 피아노, 소묘와 채색화, 프랑스어를 배울 예정이었다.

미리엄은 드부아 애비뉴 근처에 있는 학교를 선택했다. 여학생 열두 명이 있는, 영국인 부인과 프랑스인 부인이 공동으로 운영하는 기숙학교였다.

미리엄은 실리아와 함께 파리로 가서 딸이 잘 지낼 거라는 확신이 들 때까지 머물렀다. 나흘 후, 실리아는 엄마에 대한 지독한 그리움에 시달렸다. 처음에는 뭐가 문제인지 몰랐다. 목구멍에 걸린 이상한 덩어리, 엄마를 생각할 때마다 차오르는 눈물. 엄마가 만들어준 블라우스를 입으면 바느질하던 엄마 모습이 떠올라 눈물이 그렁해지곤 했다. 닷새째 되는 날, 엄마가 실리아를 데리러 학교로 찾아왔다.

실리아는 차분하게 걸어내려왔지만 내심 불안해하고 있었다. 그리고 호텔로 가기 위해 택시에 타자마자 눈물을 쏟았다.

"아, 엄마—엄마."

"왜 그러니, 실리아? 여기에 있는 게 싫어? 그런 거라면 엄마가 데려가마."

"그런 게 아니에요. 학교는 좋아요. 그냥 엄마가 보고 싶었을 뿐이에요."

삼십 분이 지나자 아까 느꼈던 고통은 현실이 아니라 꿈 같았다. 뱃멀미와도 비슷했다. 끝나면 어떤 기분이었는지 기억나지 않으니까.

그 감정은 다시 찾아오지 않았다. 그런 감정이 다시 들지 않을까 초조한 마음으로 기다려보았지만 그때와 같지 않았다. 엄마를 아끼고 사랑하지만, 이제 엄마를 떠올리기만 해도 목구멍에 덩어리가 걸리는 일은 없었다.

미국에서 왔다는 메이지 페인이 다가와서 부드럽고 느릿한 말투로 말했다.

"네가 힘들어한다는 이야기 들었어. 우리 엄마가 너희 엄마와 같은 호텔에 묵고 계시거든. 기분은 좀 나아졌니?"

"응, 이젠 괜찮아. 내가 바보 같았어."

"아냐, 자연스러운 거야."

메이지의 부드럽고 느릿한 말투는 피레네산맥에서 만난 마거리트 프리스트먼을 떠올리게 했다. 이 덩치 큰 검은 머리의 소녀에게 실리아는 살짝 떨리는 고마움을 느꼈다. 메이지의 이 말을 듣고 고마움은 더 커졌다.

"호텔에서 너희 엄마를 봤어. 참 예쁘시더라. 예쁜 것 이상이야—기품이 있어."

실리아는 그때 처음으로 엄마를 객관적으로 보게 됐다—조막만하고 진지한 얼굴, 아담한 손발, 작고 섬세한 귀, 날렵하고 오뚝한 코.

엄마―아, 엄마 같은 사람은 세상 어디에도 없었다!

Chapter 6

파리

1

실리아는 파리에 일 년간 머물렀다. 무척 즐거운 시간이었다. 여자애들과 사이좋게 지냈다. 그러나 현실적인 느낌을 주는 아이는 없었다. 메이지 페인이라면 그런 느낌을 줬을지 모르지만 그 아이는 실리아가 입학하고 얼마 후 부활절에 떠났다. 실리아의 단짝은 옆방에서 지내던 덩치 크고 뚱뚱한 베시 웨스트였다. 베시는 수다스러웠고, 실리아는 이야기를 잘 들어주는 편이었다. 그리고 두 사람 모두 사과를 즐겨 먹었다. 베시는 사과를 먹으면서 예전에 있었던 사건과 모험에 대해 오랫동안 재잘거렸다. 베시의 이야기는 항상 "그래서 다행이었지"로 끝났다.

"난 네가 좋아, 실리아." 어느 날 베시가 말했다. "너는 상식이 있어."

"상식?"

"넌 맨날 남자 얘기만 떠들진 않거든. 메이블이나 패멀라 같은 애들은 거슬려. 걔들은 바이올린 수업 시간에 킬킬대면서 내가 프란츠 선생님을 좋아한다느니 선생님이 날 좋아한다느니 하며 수군대. 상스럽게 말이야. 나도 다른 애들처럼 남자아이들과 장난치는 걸 좋아하긴 하지만, 음악 선생님을 두고 그렇게 바보처럼 키득대는 건 다르지."

런던 주교에 대한 열정이 수그러든 실리아는 이제 〈가명 지미 밸런타인〉*의 제럴드 듀 모리에에게 반했다. 하지만 아무에게도 말하지 못할 은밀한 열정이었다.

마음에 들었던 또 한 친구는 베시가 평소 '멍청이'라고 부르는 시빌 스윈턴이었다.

시빌은 예쁜 갈색 눈과 숱 많은 다갈색 머리카락을 가진 열아홉 살의 키 큰 소녀였다. 시빌은 지나칠 만큼 상냥하고 지나칠 만큼 멍청했다. 뭐든 두 번은 설명해줘야 했다. 피아노는 그녀가 짊어진 큰 십자가였다. 시빌은 악보를 잘 읽지 못했고 엉뚱한 음을 치고도 알아차리지 못했다. 실리아가 옆에서 한 시간씩 끈기 있게 설명해주곤 했다. "아니, 시빌. 샤프야─지

---

* 오 헨리의 단편 「개심」을 각색해 만든 연극. 영화로도 만들어졌다.

금 왼손이 틀렸어—제자리 라la지. 아, 시빌. 음이 안 들려?"
하지만 시빌은 듣지 못했다. 시빌의 부모님은 딸이 다른 아이
들처럼 '피아노를 연주'하게 되길 간절히 바랐고 시빌도 열심
히 노력했지만 그녀에게 음악 수업은 악몽이었다. 그리고 교
사에게도 악몽이었다. 두 명의 피아노 교사 중 새발 같은 손
을 가진 자그맣고 나이든 백발의 르브룅 부인은 수업할 때 학
생이 오른손을 움직이기 불편할 정도로 바싹 붙어 앉았다. 르
브룅 부인은 초견初見연주를 아주 좋아했는데 아 카트르 맹(연
탄곡)이 실린 커다란 악보를 꺼내곤 했다. 학생이 고음부나 저
음부를 번갈아 치면 르브룅 부인은 다른 음부를 연주했다. 그
녀가 피아노 끝에서 고음부를 연주하면 분위기가 최고로 좋았
다. 르브룅 부인은 자기 연주에 심취해서 학생이 저음부에서
몇 마디 뒤처지거나 앞서나가도 나중에야 알아차렸다. 그러면
"메 케스 크 부 주에 라, 마 프티트(대체 어딜 치는 거니), 세 아
프뢰(얘야)? 세 투 스 킬 리 아 드 플뤼 자프뢰(형편없구나. 더 형
편없어지는구나)!"라고 했다.

　그래도 실리아는 수업이 즐거웠다. 교사가 코흐테르 씨로
바뀌면서는 훨씬 좋아졌다. 코흐테르 씨는 재능이 있는 학생
들만 받았다. 그는 실리아를 좋아했다. 그는 실리아의 두 손을
잡고 손가락을 가차없이 당기면서 외치곤 했다. "늘어나는 게
보이지? 이게 피아니스트의 손이란다. 넌 타고났구나, 실리아.

이제 네 재능을 펼치기 위해 우리가 어떻게 해야 하는지 보자 꾸나." 코흐테르 씨의 연주는 아름다웠다. 그는 일 년에 두 번 런던에서 연주회를 열었고, 실리아에게 그 이야기를 들려줬 다. 쇼팽, 베토벤, 브람스는 그가 좋아하는 거장들이었다. 그 는 실리아에게 배울 곡을 직접 고르게 했다. 코흐테르 씨는 강 한 열정으로 영감을 줬고, 실리아는 그가 시킨 대로 기꺼이 여 섯 시간씩 연습에 열중했다. 연습은 별로 힘들지 않았다. 피아 노가 좋았다. 피아노는 언제나 그녀의 친구였다.

성악 수업은 바레 씨에게 받았다. 그는 전직 오페라 가수였 다. 실리아는 아주 높고 맑은 소프라노 목소리를 갖고 있었다.

"네 고음은 탁월하구나." 바레 씨가 말했다. "더없이 좋아. 그건 부아 드 테트(두성)야. 저음과 흉성은 많이 약하지만 나쁘 지는 않아. 우리가 발전시켜야 할 것은 메디옴(중음)이지. 메디 옴은 입천장에서 나온단다, 실리아."

그는 줄자를 꺼냈다.

"이제 횡격막을 시험해보자. 숨을 들이쉬어봐─잠깐 멈추 고─이제 한번에 내뱉어봐. 좋구나, 최고야. 넌 성악가의 호 흡을 갖고 있어."

바레 씨가 실리아에게 연필을 내밀었다.

"이걸 물고 있어. 그래, 입에. 노래할 때도 떨어뜨리면 안 된 다. 연필을 물고도 모든 단어를 발음할 수 있단다. 할 수 없다는 말은 하지 말고."

바레 씨는 실리아에게 대체로 만족했다.

"하지만 네 프랑스어는 좀 이상하구나. 영국인들이 하는 프랑스어 발음과 달라—아, 나는 얼마나 고생했는지 몰라—몽디외(맙소사)! 아무도 모르지! 아니, 네 발음은 분명 메리디오날(남부) 사투리 같은데. 프랑스어를 어디서 배웠지?"

실리아가 대답했다.

"아, 프랑스 남부 출신에게 배웠다고? 그래서 그렇구나. 자, 그것도 고쳐나가자."

실리아는 열심히 노래했다. 바레 씨는 전반적으로 만족했지만 이따금 실리아의 전형적인 영국인 같은 표정을 지적했다.

"너도 다른 영국인들과 똑같구나. 노래는 입을 최대한 벌리고 소리만 내면 되는 줄 알지! 그렇지 않단다. 입 주위엔 피부가 있어, 얼굴의 피부가. 너는 성가대에서 노래하는 소년이 아니야. 카르멘의 〈하바네라〉를 부르고 있잖아. 그런데 다른 키로 부르고 있구나. 이 곡은 소프라노를 위해 조옮김이 되어 있어. 오페라 가곡은 항상 원래 키로 불러야지—키를 바꾸면 아주 듣기 싫을 뿐 아니라, 그건 작곡가에 대한 모욕이야—잊지 마라. 난 네가 다른 것보다 메조소프라노 곡을 배우면 좋겠구나. 자, 이제 넌 카르멘이야. 연필이 아니라 장미 한 송이를 입에 물고 젊은 남자를 유혹하기 위해 노래하는 거라고. 목석 같은 표정 짓지 마라."

그 수업은 실리아의 울음으로 끝이 났다. 바레 씨는 친절했다.

"자 자, 이 노래는 네게 맞지 않는 것 같구나. 그래, 네 노래가 아닌 걸 알겠어. 너는 구노*의 〈예루살렘〉이나 시드**의 〈할렐루야〉를 부르는 게 좋겠다. 카르멘은 나중에 다시 해보자꾸나."

이 학교의 수업은 대부분 음악 수업이었다. 다른 수업이라고 해봐야 매일 아침 한 시간씩 하는 프랑스어 수업이 전부였다. 실리아는 누구보다 유창하고 자연스럽게 프랑스어를 구사했지만 수업 시간에는 매번 끔찍한 열등감을 느꼈다. 받아쓰기를 하면 다른 아이들은 두세 개, 많아 봤자 다섯 개 실수하는 데 그쳤지만 실리아는 스물다섯 개에서 서른 개나 틀렸다. 프랑스어 책을 수없이 읽었는데도 철자를 잘 몰랐다. 게다가 다른 사람보다 글 쓰는 속도도 훨씬 느렸다. 실리아에게 받아쓰기는 악몽 같았다.

교사는 이렇게 말하곤 했다.

"그렇게 많이 틀리기도 힘들어 ─ 힘들다고 ─ 실리아! 과거분사가 뭔지도 모르니?"

---

* 프랑스 작곡가.
** 마스네의 오페라 〈르 시드〉.

안타깝게도 바로 그게 실리아가 모르는 것이었다.

일주일에 두 번 그녀는 시빌과 그림을 배우러 다녔다. 실리아는 피아노 연습 시간이 줄어서 싫었다. 그녀는 소묘가 싫었고, 채색화는 더 싫었다. 둘은 꽃을 그리는 것부터 배웠다.

아, 유리잔에 꽂혀 있는 가여운 제비꽃!

"음영을 넣어, 실리아. 음영을 넣어야지."

하지만 실리아는 음영을 찾을 수 없었다. 시빌의 그림을 훔쳐보며 비슷하게 그리려고 애쓰는 게 고작이었다.

"시빌, 넌 그 끔찍한 음영이 어디 있는지 아는 것 같구나. 나는 안 보여─전혀 보이지 않아. 이건 예쁜 보라색 얼룩일 뿐이야."

시빌도 특별히 잘하는 건 아니었지만 미술에서 '멍청이'는 분명 실리아였다.

내면 깊은 곳에 있는 뭔가가 이 단순한 모사模寫─꽃의 비밀을 억지로 끌어다 종이에 그리고 칠하는 일을 꺼렸다. 제비꽃은 정원에서 자라게 두거나 유리병에 늘어뜨리듯 꽂아야 했다. 이렇게 어떤 것에서 다른 뭔가를 만들어내는 일에 실리아는 반감을 느꼈다.

어느 날 실리아가 시빌에게 말했다. "그림을 왜 그려야 하는지 모르겠어. 이미 거기 있는 것들인데."

"그게 무슨 말이야?"

"어떻게 말해야 좋을지 모르겠지만, 다른 것과 비슷한 것을 왜 만들어야 하지? 그건 정말 쓸데없는 짓이잖아. 세상에 존재하지 않는 꽃을 상상해서 그리는 거라면 가치가 있겠지만."

"머릿속으로 꽃을 만들어낸다는 거야?"

"응, 하지만 그것도 옳은 일은 아니야. 그렇게 해도 그건 그냥 꽃이니까. 그건 우리가 만들 수 있는 게 아니고, 종이 위에 그릴 수 있을 뿐이란 거지."

"하지만 실리아, 그림은, 진짜 그림 말이야, 미술 작품은─정말 아름다워."

"응, 물론이지─그런데─" 실리아가 멈췄다가 덧붙였다. "정말 그럴까?"

"실리아!" 시빌은 그녀의 반문에 놀란 듯이 외쳤다.

거장의 작품을 보기 위해 루브르박물관에 다녀온 게 바로 어제 아니었던가?

실리아는 자신이 너무 심했다고 생각했다. 모두가 예술을 숭배했다.

"내가 코코아를 너무 많이 마셨나봐." 실리아가 말했다. "그래서 그림들이 답답하게 느껴졌겠지. 그림 속 성자들이 다 똑같아 보였거든. 물론 진짜 그렇다는 건 아니야." 그러고는 덧붙였다. "그 그림들은 근사해, 정말로."

하지만 자신 없는 말투였다.

"넌 분명 그림을 좋아하게 될 거야, 실리아. 넌 음악을 좋아하니까."

"음악은 달라. 음악은 그 자체야. 흉내내는 게 아니라고. 악기를 예로 들어볼까? 바이올린이나 피아노나 첼로는 소리를 내. 함께 아름다운 소리를 짜나가지. 다른 어떤 것처럼 만들지 않아도 돼. 그냥 그 자체인 거야."

"아니, 난 음악이 거슬리는 소음들을 잔뜩 모은 것뿐이라고 생각하는데. 음을 잘못 연주했을 때 나는 소리가 제대로 연주했을 때보다 더 아름답게 들리는 경우도 아주 많아." 시빌이 말했다.

실리아는 친구를 한심하다는 듯이 바라보았다.

"넌 전혀 듣지 못하는구나."

"글쎄, 오늘 아침에 네가 그린 제비꽃을 보면 누구든지 너는 보지 못한다고 생각할걸."

실리아는 우뚝 멈췄다. 그 바람에 뒤에서 오던 키 작은 팜 드 샹브르(여자 사감)의 앞을 막자 그녀가 화난 듯이 떽떽거렸다.

"시빌, 네 말이 맞는 것 같아. 나는 사물을 보지 못하나봐. 그것들이 보이지 않아. 그래서 철자를 틀리는 거야. 무엇이 어떻게 생겼는지도 제대로 모르는 거고."

"넌 항상 물웅덩이도 그냥 밟고 지나가지." 시빌이 말했다.

실리아는 생각에 잠겼다.

"그건 중요한 문제가 아니야, 사실 하나도 안 중요해. 철자를 틀리는 건 문제지만. 내 말은 사물이 주는 느낌이 중요하다는 거야, 어떻게 생겼는지나 어떻게 만들어졌는지가 아니라."

"대체 무슨 소리야?"

"좋아, 장미로 얘기해볼게." 실리아는 길가에서 꽃을 파는 사람을 고갯짓으로 가리켰다. "꽃잎이 몇 장인지 정확히 어떤 모양인지는 중요하지 않아. 중요한 건 전체야. 벨벳 같은 감촉과 향기 같은 거 말이야."

"형태를 모르면 장미를 그릴 수 없어."

"시빌, 이 바보야, 나는 그리고 싶지 않다고 했잖아. 난 종이에 그린 장미는 싫어. 진짜 장미가 좋다고."

실리아는 꽃을 파는 여자 앞에 멈춰 서서 동전 몇 개를 주고 늘어진 검붉은 장미 한 다발을 샀다.

"향기를 맡아봐." 그녀가 시빌의 코에 장미를 들이밀며 말했다. "어때? 배에 천국 같은 고통이 느껴지지 않니?"

"너 또 사과를 너무 많이 먹었구나."

"아니야, 시빌, 그렇게 문자 그대로 받아들이지 마. 천국 같은 향기 아니니?"

"그래, 맞아. 하지만 장미는 고통을 주지 않아. 장미에게 고통을 바라는 사람이 누가 있겠어?"

"전에 엄마와 식물학을 공부하려고 한 적이 있었어." 실리아가 말했다. "그런데 우린 책을 내던져버렸어. 난 그게 너무 너무 싫었거든. 수많은 꽃의 이름을 외우고 암술이니 수술이니 하며 분류하고—불쌍한 것들의 옷을 벗기는 것처럼 끔찍했어. 정말 싫어. 그건—그건 무례한 짓이야."

"실리아, 그거 아니? 수녀님들은 속치마를 입은 채 목욕한대. 내 사촌이 말해줬어."

"정말? 왜?"

"수녀님들은 자기 몸을 보이는 것이 좋지 않다고 생각하나봐."

"아." 실리아는 잠시 생각에 잠겼다. "그럼 비누칠은 어떻게 해? 속치마를 입고 비누칠하면 아주 깨끗하게 닦을 수 없을 것 같은데."

2

기숙학교의 여학생들은 오페라 공연장이나 코메디 프랑세즈*에 갔고, 겨울에는 팔레 드 글라스에서 스케이트를 탔다. 실리아도 다 좋아하는 일이었지만 그녀의 삶을 진짜로 꽉 채우는 건 음악이었다. 실리아는 피아노를 전공하고 싶다고 엄마에게

---

* 프랑스 국립극장.

편지를 썼다.

학기가 끝날 즈음 스코필드가 파티를 열었고, 실력이 좋은 학생들이 연주를 하거나 노래를 불렀다. 실리아는 두 가지 다 했다. 노래는 괜찮게 했지만 연주할 때는 감정에 너무 심취해서 베토벤 소나타 〈비창〉 1악장은 엉망으로 연주했다.

딸을 데려가기 위해 파리에 온 미리엄은 실리아의 부탁으로 코흐테르 씨에게 차를 대접했다. 실리아를 음악가로 키운다는 생각은 해보지 않았지만 코흐테르 씨의 의견을 들어보는 건 나쁘지 않을 것 같았다. 그래서 실리아가 자리를 비웠을 때 그에게 물어봤다.

"솔직히 말씀드리죠, 부인. 실리아는 소질이 있습니다. 기교도 있고 감성도 있어요. 제 학생들 중에 가장 유망하죠. 하지만 기질은 없는 것 같습니다."

"사람들 앞에서 연주할 수 있는 기질 말씀인가요?"

"바로 그겁니다. 부인. 음악가가 되려면 세상을 차단할 수 있어야 합니다. 누군가가 내 음악을 듣고 있다고 의식하면 감정이 고양되어야 하죠. 그런데 실리아는 한두 명 앞에서나 실력을 발휘할 수 있을 거고, 문을 닫고 혼자 연주해야 가장 잘할 겁니다."

"이 말씀을 실리아에게도 해주시겠어요?"

"원하신다면 그러죠, 부인."

실리아는 무척 실망했다. 그렇다면 성악을 하겠다고 했다.

"비록 똑같지는 않지만요."

"너는 피아노만큼 노래를 좋아하지는 않는구나?"

"네, 그래요."

"혹시 그래서 노래할 때는 불안하지 않은 거니?"

"그럴지도 몰라요. 목소리는 나와 분리된 것 같거든요―내가 노래를 하는 게 아닌 것 같아요. 손가락으로 피아노를 치는 것과는 달라요. 이해돼요, 엄마?"

그들은 바레 씨와 진지한 대화를 나누었다.

"실리아는 재능도 있고 좋은 목소리를 가졌습니다. 그래요, 기질도 있지요. 그런데 표현력이 많이 부족합니다. 지금은 여성의 목소리라기보다 소년의 목소리에 가깝습니다―" 그는 미소 지었다. "달라지겠죠. 매력적이고, 순수하고, 안정적인 목소리를 가졌고 호흡도 좋으니까 성악가가 될 수 있을 겁니다. 그럼요. 오페라를 할 만큼 강한 목소리는 아니지만 콘서트 무대에 서는 건 가능할 겁니다."

두 사람이 영국으로 돌아온 후에 실리아가 말했다.

"엄마, 생각해봤는데요, 오페라를 할 수 없다면 성악가가 되지 않을래요. 전문적으로는 안 하겠다는 뜻이에요."

그러고는 웃음을 터뜨렸다.

"엄마는 내가 음악을 하는 게 내키지 않죠? 그렇죠?"

"그래, 난 네가 성악가가 되길 바란 적이 없었어."

"하지만 내가 하겠다면 허락할 거죠? 내가 정말 원한다면, 뭐든 다 하게 해줄 거죠?"

"뭐든 다는 아니지." 미리엄이 활기차게 말했다.

"하지만 대개는 그렇겠죠?"

엄마가 실리아에게 미소 지었다.

"난 네가 행복하길 바랄 뿐이란다."

"그럼요, 난 언제나 행복할 거예요." 실리아는 강한 확신에 차서 대답했다.

3

가을학기에 실리아는 엄마에게 간호사가 되고 싶다는 내용의 편지를 보냈다. 베시는 간호사가 꿈이고 자기도 마찬가지라고. 그즈음 실리아가 보낸 편지에는 베시 이야기가 가득했다.

미리엄은 바로 답장하지 않았고, 학기말이 가까워졌을 때에야 의사가 외국에서 겨울을 보내는 걸 권했다고 썼다. 그녀는 실리아에게 이집트에 같이 가자고 했다.

실리아가 파리에서 돌아왔을 때 엄마는 할머니 집에 머물면서 여행 준비에 여념이 없었다. 할머니는 이집트 여행을 달가

위하지 않았다. 실리아는 점심을 하러 온 로티에게 할머니가
하는 말을 들었다.

"난 미리엄을 이해할 수가 없다. 넉넉지도 않은 형편에 이렇
게 갑자기 이집트같이 돈이 많이 드는 곳에 가겠다니! 도대체
미리엄은 돈에 대한 개념이 없어. 게다가 이집트는 우리 불쌍
한 존과 마지막으로 갔던 곳 중 하나잖아. 도무지 인정머리가
없어."

실리아는 엄마가 뭔가에 도전하는 듯한 흥분을 느끼고 있
다고 생각했다. 엄마는 실리아를 데리고 나가 이브닝드레스를
세 벌 사줬다.

"실리아에게는 아직 일러. 쓸데없는 짓을 하는구나, 미리
엄." 할머니가 말했다.

"실리아가 거기서 사교생활을 시작하는 것도 나쁘지 않을
것 같아요. 런던에서는 어렵잖아요. 우리가 그럴 형편이 못 되
니까요."

"이제 겨우 열여섯 살이야."

"곧 열일곱 살이에요. 제 친어머니는 열일곱도 되기 전에 결
혼하셨어요."

"설마 실리아를 열일곱도 되기 전에 결혼시키려는 건 아니
겠지."

"물론 아니죠. 하지만 실리아가 아가씨 시절을 누리면 좋겠

어요."

이브닝드레스는 정말 근사했다. 물론 실리아가 가진 인생의 작은 고민을 부각시키는 옷이었지만. 안타깝게도 실리아는 오랫동안 간절히 바라던 몸매를 갖지 못했다. 줄무늬 셔츠 안쪽 가슴이 봉긋해지지 않았다. 그녀는 몹시 실망했다. 봉긋한 '가슴'을 그토록 원했건만. 불쌍한 실리아—이십 년 후에 태어났더라면 얼마나 좋았을까—그랬다면 지금의 몸매로 찬사를 받을 텐데! 군살 없는 날씬한 몸매라서 살을 빼기 위해 운동할 필요도 없을 텐데.

결국 '도톰한 것'을 드레스 가슴 안쪽에 넣었다. 고운 망사 뭉치였다.

실리아는 검은색 드레스를 입고 싶었지만 미리엄은 나이를 더 먹어야 입을 수 있다고 잘라 말했다. 대신 하얀 태피터 드레스를 사줬다. 연두색 레이스에 작은 리본들이 달리고 어깨에 연분홍색 새틴 장미봉오리들이 장식된 드레스였다.

할머니는 마호가니 서랍 맨 밑에서 고운 청록색 태피터를 찾아내더니 불쌍한 베넷에게 드레스를 만들게 하자고 했다. 미리엄은 불쌍한 베넷에게는 유행하는 이브닝드레스가 무리일 거라고 요령 있게 돌려 말했다. 청록색 태피터 드레스는 결국 다른 사람이 만들었다. 실리아는 미용실에 가서 머리 손질하는 법을 배웠다. '머리 틀'을 앞에 놓고 뒤쪽 곱슬머리를 만

저야 하는 다소 정교한 과정이었기에 연습이 필요했다. 실리아처럼 숱이 많고 허리 아래까지 내려오는 긴 머리를 가진 사람에게 쉬운 스타일은 아니었다.

모든 일이 아주 신났고, 실리아는 엄마가 평소보다 오히려 건강해 보인다는 것도 알아채지 못했다.

하지만 할머니의 눈은 그것을 지나치지 않았다.

"그런데 말이다." 할머니가 말했다. "미리엄은 이 일에 푹 빠져 있는 것 같구나."

당시 엄마의 감정이 정확히 어땠는지 실리아는 오랜 세월이 지난 뒤에야 깨달았다. 미리엄은 아가씨 시절을 따분하게 보냈기 때문에 사랑하는 딸만은 아가씨 시절에 누릴 수 있는 모든 재미와 흥분을 만끽하길 진심으로 바랐다. 또래 젊은이가 거의 없는 시골에 박혀 살면 '좋은 시간'을 보내기 어려울 테니까.

그런 이유로 이집트—전에 남편과 갔을 때 사귄 친구들이 많았다—에 가려 했던 것이다. 비용을 마련하기 위해 미리엄은 주식과 지분을 주저 없이 처분했다. 실리아는 자신이 지금껏 경험해보지 못한 '좋은 시간'을 누리며 사는 다른 아가씨를 부러워하지 않아도 될 것이었다.

미리엄은 몇 년 후 실리아에게 베시 웨스트와 친하게 지내는 것이 걱정스러웠다고 털어놓았다.

"나는 동성 친구에게 빠져서 외출도 하지 않고 이성 친구에게 아무 관심도 갖지 않는 여자아이를 많이 봤거든. 그건 부자연스러운 일이야—바람직하지 않아."

"베시요? 하지만 베시를 그렇게 많이 좋아한 건 아니었어요."

"지금은 나도 알지. 하지만 그때는 몰랐단다. 걱정됐어. 그리고 간호사가 되겠다는 것도 터무니없었지. 나는 네가 예쁜 옷을 입고 즐겁게 지내면서 자연스럽게 젊음을 즐기길 바랐단다."

"그럼요, 난 그랬어요." 실리아가 대답했다.

Chapter 7

성장

1

실리아는 즐거운 시간을 보냈지만, 수줍음 때문에 큰 어려움을 겪기도 했다. 실리아는 어릴 때부터 숫기가 없었다. 내성적이고 긴장하면 말을 잘 못하는 성격이라서 즐거워도 겉으로는 전혀 드러나지 않았다.

실리아는 외모에 대해 별로 생각하지 않았다. 예쁜 것을 당연하게 여겼고―그녀는 예뻤다―키가 크고 날씬하고 우아했다. 붉은빛이 살짝 도는 머리카락, 북구 사람같이 희고 섬세한 피부, 긴장하면 창백해지지만 고운 안색. '화장'을 부끄러운 것으로 여겼던 시절에도 미리엄은 매일 저녁 딸의 뺨에 볼연지를 발라주었다. 그녀는 실리아가 가장 예쁘게 보이기를 바랐다.

실리아의 고민은 외모가 아니었다. 그녀를 짓누르는 건 자신의 아둔함에 대한 인식이었다. 그녀는 똑똑하지 않았다. 똑똑하지 않은 건 끔찍한 것이었다. 그녀는 댄스 파트너에게 무슨 말을 해야 할지 전혀 감을 잡지 못했다. 실리아는 진지하고 조금 심각했다.

미리엄은 딸을 계속 부추겼다.

"무슨 말이든 해야지, 실리아. 아무 말이나 해. 바보 같은 말이라도 상관없어. 하지만 아가씨가 예 아니요 말고 아무 말도 하지 않으면 남자가 얼마나 불편하겠니. 대화가 끊기지 않게 해야지."

엄마만큼 실리아의 고민을 제대로 아는 사람은 없었다. 미리엄 자신도 수줍음 때문에 늘 힘들었기 때문이다.

실리아가 수줍음을 탄다는 건 아무도 몰랐다. 모두 그녀가 거만하고 도도하다고 생각했다. 아름다운 이 아가씨가 얼마나 겸손한지, 사교적인 결점을 스스로 얼마나 속상해하는지는 아무도 몰랐다.

그건 실리아가 미모 덕분에 행복한 시간을 보냈기 때문이다. 춤도 잘 췄다. 겨울이 끝날 즈음 실리아는 댄스파티에 쉰여섯 번이나 갔고, 마침내 가볍게 대화하는 법을 어느 정도 익혔다. 전보다 덜 서툴렀고 자신감도 붙어서 마침내 수줍음이 밀려드는 곤혹스러움 없이 즐거움을 맛보게 되었다.

삶은 마치 댄스, 금빛 조명, 폴로와 테니스 경기, 청년들로 이루어진 아지랑이 같았다. 청년들은 그녀의 손을 잡고 집적 대고 키스해도 되는지 물었고, 그녀의 무관심에 무안해했다. 실리아에게 현실 같았던 유일한 사람은 스코틀랜드 연대 소속 의 짙은 구릿빛 피부를 가진 게일 대령이었다. 그는 춤을 추지 도, 어린 아가씨에게 말을 걸며 추근거리지도 않았다.

실리아는 머리가 약간 붉고 유쾌한 게일 대령을 좋아했는 데, 매일 저녁 그는 그녀와 세 곡씩 춤췄다. (세 곡이 한 파트 너와 춤출 수 있는 최대 횟수였다.) 그는 그녀에게 춤을 배울 필요는 없지만 대화하는 법은 배워야겠다고 농담했다.

실리아는 집에 돌아가는 길에 미리엄의 말을 듣고 놀랐다.

"게일 대령이 네게 청혼하고 싶어한다는 걸 알고 있니?"

"뭐라고요?" 실리아는 몹시 놀랐다.

"내게 말하더구나. 자신에게 기회가 있는지 궁금해했어."

"왜 직접 묻지 않았을까요?" 실리아는 약간 화가 났다.

"글쎄, 직접 묻기 곤란했나보지." 미리엄이 미소 지었다. "하 지만 그 남자와 결혼할 마음은 없지? 그렇지, 실리아?"

"그럼요. 하지만 내게 직접 물어야 했다고 생각해요."

실리아가 받은 첫 청혼이었다. 그녀는 딱히 만족스러운 청 혼은 아니라고 생각했다.

그건 중요한 게 아니었다. 그녀는 몬크리프 대령이 아니면 누구와도 결혼하고 싶지 않았지만 그는 실리아에게 청혼할 리 없었다. 그녀는 그를 짝사랑하면서 평생 노처녀로 남을 거라고 생각했다.

아, 짙은 구릿빛 피부의 몬크리프 대령! 육 개월 후 그는 오귀스트, 시빌, 런던 주교, 제럴드 듀 모리에의 길을 걸었다.

2

성인의 삶은 어려웠다. 짜릿했지만 고단했다. 늘 이런저런 고통이 따르는 것 같았다. 머리 손질, 빈약한 몸매나 서투른 대화술이 그랬고, 사람들, 특히 남자들이 그녀를 불편하게 했다.

실리아는 처음으로 시골 저택을 방문했던 일을 잊을 수 없었다. 기차를 타고 가는 동안 초조감 때문에 목덜미까지 얼룩덜룩하게 빨개졌다. 잘 처신할 수 있을까? 대화를(언제나 되풀이되는 악몽) 이어갈 수 있을까? 엄마 없이 혼자서 뒷머리 손질을 잘할 수 있을까? 사람들이 나를 바보 같다고 생각하지 않을까? 옷은 제대로 준비한 걸까?

초대한 부부는 더없이 친절했다. 그래서 그들 앞에서는 수줍어하지 않을 수 있었다.

커다란 침실도 그렇고 하녀가 짐을 풀어주고 드레스를 입을 때 손이 닿지 않는 옷 뒤쪽을 채워주는 것도 호사하는 느낌을 주었다.

실리아는 분홍색 새 레이스 드레스를 입고 무척 긴장한 채 저녁을 먹으러 내려갔다. 사람이 많이 와 있었다. 끔찍했다. 무척 친절한 집주인은 실리아에게 늘 분홍색 드레스만 입는다며 '분홍이'라고 놀렸다.

멋진 만찬이었지만 실리아는 옆에 앉은 사람들에게 무슨 말을 해야 할지 생각하느라 제대로 즐길 수 없었다. 한 사람은 땅딸막하고 얼굴이 불그스름한 남자였고, 다른 한 사람은 익살스러운 얼굴, 잿빛 머리의 키 큰 남자였다.

그는 책과 연극에 대해 진지하게 말했고, 시골에 대해 이야기하면서 실리아에게 어디 사느냐고 물었다. 그녀가 대답하자 그는 부활절에 그쪽으로 갈 예정이라고 했다. 그러더니 실리아에게 만나러 가도 되느냐고 물었다. 실리아는 그러면 아주 기쁘겠다고 대답했다.

"기쁜 표정이 아닌데요?" 그가 웃으면서 말했다.

실리아의 얼굴이 붉어졌다.

"그럴 만해요. 내가 거기 가겠다고 마음먹은 게 바로 일 분 전이니까요."

"경치가 아름다운 곳이에요." 실리아가 진지하게 말했다.

"경치 보러 가는 게 아닌데요."

그녀는 사람들이 이런 말을 하지 않기를 얼마나 바랐는지 모른다. 실리아는 들고 있던 빵 조각을 절망적으로 부스러뜨렸다. 남자는 재미있다는 듯이 그녀를 바라보았다. 참 아이 같은 아가씨로군! 그녀가 당황하는 것이 재미있었다. 그는 실리아에게 아주 과장되게 칭찬을 늘어놓았다.

마침내 그가 옆에 앉은 다른 여자에게 관심을 돌리자 실리아는 크게 안도했다. 그녀는 땅딸막한 남자와 이야기를 나눴다. 그는 자신을 로저 레인스라고 소개했고, 두 사람은 음악 이야기를 나눴다. 로저는 성악가는 아니지만 가끔 무대에서 노래를 부른다고 했다. 실리아는 그와 대화하면서 기분이 꽤 좋아졌다.

그녀는 먹고 있는 것에 별로 신경쓰지 않았지만, 그때 마침 아이스크림이 나왔다. 기다란 기둥 모양의 살구색 아이스크림에 제비꽃처럼 생긴 결정체가 박혀 있었다.

실리아가 뜨기 직전에 아이스크림 기둥이 무너졌다. 집사가 사이드보드로 가서 정리한 뒤에 다시 들고 왔는데 안타깝게도 누구 차례인지 잊은 듯했다. 그는 실리아를 건너뛰었다!

실리아는 몹시 실망해서 땅딸막한 남자가 하는 말이 거의 귀에 들어오지 않았다. 그는 아이스크림을 듬뿍 담아 맛있게 먹었다. 실리아는 차마 달라고 말할 수 없었다. 그녀는 혼자 실망감에 빠져 있었다.

식사가 끝나고 음악 감상 시간이 이어졌다. 그녀는 로저를 위해 반주해줬다. 그는 멋진 테너였고, 실리아는 즐거웠다. 그녀는 훌륭하고 공감할 줄 아는 반주자였다. 실리아의 차례가 됐다. 노래할 때는 긴장하지 않았다. 로저는 실리아에게 매력적인 목소리라고 칭찬하더니 자기 목소리에 대한 이야기를 늘어놓았다. 그리고 실리아에게 다시 한 곡 청했지만 실리아는 그가 부르는 게 어떻겠느냐고 물었다. 로저는 바로 수락했다.

실리아는 아주 흡족한 기분으로 잠자리에 들었다. 파티는 그리 나쁘지 않았다.

다음날 아침은 유쾌하게 지나갔다. 그들은 마구간들을 둘러보았고 돼지 등을 간질이기도 했다. 로저가 실리아에게 같이 노래하자고 했고, 그녀는 수락했다. 그는 여섯 곡을 부른 후 〈사랑의 백합들〉 악보를 펼쳤다. 노래를 마치자 로저가 물었다.

"자, 솔직하게 말해봐요. 이 노래가 어떤지요."

"음―" 실리아는 망설였다. "저, 사실은 좀 끔찍했어요."

"나도 그랬습니다." 로저가 말했다. "그런데 확신이 들지 않더군요. 당신이 결론을 내려줬네요. 마음에 들지 않는다니까, 그럼 이렇게 하죠."

그는 악보를 반으로 찢어 벽난로 속으로 던졌다. 실리아는 깊은 인상을 받았다. 내 의견을 듣고 어제 산 새 악보를 가차

없이 찢다니.

실리아는 완전한 성인, 중요한 사람이 된 기분이 들었다.

3

그날 밤 성대한 가장파티가 열렸다. 실리아는 오페라 〈파우스트〉에 등장하는 마르가레테[*]로 꾸몄다. 머리를 양 갈래로 땋고 흰옷을 입었다. 아주 아름다웠고 그레트헨 같았다. 로저는 실리아에게 〈파우스트〉 악보가 있으니 다음에 같이 부르자고 했다.

파티장으로 가면서 실리아는 초조했다. 파티는 늘 쉽지 않았다. 자신은 언제나 미숙한 것 같았다. 마음에 들지도 않는 남자들과 춤을 췄고, 막상 마음에 드는 남자가 다가왔을 즈음에는 파티가 끝나버리곤 했다. 하지만 딴청을 부리면 괜찮은 남자가 다가오지 않고, 그러면 춤도 못 추고 '앉아 있어야' 했다(끔찍했다). 현명하게 대처하는 아가씨들도 있었지만 실리아는 그러지 못했고 그 사실을 울적한 기분으로 깨닫는 날이 많았다.

---

[*] 순진한 마을 처녀 역. '그레트헨'으로도 부른다.

루크 부인이 실리아를 살뜰하게 챙기면서 사람들에게 소개했다.

"드 버러 소령이시란다."

드 버러 소령이 인사했다. "한 곡 추시겠습니까?"

체격이 큰 그는 약간 말상에 금색의 긴 콧수염이 있었고 혈색이 좋았다. 마흔다섯 살쯤으로 보였다.

그는 세 곡이나 신청했고, 저녁도 같이 먹자고 했다.

실리아는 그와 대화하기가 쉽지 않았다. 말수가 많지는 않았지만 그는 사람을 너무 뚫어지게 쳐다보았다.

체력이 별로 좋지 않은 루크 부인은 일찍 돌아갔다.

"조지가 챙겨줄 거고 집에도 데려다줄 거야." 그녀가 실리아에게 말했다. "그런데 실리아, 드 버러 소령이 네게 마음이 있는 것 같더구나."

실리아는 용기를 얻었다. 자신이 드 버러 소령을 너무 지루하게 한 건 아닌지 걱정했었다.

그녀는 한 곡도 빠지지 않고 췄고, 두시가 되자 조지가 다가와서 말했다.

"안녕, 분홍이 아가씨. 안전한 집으로 갈 시간이네."

실리아는 누가 도와주지 않으면 이브닝드레스를 벗을 수 없다는 것을 방에 들어와서야 깨달았다. 복도에서 조지가 사람들과 밤 인사를 나누는 소리가 들렸다. 그에게 부탁해도 될까?

그러면 안 될까? 그에게 부탁하지 않는다면 아침까지 드레스를 입고 있어야 했다. 그러나 용기가 없었다. 아침이 밝았고, 실리아는 드레스를 입은 채 침대에 곤히 잠들어 있었다.

4

아침에 드 버러 소령이 찾아왔다. 그가 오늘은 사냥을 가지 않는다고 하자 모두가 놀랐다. 그는 말없이 앉아 있기만 했다. 루크 부인이 그에게 돼지 우리를 구경해보라고 제안했고, 실리아를 함께 보냈다. 점심때 로저 레인스는 기분이 무척 언짢아 보였다.

실리아는 그다음날 집으로 돌아갔다. 그녀는 집주인 부부와 한가로운 아침을 보냈다. 모두 아침에 떠나고 그녀만 오후 기차를 탈 예정이었다. '정말 재미있는 아서'라는 남자가 점심을 하러 왔다. 그는 (실리아가 보기에) 무척 늙었고 유쾌해 보이지도 않았다. 낮고 지친 듯한 목소리를 가진 남자였다.

점심식사 후 루크 부인이 나가고 식당에 실리아와 둘만 남자 아서는 그녀의 발목을 쓰다듬었다.

"매력적이네요." 그가 중얼거렸다. "사랑스러워요. 싫지 않죠?"

실리아는 싫었다. 너무 싫었다. 하지만 참았다. 이런 일도 하우스파티의 일부일 거라고 생각했다. 서툴거나 미숙해 보이고 싶지 않았다. 실리아는 이를 악물고 아주 꼿꼿하게 앉아 있었다.

아서가 한 팔로 능숙하게 그녀의 허리를 감고 키스했다. 실리아는 깜짝 놀라 그를 밀쳐냈다.

"못 하겠어요—제발 부탁이에요, 못 하겠어요."

예의도 예의지만 참을 수 없는 일도 있었다.

"정말 날씬하고 아름다운 허리군요." 아서가 다시 능숙하게 팔을 뻗으며 다가왔다.

루크 부인이 식당으로 돌아왔다. 그녀는 실리아의 표정과 달아오른 뺨을 알아보았다.

"아서 씨가 점잖게 행동했니?" 기차역으로 가는 길에 루크 부인이 물었다. "그를 젊은 아가씨와 두면 안 되겠어—단둘만 두면 말이야. 그가 진짜 무슨 짓을 했다는 건 아니지만."

"남자가 발목을 쓰다듬을 땐 가만있어야 하나요?" 실리아가 물었다.

"가만있어야 하느냐고? 당연히 아니지, 재미있는 아가씨네."

"아," 실리아는 한숨을 내쉬며 말했다. "정말 다행이에요."

루크 부인은 재미있다는 표정을 지으며 다시 말했다.

"참 재미있는 아가씨야!"

그녀가 말을 이었다. "실리아, 넌 파티에서 참 매력적이었어. 내 생각에는 조니 드 버러가 연락할 것 같은데." 그녀가 덧붙였다. "그는 어마어마한 부자지."

5

실리아가 집에 돌아온 다음날 커다란 분홍색 초콜릿 상자가 배달됐다. 누가 보냈는지 알 만한 단서는 아무것도 없었다. 이틀 후에는 작은 소포가 도착했다. 작은 은색 상자 뚜껑에는 '마르가레테'라는 글자와 파티 날짜가 적혀 있었다.

드 버러 소령의 명함이 있었다.

"드 버러 소령이 누구니, 실리아?"

"파티에서 만난 사람이에요."

"어떤 사람인데?"

"약간 나이가 있고 얼굴이 불그스름해요. 꽤 점잖긴 하지만 말 붙이기가 쉽지 않은 사람이었어요."

미리엄은 생각에 잠겨 고개를 끄덕였다. 그날 밤 그녀는 루크 부인에게 편지를 썼다. 아주 솔직한 내용의 답장이 왔다. 루크 부인은 타고난 최고의 중매쟁이였다.

"그는 굉장한 부자죠. 사실 어마어마한 부자랍니다. 고위층과 사냥을 즐기죠. 조지는 그를 별로 좋아하지 않지만 안 좋은 감정이 있는 건 아니에요. 그는 실리아에게 완전히 빠진 것 같더 군요. 실리아는 사랑스러운 아가씨죠—아주 순진하고요. 남 자들에게 분명 매력적으로 보일 거예요. 남자들은 흰 피부와 가냘픈 어깨를 무척 좋아하니까요."

일주일 후 드 버러 소령이 '공교롭게도 근처에 왔다'. 그는 실리아와 어머니를 만나러 가도 되는지 물었다.

그가 왔다. 그는 평소처럼 입을 꿰매기라도 한 것처럼 앉아 서 실리아를 뚫어져라 쳐다보았고, 미리엄과 친해지려고 어색 한 태도로 애썼다.

그가 떠나자 왠지 미리엄은 속상해했다. 실리아는 엄마의 반응에 어리둥절했다. 엄마는 이해할 수도 종잡을 수도 없는 말을 했다.

"어느 쪽이 좋은지…… 어떡해야 할지 너무 어렵구나……" 그러다가 불쑥 말했다. "난 네가 착한 남자와 결혼하길 바란단 다—네 아빠 같은 남자와 말이야. 돈이 전부는 아니야—하지 만 여자에게 편안한 환경은 큰 의미가 있지……"

실리아는 엄마의 말을 드 버러 소령의 방문과 관련짓지 못 했다. 미리엄은 난데없이 의견을 말하는 버릇이 있었다. 그래 서 실리아는 놀라지 않았다.

"난 네가 연상과 결혼하면 좋겠어. 그런 남자가 여자를 더

아껴주거든." 미리엄이 말했다.

순간 실리아의 생각은 몬크리프 대령에게로 날아갔다. 이미 급격하게 퇴색하던 기억이었다. 그녀는 파티에서 190센티미터가 넘는 젊은 군인과 춤췄고, 그 건장한 미남 청년을 이상형으로 품게 됐다.

"다음주에 런던에 가면 드 버러 소령이 극장에 데려가준다는구나. 멋지지 않니?" 엄마가 말했다.

"아주 멋지네요." 실리아가 대답했다.

6

드 버러 소령의 청혼을 받고 실리아는 몹시 놀랐다. 그동안 엄마나 루크 부인이 했던 말은 그녀에게 특별한 인상을 주지 못했었다. 실리아는 이제 자신의 생각을 분명히 알았다. 지금까지는 상황이 확실하게 어떤지, 어떤 일이 다가오고 있는지 잘 알지 못했다.

미리엄은 그 주말에 드 버러 소령을 초대했다. 사실 그가 먼저 살짝 어려워하며 제안했고, 그러자 미리엄이 어쩔 수 없이 초대한 것이었다.

첫날 저녁에 실리아는 그를 정원으로 안내했다. 실리아는 그가 몹시 불편해한다는 것을 깨달았다. 드 버러 소령은 그녀의 말에 귀를 기울이지 않는 것 같았다. 실리아는 그가 무척 지루해한다고 생각했다…… 그녀의 이야기가 어딘지 바보스러웠을 테니까—하지만 그가 도와준다면—

그런데 실리아가 말하던 중에 그가 불쑥 그녀의 두 손을 잡더니 괴상하고, 갈라지고, 전혀 알아들을 수 없는 목소리로 중얼거렸다.

"마르가레테—나의 마르가레테. 당신을 진심으로 원합니다. 나와 결혼해주겠습니까?"

실리아는 물끄러미 쳐다봤다. 표정은 아주 멍했고 파란 눈동자는 놀라서 휘둥그레졌다. 그녀는 아무 말도 할 수 없었다. 강렬한 느낌이 있었다. 맞잡은 떨리는 손으로 대화하는 것 같았다. 감정의 소용돌이에 휩싸인 것 같았다. 너무 무섭고—너무 두려웠다.

그녀가 더듬더듬 말했다.

"나는—아니, 모르겠어요. 아, 아니요. 할 수 없어요."

이 남자는 실리아에게 어떤 감정을 느끼게 한 걸까? 나이 많고 말없고 낯선 이 사람은, '좋아한다'는 말로 그녀를 우쭐하게 한 것 말고는 아직 눈에 들어오지 않는 이 사람은.

"내가 놀라게 했군요, 실리아. 사랑스러운 사람. 당신은 정말 젊고 순수해요. 당신은 내 감정을 이해하지 못할 겁니다.

난 당신을 진심으로 사랑합니다."

왜 당장 손을 뿌리치고 단호하고 솔직하게 '정말 미안하지만 난 당신에게 그런 마음이 없어요'라고 말하지 못할까?

왜 그저 우두커니 앉아서 그를 바라보기만 할까? 머리가 쿵쿵 울리는 듯한 기분을 느끼면서.

소령이 가만히 끌어당기자 실리아는 저항했다. 그러나 몸을 완전히 빼지는 않은 절반짜리 저항이었다.

그가 부드럽게 말했다. "당신을 더이상 불안하게 하지 않겠습니다. 잘 생각해봐요."

그는 실리아를 보내주었다. 그녀는 천천히 집으로 걸어왔고, 위층으로 올라와 침대에 누워 눈을 감았다. 가슴이 뛰었다.

삼십 분 후 엄마가 방에 들어왔다.

엄마는 침대에 걸터앉아 실리아의 손을 잡았다.

"그 사람이 엄마한테도 얘기했어요?"

"그래, 널 아주 많이 좋아하더구나. 너는―너는 어떠니?"

"모르겠어요―기분이 너무 이상해요."

다른 말은 할 수 없었다. 너무 이상했다. 알지 못하던 두 사람이 순식간에 연인이 될 수도 있다니, 전부 이상했다. 실리아는 자신의 감정이 어떤지, 뭘 원하는지 알 수 없었다.

특히 엄마의 당혹감을 이해하지도 통찰하지도 못했다.

"난 별로 건강하지 못하단다. 좋은 남자가 나타나 너와 단란

한 가정을 꾸리고 행복하게 살길 기도해왔지…… 돈도 바닥이 났고…… 최근에 시릴에게 큰돈이 들었거든…… 내가 죽어도 네게 물려줄 돈은 거의 없을 거야. 하지만 아무리 부자라도 좋아하지 않는 사람과 결혼하는 건 바라지 않는다. 그런데 실리아, 넌 너무 낭만적이야. 동화 속 왕자님 같은 사람은 없어. 낭만적인 사랑을 느끼는 상대와 결혼하는 여자는 거의 없단다."

"엄마는 그랬잖아요."

"난 그랬지—맞아—하지만 무조건 많이 사랑하는 게 늘 바람직한 건 아니야. 그건 언제나 가시가 되지…… 사랑받는 편이 나아…… 인생을 더 편하게 해주니까. 나는 편해본 적이 없단다. 내가 드 버러 소령을 잘 안다면…… 그를 좋아한다고 확신할 수 있다면 좋을 텐데. 그는 술꾼일지도 몰라…… 어떤 사람인지 모르지. 그가 널 잘 돌봐주고 챙겨줄까? 네게 잘할까? 내가 가버리면 널 돌봐줄 사람이 꼭 있어야 하는데."

실리아는 엄마의 말을 대부분 흘려들었다. 실리아에게 돈은 별 의미가 없었다. 아빠가 살아 있을 때 가족은 부유했고, 아빠가 세상을 떠나자 가난해졌다. 하지만 실리아는 달라진 상황을 크게 실감하지 못했다. 그녀에게는 집과 정원, 피아노가 있었다.

실리아에게 결혼은 사랑—시적이고 낭만적인 사랑—과 그

후로 영원히 행복하게 사는 것을 의미했다. 그녀가 읽는 책들은 인생의 문제에 대해 가르쳐주지 않았다. 당황스럽고 혼란스러운 것은 그녀가 드 버러 소령―조니―을 사랑하는지 사랑하지 않는지 모르겠다는 점이었다. 그가 청혼하기 일 분 전에 이 질문을 받았다면 아주 단호하게 아니라고 했을 것이다. 그런데 지금은? 그는 그녀 안에서 흥분되고 불확실한 뭔가를 끌어냈다.

미리엄은 실리아가 생각할 수 있도록 두 달은 시간을 줘야 한다며 드 버러 소령을 돌려보냈다. 대신 그는 편지를 보냈다. 언어 표현에는 서툰 그였지만 연애편지에는 능란했다. 때로는 짧고 때로는 긴 편지에 같은 내용을 쓰는 법이 없었고, 젊은 여자가 마음속으로 그리는 연서를 썼다. 두 달이 가까워지자 실리아는 그를 사랑하는지도 모른다는 기분이 들었다. 그 사실을 알리기 위해 엄마와 런던에 갔다. 하지만 그를 보자 갑자기 혐오감에 휩싸였다. 그는 그녀가 사랑하지 않는 타인이었다. 실리아는 그의 청혼을 거절했다.

7

조니 드 버러는 쉽게 패배를 인정하지 않았다. 그는 실리아에게 다섯 번 더 청혼했다. 일 년 넘게 편지를 보냈고, 그녀와의 '우정'을 받아들였으며, 작고 예쁜 선물들을 보냈다. 끈질기게 그녀에게 다가갔고, 그의 인내가 거의 승리할 뻔했다.

모든 것이 너무도 낭만적이어서 사랑에 대한 환상을 가진 실리아는 넘어가고 있었다. 그의 편지, 그가 하는 말은 완벽했다. 그것이 바로 조니 드 버러의 강점이었다. 그는 타고난 연인이었다. 연애 경험이 많았고, 여자의 마음을 움직일 줄 알았다. 결혼한 여자는 어떻게 공략하는지, 젊은 여자의 마음은 어떻게 끌어당기는지 알고 있었다. 실리아는 그의 청혼을 받아들일 뻔했지만 그렇게 하지 않았다. 그녀의 내면 어딘가에, 진정 무엇을 원하는지 알고 흔들리지 않는 차분한 뭔가가 있었다.

8

미리엄이 딸에게 프랑스 소설을 읽으라고 권한 것이 이 무렵이었다. 미리엄은 프랑스어를 잊어버리지 않기 위해서라고 말했다.

발자크를 비롯해 프랑스 사실주의 작가들의 작품도 섞여 있었다.

영국인 엄마라면 딸에게 권하지 않았을 현대소설도 몇 권

있었다.

하지만 미리엄에게는 목적이 있었다.

그녀는 단꿈에 젖어 구름 속에 있는 듯한 실리아를 인생에 무지한 여자로 만들지 않겠다고 결심했다……

실리아는 순순히, 그러나 큰 흥미는 없이 그 책들을 읽었다.

9

예전에 무용 수업에서 만난 주근깨 많은 소년이었던 랠프 그레이엄이라는 구혼자도 있었다. 그는 실론에 차밭을 가지고 있었고, 어렸을 때부터 줄곧 실리아를 좋아했다. 휴가차 영국으로 돌아온 첫 주에 그는 성인이 된 실리아에게 청혼했다. 실리아는 망설임 없이 거절했다. 그때 랠프의 집에 머물렀던 친구가 나중에 실리아에게 편지를 보냈다. 그 친구는 '랠프를 방해하고' 싶지는 않지만 그녀에게 첫눈에 반했다며 자신이 희망을 가져도 되느냐고 물었다. 하지만 랠프도 그의 친구도 실리아의 마음을 움직이지는 못했다.

하지만 조니 드 버러가 구애한 일 년 사이에 그녀에게는 새 친구가 생겼다. 피터 메이틀런드였다. 피터에게는 여동생들이 있었다. 그는 군인이었고, 몇 년 동안 외국에 있었다. 그러다가 국내 근무를 명받고 영국으로 돌아왔다. 그가 귀국했을 때 마침 동생인 엘리의 결혼식이 열렸다. 실리아와 재닛이 신부 들러리를 서기로 했다. 피터와는 그때 알게 됐다.

피터 메이틀런드는 키가 크고 피부가 가무잡잡했다. 수줍음을 탔지만 그런 성격은 여유롭고 유쾌한 모습에 감춰져 있었다. 메이틀런드 가족은 판에 박은 듯 모두 성격이 좋고 다정하고 느긋했다. 그들은 누구 때문에도, 어떤 일에도 서두르는 법이 없었다. 기차를 놓쳐도 다음 기차를 타면 된다고 생각했다. 점심시간이 지나 집에 오더라도 누군가 음식을 챙겨놨을 거라 생각했다. 그들에게는 야망도 열정도 없었다. 피터는 그런 가족의 특성을 가장 타고난 사람이었다. 그는 서두르는 모습을 보인 적이 없었다. '지금이든 백 년 후든 똑같다'가 그의 모토였다.

엘리의 결혼식도 전형적인 메이틀런드식이었다. 체격이 크고 무던하고 성격 좋은 메이틀런드 부인은 평소 점심때가 다 되어서야 일어났고, 식사 준비를 시키는 것도 종종 잊었다. '엄마가 때맞춰 결혼식 예복을 입는 것'이 그날 아침의 중요 사안이었다. 옷을 미리 입어보지 않으려 했기 때문에 부인의 우윳빛 새틴 드레스는 불편할 정도로 꽉 끼였다. 신부가 엄마 주변에서 툴툴거렸다. 결국 가위로 조심조심 옷을 자르고, 자른 부분을 난꽃 장식으로 가리고서야 편안해졌다. 실리아는 일을 거들려고 그 집에 일찌감치 도착했지만 그날 안으로 결혼식을 올리지 못할 것 같았다. 마지막 손질을 해야 할 시간에 신부가 속치마 차림으로 느긋하게 발톱에 매니큐어를 바르고 있었기 때문이다.

"원래 어젯밤에 하려고 했거든." 엘리가 설명했다. "어쩌다 보니 짬이 나지 않더라고."

"엘리, 마차가 왔어."

"그래? 누가 톰에게 전화해서 삼십 분쯤 늦는다고 전해줄래."

"불쌍한 꼬마 톰." 그녀는 반성하듯 덧붙였다. "우리 사랑하는 꼬마 톰이 내가 마음을 바꾼 줄 알고 교회에서 초조해하며 기다리면 곤란하잖아."

엘리는 180센티미터에 가까울 정도로 키가 컸다. 신랑은 167센티미터였고, 엘리의 표현대로 하면 톰은 '아주 유쾌하고 다정한 꼬마'였다.

엘리가 마지막 몸단장을 하는 동안 실리아는 정원을 거닐었다. 피터 메이틀런드 대령이 느긋하게 파이프담배를 피우고 있었다. 그는 여동생이 늑장을 부려도 아무렇지 않은 듯했다.

"톰은 이해심 있는 친구예요. 엘리가 어떤지 알죠. 신부가 정시에 올 거라고 기대도 하지 않을 거예요." 피터가 말했다.

그는 실리아에게 말을 붙이는 것이 조금 쑥스러운 듯했지만 수줍음 타는 사람끼리 흔히 그렇듯 둘은 곧 거리낌없이 대화를 나눌 수 있게 됐다.

"당신이 우리 가족을 괴상하게 보는 건 문제지만요." 피터가 말했다.

"다들 시간관념이 별로 없는 것 같아요." 실리아가 웃으면서 말했다.

"글쎄요, 서두르며 살 필요 있나요? 마음 편하게—즐기면 되죠."

"그런 식으로 하면 어디 갈 수나 있겠어요?"

"어디를 가야 하는데요? 어디에 가든 삶은 다 비슷해요."

피터 메이틀런드는 휴가 때 집에 오면 사람들의 초대도 대부분 거절했다. 그는 '여자 비위를 맞추는 짓'이 싫다고 했다. 그는 춤을 추지 않았다. 남자 친구나 여동생하고 테니스나 골프를 쳤다. 엘리의 결혼식 후에 그는 실리아를 동생으로 여기는 것 같았다. 피터와 실리아와 재닛은 함께 자주 어울렸다. 그러다가 실리아에게 거절당한 아픔을 추스른 랠프가 재닛에게 마음을 품으면서 삼인조는 사인조가 됐다. 그들은 재닛과 랠프, 실리아와 피터, 이렇게 두 커플로 나뉘었다.

피터는 실리아에게 골프를 가르쳤다.

"서두르지 말아야 해. 몇 홀 돌면서 느긋하게 하는 거야. 날이 너무 더워지면 앉아서 담배도 피우고."

실리아에게는 이런 방식이 무척 잘 맞았다. 경기를 관망하는 '눈'이 없었고, 그건 '몸매' 문제처럼 그녀를 괴롭혔다. 하지만 피터는 그런 것은 중요하지 않다고 느끼게 해줬다.

"프로가 되려는 것도 아니고 상품을 노리고 참가한 것도 아니잖아. 재미있으면 돼, 그거면 되는 거야."

피터는 모든 게임에서 특출했다. 운동에 타고난 재능이 있었다. 그는 최고가 될 수도 있었지만 고질적인 게으름이 문제였다. 하지만 피터는 게임은 게임으로 즐기는 게 더 좋다고 했다. "그걸 일로 삼을 필요가 있나?"

그는 실리아의 엄마와도 아주 잘 지냈다. 미리엄은 메이틀런드 가족을 모두 좋아했지만 느긋하고 편안하고 유쾌한 태도와 말할 것도 없이 상냥한 성격을 가진 피터를 가장 좋아했다.

"실리아는 걱정하지 않으셔도 됩니다." 피터는 실리아와 승마하러 가고 싶다면서 미리엄에게 말했다. "제가 신경쓸게요. 제가 잘 챙기겠습니다."

미리엄은 그 말뜻을 이해했다. 그녀는 피터가 믿음직했다.

피터는 실리아와 드 버러 소령 사이의 일도 대충 알고 있었다. 그는 실리아에게 두루뭉술하게 에둘러 조언했다.

"실리아는 '돈'이 좀 있는 남자와 결혼해야 돼. 넌 누가 보살펴줘야 하는 사람이거든. 깐깐한 유대인과 결혼해야 한다는 건 아니고—그건 절대 아니야. 하지만 운동을 좋아하고—또 잘 챙겨줄 괜찮은 남자를 만나야 돼."

휴가가 끝나 피터가 올더숏의 부대로 복귀하자 실리아는 그가 무척 그리웠다. 그녀는 피터에게 편지를 썼고, 답장이 왔다. 그의 말투처럼 일상적이고 편안한 편지였다.

조니 드 버러가 마침내 포기하자 실리아는 조금 아쉬운 마음이 들었다. 스스로는 알지 못했지만 그의 구애에 저항하는 일은 쉽지 않았다. 그 일이 끝을 고하자마자 실리아는 자신이 후회할지도 모른다는 의심이 들었다…… 어쩌면 생각보다 그를 더 좋아했는지도 몰랐다. 그의 편지, 선물, 끊임없는 구애가 주었던 짜릿함이 아쉬웠던 것이다.

실리아는 엄마의 마음을 알 수 없었다. 엄마는 안도한 걸까, 실망한 걸까? 언제는 이런 것 같고 또 언제는 저런 것 같았는데, 사실 그런 느낌은 틀린 게 아니었다.

처음에 미리엄은 안도감을 느꼈다. 그러나 그녀는 조니 드 버러가 마음에 들지 않았다. 어떤 점이 못 미더운지 콕 집어 말할 수는 없지만 신뢰가 가지 않았다. 분명 그는 실리아에게 헌신적이었다. 과거 행실이 혀를 내두를 정도도 아니었고, 또 미리엄은 방탕했던 남자가 더 좋은 남편이 될 수도 있다는 이야기를 들으며 자란 세대였다.

미리엄의 가장 큰 걱정은 자신의 건강이었다. 가끔씩 일어나던 심장 발작이 잦아지고 있었다. 의사들은 우물거리며 말끝을 흐렸지만 그녀는 결론을 내렸다. 물론 오래 살 수도 있지만 갑자기 죽을 수도 있었다. 그러면 실리아는 어떡하지? 돈이 없었다. 미리엄이 아는 건 돈이 없다는 사실뿐이었다.

정말이지 돈이 전혀—전혀—없었다.

J. L.의 덧붙임

요즘의 우리라면 이런 생각을 할 겁니다. '그렇게 돈이 없는데 왜 실리아에게 직업 교육을 시키지 않았을까?'

하지만 미리엄이 그런 생각을 했을 것 같지는 않습니다. 그녀는 새로운 생각과 발상은 적극 수용했지만, 실리아에게 직업을 갖게 할 생각은 하지 않았을 겁니다. 그런 생각을 접했다 하더라도 바로 그 생각에 따르지는 않았던 것 같습니다.

나는 실리아가 유난히 상처받기 쉬운 사람이라는 것을 미리엄도 알았을 거라 짐작합니다. 누군가는 훈련을 통해 바뀔 수도 있다고 하겠지만, 난 그렇게 생각하지 않습니다. 내면의 눈으로 바라보며 살아가는 모든 사람처럼 실리아는 외부의 영향에 휘둘리지 않았습니다. 그녀는 현실적인 문제에 둔감했죠.

나는 미리엄이 딸의 결점을 알았다고 생각합니다. 그녀가 딸에게 권한 책—발자크와 다른 프랑스 사실주의 작가들의 작품—은 목적을 가지고 선택한 걸 겁니다. 프랑스인들은 대단한 현실주의자들이죠. 미리엄은 실리아가 보편적이고 관능적이고 아름답고 추악한, 비극적이면서 너무도 희극적인 인생과 인간의 본성을 있는 그대로 깨닫길 바랐다고 생각합니다. 그러나 성공하지 못했습니다. 실리아는 본성도 외모와 맞아떨어졌기 때문입니다. 실리아는 감정적으로 북구 사람이었습니다. 실리아에게는 유구한 영웅 전설, 영웅의 항해나 모험담이 맞았습니다. 어린 시절 동화에 집착했듯이 그녀는 자라면서 마테를링크*와 피오나 매클라우드**, 예이츠***를 좋아했습니다. 다른 책도 읽었지만 실리아에게는 현실같이 느껴지지 않았을 겁니다. 실용적인 현실주의자에게 동화와 판타지가 비현실적으로 느껴지듯 말입니다.

천성대로 살아가는 거죠. 실리아의 내면에 북구의 조상이 살고 있었던 겁니다. 원기 왕성한 할머니, 명랑하고 유쾌한 존, 변덕스러운 미리엄—그들이 자신들도 가진 줄 몰랐던 비밀스러운 기질을 실리아에게 물려준 거죠.

실리아의 이야기에 그녀의 오빠가 완전히 사라진 것이 흥미롭습니다. 하지만 시릴은 휴일이나 명절에 종종 집에 들렀

---

* 벨기에 극작가이자 시인.
** 스코틀랜드 작가이자 시인.
*** 아일랜드 극작가이자 시인.

을 겁니다.

실리아에게 이런저런 일이 일어나기 전에 시릴은 군에 입대했고 인도에 부임했습니다. 그는 실리아나 미리엄의 인생에서 큰 자리를 차지한 적이 없었습니다. 내 생각에는 시릴이 갓 입대했을 때, 그에게 큰돈이 들어간 것 같습니다. 그후 그는 제대하고 결혼해 로디지아로 가서 농장을 했던 것 같습니다. 그는 실리아의 삶에서 희미해진 인물이었지요.

Chapter 8

짐과 피터

1

미리엄도 실리아도 기도의 힘을 믿었다. 처음에 실리아는
양심과 죄의식에 대해, 나중에는 정신적인 것과 금욕적인 것
에 대해 기도했다. 하지만 벌어지는 모든 일에 대해 기도하는
어릴 적 습관은 변하지 않았다. 실리아는 파티장에 들어갈 때
마다 중얼거렸다. "하느님, 수줍어하지 않도록 해주세요. 제
발, 제가 수줍어하지 않게 도와주세요. 목이 빨개지지 않게
요." 만찬장에서는 이렇게 기도했다. "하느님, 부디 할말이 떠
오르게 해주세요." 그리고 파티장에서는 잘 처신하고, 춤추고
싶은 사람과 춤출 수 있게 해달라고, 소풍 전날에는 비가 오지
않게 해달라고 기도했다.

미리엄의 기도는 이보다 강렬하고 오만했다. 사실 그녀는

오만한 여자였다. 애지중지하는 딸을 위해 그녀는 간구하지 않고 요구했다! 너무도 강렬하고 뜨거운 기도를 올렸기에 응답이 없을 수도 있다는 건 생각해보지도 않았다. 보통 우리는 기도에 응답받지 못하면, 안 된다는 뜻으로 받아들인다.

미리엄은 조니 드 버러 소령 일이 자신의 기도에 대한 응답인지 아닌지 확신할 수 없었지만, 짐 그랜트의 일은 신의 응답이라고 확신했다.

짐은 농사에 뜻을 두었고, 그랜트 부부는 일부러 아들을 미리엄의 집과 가까운 농장으로 보냈다. 그들은 미리엄이 짐을 눈여겨봐줄 거라 믿었다. 나쁜 길로 가지 않게 잡아줄 거라 생각했던 것이다.

스물세 살의 짐은 열세 살 때와 거의 달라진 것이 없었다. 광대뼈가 두드러진 명랑한 얼굴도, 동그랗고 강렬하고 짙푸른 눈도, 쾌활하고 민첩한 태도도 예전과 똑같았다. 눈부신 미소와 고개를 젖히고 웃음을 터뜨리는 것도 그랬다.

때는 봄이었고, 그는 힘세고 건장하고 순진한 청년이었다. 짐은 미리엄의 집에 자주 찾아왔다. 실리아는 젊고 피부가 하얀 미인이었고, 그는 자연스럽게 사랑에 빠졌다.

그들의 관계는 실리아와 피터 메이틀런드의 우정처럼 또다른 우정이었다. 다만 짐의 성격이 더 감탄스러웠다. 피터가 너무 '느긋하다'고 느끼던 터였다. 피터에게는 야망이 없었다.

그러나 짐은 야망으로 똘똘 뭉친 사람이었다. 짐은 젊지만 인생에 대해 무척 진지했다. '인생은 현실이다, 인생은 진솔하다'라는 말은 그를 두고 나온 것 같았다. 농부가 되려는 그의 소망은 흙에 대한 애착에서 비롯된 게 아니었다.

그는 농사의 실용적이고 과학적인 부분에 관심이 있었다. 영국에서 농사를 지으려면 지금보다 훨씬 큰 수익을 거둬야 했다. 그러려면 과학과 의지가 필수였다. 짐은 굳센 의지를 가진 남자였다. 그는 관련된 책들을 갖고 있었고 실리아에게도 빌려줬다. 짐은 책 빌려주는 것을 무척 좋아했다. 또 그는 신지학神智學, 복본위제*, 경제학, 크리스천 사이언스**에도 관심이 많았다.

짐은 실리아가 집중해서 귀담아들어주기 때문에 좋아했다. 실리아는 그 책들을 모두 읽고 지적인 의견을 내놓았다.

실리아를 향한 조니 드 버러의 구애가 물질적인 것이었다면 짐 그랜트의 구애는 거의 전적으로 지적인 것이었다. 이즈음 짐은 진지한 사상에 푹 빠져서 거의 고지식한 경지에까지 이르러 있었다. 그러나 실리아가 가장 좋아하는 짐의 모습은 윤

---

* 금, 은 등 두 종류 이상의 금속을 본위 화폐로 하는 화폐 제도.
** 물질세계는 실재가 없으며 질병도 기도만으로 치유가 가능하다고 믿는 기독교 종파.

리학이나 에디 부인*에 대해 진지하게 토론하는 모습이 아니라 고개를 젖히고 웃음을 터뜨리는 모습이었다.

조니 드 버러의 청혼은 갑작스러웠지만, 실리아는 짐이 언젠가 청혼할 거라고 짐작하고 있었다.

실리아는 인생에 패턴이 있다고 느끼곤 했다. 사람은 자신에게 주어진 패턴에 따라 베틀에 북 나들듯 인생을 짜나간다. 실리아는 짐이 그녀의 패턴일지도 모른다고 느끼기 시작했다. 짐은 그녀의 운명이고, 처음부터 그렇게 정해져 있던 거라고. 그즈음 미리엄은 정말 행복해 보였다!

짐은 좋은 사람이고 미리엄도 그를 무척 좋아했다. 얼마 안 있어 짐은 실리아에게 청혼할 것이고, 그녀는 드 버러 소령이 청혼했을 때 느꼈던 감정을 다시 맛보게 될 것이었다. (그녀는 드 버러 소령을 조니라는 이름으로 떠올린 적이 없었다.) 흥분되고 고민되고—심장 박동이 빨라지고……

어느 일요일 오후에 짐이 청혼했다. 그는 몇 주 전에 미리 계획을 세웠다. 그는 계획을 세우고 실행하는 것을 좋아했다. 그러는 것이 효율적으로 사는 방식이라고 생각했다.

비 내리는 오후였다. 그들은 차를 마신 후 서재에 앉아 있었다. 실리아는 피아노를 치며 노래를 불렀다. 짐은 길버트와 설

---

*크리스천 사이언스의 창시자.

리번*의 곡을 좋아했다.

그러고는 함께 소파에 앉아 사회주의와 인간의 선善에 대해 토론했다. 잠시 대화가 끊겼다. 실리아는 베전트 부인**에 대해 무슨 말인가 했지만, 짐은 건성으로 대꾸했다.

다시 침묵이 흘렀고, 그러다가 짐이 살짝 얼굴을 붉히며 말했다.

"내가 널 많이 좋아한다는 건 알 거야, 실리아. 나와 약혼해 줄래? 아니면 시간을 좀 줘야 할까? 난 우리가 아주 행복할 거라고 믿어. 우리는 같이 좋아하는 것이 아주 많으니까."

그는 차분하게 말했지만 실은 그렇지 않았다. 실리아가 조금 더 나이가 들었다면 그것을 깨달았을 것이다. 희미하게 떨리는 입술, 소파 쿠션을 잡아 뜯는 긴장한 손끝의 의미를 알아챘을 것이다.

그러나 실리아는 알아차리지 못했다―무슨 말을 해야 하지? 알 수 없었다―그녀는 아무 말도 하지 못했다.

"너도 나를 좋아한다고 생각했는데." 짐이 말했다.

"응―맞아." 실리아가 진심으로 외쳤다.

"그게 가장 중요한 거야." 짐이 말했다. "두 사람이 서로 진

---

* 영국 코믹 오페라의 문을 연 콤비 작곡가.
** 영국 사회개혁가.

심으로 좋아하는 것. 그건 오래가지. 그런데 열정은—" 그의 얼굴이 살짝 붉어졌다. "그렇지 않아. 난 우리가 더없이 행복할 거라고 생각해. 난 젊을 때 결혼하고 싶어." 짐은 잠시 멈췄다가 이었다. "난 우리가 시험삼아, 그러니까 육 개월 동안 약혼 기간을 가져보는 게 좋을 것 같아. 서로의 어머니 말고는 누구에게 알릴 필요도 없어. 육 개월 후에 네가 마음을 분명히 정하면 되는 거야."

실리아는 잠시 생각에 잠겼다.

"그게 좋다고 생각해? 내 말은, 내가—그때 가서도—"

"물론 내키지 않으면 결혼하지 않아도 돼. 하지만 안 그럴 거야. 잘될 거라는 걸 난 알아."

그의 목소리에는 아주 안정적인 확신이 있었다. 짐은 확신하고 있었다. 알고 있었다.

"좋아." 실리아가 대답하고 미소 지었다.

그녀는 키스를 기대했지만, 짐은 키스하지 않았다. 그도 그러고 싶은 마음이 간절했지만, 부끄러웠다. 그들은 사회주의와 인간에 대한 토론을 이어갔지만 평소와 같은 이성적인 대화는 아니었다.

짐이 돌아가려고 일어섰다.

그들은 잠시 어색하게 서 있었다.

"그럼 잘 있어. 다음주 일요일에 올게—어쩌면 그전에. 그

리고 편지 쓸게." 그는 머뭇거렸다. "내게—키스해줄래, 실리
아?"

두 사람은 키스했다. 아주 어색했다……

실리아는 시릴과 입맞추는 것 같다고 생각했다. 물론 시릴
은 아무하고도 입맞추려 하지 않았지만……

그랬다. 그렇게 그녀는 짐과 약혼했다.

2

미리엄이 정말로 행복해했기 때문에 실리아는 자신의 약혼
이 새삼 흡족스러웠다.

"정말 기쁘구나. 짐은 정말 괜찮은 청년이야. 정직하고 남
자답지. 널 잘 보살펴줄 거야. 게다가 그의 가족은 우리와 오
래 알고 지낸 친구들이고 네 아빠를 아주 좋아했잖니? 그런 집
아들과 우리 딸이 맺어지다니 정말 멋지구나. 실리아, 난 사실
드 버러 소령이 계속 마음에 걸렸단다. 어쩐지 아니라는 느낌
이 들었어…… 네 짝이 아니라는 느낌."

그녀는 말을 멈췄다가 불쑥 말했다.

"게다가 나 자신도 두려웠고."

"엄마가요?"

"그래, 난 널 계속 옆에 두고 싶었어…… 결혼도 안 시키고 말이지. 그런 이기적인 생각이 들더구나. 그러면 네가 근심거리나 자식도 고민도 없이 더 편안하게 살 수 있지 않을까 하고…… 만약 네게 남겨줄 돈이 이렇게까지 없지 않았다면, 돈이 이렇게까지 궁하지 않았다면 난 많이 흔들렸을 거야…… 엄마란 존재는 이기심을 버리는 게 무척 힘들단다, 실리아."

"말도 안 돼요. 다른 여자아이들이 결혼하는 걸 보면 엄마는 무척 자존심 상했을걸요." 실리아가 말했다.

실리아는 엄마가 딸을 대신하듯 다른 아이들을 심하게 질투하는 모습을 몇 번인가 흐뭇한 기분으로 지켜봤었다. 다른 아이가 더 예쁜 옷을 입거나 더 재치있게 말하면, 정작 실리아는 아무렇지 않은데 미리엄이 곧바로 열을 내며 안달했다. 엘리 메이틀런드가 결혼할 때도 그랬다. 미리엄이 좋게 말하는 아가씨들은 너무 평범하거나 촌스러워서 절대 실리아의 맞수가 되지 못할 사람들이었다. 가끔은 엄마의 그런 태도가 못마땅하기도 했지만 대개는 딸을 위하는 그 마음을 따뜻하게 느꼈다. 깃털을 곤두세우고 덤비는 무모한 어미 새처럼 사랑이 넘치는 엄마! 불쑥 우습게 엉뚱해지는 엄마…… 그래도 늘 다정한 엄마였다. 엄마의 행동이나 감정은 언제나 그랬던 것처럼 이번에도 몹시 격렬했다.

엄마가 행복해하자 실리아도 기뻤다. 모든 일이 잘 풀리는 듯했다. '오랜 친구'의 집안으로 시집가는 건 좋은 일이었다. 또 실리아는 알고 지낸 어떤 남자보다 짐을 좋아했다—많이, 훨씬 더 좋아했다. 그는 실리아가 남편감으로 꿈꾸던 사람이었다. 젊고, 유능하고, 이상을 가득 품은.

그런데 여자는 약혼을 하면 우울해지는 걸까? 그런 것 같았다. 완전히 끝이니까—이제 되돌릴 수 없으니까.

실리아는 하품을 하면서 베전트 부인의 책을 들었다. 신지학도 기분을 끌어올려주지 못했다. 왠지 다 유치해 보였다……

복본위제는 그보다는 나았다……

모든 게 너무 따분했다. 이틀 전보다 훨씬 따분했다.

3

다음날 아침, 짐의 필체로 주소가 적힌 편지가 실리아의 접시에 놓여 있었다. 그녀의 뺨이 장밋빛으로 물들었다. 짐이 보낸 편지. 그 일 후에 그녀가 받은 첫 편지……

처음이었기 때문에 실리아는 조금 흥분했다. 그날 그는 말이 많지 않았지만 어쩌면 편지에는……

그녀는 편지를 들고 정원에 나가 펼쳐보았다.

사랑하는 실리아

난 오늘 저녁식사 시간에 너무 늦어버렸어. 크레이 부인은 좀 투덜거렸지만 크레이 씨는 재미있어했어. 그는 부인에게 화내지 말라고, 내가 연애중이라고 말하더군. 이 부부는 소박하고 정말 좋은 사람들이야. 재미있는 농담도 잘하고. 그들이 농사에 관한 새로운 아이디어에 조금만 더 개방적이라면 좋을 텐데. 크레이 씨는 거기에 관한 책은 한 권도 읽지 않았고, 증조부가 하던 방식대로 농장을 운영하는 데 만족하는 듯해. 농업은 어떤 분야보다 늘 보수적인 것 같아. 그게 흙에 뿌리내린 농부의 천성이지.

지난밤 돌아오기 전에 실리아의 어머니에게 말씀드려야 했다는 생각이 들어. 대신 어머니에게 편지를 썼어. 내가 어머니에게서 실리아를 떼어놓는 걸 섭섭해하지 않으시면 좋겠다고. 어머니에게 실리아가 어떤 의미인지 나도 잘 알아. 그래도 날 마음에 들어하신다고 생각해.

목요일에 갈 수 있을 거야. 날씨에 따라 달라지겠지만. 못 가면 다음 일요일에 갈게.

많이 사랑해.

당신의 짐

조니 드 버러의 편지에 비하면 짐의 편지는 여자의 마음을 두근거리게 하기 위해 쓴 것이 아니었다.

실리아는 화가 났다.

분명 짐을 사랑할 수 있을 거라 생각했었다─그가 조금만 다르다면 좋을 텐데!

실리아는 편지를 갈기갈기 찢어서 도랑에 던져버렸다.

4

짐은 연인이 아니었다. 그는 자의식이 너무 강했다. 또한 자기 이론과 의견도 아주 확고했다.

게다가 실리아는 휘저어주길 바라는 그의 마음을 휘저을 수 있는 여자가 결코 아니었다. 경험이 많은 여자라면 짐의 숫기 없는 태도가 언짢더라도 그를 정신 못 차리게 해서 바라는 쪽으로 이끌 수도 있었을 것이다.

실리아는 그렇지 못하기 때문에 짐과의 관계는 어쩐지 만족스럽지 못했다. 그들은 우정으로 얻었던 편안한 동지애를 잃었지만 얻은 것은 아무것도 없는 것 같았다.

실리아는 여전히 짐의 인품에 감탄했지만 그의 이야기는 지루했고 그의 편지를 보면 화가 났고, 하루하루가 그저 우울했다.

실리아가 아는 진정한 기쁨은 오직 엄마의 행복밖에 없었다.

실리아는 피터 메이틀런드에게 비밀로 해달라고 당부하며 약혼 소식을 전하는 편지를 보냈고, 그의 답장이 왔다.

안녕, 실리아

아주 괜찮은 남자 같아. 돈이 있는지는 네가 쓰지 않아서 모르겠지만, 돈이 많은 남자면 더 좋겠어. 여자들은 그런 부분을 별로 생각하지 않지만 그건 분명 중요해. 나는 실리아보다 오래 살았고, 남편에게 질질 끌려다니면서 돈 문제로 녹초가 되고 골머리를 썩는 여자를 많이 봤어. 난 실리아가 여왕처럼 살길 바라. 실리아는 힘든 생활을 견딜 수 있는 여자가 아니거든.

자, 더 할 말은 없는 것 같군. 9월에 집에 가면 그 청년을 눈여겨보면서 실리아와 결혼할 만한지 살펴봐야겠어. 그만한 사람이 있을까 싶지만!

잘 지내. 늘 건강하고.

피터

이상하지만 확실한 사실이 하나 있었다. 이 약혼에서 실리아가 가장 흡족했던 부분은 예비 시어머니가 그랜트 부인이라는 것이었다.

어렸을 때 그랜트 부인에게 감탄하던 마음이 되살아났다. 실리아는 그랜트 부인이 사랑스럽다고 생각했었다. 흰머리가 많아졌지만 그녀는 여전히 여왕처럼 우아했고, 섬세하고 파란 눈, 낭창거리는 몸매, 기분좋게 뇌리에 박히는 맑고 아름다운 목소리와 당당한 성격은 예전 그대로였다.

그랜트 부인은 실리아가 자신을 동경하는 것을 알고 흐뭇해했다. 부인은 이 약혼이 전혀 만족스럽지 않을 수도 있었다. 뭔가 부족하다고 생각할 것 같았다. 하지만 부인은 육 개월 후에 정식으로 약혼하고 일 년 후에 결혼하겠다는 두 사람의 결정에 바로 찬성했다.

짐은 자기 어머니를 무척 좋아했고, 실리아도 분명 그런 것 같아 기분이 좋았다.

할머니는 실리아의 약혼 소식을 반겼지만 결혼생활의 어려움이 야기하는 암울한 문제를 많이 일러줘야 한다고 생각했다. 신혼여행중에 목에서 암이 발견된 불쌍한 존 거돌핀부터 콜링웨이 제독에 이르기까지. "그는 아내에게 나쁜 병을 옮겨

놓고 가정교사와 놀아났어. 맙소사, 결국 부인은 집에 하녀를 한 명도 둘 수 없었단다. 그가 문 뒤에서 실오라기 하나 걸치지 않고 달려들곤 했거든. 당연히 아무도 붙어 있으려 하지 않았지."

실리아는 짐은 건강하니까 목에 암이 생길 리 없고(할머니는 "아이고, 애야, 그런 병은 건강하던 사람이 더 잘 걸린다니까"라며 말참견했다) 아무리 엉뚱하게 상상해도 점잖은 짐이 하녀들에게 달려드는 늙은 호색가가 될 것 같지는 않았다.

할머니는 짐을 좋아했지만 내심 약간 실망했다. 술도 담배도 하지 않고 농담을 던지면 당황한 표정이나 짓는 남자라니—무슨 젊은이가 그렇지? 사실 할머니는 활력 넘치는 사람들을 더 좋아했다.

"그렇지만," 할머니가 희망적으로 말했다. "어젯밤 테라스에서 자갈을 한 움큼 집는 걸 보니 괜찮아 보이더구나. 네가 밟았던 곳이었거든."

실리아는 토질에 대한 관심 때문에 그랬을 거라고 설명했지만 소용없었다.

"네게는 그렇게 말하겠지. 하지만 난 젊은 남자들을 알아. 젊었을 때 플랜터틴은 칠 년 내내 내 손수건을 품에 지니고 다녔어. 파티장에서 나를 겨우 한 번 봐놓고."

조심성 없는 할머니 때문에 약혼 소식이 루크 부인에게 흘러들어갔다.

"실리아, 약혼했다는 얘기 들었다. 조니를 거절한 건 잘한 일이야. 조지는 내게 널 말리지 말라고 했었지, 조니는 아주 좋은 신랑감이라면서. 하지만 난 그가 대구를 닮았다고 생각했어."

루크 부인이 말했다.

"로저 레인스가 네 소식을 자주 묻는단다. 난 그를 말렸어. 물론 그는 아주 부자지. 그래서 그런 목소리를 가지고도 아무 일도 하지 않는 거고. 아까워—성악가가 될 수도 있는데. 하지만 네가 좋아할 타입은 아닐 거야. 그는 좀 뚱뚱하니까. 아침으로 스테이크를 먹고 면도할 때마다 얼굴을 베지. 난 면도하면서 제 살을 베는 남자는 딱 질색이야."

6

7월의 어느 날, 짐이 몹시 흥분해서 찾아왔다. 엄청난 부자인 아버지의 친구가 농업 시찰이라는 특별한 목적으로 세계 일주를 떠나는데 그에게 같이 가자고 했다는 것이었다.

짐은 들떠서 한참 이야기했다. 그는 실리아가 바로 흥미를 드러내며 말없이 동의해주자 고마워했다. 짐은 그녀가 반대할 거라고 짐작하고 어느 정도 죄책감을 느끼던 참이었다.

두 주 후 그는 들뜬 마음으로 출발했고, 도버에서 실리아에게 작별 인사를 전하는 전보를 보냈다.

사랑해. 건강하길―짐.

8월의 아침은 정말 아름다웠다……

실리아는 집 전면의 테라스로 나와서 주위를 둘러보았다. 이른 시간이라 풀잎에 이슬이 맺혀 있었고, 깎아서 화단으로 만들자고 했지만 엄마가 거절했던 긴 잔디 사면이 보였다. 전보다 더 짙고 무성해진 너도밤나무도 있었다. 하늘은 파랬다. 깊은 바다처럼 새파랬다.

실리아는 이렇게 행복했던 적이 없었다고 생각했다. 오래전 실리아가 느꼈던 익숙한 '아픔'이 그녀를 휘감았다. 기분좋은―아주 기분좋은―아픔……

아름다워, 아름다운 세상이야!……

종이 울렸다. 그녀는 아침식사를 하러 들어갔다.

엄마가 실리아를 바라보았다. "아주 행복해 보이는구나, 실리아."

"행복해요. 날이 정말 좋아요."

엄마가 나직하게 말했다.

"그것 때문만은 아니겠지…… 짐이 떠나서 그런 거 아니니?"

실리아는 그때까지도 알지 못했다. 안도감—벅차고 즐거운 안도감. 구 개월 동안은 신지학이나 경제학 책을 읽지 않아도 될 것이었다. 멋지고 황홀할 만큼 즐거운 구 개월 동안 그녀는 마음대로 지내고 느낄 수 있을 것이었다. 자유—자유—또 자유……

실리아가 엄마를 쳐다보자 엄마도 실리아를 돌아봤다.

미리엄이 부드럽게 말했다.

"넌 짐과 결혼하면 안 돼. 그런 마음이라면…… 난 몰랐구나……"

실리아의 입에서 말이 쏟아져나왔다.

"나도 몰랐어요…… 짐을 사랑한다고 생각했어요—그랬어요—짐은 지금까지 만난 남자 중에 가장 좋은 사람이에요—여러 면에서 아주 훌륭하고요."

미리엄이 애석하다는 듯이 고개를 끄덕였다. 그녀가 이제 막 발견한 평화가 무너졌다.

"네가 짐을 사랑하지 않는 걸 알았지만, 약혼하면 사랑하게 될 거라고 생각했어. 그런데 반대가 됐구나…… 널 지루하게 하는 남자와 결혼해선 안 돼."

"날 지루하게 한다고요!" 실리아는 충격을 받았다. "하지만 짐은 정말 똑똑해요―날 지루하게 할 리 없어요."

"짐은 그러고 있어, 실리아." 미리엄이 한숨을 쉬더니 덧붙였다. "그는 너무 어려."

짐이 좀더 나이들어 만났다면 좋았을 거라는 생각이 미리엄의 머리를 스쳤다. 그녀는 늘 짐과 실리아의 사랑이 살짝 어긋난다고 느꼈고, 결국 어긋나버렸……

미리엄은 실망과 함께 딸의 미래에 대한 걱정이 밀려왔지만, 기분좋게 노래하듯 용솟음치는 어렴풋한 위안이 있었다. '내 딸이 아직은 날 떠나지 않겠구나. 아직은 날 떠나지 않겠어……'

7

짐에게 결혼할 수 없다는 편지를 보내버리자 실리아는 무거운 짐을 내려놓은 기분이 들었다.

9월에 집에 다니러 온 피터 메이틀런드는 더 예쁘고 활기차게 변한 실리아를 보고 깜짝 놀랐다.

"그래서 그 젊은 친구를 차버렸다는 거야?"

"네."

"불쌍한 친구. 하지만 곧 더 괜찮은 남자를 만나게 될 거야.

실리아에게는 언제나 구혼자들이 줄을 서 있잖아?"

"아니에요, 그렇게 많지 않아요."

"몇 명인데?"

실리아는 헤아려봤다.

카이로에서 만난 키 작고 재밌는 게일 대령이 있었다. 돌아오는 배에서 만난 바보 같은 남자도 있었다(이 사람도 넣는다면). 그리고 드 버러 소령, 랠프, 역시 차를 재배한던 그의 친구(다른 여자와 결혼했다)와 짐이 있었다. 그리고 겨우 일주일 전, 로저 레인스와 어처구니없는 일이 있었다.

루크 부인은 실리아의 약혼이 깨졌다는 소식을 듣자마자 집으로 초대하는 전보를 보냈다. 로저 레인스도 오기로 되어 있었다. 그는 실리아를 다시 만나고 싶다고 조지를 졸랐고, 일이 순조롭게 풀리는 것 같았다. 두 사람은 거실에서 한 시간 동안 노래를 불렀다.

'로저가 노래로 청혼한다면 실리아가 받아줄지도 모르는데.' 루크 부인은 그런 희망을 품었다.

"실리아는 왜 로저가 싫다는 거야? 유쾌하고 괜찮은 청년인데." 조지가 책망하듯 중얼거렸다.

남자들에게 설명해봤자 소용없는 일이었다. 그들은 여자가 남자에게서 무엇을 '보고' '보지 않는지' 이해하지 못했다.

"물론 좀 뚱뚱하긴 하지." 조지도 인정했다. "하지만 남자는 외모가 중요한 게 아니야."

"그건 남자들이나 하는 말이죠." 루크 부인이 쏘아붙였다.

"아이고, 이러지 마, 에이미. 여자들이 이발소에 있는 가발걸이용 마네킹처럼 생긴 남자를 원하는 건 아니겠지?"

그는 로저에게도 기회를 줘야 한다고 주장했다.

로저에게 최고의 기회라면 노래로 청혼하는 것일 터였다. 그는 깊고 마음을 울리는 목소리를 갖고 있었다. 로저의 노래를 들으면, 실리아도 그를 사랑하는 듯한 기분에 쉽게 빠졌다. 하지만 노래가 끝나면 로저는 평소의 모습으로 돌아왔다.

실리아는 루크 부인이 중매하려는 것이 마음에 걸렸다. 그녀는 부인의 눈빛을 읽었고 로저와 단둘이 있는 상황을 조심스럽게 피했다. 그와 결혼하고 싶지 않았다. 그런데 왜 그가 청혼하게 내버려두겠는가.

하지만 루크 부부는 '로저에게 기회를 주기'로 결심했고, 실리아는 떠밀리듯 로저와 이륜마차를 타고 나들이를 가게 되었다.

순조로운 나들이는 아니었다. 로저가 집에서 지내는 즐거움에 대해 말하면 실리아는 호텔에서 지내는 것이 더 좋다고 응수했다. 로저는 런던에서 한 시간 거리에 있는 전원에서 사는 것을 늘 꿈꾼다고 말했다.

"가장 살기 싫은 곳은 어디예요?" 실리아가 물었다.

"런던이요. 런던에서는 살 수가 없습니다."

"어머! 거기는 내가 유일하게 견디고 살 수 있는 곳인데요." 실리아가 말했다.

그녀는 진심 아닌 말을 하고는 로저를 쌀쌀맞게 쳐다보았다.

"아, 나도 살 수 있을 것 같군요." 로저가 한숨을 쉬고 말했다. "이상형의 여자를 만난다면요. 난 찾았다고 생각합니다. 나는—"

"지난번에 아주 재미있는 일이 있었어요." 실리아가 다급하게 말했다.

로저는 귀담아듣지 않았다. 실리아의 이야기가 끝나자마자 그는 이어서 말했다.

"실리아, 알아요? 난 당신을 처음 봤을 때부터—"

"저 새 보이세요? 오색방울새 같아요."

하지만 소용없었다. 청혼하겠다고 작정한 남자와 막겠다고 작정한 여자 사이에서는 언제나 남자가 이긴다. 실리아가 딴청을 피울수록 로저는 정곡을 찌르겠다는 각오를 더욱 다지는 것 같았다. 그리고 그는 실리아의 무뚝뚝한 거절에 몹시 상처받았다. 그녀는 그 상황을 피하지 못한 것이 분했고, 그녀의 거절에 로저가 진심으로 놀란 것도 짜증이 났다. 그들은 냉랭한 침묵에 싸인 채 돌아왔다. 로저는 조지에게 자신이 운좋게 나쁜 일을 피할 수 있었다고 말했다. 실리아가 제법 성질이 있는 것 같다고⋯⋯

피터의 질문에 그 모든 일이 실리아의 마음속을 스쳐갔다.

마침내 실리아는 애매하게 대답했다. "일곱 명쯤 되나봐요. 하지만 진짜로 청혼한 사람은 둘뿐이었어요."

그들은 골프 코스의 산울타리 아래 풀밭에 앉아 있었다. 그곳에서는 절벽과 바다의 전경이 내다보였다.

피터는 파이프담배가 꺼지도록 내버려두었다. 그는 손가락으로 데이지꽃을 뚝뚝 꺾었다.

"저, 실리아," 그가 말했다. 묘하고 긴장된 목소리였다. "원한다면 언제든 나도 그 명단에 넣어도 돼."

그녀는 깜짝 놀라서 피터를 바라보았다.

"당신을요?"

"그래. 모르고 있었어?"

"네, 생각해본 적도 없어요. 당신은 한 번도—그렇게 보이지 않았으니까요."

"아니, 난 거의 처음부터 그랬는데⋯⋯ 엘리의 결혼식 날부터였을 거야. 그런데 실리아, 난 네게 어울리는 남자는 아닐 거야. 실리아는 진취적이고 똑똑한 남자를 좋아하니까—아, 그래, 실리아는 그래. 나는 실리아의 이상형을 알아. 게으르고 나처럼 대충대충 사는 남자가 아니지. 나는 성공하지 못할 거야. 그렇게 타고나질 않았지. 난 그럭저럭 군 생활을 마치고 제대할 거야. 짜릿한 일은 없어. 모아둔 돈도 별로 없고. 일 년에 기껏 오륙백 파운드 벌지—그 돈으로 살아야 해."

"그런 건 상관없어요."

"실리아는 그렇겠지. 하지만 그래서 마음에 걸려. 실리아는 그런 생활이 어떤지 모르겠지만, 난 알아. 실리아는 최고를 누려야 해—가장 좋은 것들을. 실리아는 정말 사랑스러워. 어떤 남자와도 결혼할 수 있는 여자야. 난 실리아가 변변찮은 군인 나부랭이에게 자신을 내던지게 하지 못하겠어. 제대로 된 집도 없고 늘 짐을 싸서 옮겨다녀야 하고. 그래, 난 계속 입을 다물고 실리아처럼 아름다운 여자가 얼마든지 할 수 있는 결혼을 하게 두려고 했어. 하지만 실리아가 결혼을 취소했다면—그렇다면—언젠가는 내게도 기회가 올지 모른다고……"

실리아는 그의 구릿빛 손 위에 분홍색 작은 손을 조심스럽게 올렸다. 피터가 그녀의 손을 따뜻하게 잡았다. 느낌이 정말 좋았다……

"꼭 지금 말해야 했는지 모르겠어. 하지만 다시 해외 전출 명령이 떨어졌어. 가기 전에 고백해야겠다고 생각했지. 만일 이상적인 남편감이 나타나지 않으면—내가 언제나 기다리고 있다는 걸 알아줘……"

피터—소중하고 소중한 피터…… 어쩐지 피터는 놀이방이며 정원, 라운지, 너도밤나무에 속한 사람 같았다. 안전—행복―가정에……

피터와 손을 잡고 바다를 바라보니 정말 행복했다. 피터와 함께라면 언제나 행복할 것이다. 소중한 피터. 편안하고 다정한 피터.

피터는 그녀를 쳐다보지 않고 있었다. 경직되고 긴장한 것 같았다…… 짙은 구릿빛 얼굴이 어두웠다.

실리아가 말했다.

"난 당신을 진심으로 좋아해요, 피터. 당신과 결혼하고 싶어요……"

그가 얼굴을 돌렸다. 늘 그렇듯 천천히. 그는 실리아를 안았고…… 까맣고 다정한 눈으로 그녀의 눈을 바라봤다.

그러고는 그녀에게 키스했다. 짐처럼 어색하지도 않고 조니처럼 격렬하지도 않은, 깊고 만족스럽고 부드러운 키스였다.

"사랑스러운 실리아. 사랑해……" 그가 중얼거렸다.

8

실리아는 피터와 당장 결혼해서 함께 인도에 가고 싶었다. 하지만 피터는 단호하게 반대했다.

그는 실리아가 열아홉 살밖에 되지 않으니 많은 기회를

누려야 한다고 고집했다.

"욕심 사납게 실리아를 낚아챈다면 난 누구보다 끔찍한 인간이 된 기분일 거야. 실리아의 마음이 바뀔지도 모르고─나보다 실리아를 더 좋아해주는 사람이 나타날지도 몰라."

"안 그래요─난 안 그럴 거예요."

"그건 모르는 일이야. 열아홉 살 때 누군가를 좋아했다가, 스물두 살쯤 되면 그의 어떤 점이 좋았는지 의아해하는 여자들도 많아. 난 조바심내지 않을 거야. 실리아는 시간을 충분히 가져야 해. 실수가 아니라는 확신이 들어야 해."

충분한 시간. 메이틀런드 집안의 사고방식─어떤 일에도 서두르지 않고─시간을 넉넉히 갖는 것. 그래서 메이틀런드 가족은 기차, 트램, 약속, 식사 시간을 놓쳤고, 때로는 더 중요한 것을 놓쳤다.

피터는 미리엄에게도 똑같이 말했다.

"제가 실리아를 얼마나 사랑하는지 아실 겁니다." 그가 말했다. "부인은 언제나 알고 계셨다고 생각합니다. 그래서 저를 믿고 실리아와 외출하도록 허락해주셨던 거죠. 제가 부인이 실리아의 배필로 생각했던 인물이 못 된다는 건 압니다─"

미리엄이 끼어들었다.

"난 실리아가 행복하기를 바라. 피터와 함께라면 그애는 행복할 거야."

"실리아의 행복을 위해서라면 제 목숨도 아깝지 않습니다―그 점을 알아주세요. 하지만 실리아를 재촉하고 싶지는 않아요. 부유한 남자가 나타나고 실리아가 그를 좋아하게 되면―"

"돈이 전부는 아니야. 물론 실리아가 가난하게 살지 않았으면 하지. 하지만 피터와 실리아가 서로 좋아한다면, 배려하며 충분히 살 수 있다고 생각해."

"여자에게는 고생스러울 거예요. 그리고 실리아를 부인에게서 떨어뜨리는 거고요."

"만약 실리아가 피터를 사랑한다면―"

"네, 거기에는 만약이라는 말이 붙죠. 부인도 그렇게 느끼시는군요. 실리아는 많은 기회를 가져야 합니다. 아직 어려서 자기 마음을 잘 모르죠. 전 이 년의 시간을 두겠습니다. 그때도 실리아 마음이 지금과 같다면―"

"그렇게 되기를 바랄게."

"실리아는 정말 아름다워요. 더 나은 사람을 만나야 한다는 생각도 듭니다. 전 실리아의 짝으로 형편없으니까요."

"그렇게 겸손할 필요는 없어." 미리엄이 불쑥 말했다. "여자들은 그런 걸 높이 사지 않아."

"네, 아마 그렇겠죠."

이 주 동안 실리아와 피터는 정말 행복했다. 이 년은 금방 지나갈 것 같았다.

"당신에게 충실하겠다고 약속할게요, 피터. 당신을 기다리는 나를 보게 될 거예요."

"실리아, 약속이라고 생각하면 안 돼. 실리아는 전적으로 자유로워."

"그러고 싶지 않아요."

"아니, 실리아는 자유로워."

실리아가 갑자기 억울하다는 듯이 말했다.

"당신이 날 정말 사랑한다면, 당장 결혼해서 함께 가길 바랄 거예요."

"실리아, 내 사랑, 내가 정말 많이 사랑하기 때문에 이런다는 걸 모르겠어?"

그의 고통스러운 얼굴을 보면서 실리아는 깨달았다. 그의 사랑이 진심이라는 것을, 간절히 바라던 보물을 움켜쥐기를 두려워하는 것 같은 사랑이라는 것을.

삼 주 후 피터는 배에 올랐다.

일 년 삼 개월 후 실리아는 더멋과 결혼했다.

Chapter 9

더멋

1

피터가 실리아의 삶에 서서히 들어왔다면, 더멋은 불쑥 들어왔다.

그 역시 군인이라는 점을 제외하면 더멋과 피터는 이렇게 대조적일 수 있을까 싶을 만큼 달랐다.

실리아는 루크 부부와 요크에서 열린 군부대 파티에 참석했다가 더멋을 만났다.

실리아를 소개받은 강렬하고 파란 눈의 키 큰 청년이 말했다. "함께 세 곡을 추고 싶습니다."

그들이 두 곡을 췄을 때 더멋은 세 곡을 더 추자고 청했다. 실리아에게 들어온 춤 신청이 꽉 찬 상태였다. 그가 말했다.

"상관없어요. 다른 사람을 취소하면 되죠."

그는 실리아에게 명단을 받아서 무작위로 이름 세 개를 죽죽 그어버렸다.

"자, 잊지 마요. 내 시간이 되면 당신을 놓치지 않도록 일찍 올 겁니다." 그가 말했다.

짙은 색 곱슬머리에 검은 피부, 큰 키. 눈꼬리가 올라가고 파우누스*같이 새파란 눈은 상대를 흘끔대다가 얼른 딴 데로 돌아갔다. 어떤 상황에서든 자기 뜻을 관철시킬 것 같은 단호함이 있었다.

파티가 끝날 때쯤 그는 실리아에게 이곳에 얼마나 머물 예정인지 물었다. 그녀는 다음날 떠날 거라고 대답했다. 더멋은 런던에 가느냐고 물었다.

그녀는 다음달은 할머니 집에서 지낼 거라고 말했다. 그러고는 주소를 알려줬다.

"그때쯤 나도 런던에 갈 것 같아요. 찾아가겠습니다." 더멋이 말했다.

"좋아요." 실리아가 대답했다.

하지만 더멋의 말을 진지하게 받아들이지는 않았다. 한 달은 긴 시간이었다. 실리아는 그가 가져다준 레모네이드를 홀짝였고, 두 사람은 인생에 대해 이야기했다. 더멋은 간절히 바

---

* 로마신화에 나오는 숲의 신. 인간의 상반신과 염소의 하반신을 하고, 머리에는 염소의 뿔과 귀가 붙어 있다.

란다면 뭐든 얻을 수 있다고 믿는다고 말했다.

실리아는 춤 약속을 멋대로 취소해버린 데 대해 약간의 죄책감을 느꼈다. 평소라면 절대 하지 않을 행동이지만 어쩐지 그러지 않을 수가 없었다…… 더멋은 그런 사람이었다.

실리아는 그를 다시 못 만날 거라 생각하며 아쉬워했다.

하지만 사실 그녀는 더멋을 까맣게 잊었다. 그러던 어느 날 윔블던의 할머니 집에 들어섰을 때, 할머니가 커다란 의자에 앉아 몸을 앞으로 쑥 내밀고, 당황한 듯 귀와 얼굴이 새빨개진 청년과 이야기 나누는 모습을 보게 됐다.

"날 잊은 건 아니죠?" 더멋이 중얼거리듯 물었다.

그는 몹시 수줍어했다.

실리아는 물론 기억한다고 대답했고, 젊은 남자에게 언제나 호의적인 할머니가 저녁을 권하자 더멋은 응했다. 실리아는 식사 후에 거실에서 그에게 노래를 불러줬다.

돌아가기 전 더멋은 실리아에게, 마티네* 표가 있으니 내일 함께 타운으로 공연을 보러 가자고 제안했다. 둘만 간다고 하자 할머니가 난색을 비쳤다. 할머니는 미리엄도 허락하지 않을 일이라고 생각했다. 하지만 더멋은 결국 할머니를 설득했다. 할머니는 공연이 끝나면 차도 마시지 말고 곧바로 돌아오

---

* 연극, 영화 등의 낮 공연.

라고 일렀다.

그러기로 했고, 실리아는 극장에서 그를 만나 지금까지 본 어떤 연극보다도 재미있게 관람했다. 그후 빅토리아역의 간이 식당에서 차를 마셨다. 더멋은 역 구내니까 차 마시는 일로 치면 안 된다고 말했다.

실리아가 집으로 돌아가기 전까지 그는 두 번 더 찾아왔다.

그녀가 집에 돌아온 지 사흘째 되던 날, 메이틀런드 가족과 차를 마시고 있는데 실리아를 찾는 전화가 걸려왔다. 엄마였다.

"실리아, 집에 와야겠구나. 어떤 청년이 오토바이를 타고 널 찾아왔어—너도 알다시피 난 젊은 남자들과 대화하는 게 서툴잖니. 얼른 와서 네가 직접 상대하렴."

실리아는 누가 왔을지 궁금해하면서 집으로 갔다. 엄마는 그가 이름을 우물거려서 못 알아들었다고 했다.

더멋이었다. 그는 간절하고 단호하고 괴로워 보였고, 실리아를 만나긴 했지만 말이 나오지 않는 듯했다. 앉아서 외마디 말만 중얼댈 뿐 실리아를 쳐다보지도 않았다.

더멋은 오토바이를 빌렸다고 했다. 런던을 벗어나 며칠 돌아다니면 기분전환이 될 것 같다고. 그는 여관에 묵고 있었고, 다음날 아침 출발할 예정이었다. 그는 실리아에게 산책을 하자고 했다.

다음날에도 비슷한 분위기였다. 말도 없고 괴로운 표정을 지으면서 그녀를 제대로 쳐다보지도 않았다. 그러다가 갑자기 입을 열었다.

"휴가가 끝나면 난 요크로 돌아가야 해요. 정리할 일이 있거든요. 당신을 꼭 만나야 했어요. 당신이 보고 싶어서―계속 그래요. 나와 결혼해줘요."

실리아는 꼼짝 않고 서 있었다. 그녀는 깜짝 놀랐다. 더멋이 자신을 좋아한다는 건 알았지만 스물세 살의 젊은 소위가 결혼을 생각하는 줄은 짐작도 못했다.

실리아가 말했다. "미안해요―정말 미안해요―하지만 난 그럴 수 없어요…… 아, 안 돼요. 그럴 수 없어요."

그녀가 어떻게 그럴 수 있겠는가. 그녀는 피터와 결혼을 약속했다. 피터를 사랑했다. 그랬다, 여전히 피터를 사랑하고 있었다―변함없이―그런데 더멋도 사랑하고 있었다……

실리아는 자신이 세상 누구보다 더멋과 결혼하고 싶어한다는 것을 깨달았다.

더멋이 말을 이었다.

"어쨌든 난 당신을 만날 겁니다…… 너무 이르단 걸 알아요…… 하지만 기다릴 수가 없었어요……"

실리아가 말했다.

"저기―난―다른 사람과 약혼했어요……"

더멋이 재빨리 그녀를 힐끔거렸다. 그가 말했다.

"그건 상관없습니다. 그를 포기해요. 당신도 날 사랑하죠?"

"아—그런 것 같아요."

그랬다. 그녀는 세상 누구보다 더멋을 사랑했다. 다른 사람과 행복하기보다 차라리 더멋과 불행한 편이 나을 것 같았다. 하지만 왜 그렇게 표현하는 거지? 왜 더멋과 불행할 거라고 하지? 그건 더멋이 어떤 사람인지 전혀 모르기 때문이었다……

그는 낯선 사람이었다……

더멋이 더듬더듬 말했다.

"난—나는, 아! 그래요, 당장 결혼해줘요. 난 기다릴 수가 없어요……"

실리아는 생각했다. '피터. 난 피터에게 상처 줄 수 없어……'

하지만 더멋이라면 피터 같은 남자 몇 명에게라도 상처를 줄 수 있을 것이었다. 그녀는 그가 바라는 대로 되리란 것을 알았다.

그녀는 처음으로 더멋의 눈을 똑바로 바라보았다. 이제 그는 흘끔대며 눈길을 피하지 않았다.

아주, 아주 파란 눈……

수줍은 듯 머뭇거리며 그들은 키스했다……

2

미리엄이 침실 소파에 누워 쉬고 있을 때 실리아가 들어왔다. 그녀는 딸의 얼굴을 힐끗 보고 예사롭지 않은 일이 있다는 걸 알아차렸다. 섬광처럼 스치는 생각이 있었다. '그 청년이구나─나는 마음에 들지 않던데.'

"실리아─무슨 일이니?" 그녀가 물었다.

"엄마─그 사람이 저랑 결혼하고 싶어해요─저도 그러고 싶어요, 엄마……"

실리아는 곧장 미리엄의 품으로 파고들어 어깨에 얼굴을 묻었다.

쑤시던 심장이 고통스럽게 뛰었고 미리엄의 생각은 정신없이 내달렸다.

'싫어─난 싫어…… 하지만 그건 내 이기심이야─아이를 떠나보내고 싶지 않아서 그런 거야.'

3

곧바로 난관에 부딪혔다. 더멋은 실리아를 밀어붙였던 것과 달리 미리엄은 고압적으로 밀어붙일 수 없었다. 실리아의 어머니와 맞서고 싶지 않았기에 마음을 억눌렀다.

더멋은 돈이 없다는 점을 인정했다. 봉급을 제외하면 연수입이 80파운드밖에 되지 않았다. 하지만 미리엄이 앞으로 둘이 어떻게 살 거냐고 묻자 짜증이 났다. 그는 생각해볼 시간이 없었다고 대답했다. 분명 둘이서 잘해나갈 수 있고, 실리아는 가난도 마다하지 않을 거라고 말했다. 미리엄이 소위가 결혼하는 게 예삿일은 아니라고 말하자, 그는 자신도 어쩔 수 없다고 초조한 듯 대꾸했다.

그는 실리아에게 원망조로 말했다. "당신 어머니는 매사를 파운드나 실링, 펜스로만 보기로 작정하신 것 같군요."

그는 꼭 갖고 싶은 것을 얻지 못한 아이가 그 '이유'를 듣지 않으려고 하는 것 같았다.

더멋이 떠나자 미리엄은 피곤이 몰려왔다. 그녀는 몇 년 안에 결혼할 가망이 거의 없는 긴 약혼이 될 거라 예상했다. 약혼을 막아야 한다는 생각도 들었다…… 하지만 사랑하는 딸에게 아픔을 안길 수는 없었다.

실리아가 말했다. "엄마, 난 더멋과 결혼할 거예요. 꼭 그래야 해요. 다른 누구도 사랑하지 않을 거라고요. 언젠가는 잘될 거예요—아, 그럴 거라고 말해줘요."

"너무 가망 없어 보이는구나, 얘야. 두 사람 다 가진 게 너무 없잖니. 게다가 더멋은 아직 어려……"

"하지만 언젠가, 우리가 기다린다면……"

"그래, 아마 그렇겠지……"

"엄마는 더멋이 마음에 들지 않아요? 왜요?"

"마음에 들어. 아주 매력적이라고 생각해―사실 정말 매력적이지. 하지만 그는 배려심이 없어……"

미리엄은 밤에 잠들지 못하고 뒤척이며 얼마 되지 않는 수입을 따져보았다. 실리아에게 얼마라도 보태줄 수 있을까? 집을 판다면……

집세를 내는 건 아니지만 최소한의 생활비로 근근이 살아가고 있었다. 집을 수리해야 했고, 현재로서는 이런 부동산에 대한 수요도 거의 없었다.

미리엄은 뒤척였다. 어떻게 해야 딸이 진정으로 원하는 걸 해줄 수 있을까?

4

피터에게 편지로 사정을 알리려니 고역이었다.

너무 민망한 일이기도 했다. 배신하는 마당에 무슨 변명을 할 수 있을까.

피터의 답장은 정말 그다웠다. 너무도 피터다웠기 때문에 실리아는 편지를 읽으며 울어버렸다.

자책하지 마, 실리아. 다 내 잘못이야. 뭐든 나중으로 미루는 내 치명적인 버릇 때문이야. 우리는 그런 식이지. 우리 가족이 번번이 버스를 놓치는 것도 그 때문이고. 나는 그게 최선이라고 생각했어. 당신에게 부유한 사람과 결혼할 기회를 주려고 했지. 그런데 당신은 나보다도 가난한 사람과 사랑에 빠졌군.

사실 당신은 그가 나보다 더 용기 있다고 느끼겠지. 당신이 당장 결혼해서 함께 떠나겠다고 했을 때 그래야 했는데…… 난 지긋지긋한 멍청이였어. 난 당신을 잃었고, 모두 내 잘못이야. 그는, 당신의 더멋은 나보다 나은 사람이겠지―틀림없이 좋은 사람일 거야. 아니라면 당신이 그를 좋아하지 않았을 테니까. 두 사람에게 늘 최고의 행운이 따르기를 바랄게. 그리고 나 때문에 속상해하지 마. 이건 당신이 아니라 내가 책임질 일이야…… 그런 빌어먹을 멍청이 짓을 한 내 발등을 찧고 싶군. 행운이 있기를, 내 사랑……

다정한 피터―다정하고 다정한 피터……

그녀는 생각했다. '피터와 함께라면 행복했을 거야. 언제나 아주 행복했을 거야……'

하지만 더멋과 함께하는 인생은 짜릿한 모험이었다!

5

실리아의 약혼 기간은 폭풍이 몰아치는 것 같았다. 그녀는 어느 날 갑자기 더멋의 편지를 받았다.

이제 알았어요. 당신 어머니가 한 말이 전부 옳았어요. 우리는 너무 가난해서 결혼할 수 없어요. 당신에게 청혼하는 게 아니었는데. 하루빨리 날 잊어줘요.

이틀 후면 오토바이를 타고 와서, 울고 있는 실리아를 안고 포기할 수 없다고 말할 것이었다. 그리고 무슨 일이 벌어진 게 분명했다.

전쟁이 벌어졌다.

6

대부분의 사람에게 그렇듯 실리아에게도 전쟁은 마른하늘

에 날벼락처럼 닥쳤다. 대공 $_{大公}$ 암살 사건, 신문에서 떠드는 '전쟁의 공포'─이때까지만 해도 이런 것들은 실리아의 머리에 들어오지 않았다.

그러다 불쑥 독일과 러시아가 참전했고 벨기에가 침공을 당했다. 터무니없고 일어날 것 같지 않은 일이 일어났다.

더멋에게 편지가 왔다.

우리도 출정할 것 같아요. 사람들은 우리가 투입되면 크리스마스 전까지는 끝날 거라고 하지만 내 생각에 이 엄청난 일은 이 년은 족히 갈 것 같아요. 그들은 나보고 비관론자라고 하죠……

이윽고 그것이 기정사실이 됐다─영국이 전쟁에 뛰어들었다……

실리아에게는 단 한 가지 의미만 있었다. 더멋이 죽을지도 모른다는 것……

전보가 왔다. 작별 인사를 하러 갈 수 없으니 실리아가 어머니와 함께 와줄 수 있느냐는 내용이었다.

은행 문이 닫힌 시간이었지만 미리엄은 5파운드 지폐 두어 장을 가지고 있었다. ("항상 5파운드짜리 한 장은 가지고 다녀야 한다"는 할머니의 충고 덕분이었다.) 역의 매표소에서는

5파운드 지폐를 받아주지 않았다. 실리아와 미리엄은 화물터미널을 지나 철로를 건너 기차에 탔다. 검표원이 계속 와서 표 검사를 했다. "안 됩니다, 부인. 5파운드 지폐는 받지 않습니다." 그들은 이름과 주소를 적고 또 적었다.

모든 게 악몽 같았다―더멋 말고는 그 무엇도 진짜 같지 않았다……

군복 차림의 더멋―평소와 다른 더멋―은 겁먹은 눈을 하고 있었고 무척 불안하고 심란해 보였다. 이 전쟁에 대해서는 아무도 몰라. 아무도 돌아오지 못할 전쟁이야…… 파괴적인 신무기. 아무도 모르는 공중전……

실리아와 더멋은 꼭 달라붙은 두 아이 같았다……

"무사히 돌아와야 할 텐데……"

"하느님. 이 사람을 무사히 돌려보내주세요……"

다른 건 아무것도 중요하지 않았다.

7

처음 몇 주의 무시무시한 긴장감. 연필로 흐릿하고 구불구불하게 쓴 엽서들.

"우리가 어디 있는지는 밝히면 안 돼요. 다 괜찮아요. 사랑해요."

무슨 일이 벌어지고 있는지 아무도 몰랐다.

첫 사상자 명단을 보았을 때의 충격.

친구들. 함께 춤췄던 청년들이 죽었다……

하지만 더멋은 무사했고—그것만이 중요했다.

대부분의 여자들에게 전쟁이란, 어느 한 사람의 운명이다……

8

첫 주와 긴장되는 그다음주가 지나는 동안, 가정에서도 해야 하는 일이 있었다. 실리아의 집 근처에 적십자 병원이 문을 열었고, 그곳에서 일하려면 우선 구급법과 간호법 시험에 통과해야 했다. 할머니 집 근처에서 이에 대한 수업을 들을 수 있다는 걸 알고 실리아는 할머니 집으로 갔다.

새로 온 젊고 예쁜 하녀 글래디스가 문을 열어줬다. 그녀와 젊은 요리사가 집안 살림을 도맡고 있었다. 불쌍한 세라 할멈은 이제 거기 없었다.

"안녕하세요, 아가씨?"

"안녕. 할머니는 어디 계셔?"

키득거리는 웃음.

"외출하셨어요."

"외출?"

곧 아흔이 되는 할머니는 해로운 바깥 공기를 쐬는 일에 대해 전보다 더 야단을 떨었었다. 그런 할머니가 외출이라니.

"육해군 협동조합에 가셨어요. 아가씨 오기 전에 돌아오겠다고 하셨어요. 아, 저기 오시는 것 같네요."

낡은 사륜마차가 대문에서 멈췄다. 할머니가 마부의 부축을 받아 멋진 다리를 조심스럽게 땅에 디디며 내렸다.

단호한 걸음으로 차도로 올라선 할머니는 경쾌해 보였다. 아주 경쾌해 보였다. 외투에 달린 구슬이 9월의 햇살에 흔들리며 반짝였다.

"왔구나, 우리 실리아."

나이든 할머니의 얼굴은 시든 장미 꽃잎처럼 아주 부드러워 보였다. 할머니는 실리아를 무척 좋아했고, 참호에서 더멋의 발을 덥혀줄 수면양말을 뜨고 있었다.

글래디스를 보자 할머니의 목소리가 달라졌다. 할머니는 마치 즐기는 듯이 점점 더 '하인들'을 못살게 굴었다. (이제 하인들은 제대로 일했고, 할머니가 좋아하든 싫어하든 자전거도 타게 됐다!)

할머니가 날카롭게 말했다. "글래디스, 마부가 짐 내리는 걸 안 돕고 뭐하는 거냐! 저건 부엌에 둘 게 아니야. 전부 오전용 거실로 가져가거라."

오전용 거실을 차지하고 있던 불쌍한 베넷도 이제 보이지 않았다.

문 안쪽에는 밀가루, 비스킷, 정어리 통조림 수십 개, 쌀, 타피오카*, 사고**가 쌓여 있었다. 마부가 환하게 웃으면서 나타났다. 그는 햄 다섯 개를 들고 있었다. 글래디스도 햄을 들고 마부를 따라왔다. 열여섯 개의 햄이 보물창고에 쌓였다.

"내가 곧 아흔일지 모르지만," 할머니가 말했다. (할머니는 아직 아흔이 되지 않았지만, 아흔이 되면 더 감격적일 거라고 기대했다.) "독일놈들이 날 굶어죽이지는 못할 거야!"

실리아는 신경질적으로 웃었다.

할머니가 마부에게 넉넉하게 팁을 얹어 돈을 주면서 말을 더 잘 먹이라고 당부했다.

"네, 부인. 감사합니다."

그는 모자를 들어 인사하고 싱글벙글하며 떠났다.

"힘든 하루구나." 할머니가 보닛의 끈을 풀면서 말했다. 피로한 흔적은 없었고 오히려 즐거운 시간을 보낸 사람처럼 보였다.

"가게에 사람들이 어찌나 많던지."

---

* 열대작물인 카사바의 뿌리에서 추출한 녹말.

** 사고야자나무에서 추출한 녹말.

보나마나 나이든 부인들이 와서 사륜마차에 햄을 실어 갔을 것이다.

9

실리아는 적십자 일은 하지 않았다.

몇 가지 일이 일어났다. 우선 건강이 나빠진 라운시가 남동생의 집으로 갔다. 실리아와 엄마는 시큰둥한 그레그의 도움을 받아 살림을 꾸려갔다. 그레그는 전쟁도, 남자나 할 일을 하는 여자들도 '못마땅해했다'.

할머니가 며느리에게 편지를 보냈다.

사랑하는 미리엄

몇 년 전 네가 너희 집에서 같이 살자고 했었지. 그때 나는 이사하기엔 너무 늙었다며 거절했고. 그런데 홀트 선생이 내 눈이 나빠졌고 치료법도 없다고 말하는구나. (그는 정말 똑똑한 의사지―재미있는 이야기도 많이 알고―그의 아내는 그의 진가를 알지 못한다마는.) 그건 신의 뜻이니까 어쩔 수 없지만 그래도 난 하인들에게 휘둘리는 꼴을 당하기는 싫구나. 요즘 신문에 나는 무서운 일들도 그렇고―그리고 최근에 내 물건 몇 개가 없어졌다. 답장할 때 이 얘기는 쓰지 마라, 고것들이 내 편지를 뜯어볼지도 모르니까. 이 편지는 내가 직접 부칠 작정이다. 아무튼 내가 너희 집으로 가는 게 좋을 것 같구나. 내 수입이 도움이 될 테니 너희 형편도 좀 나아지겠지. 나는 실리아가 집에서 살림을 한다는 것이 내키지 않아. 그 아이는 힘을 아껴둬야지. 너도 편친 부인네 이버를 기억하지? 실리아처럼 안색이 창백한 아이였지. 이버는 과로해서 지금 스위스의 요양원에 있단다. 너와 실리아가 와서 이사를 거들어야겠어. 고된 일일 것 같아 걱정이구나.

아주 고된 일이었다. 할머니는 윔블던의 집에서 오십 년을 살았고, 절약하는 세대의 본보기답게 '다시 쓸' 가능성이 있는 물건은 하나도 버리지 않았다.

거대한 옷장과 단단한 마호가니 서랍장의 서랍과 선반에는 깔끔하게 말아놓은 천 뭉치와 할머니가 안전하게 넣어두고 잊어버린 잡동사니가 빼곡히 들어차 있었다. 어중간한 길이의 실크와 새틴, 프린트 천, 면직물 '자투리'도 정말 많았다. '크리스마스에 하녀들에게 주려던' 바늘집 수십 개에는 녹슨 바늘이 꽂혀 있었다. 드레스들과 낡은 천조각들도 보였다. 편지, 서류, 일기, 영수증, 오려둔 신문기사도 잔뜩 있었다. 바늘꽂이가 마흔네 개, 가위가 서른다섯 개였다. 구멍이 났지만 '수가 고와서' 보관해둔 고급 리넨 속옷들이 가득찬 서랍들도 있었다.

가장 아까운 것은 찬장(실리아의 어린 시절 추억)이었다. 찬장은 할머니를 좌절하게 만들었다. 이제 그녀는 찬장 구석까지 들여다보며 챙기지 못했다. 새 물건들이 쌓이면서 원래 있던 물건들이 뒤로 밀려났다. 바구미가 생긴 밀가루, 부서진 비스킷, 곰팡이 핀 잼, 흐물흐물해진 과일 병조림. 이것들을 찬장 구석구석에서 꺼내 처분하는 동안, 할머니는 앉아서 '부끄러운 낭비'라고 한탄하며 훌쩍였다. "미리엄, 이걸 모두 부엌으로 가져가서 푸딩을 만들면 어떻겠니?"

그렇게도 유능하고 활기차고 알뜰한 주부였던 가여운 할머니는 나이들어 시력이 떨어져서 풀이 죽고, 자신의 패배를 이해할 수 없다는 눈으로 바라보며 앉아 있었다……

할머니는 인정머리 없는 젊은 세대가 버리려는 보물을 모두 지키려고 필사적이었다.

"그 갈색 벨벳은 안 된다. 내 갈색 벨벳. 마담 봉세로가 파리에서 날 위해 만들어준 거야. 진짜 프랑스풍이지! 내가 그 옷을 입으면 다들 감탄했는데."

"하지만 너무 낡았어요. 털도 다 죽었고요. 구멍도 났어요."

"털은 일어날 거야. 틀림없이 일어날 거야."

젊은 가족들 앞에서 아무것도 할 수 없는 늙고 무력하고 가여운 할머니는 무척 냉소적이었고, "그건 쓸모없어요, 버려요" 하는 말에 진저리를 쳤다.

그녀는 아무것도 버리면 안 된다고 배우며 자랐다. 뭐든 언젠가는 쓸모가 있는 법이라고. 그들은, 젊은 그들은 그걸 몰랐다.

그들은 친절하려고 애썼다. 한발 물러서서 할머니가 바라는 대로 구식 트렁크 열두 개에 잡동사니와 좀이 슨 모피들을 채웠다. 하나같이 쓸모없는 것들이었지만 굳이 노인을 속상하게 할 필요가 있을까 하면서.

할머니는 구식 신사들의 빛바랜 사진 액자 여러 개를 직접 싸겠다고 고집부렸다.

"이건 하티 씨─로드 씨─우리가 얼마나 멋진 댄스 파트너였는지 모를 거다! 다들 그렇다고 한마디씩 했지."

아, 할머니의 포장 솜씨란! 하티 씨와 로드 씨의 액자들은 유리가 깨진 상태로 도착했다. 할머니의 포장 솜씨는 한때 유명했었다. 그녀가 짐을 싸면 깨지는 법이 없었다.

할머니는 보는 사람이 없을 때 옷감 테두리 장식, 흑요석 장신구, 망사 주름 장식, 코바늘뜨기한 것을 슬그머니 다시 챙겼다. 큰 자루에 넣었다가 개인 소지품을 담으려고 침실에 둔 커다란 방주 모양의 트렁크 중 하나로 옮겼다.

가여운 할머니. 그녀는 이사 때문에 죽을 지경이었지만 다행히 죽지는 않았다. 할머니에게는 살려는 의지가 있었다. 그렇게 오래 살았던 집에서 그녀를 떠민 것도 살려는 의지였다. 독일군도 그녀를 굶어죽이지 못할 것이고, 공습도 그녀를 죽이지 못할 것이었다. 할머니는 더 살아서 인생을 즐기고 싶어했다. 아흔 살쯤 되면 인생이 얼마나 별나게 즐거운 것인지 알게 될 거라고 생각했다. 젊은 사람들은 이해하지 못하는 것이다. 그들은 노인들은 죽은 거나 마찬가지라 생각하고, 비참할 거라고 확신한다. 할머니는 어릴 때 들은 경구를 떠올리며, 젊은 사람들은 노인들을 바보라고 생각하지만 노인들은 그들이 바보라는 걸 안다고 생각했다! 캐럴라인 숙모는 여든다섯 살 때 그렇게 말했고, 지당한 말이었다.

아무튼 할머니는 요즘 젊은 사람들을 높이 사지 않았다. 그들은 체력이 변변찮았다. 이삿짐 일꾼들—건장한 젊은 남자 넷—만 해도 그랬다. 그들은 할머니에게 큰 마호가니 서랍장 안을 비워달라고 했다.

"전에는 서랍을 다 잠그고 그대로 올렸네." 할머니가 말했다.

"하지만 부인, 이건 단단한 마호가니예요. 서랍에 든 것들도 무겁고요."

"여기로 가져올 때도 그랬다고! 그 시절에는 진짜 사내들이 있었지. 요즘 젊은 사람들은 왜 이렇게 하나같이 약골인지. 조금만 무거워도 법석을 떤다니까."

일꾼들은 씩 웃으면서 끙끙대며 서랍장을 들고 계단을 내려가 트럭에 실었다.

"그래, 그래야지." 할머니가 흡족해하면서 말했다. "봐, 해보기 전에는 뭘 할 수 있는지 모른다니까."

이삿짐 중에는 할머니가 담근 술 서른 병도 있었다. 그런데 짐을 풀어보니 스물여덟 병밖에 되지 않았다……

씩 웃던 청년들의 복수였을까?

"불한당들," 할머니가 말했다. "녀석들이 그렇다니까―불한당들 같으니. 그러면서 자기들은 술을 안 마신다고 말하지, 뻔뻔스럽게."

하지만 할머니는 그들에게 팁을 듬뿍 줬고 사실 별로 불쾌해하지도 않았다. 술이 없어졌다는 건 그녀가 담근 술에 대한 은근한 칭찬이었으니까……

10

할머니가 안정되자 라운시를 대신할 요리사를 구했다. 스물여덟 살의 메리라는 아가씨였다. 착하고 싹싹한 메리는 할머니 앞에서 자기의 젊은 애인이나 별별 잔병을 앓는 친척들에 대해 수다를 떨었다. 할머니는 다리가 아프거나 정맥류를 앓는 친척들의 이야기를 특히 관심 있게 들었다. 그러더니 메리에게 약과 숄을 건네며 그들에게 가져다주라고 했다.

'과로하면' 중병이 들 수도 있다며 할머니가 한사코 말렸지만 실리아는 전시 노역을 해야 할지 또다시 고민하기 시작했다.

할머니는 인생의 온갖 위험에 대해 알아듣기 힘든 경고를 하면서 사랑하는 손녀에게 5파운드 지폐 열 장을 줬다. 할머니의 확고한 인생 신조 중 하나는 5파운드짜리 한 장은 늘 '수중에' 지녀야 한다는 것이었다.

"남편에게도 비밀이다. 여자는 언제 급히 돈이 필요할지 모르거든…… 남자는 믿으면 안 된다는 걸 명심해. 아무리 점잖은 신사라도 남자는 믿을 게 못 돼—너무 별 볼 일 없어 아무 짝에도 소용없는 위인이라면 알아보겠지만."

11

이사로 인한 소란 덕분에 실리아는 전쟁과 더멋 생각에 빠지지 않을 수 있었다.

할머니가 적응하자 실리아는 자신의 무기력함에 짜증이 나기 시작했다.

어떻게 해야 멀리 있는 더멋 생각에서 벗어날 수 있을까?

그녀는 악을 쓰며 '소녀들'을 시집보냈다! 이저벨라는 부유한 유대인과, 엘시는 탐험가와 결혼했다. 엘라는 교사가 됐다. 그리고 수다스럽고 젊은 그녀에게 매료된 나이 많고 병든 남자와 결혼했다. 에셀과 애니는 함께 살았다. 비러는 왕자와 낭만적인 귀천상혼*을 했지만 결혼식 날 교통사고로 함께 비극적인 죽음을 맞았다.

결혼식을 계획하고 신부 들러리의 드레스를 고르고 비러의 장례식 음악을 준비하는 일은 실리아가 현실을 외면하는 데 도움이 됐다.

그녀는 뭔가에 열중하고 싶은 마음이 간절했다. 하지만 그것은 집을 나가는 것을 의미했다…… 엄마와 할머니가 허락할까?

할머니는 각별한 보살핌이 필요했다. 할머니를 엄마에게만 맡겨둘 수는 없었다.

하지만 그녀의 등을 떠민 사람은 엄마였다. 지금의 실리아에게는 육체적으로 고단한 일이 차라리 낫다는 것을 미리엄은 알고 있었다.

할머니는 눈물을 보였지만 미리엄은 확고했다.

"실리아는 가야 해요."

---

* 왕족 등 신분이 높은 남성과 신분이 낮은 여성의 결혼.

하지만 결국 실리아는 전시 노역은 하지 않았다.

더멋이 팔에 부상을 입고 귀국해서 입원했기 때문이다. 회복한 더멋은 후방 근무 적합 판정을 받고 육군성에 배속됐다. 더멋과 실리아는 결혼했다.

Chapter 10

결혼

1

실리아에게 결혼의 개념은 극히 제한적이었다.

결혼은 그녀가 좋아하는 동화책에 나오는 '그후로 영원히 행복하게 살았습니다' 하는 것이었다. 실리아는 결혼의 어려움, 난파의 가능성을 전혀 알지 못했다. 사람들은 서로 사랑할 때 행복해했다. 불행한 결혼도 있고 물론 그녀도 그런 결혼이 많다는 것을 알았지만, 그건 그들이 더이상 사랑하지 않기 때문이라고 생각했다.

할머니가 남자의 특성을 라블레풍으로 묘사한 것도, 엄마가 '한 사람이어야만' 한다고 경고한 것도(실리아에게는 너무 고리타분한 말로 들렸다), 비극으로 끝나는 사실주의 소설을 많이 읽은 것도 실리아에게는 별다른 인상을 심어주지 못했다.

그녀는 할머니의 이야기에 등장하는 '남자들'이 더멋과 같은 성별임을 알아차리지 못했다. 책 속 인물은 책 속 인물일 뿐이었다. 엄마의 경고는 그녀가 유달리 행복한 결혼생활을 했다는 점을 고려할 때 유난히 재미있는 이야기로만 들렸다.

"하지만 아빠는 엄마 아닌 어떤 여자에게도 눈을 돌리지 않았잖아요."

"그랬지. 하지만 젊었을 때는 상당히 즐기며 살았단다."

"엄마는 더멋을 좋아하지도 않고 믿지도 않는 것 같아요."

"난 더멋을 좋아해. 그가 아주 매력적이라는 걸 알지." 미리엄이 말했다.

실리아가 웃고는 말했다.

"하지만 내 결혼 상대가 누구든 엄마의 소중한 복슬강아지인 나한테는 부족해 보일걸요? 최고의 슈퍼맨이라도 탐탁지 않아했을 거예요."

미리엄은 수긍하지 않을 수 없었다.

실리아와 더멋은 아주 행복했다.

미리엄은 딸을 데려간 남자에 대해 자신이 지나친 의심과 적대심을 품고 있다고 속으로 중얼거렸다.

2

남편으로서 더멋은 실리아가 생각하던 모습과 사뭇 달랐다. 대담함, 노련함, 배짱이 떨어져나갔다. 그는 그저 사랑에 푹 빠진 소심한 젊은이였고, 실리아는 그의 첫사랑이었다.

사실 어떤 면에서 더멋은 짐 그랜트와 아주 비슷했다. 하지만 사랑하지 않았던 짐의 소심함에는 짜증이 났던 반면 더멋의 소심함은 오히려 사랑스러웠다.

어렴풋이 느꼈지만 실리아는 더멋이 약간 두려웠다. 실리아에게 그는 낯선 사람이었다. 그를 사랑하지만 그에 대해 아는 게 없는 것 같았다.

조니 드 버러는 물질적으로, 짐은 정신적으로 그녀에게 어필했다. 피터는 그녀의 삶에 아주 밀착된 존재였지만, 더멋은 그녀가 가져본 적 없던 어떤 존재였다. 그는 놀이 친구였다.

더멋에게는 영원한 소년 같은 기질이 있었다. 그 소년이 실리아 안의 아이를 만났다. 그들은 인생의 목표, 내면세계, 성격이 전혀 달랐지만 놀이 친구를 원했고 서로에게서 그것을 발견했다.

그들에게 결혼생활은 놀이였고, 그들은 열심히 놀았다.

3

사람은 자기 인생에서 어떤 일을 기억할까? 그건 사실 중요한 일들이 아니다. 작은 일, 사소한 일이다…… 그런 일이 기억에 남아 지워지지 않는다.

신혼 시절을 되돌아볼 때 실리아는 어떤 일을 기억할까?

의상실에서 옷을 산 일. 더멋이 처음으로 사준 옷이었다. 실리아는 좁은 방에서 나이든 부인의 도움을 받아 몇 벌을 입어보았다. 그러고는 더멋에게 어떤 옷이 좋은지 물었다.

그때 둘은 무척 즐거웠다.

물론 더멋은 전에도 이런 일을 자주 해본 사람처럼 굴었다. 그들은 의상실 사람들 앞에서 신혼부부라는 사실을 절대 인정하지 않을 작정이었다!

더멋은 태평하게 이런 말까지 했다.

"이건 이 년 전에 내가 몬테*에서 당신에게 사준 옷과 굉장히 비슷하네요."

마침내 그들은 어깨에 작은 장미 봉오리 장식들이 있는 붉은 기운이 도는 파란색 옷으로 결정했다.

실리아는 그 옷을 간직했다. 절대 버리지 않았다.

---

* 모나코 북동부의 휴양도시 몬테카를로.

4

집 구하기! 물론 그들은 가재도구가 갖춰진 주택이나 아파트를 구해야 했다. 더멋이 언제 다시 해외 전출 명령을 받을지 알 수 없었기 때문이다. 그리고 되도록 집세가 싸야 했다.

실리아도 더멋도 동네나 집세에 대해서는 아는 것이 없었다. 그들은 자신 있게 메이페어* 중심부에서 집 구경을 시작했다!

다음날은 사우스 켄싱턴, 첼시, 베이스워터를 둘러보았다. 그다음날은 웨스트 켄싱턴, 해머스미스, 웨스트 햄프스테드, 배터시를 비롯해 외진 동네들을 살폈다.

결국 그들은 두 집을 놓고 고민했다. 하나는 독채 아파트로 집세가 주당 3기니였다. 아파트는 웨스트 켄싱턴의 저택 단지에 있었다. 티끌 하나 없이 깨끗했고, 집주인은 사람을 주눅들게 만드는 뱅크스라는 노처녀였다. 뱅크스는 유능해 보였다.

"접시도 리넨도 없다고요? 그러면 간단해지겠네요. 나는 중개업소에 물품 목록 작성을 맡기지 않아요**. 두 분도 그렇게 생각하겠지만 그건 엄청난 돈 낭비거든요. 우리가 함께 작성하면 되죠."

---

* 런던의 고급 주택가.

** 가재도구가 갖춰진 집의 경우, 중개업소에서 물품 목록을 작성하고 나중에 확인해 손실액을 부과하는 일을 대행한다.

실리아는 뱅크스처럼 주눅들게 하는 사람을 만난 것도 아주 오랜만이라고 생각했다. 그녀의 질문이 이어질수록 실리아가 아파트 임대에 완전히 무지하다는 것이 드러날 뿐이었다.

더멋은 뱅크스에게 결정되면 연락하겠다고 말하고 실리아와 밖으로 나왔다.

"어떻게 생각해요? 아주 깨끗하긴 하던데." 실리아가 한숨을 내쉬며 말했다.

그녀는 집의 청결에 대해 생각해본 적이 없었다. 하지만 이틀간 싸구려 가재도구가 딸린 아파트를 돌아보다보니 그 문제가 중요해졌다.

"어제 본 어떤 집에서는 냄새가 났어요." 그녀가 덧붙였다.

"네. 이 집은 가재도구도 꽤 멀쩡하더군요. 주인 여자는 장보기도 좋다고 하고. 하지만 그 여자가 마음에 든다고는 못 하겠어요. 너무 깐깐해."

"그건 그래요."

"우리는 절대 당해낼 수 없을 거예요."

"다른 집을 한번 더 봐요. 사실 집세는 거기가 더 싸요."

다른 집은 집세가 주당 2.5기니였다. 전에는 좋았을 것 같지만 이제는 오래되고 허름한 건물의 꼭대기 층이었다. 방 두 칸에 커다란 부엌만 있는 아파트인데 방은 널찍하고 잘 정돈되어 있었다. 또 방에서 나무 두 그루가 있는 정원이 내다보였다.

깨끗한 걸 따지자면 확실히 유능한 뱅크스의 아파트를 따라가지 못했지만, 실리아는 이를 느낌 좋은 불결이라고 표현했다. 벽지는 습기로 얼룩져 있었고 페인트칠도 다시 해야 했다. 하지만 무늬가 보이지 않을 만큼 색이 바래긴 했어도 크레톤 커버는 깔끔했고, 낡았지만 크고 편안한 안락의자도 있었다.

실리아의 눈에는 이 집이 가진 큰 매력이 하나 더 있었다. 지하에 사는 부인이 그들의 식사 준비를 도와줄 수 있었다. 통통한 그 부인은 착하고 좋은 사람 같았다. 그녀의 친절한 눈빛은 실리아에게 라운시를 떠올리게 했다.

"따로 하인을 찾을 필요가 없을 거예요."

"그건 그래요. 하지만 정말 괜찮겠어요? 이 집은 완전한 독채도 아니고—당신이 살던 집과는 달라요. 당신 집은 정말 쾌적하다는 뜻이에요."

그랬다, 그녀의 집은 쾌적했다. 실리아는 그 집이 얼마나 좋았는지 이제야 깨달았다. 품위 있고 아늑한 치펀데일*과 헤플화이트** 가구, 도자기, 산뜻한 친츠***...... 지붕은 새고 레인지는 낡고 카펫은 닳은 서서히 낡아가는 집이지만 그래도 아름다웠다......

---

* 곡선이 많고 장식적인 디자인 스타일.
** 우아한 양식을 추구하는 디자인 스타일.
*** 꽃무늬가 날염된 광택 있는 면직물.

"하지만 전쟁만 끝나면," 더멋은 턱을 내밀며 결연하게 말했다. "무슨 일이든 해서 당신을 위해 돈을 벌 거예요."

"나는 그런 거 필요 없어요. 게다가 당신은 벌써 대령이에요. 전쟁이 일어나지 않았다면 십 년 후에나 됐을 거예요."

"사실 대령 봉급은 뻔하잖아요. 군인은 가망이 없어요. 나는 더 나은 일자리를 구할 거예요. 이제 당신도 있으니 무슨 일이든 할 수 있을 것 같아요. 난 그럴 거예요."

실리아는 가슴이 두근거렸다. 더멋은 피터와 정말 달랐다. 그는 인생을 그대로 받아들이지 않았다. 바꾸려고 했다. 분명 성공할 것 같았다.

그녀는 생각했다.

'더멋과 결혼하길 잘했어. 난 누가 뭐라든 흔들리지 않았어. 언젠가는 그들도 내가 옳았다고 인정하게 될 거야.'

이런 생각을 하는 것은 당연히 반대가 있었기 때문이다. 특히 루크 부인은 진심으로 실망감을 내비쳤다.

"하지만 사는 게 정말 끔찍할 거야. 하녀도 두지 못할 거고. 정말 가난하게 살게 될 거야."

하녀를 두지 못하는 것보다 더한 것도 있겠지만 루크 부인은 그 정도만 생각하기로 했다. 그녀에게 이 결혼은 최악의 재앙이었다. 실리아는 하녀는 고사하고 요리사도 없을 거라고 말하고 싶은 것을 넓은 마음으로 참았다!

메소포타미아에서 군복무중이던 시릴도 동생의 결혼 소식을 못마땅해하는 긴 편지를 보냈다. 그는 어처구니없는 일이라고 썼다.

하지만 더멋은 야심이 있었다. 성공할 터였다. 그에게는 추진력이라는 장점이 있었고 실리아는 그것을 느끼고 존경했다. 그녀와는 아주 다른 면모였으니까.

실리아가 말했다. "우리 이 아파트로 해요. 이 집이 가장 마음에 들어요. 정말 그래요. 레스트레인지도 뱅크스보다 훨씬 좋고요."

레스트레인지는 반짝이는 눈과 온화한 미소를 지닌 서른 살의 쾌활한 여자였다.

그녀는 집을 보러 다니는 진지한 젊은 부부가 조금 우습다고 생각했지만 내색하지는 않았다. 그녀는 두 사람의 요구를 전부 들어줬고, 유용한 정보를 많이 알려줬다. 순간온수기 사용법도 설명해줬는데 그런 기계를 처음 본 실리아는 깜짝 놀랐다.

"목욕을 자주 할 수는 없을 거예요." 레스트레인지가 명랑하게 말했다. "가스 할당량이 4만 세제곱피트밖에 안 되는데 그걸로 요리까지 해야 하거든요."

그래서 실리아와 더멋은 랜체스터 테라스 8호를 육 개월 동안 빌리기로 했고, 실리아에게 가정주부의 삶이 시작됐다.

신혼 시절 실리아를 가장 괴롭힌 것은 외로움이었다.

더멋이 매일 아침 육군성에 출근하면 허전하고 긴 하루가 이어졌다.

더멋의 당번병인 펜더가 오면 베이컨과 달걀로 함께 아침식사를 준비하고 집 청소를 한 뒤 배급품을 받으러 갔다. 그러면 지하에 사는 스테드먼 부인이 올라와서 실리아와 저녁 메뉴를 의논했다.

스테드먼 부인은 인정 많고, 수다스럽고, 서툴긴 해도 요리에 열심이었다. 그녀는 자신도 인정하듯 '후추를 넣는 데 손이 큰' 사람이었다. 그녀는 아무 맛도 안 나거나 너무 매워서 눈물이 나고 숨이 막히는 음식을 만들었고, 그 중간은 없는 것 같았다.

"늘 그런다니까요, 예전부터 그랬어요." 스테드먼 부인은 쾌활하게 말했다. "이상하죠? 게다가 페이스트리 하나 못 만들어요."

절약하고 싶은데 방법을 몰라 염려하는 실리아에게 스테드먼 부인은 엄마처럼 말했다.

"장은 제가 보는 게 좋겠어요. 부인처럼 젊은 사람은 속아서 살 수도 있거든요. 신선한 청어를 고르려면 꼬리를 살펴야 한다는 건 생각해본 적도 없겠죠? 어떤 생선 장수들은 얼마나 교활하다고요."

스테드먼 부인은 씁쓸한 듯 고개를 저었다.

전시라 살림살이는 더 힘들었다. 달걀 하나가 8펜스였다. 실리아와 더멋은 '달걀 대용품'으로 고체 수프와 배급된 고기를 주로 먹었다. 고체 수프의 포장지에 어떤 맛이라고 적혀 있든 더멋은 늘 그것을 '갈색 모래 수프'라고 불렀다.

배급된 고기를 보고 스테드먼 부인은 오랜만에 흥분했다. 펜더가 처음으로 큼직한 쇠고기 덩이를 들고 돌아온 날 실리아와 스테드먼 부인은 고기 주위를 맴돌며 감탄했다. 스테드먼 부인이 거침없이 말했다.

"정말 좋아 보이지 않아요? 군침이 도네요. 전쟁이 난 이후로 이런 고기는 본 적이 없거든요. 그야말로 그림 같네요. 남편이 집에 있었다면 올라와서 구경하라고 했을 텐데―물론 부인이 허락한다면요. 보기만 해도 배가 부를 것 같아요. 구이를 한다고 했죠? 그런데 저 오븐은 작아서 안 들어가겠어요. 제가 아래층에서 구워 올게요."

실리아는 스테드먼 부인에게 고기가 익으면 좀 먹으라고 권했고, 부인은 몇 번 사양하더니 그러겠다고 했다.

"그럼 이번만―고기를 바라고 말한 건 아닌데 좀 그렇네요."

스테드먼 부인이 너무도 감탄했기 때문에 '구이'가 떡하니

식탁에 올려지자 실리아도 상당히 설렜다.

점심은 보통 실리아가 근처의 국립 주방*에서 받아왔다. 실리아는 할당된 가스를 주초에 다 써버리지 않도록 주의했다. 가스스토브는 아침저녁에만 사용하고 목욕은 일주일에 두 번으로 줄여야 할당량 내에서 생활하고 거실 난방도 할 수 있었다.

버터와 설탕은 스테드먼 부인이 배급량 이상으로 구해다 줬다.

그녀가 실리아에게 말했다. "사람들을 좀 알아요. 앨프리드라는 청년은 제가 가게에 들어가면 늘 눈을 찡긋하죠. '넉넉히 드려야죠' 하면서요. 하지만 가게를 찾는 우아한 부인들에게 다 그러지는 않아요. 우린 아는 사이거든요."

그렇게 스테드먼 부인의 도움을 받았지만 실리아는 사실상 하루종일 혼자 시간을 보내야 했다.

그리고 그 시간을 어떻게 보내야 할지 점점 더 알 수 없었다!

친정에는 정원과 꽃꽂이, 피아노가 있었다. 엄마가 있었다……

이곳에는 아무도 없었다. 런던에서 사귀었던 친구들은 결혼했거나 이사했거나 군역에 종사하고 있었다. 사실 그들은 실리아가 계속 친하게 지내기에는 너무 부유했다. 결혼 전에는

---

* 1차세계대전 당시 영국에서는 연료 절약을 위해 공동 주방을 열어 음식을 배급했다.

언제나 집, 파티, 래닐러 유원지와 헐링엄 클럽 같은 곳으로 초대를 받았다. 하지만 결혼하자 모두 중단됐다. 그들 부부가 초대에 대한 답례를 할 수 없었기 때문이다. 실리아가 사람들에게 큰 의미를 두었던 적은 없지만 매일의 무료함은 역시 견디기 힘들었다. 그녀는 더멋에게 적십자 병원 일을 하겠다고 했다.

그는 격렬하게 반대했고, 그 일을 질색했다. 실리아는 그의 말대로 했다. 하지만 타자와 속기를 배우겠다는 데는 그도 동의했다. 실리아의 말대로 부기는 나중에 혹시 일자리를 구하게 되면 도움이 될 수도 있었다.

할일이 생기자 실리아는 하루하루가 즐거워졌다. 부기는 아주 흥미로웠다. 빈틈없고 정확하다는 특징이 마음에 들었다.

그런 후에는 퇴근해 돌아오는 더멋을 맞는 기쁨이 있었다. 함께하는 새 삶에 부부는 즐겁고 행복했다.

무엇보다도 잠자리에 들기 전 난로 앞에서 보내는 시간이 가장 좋았다. 더멋은 오블틴*, 실리아는 보브릴** 잔을 들고 나란히 앉았다.

두 사람이 평생을 함께하게 됐다는 사실이 믿기지 않을 정

---

* 곡류, 분유 등을 섞어 만든 음료 상표.
** 소고기 육수(현재는 이스트에서 추출)에 물을 섞은 음료 상표. 영국에서는 차로 마신다.

도였다.

더멋은 감정을 표현하지 않았다. '사랑한다'는 말을 한 번도 하지 않았고, 충동적으로 그녀를 애무하는 일도 거의 없었다. 그가 자신의 틀을 깨고 무슨 말인가 하면, 실리아는 그것을 기억해두었다. 너무 드문 일이라서 더욱 소중하게 생각되는 것이었다. 더멋이 그럴 때마다 실리아는 깜짝 놀랐다.

그들이 앉아서 스테드먼 부인의 특이한 버릇에 대해 이야기하고 있을 때 갑자기 더멋이 실리아를 끌어안으며 머뭇머뭇 말했다.

"실리아—당신은 정말 아름다워요—정말 아름다워. 언제까지나 아름다움을 잃지 않겠다고 약속해줘요."

"내가 아름다움을 잃더라도 똑같이 날 사랑해줄 거죠?"

"아니, 그렇지 않아요. 똑같지 않을 거예요. 언제까지나 아름다움을 잃지 않겠다고 약속해줘요……"

6

자리가 잡히고 삼 개월이 지나자 실리아는 일주일간 친정 나들이를 했다. 엄마는 아프고 지쳐 보였다. 반면에 할머니는 혈색이 돌고, 전처럼 독일군의 잔학 행위에 대한 푸념을 늘어놓았다.

미리엄은 꽃병에 늘어진 꽃 같았지만 실리아가 오고 하루가
지나자 생기를 되찾고 예전 모습으로 돌아왔다.

"내가 그렇게 그리웠어요, 엄마?"

"그래, 그랬어. 하지만 그 얘기는 관두자. 나중에 하자꾸나.
넌 행복한가보구나—행복해 보여."

"그럼요. 아, 엄마가 더멋을 완전히 잘못 생각했어요. 그 사
람은 누구도 그럴 수 없을 것만큼 자상해요…… 우리는 정말
즐겁게 지내요. 내가 굴을 얼마나 좋아하는지 알죠? 그 사람이
장난삼아 침대에 굴 열두어 개를 던져넣고는 거기가 굴 양식
장이라는 거예요. 말로 하니 어처구니없는 것 같지만 우린 얼
마나 웃었는지 몰라요. 더멋은 정말 자상해요. 정말 착하고요.
비겁하거나 수치스러운 행동을 한 적도 없을 거예요. 그 사람
의 당번병인 펜더는 '대령님'을 무척 존경해요. 나에 대해서는
좀 비판적이지만요. 내가 자신의 우상에게 부족하다고 생각하
거든요. 저번에 펜더가 '대령님은 양파를 무척 좋아하시는데
댁에서는 양파 요리를 하지 않는 것 같군요' 하더라고요. 그
래서 우리는 바로 양파를 볶았어요. 스테드먼 부인은 내 편이
에요. 항상 내가 좋아하는 음식을 해야 한다고 하죠. 남자들은
뭐든 다 괜찮다고, 남편 말을 들어주다보면 자신은 아무것도
아니게 된다고 말해요. 그걸 알아야 한다고."

실리아는 엄마의 침대에 걸터앉아 명랑하게 떠들었다.

집에 돌아오니 정말 좋았다. 그녀가 기억하던 것보다 집은 훨씬 좋았다. 정말 청결했다. 점심 식탁에 깔린 깨끗한 식탁보, 반짝이는 은식기와 투명한 유리그릇. 이것들을 얼마나 당연시했던가!

식사는 아주 소박하지만 맛있었다. 입맛 돋우는 요리와 상차림.

엄마는 메리가 조만간 육군 여자 보조부대에 들어갈 거라고 말했다.

"당연히 그럴 만해요. 메리는 젊으니까요."

전쟁이 시작되자 그레그는 더욱 까다롭게 굴었다. 그녀는 먹을 것을 가지고 끊임없이 툴툴댔다.

"저녁은 늘 따뜻한 고기를 먹었는데 이 내장이며 생선은 먹을 만한 것도 아니고 영양가도 없어요."

미리엄은 전시의 제약에 대해 설명하려 애썼다. 하지만 그레그는 너무 늙어서 그런 것을 받아들이지 못했다.

"절약도 좋지만 제대로 된 음식을 먹어야 한다고요. 전 마가린 같은 건 먹은 적도 없고 앞으로도 먹지 않을 거예요. 우리 아버지가 딸이 마가린 먹는 걸 알면 무덤에서 벌떡 일어나실 거예요. 이런 점잖은 댁에서 그러느냐면서요."

미리엄은 이 이야기를 하며 웃음을 터뜨렸다.

"처음엔 내가 마음이 약해서 그레그에게 버터를 주고 난 마가린을 먹었지. 그러다가 어느 날 버터와 마가린 포장지를 바꿔서 싸고는, 그레그에게 마가린 포장지에 싼 버터를 가리키며 이건 유난히 좋은 마가린이라고, 버터와 맛이 거의 똑같은데 먹어보겠느냐고 물었어. 그레그는 맛보더니 이런 건 진짜 못 먹겠다면서 바로 얼굴을 찡그렸지. 그런 다음 버터 포장지에 싼 마가린을 펼치고 먹어보겠느냐고 했지. 그레그는 맛보더니 '아, 역시. 이게 제대로 된 버터죠'라고 하더구나. 그래서 난 사실을 일러주고 조금 엄하게 말했어. 그후로 우리는 버터와 마가린을 공평하게 나눠 먹고 있고, 큰 소란은 없단다."

할머니도 음식에 대해서는 완고했다.

"실리아, 버터와 달걀을 많이 먹어야 한다. 몸에 좋으니까."

"할머니, 요즘은 버터를 충분히 구할 수가 없어요."

"무슨 소리냐? 몸에 좋은 건 꼭 먹어야 해. 라일리 부인의 예쁘장한 딸이 얼마 전 죽었는데 잘 먹지 못해서 그런 거야. 온종일 일하고 돌아와서는 남은 음식이나 먹었으니까. 독감에 폐렴까지 걸려서 그리됐다더구나. 그렇게 되기 전에 내가 충고해줘야 했는데."

할머니는 고개를 끄덕이고는 활기차게 뜨개바늘을 움직였다.

불쌍한 할머니는 시력이 한층 더 떨어졌다. 이제는 대바늘 뜨기만 했고, 그마저도 코를 빠트리거나 패턴을 망치기 일쑤였다. 그러면 할머니는 앉아서 소리 없이 흐느꼈고, 장미 꽃잎 같은 늙은 뺨에 눈물이 흘러내렸다.

"시간 낭비만 했어." 할머니는 종종 말했다. "그래서 화가 나는구나."

할머니는 시간이 지날수록 주변 사람들을 의심하게 됐다.

실리아는 종종 아침에 침실에서 울고 있는 할머니를 보았다.

"귀고리 말이다, 실리아. 네 할아버지가 선물한 다이아몬드 귀고리. 그 여자가 가져갔어."

"그 여자라니요?"

"메리 말이다. 고것이 날 독살하려고도 했었지. 삶은 달걀에 뭘 넣었어. 그런 맛이 났어."

"아니에요, 할머니. 삶은 달걀에는 아무것도 넣을 수가 없어요."

"맛이 났다니까. 쓴맛이 났다고." 할머니는 얼굴을 찌푸렸다. "하인이 안주인을 독살했다는 이야기를 얼마 전 신문에서 봤어. 메리는 자기가 내 물건 훔치는 것을 내가 눈치챘다는 걸 알아. 물건 여러 개가 없어졌어. 그러더니 이제 예쁜 귀고리까지 가져갔구나."

할머니는 다시 흐느꼈다.

"확실해요, 할머니? 서랍 안에 있는 거 아닐까요?"

"뒤져봐도 소용없어. 귀고리는 없어진 거야."

"어느 서랍에 두셨는데요?"

"오른쪽 서랍—메리가 쟁반을 들고 그 앞을 지나갔지. 난 귀고리를 장갑 안에 잘 넣어놨었어. 하지만 소용없다. 내가 샅샅이 뒤져봤어."

실리아는 둘둘 만 레이스 조각에서 귀고리를 찾았다. 할머니는 놀라고 기뻐하면서 실리아에게 착하고 똑똑하다고 칭찬했다. 하지만 메리에 대한 의심을 거두지는 않았다.

그녀는 의자에 기대앉아 쉰 목소리로 열을 내며 말했다.

"실리아, 네 가방. 네 핸드백. 어디 뒀니?"

"제 방에 있죠, 할머니."

"고것들이 좀전에 올라갔어. 내가 소리를 들었다."

"네, 방을 청소하고 있어요."

"한참 됐잖니. 고것들이 네 가방을 뒤지고 있을 거야. 가방은 늘 옆에 둬야 해."

개인수표를 쓰는 일도 시력이 나빠진 할머니에게는 아주 힘든 일이 됐다. 그녀는 실리아를 불러서 어디서 어디까지 써야 하는지 금액 적는 곳을 물었다.

수표를 쓰면 한숨을 내쉬고 실리아에게 건네며 은행에 가서 현금으로 바꿔 오라고 시켰다.

"청구서 대금은 9파운드가 채 못 되지만 내가 10파운드라고 적은 거 보이지? 수표에는 절대 9파운드라고 적으면 안 된다, 실리아. 90으로 고치기가 아주 쉽거든."

수표를 바꿀 사람은 실리아였으니 숫자를 고칠 가능성이 있는 사람도 실리아밖에 없었다. 하지만 할머니는 그런 사실을 전혀 깨닫지 못했다. 할머니는 그저 맹렬하게 자기보호를 할 뿐이었다.

할머니를 상심하게 만든 또다른 사건은 미리엄이 부드러운 어조로 옷을 더 지어야 한다고 말해서 벌어졌다.

"어머니, 지금 입은 그 옷은 거의 해졌어요."

"내 벨벳이? 이 고급스러운 벨벳이?"

"네, 어머니는 보지 못하니까 몰라요. 하지만 심하게 낡았어요."

할머니는 애처롭게 한숨지었고 눈에 눈물이 고였다.

"내 벨벳…… 이 고급스러운 벨벳이. 파리에서 산 건데."

할머니는 살던 환경에서 떠나온 것을 힘들어했다. 윔블던을 떠나 시골에 오자 따분했던 것이다. 찾아오는 사람도 없었고 아무 일도 일어나지 않았다. 그녀는 바깥공기가 해롭다며 정원에도 나가지 않았다. 윔블던에서처럼 늘 식당에 앉아서 지냈다. 미리엄이 신문을 읽어줬고, 그런 뒤에는 두 사람 모두에게 시간이 더디게 흘렀다.

할머니의 유일한 기분전환은 식료품을 대량으로 주문하는 일이었다. 물건이 도착하면 '비축備蓄'의 죄를 피하기 위해 감출 곳을 궁리하고 정해야 했다. 캐비닛 위에는 정어리와 비스킷 통조림 여러 개가 숨겨져 있었다. 혓바닥 고기 통조림과 설탕 부대는 식료품이 있을 것 같지 않은 곳에 감췄다. 할머니의 여행 가방 몇 개에는 골든 시럽 깡통들이 들어차 있었다.

"할머니, 식료품을 비축하면 안 돼요."

"쳇!" 할머니는 명랑한 웃음을 터뜨렸다. "젊은 것들은 뭘 몰라. 파리가 포위당했을 때 사람들은 쥐를 먹었어. 쥐를 말이야. 미리미리 준비해야 한다, 실리아. 나는 대비하는 법을 배우며 자랐다."

그러더니 갑자기 경계하는 표정을 지었다.

"하인들─고것들이 또 네 방에 들어갔구나. 보석은 어디 뒀니?"

7

실리아는 며칠 내내 속이 메슥거렸다. 그러다 결국에는 심한 욕지기가 나서 침대에 누웠다.

"엄마, 혹시 임신한 걸까요?" 실리아가 물었다.

"그런 것 같아서 걱정이구나."

미리엄의 표정이 걱정스럽고 어두웠다.

"걱정이라고요?" 실리아는 놀랐다. "아기가 생기는 걸 바라지 않으세요?"

"응, 바라지 않아. 아직은 아니지. 넌 아기가 꼭 갖고 싶니?"

실리아는 생각에 잠겼다. "글쎄요—그건 생각해본 적 없어요. 우리는, 더멋과 난 아기를 갖는 것에 대해 얘기해본 적이 없거든요. 언젠가 생길 거라는 건 알아요. 아기가 없으면 싫을 것 같고요. 뭔가 허전한 느낌이 들 거예요……"

더멋이 주말에 내려왔다.

책에서 본 것과는 달랐다. 실리아는 여전히 많이 아팠다.

"왜 그렇게 아픈 거예요, 실리아?"

"아기를 가진 것 같아요."

더멋은 크게 당황했다.

"난 당신이 아기를 갖지 않길 바랐어요. 마치 내가 괴물이 된 기분이에요—끔찍한 괴물이. 당신이 아프고 괴로워하는 걸 못 보겠어요."

"더멋, 난 무척 기뻐요. 아기가 없다면 싫을 거예요."

"난 상관없어요. 아기를 원하지도 않고. 당신은 이제 아기만 생각할 테니까."

"안 그럴 거예요, 안 그래요."

"아니, 당신도 그럴 거예요. 여자들은 다 그러니까. 여자들은 집안일에 얽매이고 아기 때문에 법석을 떨죠. 남편은 완전히 잊어버리고."

"난 안 그래요. 내가 아기를 갖고 싶은 건 당신의 자식이기 때문이에요—모르겠어요? 임신이 설레는 건 당신 자식이기 때문이라고요, 그냥 아기가 아니라요. 난 언제나 당신을 가장 사랑할 거예요—언제나—언제나—언제나요……"

더멋이 돌아봤다. 그의 눈에 눈물이 고여 있었다.

"난 견딜 수가 없어요. 당신을 이 지경에 빠트리다니. 내가 얼마든지 막을 수 있었는데. 당신이 죽을지도 모르잖아요."

"죽지 않아요. 난 아주 건강해요."

"당신 할머니는 당신이 많이 약하다고 하셨어요."

"할머니는 원래 그러세요. 완벽한 건강을 누리는 사람은 없다고 믿는 분이거든요."

더멋을 안심시키는 건 무척 힘들었다. 하지만 그가 자신 때문에 불안해하고 괴로워하자 실리아는 크게 감동했다.

런던으로 돌아오자 더멋은 실리아를 세심하게 챙기면서 입덧을 멎게 한다는 특별 음식과 민간약을 먹으라고 채근했다.

"삼 개월이 지나면 괜찮아질 거예요. 책에 그렇게 나와 있어요."

"삼 개월은 긴 시간이에요. 난 당신이 삼 개월 내내 고생하는 걸 못 보겠어요."

"조금 힘들긴 하지만 어쩔 수 없잖아요."

실리아는 엄마가 되기를 기다리는 것이 무척 실망스러운 일이라고 생각했다. 책에서 본 것과 너무 달랐다. 그녀는 태어날 아기에 대해 기분좋은 생각을 하며 앉아서 작은 옷가지를 만드는 자신을 상상했었다.

하지만 해협을 건너는 증기선에 탄 것 같은 상태에서 어떻게 기분좋은 생각을 할 수 있을까? 지독한 메슥거림이 모든 생각을 지워버렸다! 건강하지만 고통받는 동물이나 마찬가지였다.

입덧은 이른아침뿐만 아니라 하루종일 불규칙한 간격으로 밀려들었다. 입덧은 불편할 뿐만 아니라 하루를 악몽으로 만들었다. 언제 또 시작될지 예측할 수 없었기 때문이다. 아슬아슬하게 버스에서 내려 배수로에 토한 적도 두 번이나 있었다. 이런 상태로는 초대를 받아도 마음놓고 갈 수 없었다.

실리아는 고통에 시달리며 집에 머물렀고 가끔씩 운동 삼아 산책했다. 비서 수업도 포기해야 했다. 바느질을 하면 어지럼증이 일었다. 그녀는 의자에 기대앉아 책을 읽거나 스테드먼 부인의 풍부한 출산 경험담을 들었다.

"아마도 비어트리스를 임신했을 때일 거예요. 청과물 가게에서 갑자기 이런 마음이 드는 거예요. (싹양배추를 조금 사려고 잠깐 들린 참이었죠). 저 배가 너무 먹고 싶어! 큼직하고 즙이 많은 배였어요. 부자들이 디저트로 먹는 비싼 품종 있잖아요. 순간적으로 그걸 덥석 집어 베어 먹었어요! 옆에 있던 남자 직원이 쳐다보더군요. 그럴 만도 했죠. 그런데 자식이 있는 가게 주인은 그 상황을 이해하더라고요. 그는 직원에게 '괜찮아, 신경쓰지 마'라고 말했어요. 전 '정말 죄송합니다'라고 했죠. 그는 '괜찮습니다. 저도 아이가 일곱인걸요. 제 안사람이 마지막으로 임신했을 때는 절인 돼지고기밖에 못 먹더군요' 하더라고요."

스테드먼 부인은 잠시 숨을 돌렸다가 덧붙였다.

"부인의 어머니가 곁에 계셔주면 좋을 텐데요. 물론 할머니를 보살펴드려야 하니."

실리아도 엄마가 와주기를 바랐다. 하루하루가 악몽이었다. 매일이 안개 자욱한 겨울 같았다. 더멋이 퇴근할 때까지 하루가 지긋지긋하게 길었다.

하지만 그가 돌아오면 기분이 좋아졌다. 더멋은 실리아를 잘 챙겨줬다. 그는 임신에 관한 책을 사들고 왔다. 그러고는 식사 후에 책을 읽어주곤 했다.

"이 시기의 임산부들은 때때로 희한하고 색다른 음식을 몹시 먹고 싶어한다. 예전에는 그런 욕구가 모두 충족되어야 한다고 믿었다. 하지만 요즘은 그 음식에 해로운 성분이 있다면 억제해야 한다는 게 중론이다. 당신도 희한하고 색다른 음식이 먹고 싶어요?"

"난 음식은 상관없어요."

"무통분만에 대해 읽었는데 당신도 그렇게 하는 게 좋을 것 같아요."

"더멋, 입덧이 언제 끝날까요? 사 개월이나 지났어요."

"곧 끝나겠죠. 책에도 그렇게 나와 있어요."

책에는 그렇게 나와 있지만 실리아의 입덧은 계속됐다.

더멋이 실리아에게 친정에 가 있으라고 권했다.

"하루종일 여기서만 지내는 건 너무 끔찍할 테니까."

하지만 실리아는 사양했다. 그녀가 가면 남편의 기분이 안 좋을 게 당연했다. 가고 싶은 것도 아니었다. 다 괜찮아질 테니까. 더멋의 말처럼 실리아가 어이없이 죽는 일은 없을 것이었다. 하지만—만일의 경우—사실 가끔 그런 여자들도 있으니까—그녀는 더멋과 보내는 시간을 일 분도 놓치고 싶지 않았다……

그녀는 아팠지만 여전히 더멋을 사랑했다. 예전보다 훨씬 더 사랑했다.

그도 실리아에게 무척 다정했고, 무척 즐겁게 해주었다.

어느 저녁 실리아는 앉아 있다가 더멋의 입술이 우물우물하는 것을 눈여겨보았다.

"왜 그래요, 더멋? 뭐라고 혼잣말하는 거예요?"

더멋은 멋쩍어했다.

"의사가 '산모와 아기, 둘 다 구할 수는 없습니다'라고 하면 어떻게 할지 생각하고 있었어요. 그럼 난 '아이를 결딴내버려요'라고 말할 거예요."

"더멋, 너무 잔인해요."

"난 그놈이 당신을 괴롭히는 걸 생각하면 미워요, 사내아이라면 말이에요. 난 여자아이가 좋아요. 다리가 길고 눈동자가 파란 딸이라면 싫지는 않을 것 같아요. 하지만 못생긴 사내아이는 생각만 해도 싫어요."

"아들이에요. 난 아들을 낳고 싶어요. 당신과 똑 닮은 아들을요."

"내가 때려줄 거예요."

"당신 너무해요."

"아빠는 자식을 엄하게 키워야죠."

"질투하는 거예요, 더멋."

그는 질투하고 있었다. 심하게 질투했다.

"당신은 아름다워요. 나 혼자 차지하고 싶다고요."

실리아는 웃으면서 말했다.

"지금 내가 아름답기는요!"

"다시 아름다워질 거예요. 글래디스 쿠퍼*를 봐요. 아이가 둘인데도 여전히 아름답잖아요. 그 생각을 하면 적잖이 안심이 돼요."

---

* 영국 배우.

"더멋, 난 당신이 외모에 연연하지 않으면 좋겠어요. 그것 때문에 난─겁이 나요."

"대체 왜요? 당신은 오래오래 계속 아름다울 텐데……"

실리아가 얼굴을 살짝 찌푸리며 불편한 듯이 움직였다.

"왜 그래요? 통증이에요?"

"아뇨, 옆구리가 결리는 것 같아요─계속 신경쓰여요. 뭔가가 두드리는 것 같아요."

"그거군요, 그런 것 같아요. 마지막으로 읽은 책에 나오던데 오 개월째에─"

"'심장 아래가 두근거린다'는 거요? 무척 시적이고 아름다운 표현이라서 근사한 느낌일 거라고 생각했어요. 이런 것일 리 없어요."

하지만 그게 맞았다!

아기가 아주 활발한 게 분명했다. 아기는 계속해서 발차기를 해댔다.

운동선수 같은 움직임을 보고 부부는 아기의 태명을 펀치라고 지었다.

"펀치는 오늘도 잘 놀았어요?" 더멋은 집에 돌아와 그렇게 묻곤 했다.

"대단했어요." 실리아가 대답했다. "일 분도 가만있지 않았는데 지금은 잠시 잠들었나봐요."

"자라서 권투선수라도 되려고 그러나."

"안 돼요, 난 우리 아이 코뼈가 부러지는 건 싫어요."

실리아의 가장 큰 바람은 엄마가 와주는 것이었지만 할머니의 건강이 좋지 않았다. (무심코 침실 창문을 열어둔 바람에) 기관지염에 걸렸다. 미리엄은 실리아에게 너무 가보고 싶었지만 노인을 두고 가는 것이 마음에 걸렸다.

"난 할머니를 보살펴드려야 해. 그렇게나 하인들을 믿지 못하시니 말이야. 하지만 난 정말로 네 옆에 있고 싶단다. 네가 여기로 올 수는 없겠니?"

하지만 실리아는 더멋을 두고 갈 수 없었다. 마음 깊은 곳에 '죽을지도 모른다'는 희미하고 그늘진 두려움이 있었다.

문제를 해결한 사람은 할머니였다. 그녀는 가늘고 길쭉한 필체로 실리아에게 편지를 썼다. 시력이 떨어져서인지 글씨가 이상하고 삐뚤빼뚤했다.

사랑하는 실리아

네 엄마에게 네게 가보라고 했단다. 이런 상황에서 네가 뭔가에 불만을 갖는 건 아주 안 좋으니까. 네 착한 엄마는 가고 싶을 텐데도 나를 하인들에게만 맡기고 떠나는 걸 꺼리지. 하인들에 대해서는 아무 말도 하지 않으련다. 이 편지를 누가 훔쳐볼지도 모르니까.

사랑하는 아가, 충분히 푹 쉬고, 연어나 가재가 절대 피부에 닿지 않도록 조심하렴. 우리 어머니가 임신했을 때 연어를 만진 손을 목에 댔는데, 네 고모할머니 캐럴라인은 목 옆에 연어 토막 같은 반점을 갖고 태어났단다.

여기 5파운드 지폐를 같이 부치니까(반만 부치고 나머지 절반은 나중에 따로 보내마) 먹고 싶은 걸 꼭 사 먹거라.

사랑을 보내며,

사랑하는 할머니가

미리엄이 오자 실리아는 무척 기뻤다. 그들은 거실의 긴 소파에 미리엄의 잠자리를 마련했고, 더멋은 장모에게 유난히 다정했다. 미리엄이 그런 데 영향을 받았을지는 의심스럽지만, 실리아에게 잘하는 모습을 보고는 흡족해했다.

"내가 더멋을 좋아하지 않았던 건 질투 때문이었던 게 맞아." 그녀는 고백했다. "나는 예나 지금이나 널 내게서 빼앗은 사람이라면 누구든 좋아할 수 없나봐."

사흘째 되던 날 미리엄은 전보를 받고 서둘러 집으로 돌아갔다. 할머니는 다음날 세상을 떠났다. 할머니는 죽기 직전까지도 버스를 타고 내릴 때 뛰면 안 된다고 실리아에게 주의를 주었다. "젊은 새댁들은 조심성이 없다니까" 하면서.

할머니는 자신이 죽는다는 생각을 하지 못했다. 그녀는 실리아의 아기를 위해 뜨던 작은 발싸개를 완성하지 못하자 조바심쳤다…… 그녀는 증손자를 보지 못하고 죽는다는 건 상상도 못한 채 눈을 감았다.

8

할머니의 죽음은 미리엄에게도 실리아에게도 경제적인 변화를 주지 않았다. 세번째 남편의 유산에서 나오는 종신 수익이 할머니의 주 수입이었다. 얼마 남지 않은 돈의 절반 이상이 이런저런 지출로 나갔다. 그 나머지는 미리엄과 실리아가 물려받았다. 미리엄의 형편은 더 악화됐고(할머니의 수입에 집 유지비를 의지하고 있었으므로) 실리아는 연간 100파운드를 받게 됐다. 실리아는 더멋과 의논해서 그 돈을 엄마에게 양도해 '집'을 유지하는 데 보태기로 했다. 실리아는 어느 때보다도 그 집을 파는 게 싫었고 미리엄의 생각도 같았다. 실리아의 아이들이 찾아올 수 있는 시골집—미리엄은 그런 꿈을 꾸었다.

"게다가 언젠가—내가 떠나게 된다면. 네게 이 집이 필요할지도 몰라. 분명 네게 피난처가 돼줄 거야."

실리아는 피난처라는 말이 우스웠지만 언젠가 더멋과 그 집에서 살 생각을 하자 기분이 좋았다.

하지만 더멋은 이 문제를 다르게 보았다.

"물론 당신이야 당신 집이 좋겠지만 우리한테는 그 집이 큰 쓸모가 있을 것 같지 않아요."

"언젠가 우리가 내려가서 살 수도 있잖아요."

"우리가 백한 살쯤 되면 그럴지도 모르죠. 그 집은 런던에서 너무 멀어서 실질적으로 별 쓸모가 없어요."

"당신이 제대를 해도 그럴까요?"

"그때도 난 앉아서 빈둥거리진 않을 거예요. 일자리를 구할 거라고요. 전쟁이 끝난 후에도 군대에 계속 머물지 알 수 없지만, 지금 그 얘기를 할 필요는 없겠죠."

앞날을 생각한들 무슨 소용이 있을까. 지금도 더멋은 언제 다시 프랑스로 가게 될지 알 수 없었다. 죽을 수도 있었다······

'그래도 내게는 그의 아이가 있겠지.' 실리아는 생각했다.

하지만 그녀는 어떤 아이도 더멋을 대신할 수 없다는 걸 알았다. 더멋은 실리아에게 세상 누구보다 의미 있는 사람이고 앞으로도 영원히 그럴 것이었다.

Chapter 11

엄마가 되다

1

실리아의 아기는 7월에 태어났다. 이십이 년 전 그녀가 태어났던 바로 그 방에서.

너도밤나무의 진녹색 가지가 창문을 두드렸다.

더멋은 출산에 대한 이상하리만치 강한 공포심을 감추고, 엄마가 되길 기다리는 실리아의 역할을 아주 유쾌한 것으로 여기려고 결심한 듯했다. 그런 태도는 그녀가 힘든 시기를 넘기는 데 무엇보다도 큰 힘이 되었다. 그녀는 심한 입덧에 시달리면서도 건강하고 활력이 있었다.

실리아는 출산 예정일을 삼 주 앞두고 친정으로 갔다. 얼마 후 더멋도 일주일 휴가를 내서 내려왔다. 실리아는 그가 머무는 동안 아기가 태어나기를 바랐고, 미리엄은 사위가 떠난 후에 아기가 태어나기를 바랐다. 남자는 있어봤자 성가시기만 할 뿐이라고 생각했던 것이다.

집에 와 있던 간호사가 너무 씩씩하고 쾌활하게 안심시켜서 실리아는 도리어 겁을 먹었다.

어느 날 저녁식사를 하던 중에 실리아가 포크와 나이프를 떨어뜨리며 외쳤다. "아아, 간호사!"

그들은 식당에서 함께 나갔고, 잠시 후 간호사가 오더니 미리엄에게 고개를 끄덕였다.

"아주 규칙적이네요." 그녀가 미소 지으며 말했다. "모범적인 산모예요."

"의사에게 전화 안 합니까?" 더멋이 따지듯 물었다.

"아뇨, 서두를 것 없어요. 앞으로 몇 시간은 선생님이 안 계셔도 돼요."

실리아는 돌아와 식사를 계속했다. 그리고 식사가 끝나자 미리엄과 간호사는 리넨을 더 꺼낸다고 열쇠꾸러미를 짤랑거리며 식당을 나갔다……

실리아와 더멋은 겁먹은 얼굴로 서로를 쳐다보며 앉아 있었다. 전에는 농담을 하고 웃음을 터뜨렸지만 이제 부부는 공포에 휩싸였다.

실리아가 말했다. "괜찮아요. 난 괜찮을 거예요."

더멋이 못박듯이 말했다. "당연하죠."

그들은 걱정스러운 눈길로 서로를 빤히 쳐다보았다.

"당신은 아주 건강해요." 더멋이 말했다.

"아주 건강하죠. 아기는 매일 일 분에 한 명꼴로 태어나요, 안 그래요?"

발작적인 통증이 일자 그녀의 얼굴이 일그러졌다. 더멋이 소리쳤다. "실리아!"

"괜찮아요. 우리 밖으로 나가요. 어쩐지 집이 병원 같아요."

"저 빌어먹을 간호사 때문이에요."

"아주 좋은 사람이에요."

그들은 여름밤 속으로 나갔다. 묘하게 둘만 동떨어진 기분이었다. 집안은 출산 준비로 부산스러웠다. 간호사가 통화하는 소리가 들렸다. "네, 선생님…… 아니요, 선생님…… 네, 열시면 적당하겠네요…… 네, 아주 좋습니다."

밤은 선선하고 푸르렀다…… 너도밤나무가 바스락거렸다.

외로운 두 아이가 손을 잡고 거닐고 있었다. 서로 어떻게 위로해야 할지 모르는 채……

실리아가 불쑥 말했다.

"하고 싶은 말이 있어요―무슨 일이 생긴다는 건 아니지 만―만일 그런다 해도―난 정말 행복하고, 세상이 어떻게 된 다 해도 아무 상관 없어요. 당신은 날 행복하게 해주겠다고 약속했고, 그렇게 해줬어요…… 누구도 날 이렇게 행복하게 해줄 수 없었을 거예요."

더멋이 더듬더듬 말했다.

"나 때문에 당신이……"

"알아요. 당신이 그래서 힘들었다는 거…… 하지만 난 정말 행복해요—이 모든 게……"

그녀가 덧붙였다.

"그리고 앞으로도—우린 언제까지나 사랑할 거예요."

"언제까지나, 살아 있는 동안 늘……"

간호사가 집안에서 소리쳤다.

"이제 들어와야 해요."

"들어가요."

드디어 그 상황이 닥쳤다. 두 사람은 떨어졌다. 실리아는 그게 가장 유감이라고 생각했다. 남편 없이 이 낯선 일에 혼자 맞서야 한다는 것이.

둘은 꼭 끌어안았다. 그들의 키스에는 이별에 대한 공포가 있었다.

실리아는 생각했다. '우린 결코 이 밤을 못 잊을 거야……' 이날은 7월 14일이었다.

그녀는 집안으로 들어갔다.

2

너무 힘들었다…… 너무 힘들었다…… 완전히 지쳐 떨어졌다……

방이 흐릿하고 빙글빙글 도는 듯하더니 넓어지면서 현실로 돌아왔다. 간호사가 그녀에게 미소 지었고, 의사는 구석에서 손을 씻고 있었다. 실리아가 어릴 때부터 알던 의사였다. 그가 실리아에게 익살스럽게 말했다.

"이런, 실리아가 아기를 낳았구나."

아기를 낳았다니, 그랬나?

그건 중요하지 않은 것 같았다.

그녀는 너무 지쳤다.

그저…… 지쳤다……

그들은 그녀가 무슨 말이든 행동이든 하기를 기대하는 것 같았다……

하지만 그럴 수가 없었다.

그저 혼자 있고 싶었다……

쉬고 싶을 뿐이었다……

하지만 뭔가 있었다…… 누군가……

그녀가 중얼거렸다. "더멋은요?"

3

실리아는 꾸벅꾸벅 졸았다. 눈을 뜨니 그가 있었다.

하지만 더멋에게 무슨 일이 있는 걸까? 그는 달라 보였다—너무 이상했다. 괴로운 듯했다—나쁜 소식을 들었거나 무슨 일이 있는 사람 같았다.

실리아가 물었다. "무슨 일이에요?"

더멋이 묘하고 어색한 목소리로 대답했다. "여자아이예요."

"아니, 내 말은—당신 말이에요. 무슨 일 있어요?"

그의 얼굴이 괴상하게 일그러졌다. 울고 있었다. 더멋이 울고 있었다!

그가 더듬더듬 말했다. "너무 끔찍했어요—정말 오래 걸렸고…… 얼마나 무서웠는지 당신은 모를 거예요……"

그는 침대 옆에 무릎을 꿇고 시트에 얼굴을 묻었다. 실리아는 그의 머리에 한 손을 올렸다.

그는 무척이나 걱정했던 것이다……

"더멋, 이제 괜찮아요……" 그녀가 말했다.

4

엄마도 거기 있었다. 상냥하게 웃는 엄마를 보자 실리아는 절로 기분이 좋아졌다—기운이 났다. 아기방에 있었을 때처럼 '엄마가 있으니까 이제 다 괜찮아' 하는 느낌이 들었다.

"엄마, 가지 마요."

"안 가, 실리아. 네 옆에 있을게."

실리아는 엄마의 손을 잡고 스르르 잠들었다. 잠에서 깬 뒤 그녀가 말했다.

"엄마, 속이 편해지니까 기분이 날아갈 것 같아요!"

미리엄이 소리 내어 웃었다.

"이제 아기를 만나봐야지. 간호사가 데려올 거야."

"정말 딸이에요?"

"응. 딸이 훨씬 좋단다, 실리아. 넌 내게 언제나 시릴보다 의미 있는 자식이었어."

"네, 하지만 난 아들이라고 확신했거든요…… 더멋이 좋아하겠네요. 딸을 원했거든요. 그 사람 뜻대로 됐어요."

"늘 그랬지." 미리엄이 차갑게 말했다. "간호사가 오는구나."

간호사는 아주 위엄 있고 단호하고 권위적인 모습으로 들어왔다. 담요에 둘둘 감싼 무언가를 안고 있었다.

실리아는 마음을 다졌다. 갓난아기는 예쁘지 않은 것 같았다. 놀랄 만큼 못생긴 것 같았다. 그녀는 마음의 준비를 했다.

"어머!" 그녀는 깜짝 놀라 내뱉었다.

이 작은 것이 내 아기라고? 간호사가 실리아의 구부린 팔에 가만히 아기를 내려놓자 흥분되고 겁이 났다. 우스꽝스럽고 북미 원주민같이 생긴 이 아기가? 숱 많은 검은 머리의 이 아기가? 아기는 전혀 고깃덩어리 같지 않았다. 재미있고 사랑스럽고 우스꽝스러운 작은 얼굴.

"3.8킬로그램이에요." 간호사가 아주 흡족한 듯이 말했다.

전에도 자주 그랬듯 실리아는 현실과 동떨어진 기분을 느꼈다. 지금 그녀는 '젊은 엄마' 역할을 하고 있었다.

하지만 엄마나 아내라는 실감이 나지 않았다. 재미있지만 고단한 파티를 마치고 집에 돌아온 소녀가 된 기분이었다.

5

실리아는 아기의 이름을 주디라고 지었다. 펀치 다음으로 좋은 이름이었다!*

주디는 더 바랄 게 없는 아기였다. 매주 정상적으로 몸무게

---

* 인형극 〈펀치와 주디〉에서 주디는 펀치의 아내다.

가 늘었고 울며 보채는 일도 거의 없었다. 울 때는 새끼 호랑이가 성이 나서 으르렁거리는 것 같았다.

할머니가 '산후조리'라고 말했을 만한 기간이 지나자 실리아는 주디를 엄마에게 맡기고 집을 알아보러 런던으로 갔다.

더멋을 다시 보자 무척 좋았다. 두번째 신혼 같았다. 더멋이 좋아하는 데는 (실리아가 간파하기로는) 주디를 친정에 두고 온 것이 한몫했다.

"아기에게만 매달리느라 나는 안중에도 없을까봐 걱정하던 참이었거든요."

아기에 대한 시샘이 누그러지자 더멋은 시간이 날 때마다 실리아와 열심히 아파트를 구하러 다녔다. 실리아는 집 구하는 일에 제법 경험자가 된 기분이 들었다. 뱅크스 같은 집주인의 유능함에 잔뜩 위축되던 예전의 애송이가 아니었다. 평생 셋집만 전전한 사람처럼 익숙해 보였다.

그들은 가재도구가 없는 아파트를 구할 생각이었다. 그편이 집세가 더 쌌고, 필요한 세간은 실리아의 친정에서 가져올 수 있었다.

하지만 그런 아파트는 거의 없거나 외진 데 있었다. 가보면 보통 얼토당토않은 권리금이 붙어 있었다. 하루하루 지나면서 실리아는 점점 우울해졌다.

이런 상황에서 그들을 구해준 사람은 스테드먼 부인이었다.

어느 날 아침식사를 하는데 스테드먼 부인이 음모를 꾸미는 사람처럼 묘한 분위기를 풍기며 나타났다.

스테드먼 부인이 말했다. "이런 시간에 실례합니다. 대령님. 어젯밤에 남편이 들었는데 저 모퉁이 돌아 로서스턴 맨션 18호가 나왔다고 해요. 어젯밤에 집을 내놓는다는 편지를 썼다고 하니까 중개업소에 접수돼 누가 채가기 전에 얼른 가보시는 게—"

더 들을 필요도 없었다. 실리아는 의자에서 벌떡 일어나 모자를 쓰고 냄새를 맡은 개처럼 부리나케 집을 나섰다.

로서스턴 맨션 18호 사람들도 아침식사를 하고 있었다. 실리아는 복도에서 기다렸고, 꾀죄죄한 하녀가 "누가 집을 보러 왔는데요, 부인" 하고 말하자 집안에서 누군가 놀란 목소리로 대꾸했다. "중개업소에서 아직 편지를 받지 못했을 텐데. 이제 겨우 여덟시 반이잖아."

기모노를 입은 젊은 여자가 입을 닦으면서 식당에서 나왔다. 그녀가 나오자 훈제 청어 냄새가 풍겼다.

"정말 집을 보러 오셨나요?"

"네, 부탁합니다."

"네, 그럼……"

실리아는 안내를 받아 집을 둘러보았다. 좋았다. 적당한 집이었다. 침실 네 개와 거실 두 개. 물론 곳곳이 굉장히 지저분했다. 일 년 집세는 80파운드였다(놀랄 만큼 쌌다). 권리금이 (세상에) 150파운드였고, 바닥의 '리놀륨'(실리아는 리놀륨을 질색했다) 값은 시세대로 내야 했다. 실리아는 권리금을 100파운드로 깎아달라고 했다. 기모노를 입은 젊은 부인은 딱 잘라 거절했다.

"좋아요. 제가 할게요." 실리아가 결심한 듯 말했다.

그녀는 계단을 내려가면서 결정하길 잘했다고 생각했다. 두 여자가 줄을 잇듯 계단을 올라오고 있었다. 그들은 중개업소의 소개장을 들고 있었다.

사흘 후 실리아와 더멋은 200파운드를 받고 집을 양보하라는 제안을 받았다.

하지만 그들은 거절했고 권리금 150파운드를 내고 로서스턴 맨션 18호의 세입자가 됐다. 마침내 그들에게 집이(무척 더러운 집) 생겼다.

한 달이 지나면 예전의 그 집인지 알아볼 수 없을 것이었다. 더멋과 실리아는 집을 직접 꾸몄다. 어디 맡길 형편도 아니었다. 그들은 수성도료와 페인트를 칠하고 벽지를 바르면서 흥미로운 것들을 배웠다. 마음에 쏙 드는 결과가 나왔다. 저렴한 친츠 벽지는 어두컴컴하고 긴 복도를 환하게 만들어주었고, 노란 수성도료를 칠한 벽들은 북향 방에도 햇볕이 드는 듯한 느낌을 주었다. 거실 두 곳은 옅은 크림색으로 칠했다. 그림이

나 도자기를 두면 어울릴 것 같았다. '리놀륨 가두리'는 뜯어서 스테드먼 부인에게 주자 기뻐하며 받았다. "안 그래도 고급 리놀륨이 있으면 했는데……"

6

한편 실리아는 또하나의 난관을 성공적으로 극복했다. 바로 바먼 부인 소개소였다. 바먼 부인 소개소는 보모들을 소개하는 업체였다.

엄숙한 분위기를 풍기는 소개소에 도착하자 금발의 거만한 여자가 실리아를 맞았고, 서른네 개나 되는 질문이 적힌 인상적인 서류를 내밀며 작성하라고 했다. 사람을 주눅들게 하는 문항들이었다. 그런 뒤에 실리아는 병실 같은 작은 방으로 안내됐고, 커튼이 드리워진 그 방에서 금발의 여자가 적당하다고 꼽은 보모들을 만나보기 위해 기다렸다.

바닥까지 떨어졌던 실리아의 자신감은 첫 후보자를 만난 후에도 회복되지 않았다. 체격이 크고 딱딱해 보이는 여자는 지나칠 정도로 깔끔하고 위풍당당했다.

"안녕하세요?" 실리아는 힘없이 인사했다.

"네, 안녕하세요?" 보모는 당당하게 맞은편에 앉아 실리아

를 뚫어져라 바라보았다. 자존심 있는 보모라면 실리아 같은
사람의 제안은 절대 받아들이지 않을 거라는 분위기를 풍기
면서.

"나는 갓난아기 돌볼 사람을 구해요." 실리아가 운을 뗐다.
아마추어 같은 인상을(그럴 것 같았다) 주지 않으려고 했다.

"네, 부인. 월 단위인가요?"

"네, 최소한 이 개월이요."

벌써 실수를 저질렀다. 기간을 물은 게 아니었다. 실리아는
상대의 당당함에 고꾸라진 기분이 들었다.

"그렇군요. 다른 자녀는요?"

"없어요."

"첫아이로군요. 가족은 몇 명이죠?"

"음—남편과 나요."

"가정부는 어떻게 구성되어 있나요?"

가정부 구성? 아직 구하지도 않은 하인 한 명을 표현하는
말치고는 거창했다.

"우리는 아주 소박하게 살아요." 실리아가 얼굴을 붉히면서
말했다. "한 명만 두려고요."

"아기방을 청소하고 시중을 들어주나요?"

"아니요, 아기방은 보모가 직접 관리해야 할 거예요."

"아!" 당당한 보모는 벌떡 일어나 화가 났다기보다 애석하

다는 투로 말했다. "댁의 상황은 제가 찾는 일자리와는 맞지 않는 것 같군요, 부인. 엘던 웨스트 경 댁에서는 제 밑에 아기 돌보는 하녀가 있었고 아기방은 가정부가 관리했습니다."

실리아는 속으로 금발의 여자를 욕했다. 서류에 요구 사항과 가정 상황에 대해 적었는데 도대체 왜 로스차일드 가문의 보모 자리나 되어야 만족할까 말까인 사람을 보낸 거지?

다음으로 눈썹이 검은 여자가 굳은 표정으로 들어왔다.

"아기가 하나예요? 월 단위고요? 부인, 분명히 밝히는데요, 저는 일체의 책임을 맡기실 댁으로 갑니다. 간섭은 못 참아요."

그녀는 실리아를 노려보았다.

그 눈빛은 '젊은 엄마가 간섭하면 혼쭐을 내주겠어'라고 말하고 있었다.

실리아는 그러지 않을 거라고 말했다.

"전 아이들에게 헌신적이에요. 아이들을 소중히 대하지만 시시콜콜 간섭하는 엄마가 계신 댁에서는 일할 수 없습니다."

눈썹이 검은 여자는 내보내야 했다.

다음에는 자신을 '유모'라고 부르는 꾀죄죄한 나이든 부인이 들어왔다.

그녀는 잘 보지도 듣지도 못하고 말귀도 못 알아들을 것 같았다.

정말 형편없는 유모였다.

다음에는 심술 사나워 보이는 젊은 여자가 들어왔고 아기방 관리도 해야 한다고 하자 비웃었다. 이어서 쾌활하고 뺨이 발그레한 아가씨가 들어왔다. 원래 가정부인데 '보모 일을 더 잘할 수 있을 것 같다'고 했다.

실리아가 포기하고 싶은 마음이 들었을 무렵 서른다섯 살쯤 되어 보이는 여자가 들어왔다. 코안경을 썼고, 아주 단정했고, 명랑해 보이는 파란 눈을 갖고 있었다.

그녀는 '아기방을 직접 관리하는' 이야기가 나왔을 때도 다른 사람들처럼 반응하지 않았다.

"글쎄요, 저는 방 정리는 반대하지 않아요. 쇠살대만 빼면요. 쇠살대 닦는 건 별로예요. 그러면 손이 엉망이 되고, 거칠어진 손으로 아기를 돌보고 싶지는 않으니까요. 하지만 그게 아니라면 그 일이 싫지는 않아요. 저는 식민지에도 있어봤고 무슨 일이든 할 수 있어요."

그녀는 자신이 돌봤던 아기들의 사진을 몇 장 꺼내 보여줬다. 실리아는 그녀의 추천장을 받아보고 괜찮으면 고용하겠다며 이야기를 마쳤다.

실리아는 안도의 한숨을 쉬면서 소개소를 떠났다.

메리 덴먼의 추천장들은 더 바랄 데 없이 만족스러웠다. 그녀는 세심하고 경험이 풍부한 보모였다. 다음으로 실리아는 하인을 구해야 했다.

결과적으로 이 일은 보모 구하기보다 훨씬 힘들었다. 적어도 보모 구직자는 많았다. 그러나 하인 구직자는 거의 찾아볼수 없었다. 대부분 군수품 공장이나 육군 여자 보조부대, 해군여자 부대에서 일했다. 그래도 실리아는 마음에 쏙 드는 아가씨를 찾았다. 케이트라는 통통하고 쾌활한 아가씨였다. 실리아는 케이트를 잡기 위해 애썼다.

다른 하인들과 마찬가지로 케이트 역시 아기방 관리에 대해서는 주저했다.

"제가 꺼리는 것은 아기가 아니에요, 부인. 저는 아이들을 좋아해요. 문제는 보모예요. 지난번 집에서 일한 후로 보모가있는 집에는 절대 가지 않겠다고 결심했거든요. 보모가 있는집은 어디나 문제가 있어요."

실리아는 메리 덴먼이 여러모로 괜찮은 사람이라고 설명했지만 소용없었다. 케이트는 확고하게 되풀이했다.

"보모가 있는 집은 어디나 문제가 있어요. 제 경험상 그래요."

결국 이 문제를 해결한 사람은 더멋이었다. 실리아는 남편이 고집스러운 케이트를 설득해주길 바랐고, 더멋은 나름의수완을 발휘해 케이트가 한번 해보겠다고 나오게 만들었다.

"제가 뭐에 씌어서 한다고 했는지 모르겠어요. 보모가 있는집에는 절대 다시 안 가려고 했거든요. 하지만 대령님이 그렇게 좋게 말씀해주시고, 프랑스에 있는 제 남자친구의 연대도 안다고 하셔서 한번 해보겠다고 했죠."

그렇게 케이트를 잡았고, 큰 승리를 거둔 10월의 어느 날 실리아와 더멋, 덴먼, 케이트, 주디는 모두 로서스턴 맨션 18호로 이사했다. 그리고 가족의 삶이 시작됐다.

7

더멋은 주디에 대해 아주 우습게 굴었다. 그는 아기를 겁냈다. 아기를 안아보라고 하면 안절부절못하며 뒷걸음쳤다.

"아니, 못 하겠어요. 그냥 못 하겠어. 그걸 안지 않을 거예요."

"아기가 자라면 언젠가는 안아줘야 해요. 그리고 아기는 물건이 아니에요!"

"좀 크면 나아지겠죠. 말도 하고 걸을 수 있으면 나도 좋아하게 될 거예요. 그런데 왜 이렇게 뚱뚱하지? 당신 생각엔 애가 예쁘게 자랄 것 같아요?"

그는 주디의 통통한 몸이나 보조개에 감탄하지 않았다.

"아주 날씬했으면 좋겠는데."

"지금은 안 돼요, 이제 삼 개월인걸요."

"언젠가는 날씬해질까요?"

"당연하죠. 우리 둘 다 날씬하잖아요."

"얘가 뚱뚱하면 난 못 참을 거예요."

실리아는 스테드먼 부인의 감탄에 위로를 얻어야 했다. 그녀는 예전에 고기 주위를 빙글빙글 돌았듯 아기 주위를 빙글빙글 돌았다.

"대령님 얼굴이 있지 않아요? 아, 척 봐도 주워온 아기가 아니라는 걸 알겠네, 이런 옛말을 용서하신다면요."

실리아는 살림이 대체로 재미있었다. 그건 집안일을 진지하게 받아들이지 않기 때문이었다. 알고 보니 덴먼은 유능하고 아기에게 헌신하는 훌륭한 보모였다. 그녀는 할일이 많고 모든 게 엉망진창일 때는 무척 적극적이고 쾌활했다. 하지만 집안일이 안정되고 순조롭게 돌아가기 시작하자, 예뻐하는 주디에게는 안 그랬지만 실리아와 더멋에게는 매몰찬 일면을 드러내기 시작했다. 덴먼에게는 모든 고용주가 천적이었다. 별뜻 없이 한 말이 갑작스러운 폭풍을 일으키곤 했다.

실리아가 "어제 밤새 전등이 켜져 있던데요, 주디는 괜찮은 거죠?"라고 말하자, 덴먼은 즉시 발끈했다.

"밤중에 시간을 확인하려면 전등 정도는 켜놓을 수 있는 것 아닌가요. 절 흑인 노예처럼 생각하시나본데, 정도껏 하셔야죠. 아프리카에서는 저도 노예들을 거느리고 지냈지만—가엽고 무지한 이교도들이죠—그들도 필수품을 쓸 자격 정도는 누렸어요. 제가 전기를 낭비한다고 생각하시면 그렇다고 분명히 얘기해주시는 편이 좋겠어요."

가끔씩 덴먼이 노예 운운하면 케이트는 부엌에서 키득대곤
했다.

"흑인 열댓쯤 밑에 두게 될 때까지는 만족하지 않을걸요.
저 보모는 언제나 아프리카에서 노예들을 거느렸다는 말만 해
요. 저라면 부엌에 흑인을 두지 않을 거예요, 그들은 골칫거리
예요."

케이트는 큰 위안이 됐다. 그녀는 유쾌하고 온순한데다 폭
풍이 불어도 꿈쩍 않고 요리며 청소며 할일을 다 했다. '전 직
장'의 추억담을 잔뜩 늘어놓으면서.

"처음 일했던 집은 잊지 못할 거예요, 네, 절대로요. 전 열일
곱 살도 안 된 깡마른 아이였어요. 그 집에서 절 지독하게 굶
겼죠. 점심식사로 버터가 아니라 마가린과 청어만 먹을 수 있
었어요. 어찌나 말랐는지 뼈 부딪치는 소리가 날 정도였다니
까요. 저희 엄마도 걱정하셨죠."

건강하고 매일 통통해지는 케이트를 보면 실리아는 그 이야
기를 믿을 수 없었다.

"여기서는 잘 먹어야 할 텐데, 케이트."

"걱정 마세요, 전 괜찮아요. 그리고 부인은 굳이 일하실 필
요 없어요. 어수선하기만 해요."

하지만 실리아는 요리에 대해 은밀한 열정을 갖게 됐다. 대

부분의 요리가 레시피만 유심히 따라 하면 된다는 놀라운 사실을 안 뒤로 무턱대고 이 놀이에 뛰어들었다. 하지만 못마땅해하는 케이트 때문에 그녀가 쉬는 날에만 요리할 수 있었다. 그런 날은 부엌에서 법석을 떨며 더멋의 다과와 저녁 식탁에 올릴 흥분되는 별미 요리를 만들었다.

하지만 인생은 뜻대로 되지 않는 거라서, 이런 날이면 더멋은 퇴근해 돌아와 속이 좋지 않다고 했다. 그는 바닷가재 커틀릿과 바닐라 수플레 대신 묽은 차와 얇은 토스트를 먹었다.

케이트는 간단한 요리를 고수했다. 그녀는 계량을 싫어했기 때문에 레시피대로 요리할 수가 없었다.

"전 이것 조금 저것 조금 넣는 식으로 해요." 케이트가 말했다. "엄마가 그렇게 하시거든요. 요리는 계량하면서 하는 게 아니에요."

"계량하면 좋을 수도 있지 않을까." 실리아가 권했다.

"눈대중으로 해야죠. 전 늘 엄마가 그러시는 걸 봤어요." 케이트가 단호하게 말했다.

실리아는 재미있다고 생각했다.

온전한 자신의 집(이라기보다 아파트), 남편, 아기, 하인.

비로소 그녀는 어른, 진정한 인간이 된 듯한 느낌이 들었다. 특정한 용어도 배웠다. 그녀는 맨션에 사는 젊은 부인 둘과 친해졌다. 이들은 신선한 우유를 고르는 법, 양배추를 가장 싸게 파는 곳, 하인들의 못된 행동에 대해 진지하게 얘기를 나눴다.

"내가 얼굴을 똑바로 보면서 '제인, 난 건방 떠는 하인은 용납 못해'라고 했어요. 날 보는 그 표정하고는."

그들은 이런 이야기밖에 하지 않는 것 같았다.

실리아는 자신이 진정으로 가정적인 여자는 아닌 것 같아 내심 걱정스러웠다.

다행히 더멋은 그런 데 신경쓰지 않았다. 그는 가정적인 여자들이 싫다고 종종 말했다. 그런 여자들의 가정은 항상 너무 불편해 보인다고 했다.

그 말에도 일리가 있는 것 같았다. 건방 떠는 하인들 이야기만 해대는 여자들도 그들의 '보물'이 곤란한 순간에 그만둬버리면 요리와 집안일을 직접 하는 것 같았으니까. 그리고 오전 내내 장을 보면서 재료를 고르는 여자가 다른 사람보다 더 안 좋은 물건을 사는 경우도 있는 것 같았다.

실리아는 사람들이 집안 살림에 너무 지나치게 요란을 떠는 것 같다고 생각했다.

그녀나 더멋은 그들보다 훨씬 더 결혼생활을 즐겼다. 그녀는 더멋의 가정부가 아니라 놀이 친구였다.

언젠가는 주디도 뛰어다니고 말할 것이고 실리아가 미리엄을 좋아했던 것처럼 제 엄마를 아주 좋아할 것이다.

여름이 되어 런던이 덥고 답답해지면 주디를 데리고 친정에 갈 것이다. 주디는 정원에서 뛰놀며 공주 놀이와 용 놀이를 할 것이고, 실리아는 아기방 책꽂이에서 낡은 동화책을 꺼내 읽어줄 것이다……

Chapter 12

평화

1

실리아에게 휴전은 대단히 놀라운 사건이었다. 전쟁에 익숙
해진 나머지 이런 상황이 계속될 거라고 생각했던 것이다……

전쟁은 마치 삶의 일부 같았다……

그런데 드디어 전쟁이 끝났다!

전시에는 계획을 세워봐야 소용없었다. 미래는 미래에 맡겨
두고 그날그날을 살아야 했다. 더멋이 다시 프랑스로 파견되
지 않기만 기도하면서.

그런데 사정이 달라졌다.

더멋에게는 계획이 많았다. 더이상 군에 남지 않겠다고 했
다. 군대에는 미래가 없었다. 가능하면 빨리 제대해서 도시에
서 일하고 싶어했다. 그는 아주 좋은 일자리가 있다고 했다.

"하지만 군에 남는 게 더 안전하지 않을까요? 연금 같은 게 있잖아요."

"군에 남으면 난 침체될 거예요. 그리고 그깟 연금이 몇 푼이나 되겠어요? 난 돈을 벌 거예요. 큰돈을 벌 거라고요. 당신도 모험이 싫지는 않겠죠?"

그랬다. 실리아는 싫지 않았다. 그녀가 더멋에게 가장 감탄하는 점이 위험을 무릅쓰는 기질이었다. 그는 인생을 두려워하지 않았다.

더멋은 인생에서 달아나지 않을 것이었다. 인생에 맞서며 자신의 의지대로 이끌어갈 것이었다.

언젠가 미리엄은 그가 매몰차다고 말했다. 일면 맞는 말이었다. 그는 인생에 대해 매몰찼다. 감정에 영향을 받는 일이 없었다. 하지만 실리아에게는 매몰차지 않았다. 주디가 태어나기 전까지 그는 정말 다정했다……

2

더멋은 위험을 감수했다.

그는 제대 후 런던에서 취직했다. 봉급은 적었지만 장차 큰돈을 벌 전망이 있었다.

실리아는 남편이 직장생활에 싫증내지 않을까 걱정했지만 그런 기색은 보이지 않았다. 더멋은 무척 행복해했고 새로운 생활에 만족하는 듯했다.

그는 새로운 일을 좋아했다.

새로 사귄 사람들도 좋아했다.

이따금 실리아는 더멋이 그를 키워준 나이든 두 고모가 사는 아일랜드에 가지 않는다는 사실에 놀랐다.

그는 그들에게 선물을 보내고 한 달에 한 번씩 편지를 썼지만 만나러 가지는 않았다.

"당신은 두 분을 좋아하지 않았어요?"

"물론 좋아했죠—루시 고모는 특히 좋아했어요. 내게는 엄마 같은 분이었으니까."

"그런데 왜 뵈러 가지 않아요? 당신이 원한다면 두 분을 여기로 초대해도 돼요."

"아니에요, 그러면 너무 번거로워요."

"번거롭다니요? 두 분을 좋아한다면서요?"

"고모들은 잘 지내세요. 꽤 행복하게. 그런데 딱히 그분들을 만나고 싶지는 않아요. 인간은 자라면서 관계에서 벗어나게 되죠. 그게 순리고. 루시 고모와 케이트 고모는 사실 지금 내겐 특별한 의미가 없어요. 그분들이 감당하기에 난 너무 커버렸지."

실리아는 더멋이 특이하다고 생각했다.

어쩌면 그는 실리아가 과거의 장소나 사람에게 연연하는 것을 특이하게 생각할지도 모른다는 생각이 들었다.

사실 더멋은 아내를 특이하다고 생각하지 않았다. 그 점에 관해서는 아무 생각이 없었다. 더멋은 다른 사람들에 대해 거의 신경쓰지 않았다. 타인의 생각이나 감정에 대해 이러쿵저러쿵하는 건 시간 낭비라고 여겼다.

그는 추상적인 것이 아니라 현실적인 것을 좋아했다.

실리아는 가끔 남편에게 "내가 다른 남자와 달아나면 어떡할 거예요?"라거나 "내가 죽으면 어떨 것 같아요?" 같은 질문을 했다.

더멋은 모르겠다고 했다. 일어나지도 않은 일을 미리 어떻게 알겠느냐고.

"그래도 상상해볼 수는 있잖아요?"

더멋은 그럴 수가 없다고 했다. 일어나지도 않은 일을 상상하는 건 시간 낭비일 뿐이라며.

맞는 말이었다.

그런데도 실리아는 상상을 그만둘 수 없었다. 그녀는 그렇게 타고났다.

3

어느 날 실리아는 더멋 때문에 기분이 상했다.

그들은 파티에 다녀왔다. 실리아는 수줍음 때문에 입도 뻥 긋 못할까봐 여전히 파티를 두려워했다. 매번은 아니지만 종종 그랬으니까.

하지만 그날 파티는 (그녀가 생각하기에는) 아주 순조로웠다. 처음에는 입을 다물고 있었지만, 용기 내어 이야기를 꺼내자 대화하던 남자가 웃음을 터뜨렸다.

용기를 얻은 실리아는 말문이 트였고 제법 수다를 떨었다. 다들 웃었고 많은 이야기가 오갔다. 실리아 역시 누구에게도 지지 않을 만큼 많은 말을 했다. 스스로도 그렇고 다른 사람들도 자신을 재치 있는 사람이라고 여겼을 거라 생각했다. 그녀는 행복한 기분으로 집에 돌아왔다.

"난 그렇게 멍청하지 않아. 멍청하지 않다고." 실리아는 행복해하며 중얼거렸다.

그녀는 옷방 문 사이로 고개를 내밀고 더멋에게 말했다.

"멋진 파티였어요. 재미있었고요. 스타킹에 올이 나간 걸 곧바로 알아차려서 정말 다행이었어요."

"나쁘진 않았죠."

"당신은 별로였어요?"

"소화가 좀 안 돼서."

"아, 이를 어째. 약 가져올게요."

"아냐, 지금은 괜찮아요. 그런데 오늘밤 당신 어떻게 된 거예요?"

"내가 뭘요?"

"너무 다르던데."

"좀 흥분했었나봐요. 어떻게 달랐는데요?"

"글쎄, 평소 당신은 대단히 분별력이 있는데 오늘밤은 웃고 떠드는 게 정말 당신답지 않았어요."

"그래서 좋지 않았어요? 나는 사람들과 아주 잘 어울렸다고 생각했는데."

실리아는 묘하고 싸늘한 기분을 느끼기 시작했다.

"뭐, 난 약간 바보 같다는 생각이 들었어요. 그뿐이에요."

"그랬군요." 실리아가 머뭇머뭇 말했다. "내가 바보 같아 보였나보군요…… 하지만 사람들은 좋아하는 눈치였어요. 다들 웃었고요."

"아이고, 사람들이 그랬다고요?"

"그런데 더멋―나도 재미있었어요…… 끔찍하긴 하지만 나도 가끔은 바보처럼 구는 게 좋다고 믿어요."

"그렇다면 그래, 그럼 된 거죠."

"하지만 이젠 그러지 않을게요. 당신이 싫다면 안 그럴게요."

"그래요, 난 당신이 바보같이 떠드는 게 싫어요. 바보 같은 여자는 딱 질색이라고."

그 말이 상처가 됐다—아, 그랬다. 상처를 받았다……

바보—그녀는 바보였다. 물론 그녀도 언제나 그걸 알고 있었다. 하지만 더멋이 싫어하지 않길 바랐다. 남편이 그 점에 너그럽길 바랐다. 그녀의 마음은 정확히 뭘까? 누군가를 사랑하면 그의 잘못과 단점도 사랑스러워 보이는 법이다—사랑이 식는 게 아니라. '그게 이러저러하지 않아?'라고 말하는 거지. 화를 내는 게 아니라 부드럽게.

그런데 남자들은 별로 부드럽지 않았다……

이상한 두려움이 실리아를 휩쌌다.

그랬다, 남자들은 상냥하지 않았다……

그들은 엄마 같지 않았다……

갑작스러운 불안감이 그녀를 괴롭혔다. 사실 실리아는 남자에 대해 아는 것이 전혀 없었다. 사실은 더멋에 대해 아무것도 몰랐다.

"남자들이란!" 할머니의 말이 떠올랐다. 할머니는 남자들이 무엇을 좋아하고 싫어하는지 정확히 안다고 자신하는 것 같았다.

물론 할머니는 바보 같지 않았다…… 실리아가 종종 비웃기도 했던 할머니는 바보 같지 않았다.

그리고 실리아 그녀는…… 자신이 바보 같다는 것을 사실 속으로는 언제나 알고 있었다. 하지만 더멋에게는 문제가 되지 않을 거라고 생각했다. 그러나 그것이 문제가 됐다.

어둠 속에서 눈물이 뺨을 타고 흘렀다……

실리아는 자신을 울도록 내버려뒀다. 한밤의 그곳, 어둠의 안식처에서. 아침이면 그녀는 달라질 것이다. 다시는 사람들 앞에서 바보같이 굴지 않을 것이다.

응석받이로 자란 것이 문제였다. 모두가 그녀에게 친절했고 늘 용기를 북돋아주었다……

하지만 다시는 더멋에게 바보 같은 모습을 보이지 않을 것이다……

어떤 기억이 떠오르는 것 같았다, 오래전 일이.

아니었다, 기억이 떠오르지 않았다.

앞으로는 바보같이 굴지 않도록 정말 조심할 것이다.

Chapter 13

동지애

1

실리아는 자신에게 더멋이 싫어하는 점들이 있다는 것을 알게 됐다.

실리아의 수동적인 면모는 그를 짜증나게 만들었다.

"스스로도 아주 잘하면서 왜 내게 부탁하는 거예요?"

"난 당신이 날 위해서 해주는 게 정말 좋거든요."

"말도 안 돼. 내가 해주면 당신은 점점 더 아무것도 못하게 될 거예요."

"그럴지도 모르죠." 실리아는 섭섭한 듯 말했다.

"당신이 잘 못하는 것도 아니잖아요. 당신은 아주 똑똑하고 지적이고 유능해요."

"빅토리아시대 여자처럼 남에게 기대려는 습성이 있나봐요.

나도 모르게 그러고 싶어져요, 담쟁이덩굴처럼."

"아무튼 나한테만 의지하면 안 돼요. 내가 그렇게 두지도 않을 거고." 더멋은 쾌활하게 말했다.

"당신은 내가 공상이나 상상을 하고 이런 일이 일어나면 어떨까 하고 생각하는 게 마음에 안 들어요?"

"물론 난 상관없어요, 당신이 그걸 즐긴다면."

더멋은 언제나 공정했다. 그는 독립적이었고 다른 사람의 독립성도 존중했다. 아마 그에게도 사물에 대한 나름의 생각이 있을 테지만 그것을 말로 표현하지도 누군가와 나누지도 않았다.

문제는 실리아가 이 모든 것을 함께하고 싶어한다는 거였다. 안뜰 아몬드나무에 꽃이 피자 그녀는 심장 바로 아래가 두근거렸고, 남편의 손을 잡고 창가로 가서 그 기분을 느끼게 해주고 싶었다. 하지만 더멋은 손잡는 것을 싫어했다. 잠자리에서가 아니면 몸에 손대는 것조차 싫어했다.

스토브에 손을 데고 얼마 후 부엌 창문에 손가락을 찧자 실리아는 남편의 어깨에 기대 위로받고 싶었다. 하지만 더멋이 싫어할 것 같았고 그녀의 예상이 맞았다. 더멋은 누가 몸을 만지거나 위로를 구하거나 감정을 나누는 걸 꺼렸다.

그래서 실리아는 나누고 싶은 욕심, 쓰다듬어주었으면 하는 나약함, 위로를 원하는 자신의 마음을 애써 억눌렀다.

실리아는 자신이 아이 같고 바보 같다고 혼자 중얼거렸다. 그녀는 더멋을 사랑했고, 더멋도 그녀를 사랑했다. 어쩌면 그녀가 더멋을 사랑하는 것보다 더멋이 그녀를 더 많이 사랑했다. 그를 만족시키는 데는 사랑의 표현이 많지 않아도 됐으니까.

실리아는 남편에게 열정과 동지애를 얻었다. 애정까지 기대하는 것은 합당치 않았다. 할머니라면 잘 알았을 것이다. '남자들'이 그렇지 않다는 것을.

2

주말에는 함께 시골에 갔다. 샌드위치를 만들어 기차나 버스로 목적지까지 가서 시골길을 거닐다가 다시 기차나 버스를 타고 돌아왔다.

실리아는 내내 주말을 기다렸다. 더멋은 매일 완전히 녹초가 되어 퇴근했고, 가끔은 두통이나 소화불량에 시달렸다. 저녁식사 후에는 책 읽는 것을 좋아했다. 가끔 낮에 있었던 일을 들려주기도 했지만, 대체로 그는 말이 없었다. 방해받지 않고 관련 기술 서적을 읽고 싶어했다.

하지만 주말이면 실리아는 동반자를 돌려받았다. 그들은 나란히 숲을 거닐면서 우스운 이야기를 주고받았다. 실리아는 언덕을 오르면서 "난 당신이 정말 좋아요" 하며 남편의 팔짱을 꼈다. 더멋이 너무 빨리 걸어서 따라가기가 벅찼기 때문이다. 더멋은 장난이든 진짜든 실리아가 비탈을 오를 때 도움이 필요해서 팔짱 끼는 건 꺼리지 않았다.

어느 날 더멋은 실리아에게 우리도 골프를 쳐야겠다고 말했다. 형편없는 실력이긴 하지만 그도 조금은 칠 줄 안다고 했다. 실리아는 자기 골프채를 꺼내 녹을 닦았고, 그러면서 피터 메이틀런드를 생각했다. 자상한 피터…… 정말 자상한 피터. 피터에 대해 품었던 따뜻한 마음은 죽을 때까지 사라지지 않을 것이다. 피터는 그녀 삶의 일부였다……

그들은 이용료가 저렴한 외진 골프장을 찾아냈다. 오랜만에 골프를 치니 재미있었다. 실리아의 실력은 많이 녹슬었지만 더멋이라고 나을 건 없었다. 그는 장타를 잘 쳤지만 한쪽으로 쏠리거나 너무 휘었다.

함께하는 경기는 무척 즐거웠다.

하지만 골프는 재미있는 일로 남지 않았다. 더멋은 골프에 대해서도 일처럼 효율을 따지고 고민했다. 그는 책을 보며 열심히 연구했다. 집에서 스윙 훈련을 했고 코르크 공을 사 와서 연습했다.

그다음 주말에는 코스를 돌지 않았다. 더멋은 샷 연습만 했다. 그는 실리아에게도 똑같이 연습하게 했다.

더멋은 골프에 푹 빠졌다. 실리아도 그러려고 해보았지만 좀처럼 되지 않았다.

더멋의 실력은 점점 늘었다. 실리아의 실력은 제자리걸음이었다. 그녀는 더멋이 피터 메이틀런드 같으면 얼마나 좋을까 하고 생각했다……

하지만 그녀가 더멋을 사랑했던 것은 그가 피터와 반대였기 때문이었다.

3

어느 날, 집에 돌아온 더멋이 말했다.

"실리아, 다음 일요일에 앤드루스와 돌턴 히스 골프장에 갈 거예요. 괜찮죠?"

실리아는 물론 괜찮다고 했다.

더멋은 들떠서 돌아왔다.

최고의 코스를 돌았고, 굉장히 즐거웠다고 했다. 다음주에는 같이 가자고 했다. 주말에 여자들은 경기할 수 없지만, 그들과 같이 다니는 건 괜찮다고 하면서.

실리아와 더멋은 전에 다니던 저렴한 골프장에 한두 번 더 갔지만, 이제 더멋은 그곳에서 재미를 느끼지 못했다. 더멋은 그런 골프장은 자신에게 도움이 안 된다고 말했다.

한 달 후 그는 실리아에게 돌턴 히스 골프장 회원이 되고 싶다고 말했다.

"비싼 건 알아요. 하지만 내가 다른 데서 절약하면 돼요. 골프는 내 유일한 취미이고, 내게 좋은 영향을 줄 거예요. 앤드루스와 웨스턴도 다 거기 회원이고."

실리아가 천천히 말했다.

"그럼 나는 어떡하고요?"

"당신은 가입해봤자일 거예요. 여자는 주말에 경기를 할 수 없고, 그렇다고 주중에 당신 혼자 가지도 않을 테니까."

"내 말은 나 혼자 주말에 뭘 하느냐는 거예요. 당신은 앤드루스나 다른 사람들과 골프를 칠 거잖아요."

"골프클럽 회원이 돼놓고 이용하지 않는 건 어리석은 짓이에요."

"그래요, 하지만 우린 항상 주말을 함께 보냈잖아요. 당신하고 나요."

"그래, 나도 알아요. 그런데 다른 사람과 지내보면 어때요? 당신도 친구가 많잖아요."

"아뇨, 난 친구 없어요. 지금은요. 런던에 살던 몇 안 되는 친구는 모두 결혼해서 떠났어요."

"도리스 앤드루스와 웨스턴 부인, 그리고 다른 사람도 있잖아요."

"그들은 내 친구가 아니라 당신 친구들의 아내들이죠. 그건 같지 않아요. 게다가 그것 때문만이 아니에요. 당신은 이해 못 해요. 나는 당신과 같이 있는 게 좋은 거예요. 당신과 함께 뭔가를 하는 게 좋다고요. 산책을 하고 샌드위치를 나눠 먹고 같이 골프를 치는 일이 다 좋고 즐거워요. 주중에는 당신이 피곤해하니까 저녁때 당신이 뭘 하든 성가시게 하거나 괴롭히지 않잖아요. 하지만 난 주말을 기다려요. 난 그 시간이 좋아요. 그래요, 더멋, 난 당신과 같이 있는 게 좋아요. 그런데 이제 우리가 함께하는 일이 없게 된다니요."

실리아는 목소리가 떨리지 않기를 바랐다. 눈물을 참을 수 있기를 바랐다. 그녀가 너무 억지를 부리는 걸까? 더멋이 화를 낼까? 실리아가 이기적인 걸까? 그녀가 매달리는 걸까―그랬다, 그녀는 분명 매달리고 있었다. 또다시 담쟁이덩굴처럼!

더멋은 인내하며 납득시키려고 노력했다.

"글쎄, 난 그 말은 좀 부당하다고 생각하는데. 난 당신이 하고 싶어하는 일에 간섭하지 않잖아요."

"하지만 난 뭘 하겠다고 한 적 없어요."

"아니, 당신이 그러겠다고 했어도 난 반대하지 않았을 거예요. 주말에 당신이 도리스 앤드루스나 다른 옛친구들과 놀러 간다고 했다면 나는 흔쾌히 그러라고 했을 거라고요. 난 나대로 누군가를 찾아 어디든 갔을 거고. 어쨌든 우리는 결혼하면서 각자 자유롭고 하고 싶은 일을 한다는 데 동의했어요."

"우리는 그런 동의를 한 적도, 그런 얘기를 한 적도 없어요." 실리아가 말했다. "우린 서로 사랑해서 결혼했을 뿐이에요. 같이 있으면 언제까지나 아주 행복할 거라고 생각했고요."

"그래, 지금 그렇잖아요. 당신을 사랑하지 않는 게 아니에요. 난 전보다 더 당신을 사랑해요. 하지만 남자는 남자 친구들과 어울리고 싶어하는 법이에요. 또 남자에게는 운동이 필요하고요. 내가 여자와 골프를 치겠다면 당신이 싫어하는 게 당연하죠. 하지만 난 당신 말고 다른 여자한테는 신경쓰고 싶지 않아요. 난 여자가 싫어요. 친구들과 골프를 치고 싶은 것뿐이라고요. 당신은 이 일을 너무 비합리적으로 생각하는 것 같은데요."

그랬다, 그녀가 비합리적으로 보고 있는지도 몰랐다……

더멋이 원하는 일은 아주 순수했다—아주 자연스러웠다……

그녀는 창피했다……

하지만 더멋은 그녀가 둘이 함께 보내는 주말을 얼마나 좋아했는지 몰랐다…… 실리아는 침대에서만 남편을 원하는 게 아니었다. 그녀는 연인보다 놀이 친구로서 더멋을 더 많이 사랑했다……

여자들은 남자가 여자를 잠자리 상대 혹은 가정부로만 본다고 말하곤 한다. 그게 사실일까?

여자들은 동반자가 되고 싶어하고, 남자들은 그것을 지겨워한다는 것이 결혼의 큰 비극일까?

실리아가 이 이야기를 했다. 더멋은 늘 그렇듯이 솔직했다.

"실리아, 내 생각에는 맞는 것 같아요. 여자는 항상 남자와 뭔가를 같이하고 싶어하죠. 그런데 남자는 그보다는 친구와 어울리고 싶어하거든요."

그녀는 그 말을 알아들었다. 더멋이 옳았고 그녀는 틀렸다. 그녀가 비이성적으로 굴었다. 실리아가 그렇게 말하자, 더멋의 얼굴이 펴졌다.

"당신은 정말 너그러워요. 그리고 난 당신이 결국 그 시간을 더 즐기게 될 거라 생각해요. 당신이 하는 일, 당신이 생각하는 것들에 대해 이야기 나눌 친구를 찾아서 어울리게 될 거라는 말이에요. 나는 내가 그런 걸 잘 못한다는 걸 알아요. 우리는 행복할 거예요. 어쩌면 주말에 하루만 골프를 칠 수도 있어요. 나머지 하루는 예전처럼 같이 지내고."

그다음주 토요일, 그는 환한 표정으로 나갔다. 일요일에는 더멋이 먼저 산책을 가자고 말했다.

그날의 산책은 전과 같지 않았다. 더멋은 더없이 다정했지만 실리아는 그의 마음이 돌턴 히스 골프장에 가 있다는 것을 알았다. 웨스턴이 골프를 치러 가자고 했는데 더멋이 거절했기 때문이다.

그는 자신의 희생을 한껏 생색냈다.

다음 주말이 되자 실리아는 그에게 이틀 동안 골프를 치라고 했다. 그는 기뻐하며 나갔다.

실리아는 생각했다. '다시 혼자 노는 법을 배워야겠어. 아니면 친구를 찾든가.'

그녀는 지금까지 '가정적인 여자들'을 경멸했다. 실리아는 더멋과 그녀 사이에 동지애가 있다는 것을 자랑스러워했다. 가정적인 여자들은—자식이나 하인, 살림에만 몰두하는—톰이나 딕이나 프레드가 주말에 골프를 치러 나가면 집안이 어질러지지 않는다고 좋아했다. "하인들도 훨씬 편해지거든요—" 남자들은 돈을 벌어오는 존재로서 필요하지만 집에 있으면 성가시기만 한 존재였다……

어쩌면 집안 살림에는 득일 수도 있었다.

그렇게도 보였다.

Chapter 14

담쟁이덩굴

1

친정에 오니 정말 좋았다. 실리아는 초록 잔디밭에 몸을 쭉 뻗고 누웠다. 포근한 온기와 살아 있다는 느낌이 밀려들었다……

머리 위로는 너도밤나무가 바스락대고……

여기도 초록, 저기도 초록, 사방이 초록이었다.

주디는 목마를 끌고 경사진 풀밭을 힘들게 올라오고 있었다……

튼튼한 다리와 발그레한 뺨, 파란 눈, 숱 많은 다갈색 곱슬머리의 주디는 사랑스러웠다. 주디는 실리아의 어린 딸이었다. 예전에 그녀가 미리엄의 어린 딸이었던 것처럼.

물론 주디는 아주 다르긴 했다……

주디는 이야기 듣는 것을 좋아하지 않았다. 힘들이지 않고도 이야기를 많이 생각할 수 있는 실리아는 아쉬웠다. 아무튼 주디는 동화를 좋아하지 않았다.

주디는 상상하며 노는 것도 잘 못했다. 실리아가 예전에 잔디밭은 바다이고 굴렁쇠는 하마라고 상상하며 놀았다고 하자, 주디는 엄마를 빤히 쳐다보며 말했다. "하지만 여긴 잔디밭이야. 굴렁쇠는 굴리는 거고. 그걸 탈 수는 없어, 엄마."

주디가 엄마를 바보 같은 아이였다고 믿는 게 완연해서 실리아는 몹시 기분이 나빴다.

처음에는 더멋이 그녀를 바보 취급하더니 이제 주디가 그랬다!

겨우 네 살이지만 주디는 상식이 풍부했다. 상식이 때로 사람을 지겹게 만들 수도 있다는 것을 실리아는 알게 됐다.

또한 주디의 상식은 실리아에게 안 좋은 영향을 미쳤다. 그녀는 딸의 맑고 파랗고 재보는 듯한 눈에 지각 있는 엄마로 보이려고 애썼고, 그럴수록 스스로 생각하는 것보다 자신을 더 바보같이 보이게 하는 결과를 낳았다.

실리아에게 딸은 완전히 수수께끼였다. 실리아가 어릴 때 즐기던 놀이가 주디에게는 모두 따분한 것 같았다. 주디는 정원에서 혼자 삼 분도 놀지 못했다. '할 게 없다'고 분명하게 말하고는 성큼성큼 집으로 들어가버리곤 했다.

주디는 현실적인 일을 즐겨 했다. 런던의 아파트에서는 지루한 줄 몰랐다. 걸레로 탁자를 반들반들하게 닦거나 침대 정리를 거들고, 아빠를 도와 골프채를 닦기도 했다.

더멋과 주디는 갑자기 친구가 됐다. 두 사람 사이에는 더 바랄 것 없는 만족스러운 교감이 자라났다. 더멋은 여전히 주디의 통통한 몸매를 개탄했지만 아빠와 같이 있는 것을 유난히 좋아하는 딸에게 빠지지 않을 수 없었다. 두 사람은 어른처럼 진지하게 대화를 나눴다. 더멋은 주디에게 골프채를 닦으라고 주면서, 딸이 제대로 해낼 거라고 기대했다. 주디가 블록으로 만든 집이나 털실로 만든 공, 닦은 스푼을 보여주며 "잘했죠?"라고 물으면 더멋은 잘했다고 생각될 때만 그렇다고 대답했다. 그는 실수나 잘못 만든 부분을 지적하곤 했다.

실리아는 말했다. "그러면 아이가 기죽을 거예요."

하지만 주디는 조금도 기죽지 않았고, 마음의 상처를 입지도 않았다. 아이는 엄마보다 아빠를 따랐다. 아빠가 비위를 맞추기 더 어려운 상대였기 때문이다. 주디는 어려운 일을 해내는 것을 좋아했다.

더멋은 거칠었다. 부녀가 같이 뛰어놀면 번번이 주디가 다쳤고, 같이 게임을 하면 혹이 나거나 긁히거나 손가락을 찧는 것으로 끝났다. 하지만 주디는 상관하지 않았고, 실리아와 하는 얌전한 게임은 시시하다고 생각했다.

아이는 아플 때만 엄마를 찾았다.

"가지 마, 엄마. 가지 마. 여기 있어줘. 아빠 말고. 아빠는 오지 마."

더멋은 곁에 있지 않아도 되는 것을 꽤 다행스러워했다. 그는 아픈 사람을 좋아하지 않았다. 누가 아프거나 슬퍼하면 그는 난처해했다.

주디는 더멋처럼 누가 자기 몸에 손대는 것을 싫어했다. 뽀뽀하거나 안는 것도 싫어했다. 엄마가 밤에 잘 자라고 뽀뽀해주는 건 참았지만 그 이상은 싫어했다. 아빠는 딸에게 뽀뽀하지 않았다. 아빠와 딸의 밤 인사는 서로 씩 웃는 것이었다.

주디와 외할머니는 아주 잘 지냈다. 미리엄은 활기차고 똑똑한 손녀를 예뻐했다.

"주디는 정말 똑똑하구나, 실리아. 말도 척척 알아듣고."

가르치는 것을 좋아하는 미리엄의 오래된 취향이 되살아났다. 그녀는 주디에게 알파벳과 간단한 단어를 가르쳤다. 할머니와 손녀는 즐겁게 공부했다.

미리엄이 실리아에게 말하곤 했다.

"그런데 주디는 너 같지는 않구나, 실리아……"

마치 아이에게 관심이 가는 것을 변명하는 듯했다. 미리엄은 아이를 좋아했다. 아이의 생각을 일깨워주는 데서 교육의 기쁨을 맛보았다. 그녀에게 주디는 계속해서 설렘과 관심을 일으키는 대상이었다.

하지만 미리엄의 마음에는 오직 실리아만 있었다. 모녀의 사이는 어느 때보다 돈독했다. 실리아가 친정에 와서 엄마를 보면 흰머리가 나고 쇠약해진 모습이 왜소한 노인 같았다. 하지만 하루이틀 지나면 미리엄은 되살아나서 뺨에 홍조가 돌아오고 눈이 반짝거렸다.

"우리 딸이 돌아왔구나." 그녀는 행복해하며 말하곤 했다.

미리엄은 항상 더멋도 데려오라고 했지만 그가 오지 않으면 더 좋아했다. 그녀는 실리아를 독차지하고 싶어했다.

실리아는 옛날로 되돌아간 것 같아 좋았다. 안심되고 행복한 기분이 온몸으로 밀려드는 느낌. 사랑받는 충만한 느낌……

엄마가 보기에 실리아는 완전했다…… 엄마는 그녀가 다른 사람이 되기를 바라지 않았다…… 실리아 자신이기만 하면 됐다.

본연의 모습으로 지내는 것은 큰 휴식이 됐다……

그녀는 포근한 분위기 속에서 이런저런 이야기를 하며 자신을 풀어놓을 수 있었다……

실리아는 더멋이 얼굴을 찌푸릴까봐 눈치볼 필요 없이 "정말 행복해"라고 말할 수 있었다. 더멋은 상대가 감정을 표현하는 것을 싫어했다. 그러는 건 꼴불견이라고 생각했다……

실리아는 친정에서 얼마든지 흐트러져 있을 수 있었다……

친정에 오면 그녀는 더멋과 사는 게 얼마나 행복한지, 그와 주디를 얼마나 사랑하는지 깨달을 수 있었다……

그렇게 한바탕 사랑의 감정에 휩싸이고 머릿속에 떠오르는 대로 아무 이야기나 늘어놓은 뒤에는 이전 모습으로 돌아가서 더멋이 만족하는 지각 있고 독립적인 사람이 될 수 있었다.

그리운 집─너도밤나무─잔디밭─쑥쑥 자라는 잔디가 뺨을 간질였다.

그녀는 꿈꾸듯이 생각했다. '살아 있어─거대한 녹색 짐승─세상은 거대한 녹색 짐승 같지…… 친절하고 따뜻하고 생생한…… 행복해─정말 행복해…… 나는 내가 바라던 것을 전부 가졌어……'

더멋이 그녀의 생각 속을 행복하게 표류하며 들락거렸다. 그는 실리아의 인생 노래에서 일종의 주제였다. 가끔 그녀는 더멋이 견딜 수 없이 그리웠다.

어느 날 그녀가 주디에게 말했다.

"아빠 보고 싶지 않니?"

"아니." 주디가 대답했다.

"그래도 아빠가 여기 있으면 좋겠지?"

"응, 그러면 좋겠어."

"그런데도 보고 싶지 않아? 주디는 아빠를 많이 좋아하잖아."

"좋아하긴 하지만 아빠는 런던에 있잖아."

주디는 그렇게 정리했다.

실리아가 집으로 돌아가자 더멋은 무척 반겼다. 그들은 연인처럼 행복하게 저녁 시간을 보냈다. 실리아가 속삭였다.

"많이 보고 싶었어요. 당신도 그랬어요?"

"글쎄, 그런 생각은 안 해봐서 모르겠는데요."

"내 생각을 하지 않았다는 뜻이에요?"

"네. 그런다고 무슨 소용이 있겠어요? 생각한다고 당신이 오는 것도 아닌데."

물론 옳고 대단히 합리적인 말이었다.

"하지만 내가 오니까 기쁘죠?"

그가 대답하자 실리아는 만족했다.

하지만 더멋이 잠든 후 그녀는 몽롱한 행복감에 젖어 생각했다.

'한심한 생각이지만 가끔은 더멋이 속에 없는 말이라도 해주면 좋겠어……

죽도록 보고 싶었다고 말해줬다면 얼마나 위안이 되고 마음이 따뜻했을까. 그 말이 사실인지는 중요하지 않았을 거야.'

그러나 더멋은 더멋이었다. 우습고 무서울 정도로 솔직한 더멋. 주디는 그를 쏙 빼닮았다……

진실한 대답을 듣고 싶지 않다면, 그들에게는 묻지 않는 게 더 현명했다.

실리아는 비몽사몽간에 생각했다.

'내가 언젠가는 주디를 질투하게 될지도 몰라…… 나보다 주디와 더멋이 서로를 더 잘 이해하니까.'

실리아는 가끔 주디가 엄마를 질투한다고 생각했다. 아이는 아빠의 관심을 독차지하고 싶어했다.

실리아는 생각했다. '정말 이상해. 주디가 태어나기 전에는, 주디가 아주 어렸을 때는 더멋이 아이를 무척 질투했었는데. 상황이 반대로 가는 게 우스워……'

소중한 주디…… 소중한 더멋…… 어쩜 그렇게 비슷하고 우습고 그렇게 사랑스러운지…… 그들은 그녀의 것이었다. 아니, 그녀의 것이 아니었다. 그녀가 그들의 것이었다. 그렇게 생각하는 편이 나았다. 그게 더 따뜻하고 편안했다. 실리아는 그들에게 속한 사람이었다.

2

실리아는 새로운 놀이를 만들었다. 그녀는 이 놀이를 '소녀들'의 새로운 단계라고 생각했다. '소녀들'은 사라지기 직전이었다. 실리아는 그들을 되살리려 애썼고 그들에게 아기와 정원이 있는 저택과 흥미로운 직업을 갖게 해줬지만 소용없었다. '소녀들'은 다시 살아나기를 거부했다.

실리아는 새로운 인물을 만들었다. 헤이즐이라는 여자였다. 실리아는 헤이즐을 어린 시절부터 열심히 죽 좇았다. 헤이즐은 불행한 아이였다. 천덕꾸러기였다. "뭔가가 벌어질 거야, 뭔가가 벌어질 거야" 하고 주문을 외우는 습관 때문에 보모들에게 악명 높았다. 주문을 외우면 늘 무슨 일인가 벌어졌다. 보모가 손가락을 찔리는 일이라도. 헤이즐은 마녀의 정령임을 자처했다. 그녀는 자라면서 어리숙한 사람들을 속이기가 얼마나 쉬운지 알게 되었다……

실리아는 큰 흥미를 느끼며 헤이즐을 따라 심령술, 점술, 강령술의 세계로 들어갔다. 헤이즐은 결국 본드 거리에 있는 점집에 들어가게 됐고, 거기서 가난한 동네의 작은 패거리인 '스파이들'의 도움을 받아 유명세를 얻었다.

그러다가 웨일스 출신의 젊은 해군 장교와 사랑에 빠졌다. 그리고 웨일스의 마을들이 등장했다. 이어서 서서히 그녀의 사기 행위들이 드러나는 한편 점쟁이로서 타고난 능력도 (헤이즐을 제외한 모두에게) 분명해지기 시작했다.

마침내 헤이즐 자신도 그 사실을 깨닫고 겁을 먹었다. 하지만 사람들을 속이려 할수록 묘한 추측들은 더 잘 들어맞았다…… 그 능력이 그녀를 휘감고 놓아주지 않았다.

오언이라는 청년은 상상하기가 조금 모호했지만, 결국 그럴

듯하기만 하고 쓸모없는 남자로 낙착됐다.

실리아는 시간이 날 때나 주디와 공원을 산책할 때 머릿속으로 이야기를 이어나갔다.

어느 날 이 이야기를 글로 써야겠다는 생각이 머릿속을 스쳤다.

어쩌면 진짜로 책을 내게 될지도 모른다……

그녀는 6펜스짜리 공책과 아무렇게나 간수해도 되는 연필을 넉넉히 샀고, 쓰기 시작했다……

글을 쓰는 일은 생각보다 쉽지 않았다. 머릿속에서 여섯 단락이 풀려도 정작 한 단락밖에 쓰지 못했고, 한 단락을 다 쓸 때쯤에는 정확한 표현이 머릿속에서 날아가고 없었다.

그래도 진전은 있었다. 그녀가 그렸던 내용과 똑같지는 않지만 제법 책처럼 읽혔다. 여러 장으로 이루어져 있었다. 실리아는 공책을 여섯 권 더 샀다.

웨일스 부흥회에서 헤이즐이 '간증'하는 대목을 어렵사리 성공적으로 마무리할 때까지 더멋에게는 이야기하지 않았다.

이 특별한 장은 실리아가 생각했던 것보다 훨씬 잘 풀렸다. 그녀는 승리감에 상기되어 누군가에게 말하고 싶어졌다.

"더멋, 당신은 내가 책을 쓸 수 있다고 생각해요?" 그녀가 물었다.

더멋은 명랑하게 대답했다.

"좋은 생각 같은데요? 당신이라면 그럴 수 있지요."

"사실은 벌써 시작했어요—쓰기 시작했다고요. 반쯤 썼어요."

"잘했네요." 더멋이 말했다.

그는 내려놓았던 경제학 책을 다시 집어들었다.

"자신이 영매인 줄 모르는 아가씨에 대한 이야기예요. 그 아가씨는 가짜 점집에 들어가게 되고 교령交靈회에서 속임수를 썼어요. 그러다가 웨일스 출신의 청년과 사랑에 빠져서 웨일스로 가는데 이상한 일들이 벌어지죠."

"줄거리는 있겠죠?"

"물론이죠. 내가 제대로 표현을 못해서 그래요."

"영매나 교령회 같은 것에 대해 알고 있었어요?"

"아뇨." 실리아는 한 대 얻어맞은 것 같았다.

"글쎄, 그럼 그런 내용을 쓰는 건 좀 위험하지 않을까요? 당신은 웨일스에 가본 적도 없잖아요."

"그렇죠."

"당신이 아는 것에 대해 쓰는 게 낫지 않겠어요? 런던이나 당신 고향 근처에 대해서. 내가 보기엔 당신이 스스로 어려움을 자초하는 것 같아요."

실리아는 창피했다. 여느 때처럼 더멋이 옳았다. 그녀는 바보짓을 했다. 어쩌자고 전혀 알지도 못하는 주제를 택했을까?

부흥회도 마찬가지였다. 그녀는 부흥회에 가 본 적이 없었다. 도대체 왜 그런 장면을 묘사하려고 애썼을까?

하지만 이제 와서 헤이즐과 오언을 포기할 수는 없었다…… 그들은 거기 있었다…… 그들을 어떻게든 해야만 했다.

다음달 내내 실리아는 심령술, 교령회, 영매의 신력, 사기 행위와 관련한 자료를 찾아 모조리 읽었다. 그런 다음 천천히 공들여 책의 첫 부분을 전부 고쳤다. 이 일은 즐겁지 않았다. 문장이 전부 머뭇거리며 흘러가는 것 같았고 이상하게도 특별한 이유 없이 문법적인 문제까지 애를 먹였다.

여름이 되자 더멋은 실리아를 위해 이 주 동안 휴가를 내서 웨일스로 같이 가 주었다. 웨일스를 둘러보며 '지방색'을 살필 생각이었다. 그러나 열심히 다녀도 도무지 소득이 없었다. 그녀는 뭔가 떠오르면 적으려고 작은 수첩을 들고 돌아다녔다. 하지만 실리아는 원래 유난히 관찰력이 없었고, 아무것도 적지 못할 것 같은 시간이 흘렀다.

그녀는 웨일스를 포기하고 오언을 헥터라는 이름의 하일랜드에 사는 스코틀랜드 남자로 바꾸고 싶은 강렬한 충동을 느꼈다.

하지만 더멋은 그래 봤자 똑같은 어려움에 봉착할 거라고 지적했다. 그녀는 하일랜드에 대해서도 아는 게 없었다.

실리아는 절망하면서 그 일을 접었다. 글이 좀처럼 진척되지 않았다. 게다가 그녀는 이미 마음속에서 콘월 지방의 바닷가에 사는 어부 가족과 놀고 있었다……

실리아는 에이머스 폴리지라는 인물이 이미 익숙했다……

더멋에게는 이야기하지 않았다. 자신이 어부나 바다에 대해서도 아는 게 없다는 사실을 너무도 잘 알았기 때문이다. 글을 쓰는 건 의미 없겠지만 생각하는 건 재미있었다. 이가 다 빠진 사뭇 불길한 노파도 등장시킬 생각이었다……

그리고 언젠가는 헤이즐의 이야기도 완성할 것이다. 오언은 런던의 시답잖은 주식중개인이 될 공산이 아주 컸다.

하지만 오언은 그걸 원치 않는 듯했다……

그는 부루퉁했고, 서서히 흐려지다 아예 자취를 감추었다.

3

실리아는 가난과 절약하며 사는 데 꽤 익숙해졌다.

더멋은 언젠가 큰돈을 벌 거라고 기대했다. 사실 그는 그럴 거라고 확신했다. 실리아는 부자가 된다는 기대는 하지 않았다. 현재에 만족했고, 남편이 너무 많이 실망하지 않기를 바랐다.

진짜 돈에 쪼들리게 될 거라고는 두 사람 모두 예상하지 못했다. 전후의 호경기가 끝나고 불경기가 뒤를 이었다.

회사의 도산으로 더멋은 일자리를 잃었다.

더멋에게 들어오는 연간 50파운드와 실리아에게 들어오는 연간 100파운드, 전시공채 200파운드가 그들 수입의 전부였고, 실리아와 주디가 피난처로 삼을 수 있는 미리엄의 집이 있었다.

어려운 시기였다. 실리아가 그 사실을 절감한 건 주로 더멋 때문이었다. 더멋은 특히 지독한 불행을 겪었다. (열심히 일했기 때문에) 불행은 그에게 억울한 기분을 주었다. 그는 날카롭고 괴팍해져서 성질을 부렸다. 실리아는 케이트와 덴먼을 내보내고 남편이 직장을 구할 때까지 살림을 직접 하겠다고 말했다. 하지만 보모인 덴먼은 떠나지 않으려 했다.

그녀는 흥분해서 야멸차게 말했다. "전 여기 있을 거예요. 무슨 말씀을 하셔도 소용없습니다. 급료는 나중에 받아도 돼요. 우리 귀염둥이를 두고 나가지 않겠어요."

그래서 덴먼은 남았다. 그녀와 실리아는 번갈아가면서 집안일과 요리, 주디 돌보는 일을 했다. 아침에 실리아가 주디를 데리고 공원에 나가면 덴먼이 요리와 청소를 했다. 다음날 아침에는 덴먼이 나가고 실리아가 남았다.

실리아는 이런 생활에서 묘한 즐거움을 발견했다. 그녀는 바쁜 것이 좋았다. 저녁이면 짬을 내서 헤이즐 이야기를 썼다. 웨일스에서 메모한 내용을 참조해 겨우겨우 원고를 마무리했고, 한 출판사에 보냈다. 무슨 일이 생길 수도 있었다.

하지만 바로 반송됐고 실리아는 원고를 서랍에 처박아버리고 다시 꺼내지 않았다.

실리아에게 가장 큰 어려움은 더멋이었다. 더멋은 완전히 비이성적으로 변했다. 실패에 너무 예민해졌고 함께 지내기 힘들 정도였다. 실리아가 명랑하게 굴면 더멋은 남편의 어려움에 더 공감하라고 말했다. 실리아가 조용히 있으면 더멋은 남편에게 기운을 북돋워주기 위해 노력하라고 말했다.

실리아는 더멋만 협조한다면 모든 것을 마치 소풍처럼 여길 수도 있을 텐데 하고 절망적인 기분으로 생각했다. 어려움이 닥쳤을 때는 크게 웃어넘기는 것이 그것을 이기는 최선의 방법인데.

하지만 더멋은 웃어넘기지 못했다. 그의 자존심이 걸린 문제였다.

더멋이 퉁명스럽고 비이성적으로 굴어도 실리아는 파티가 끝났을 때만큼 상처받지는 않았다. 실리아는 남편이 고초를 겪고 있고, 그가 자신보다도 실리아 때문에 더 힘들어한다는 것을 이해했다.

때로는 그가 마음을 털어놓기도 했다.

"주디를 데리고 떠나지 그래요? 아이를 데리고 친정으로 가요. 지금 난 상태가 별로 좋지 못해요. 내가 못살게 군다는 거 알아요. 전에도 얘기했지만 나는 어려운 상황에서는 상태가 좋지 않아요. 난 어려움을 잘 견디지 못해요."

하지만 실리아는 그를 혼자 두고 싶지 않았다. 남편을 편하게 해주고 싶었지만 그녀가 할 수 있는 일은 없는 것 같았다.

그렇게 하루하루가 흘렀고, 직장을 구하지 못하자 더멋은 점점 더 침울해졌다.

마침내 실리아가 힘에 부친 나머지 더멋이 누차 얘기했던 것처럼 친정으로 가야겠다고 결심하려는 순간, 변화가 찾아왔다.

어느 오후 집으로 돌아온 더멋은 완전히 다른 사람처럼 보였다. 소년처럼 다시 젊어진 것 같았다. 그의 짙푸른 눈이 일렁이고 반짝거렸다.

"실리아―엄청난 소식이 있어요. 토미 포브스 기억하죠? 혹시나 해서 연락해봤는데 무척 반기더라고요. 나 같은 사람을 찾던 중이었대요. 일 년에 800파운드로 시작해서 일이 년 후에는 1500이나 2000파운드까지 받게 될지도 몰라요. 우리 어디 나가서 축하해요."

얼마나 행복한 저녁이었는지! 더멋은 백팔십도로 달라졌다. 열정과 흥분으로 가득찬 아이 같았다. 그는 실리아에게 옷을 사주겠다고 고집부렸다.

"그 청보라색 옷을 입으니 예쁘네. 난―난 여전히 당신을 무척 사랑해요, 실리아."

연인─그랬다, 그들은 여전히 연인이었다.

그날 밤 실리아는 누워서 생각했다. '더멋의 일이 항상 잘 풀려야 할 텐데…… 그래야 해. 사정이 나빠지면 이 사람은 너무 힘들어하니까.'

다음날 아침 불쑥 주디가 말했다. "엄마, 맑은 날만 친구라는 게 뭐야? 유모의 그런 친구가 페컴에 산대."

"내 일이 잘 풀릴 때는 잘해주지만 어려울 때는 곁을 지켜주지 않는 사람이란 뜻이야."

"아, 알겠다. 아빠 같은 거구나." 주디가 말했다.

"아니야, 주디. 그렇지 않아. 아빠는 걱정거리가 있으면 속상해하고 잘 웃지 않지만 주디나 엄마가 아프거나 슬퍼하면 우릴 위해 무슨 일이든 할 거야. 아빠는 세상에서 가장 성실한 사람이야."

주디는 엄마를 골똘히 쳐다보며 말했다.

"난 아픈 사람은 싫어. 아픈 사람들은 침대에만 누워 있고 놀 수도 없잖아. 어제 공원에서 마거릿의 눈에 뭐가 들어갔거든. 그래서 뛰어놀지 못하고 앉아 있어야 했어. 나한테도 앉으라고 했는데 난 그러기 싫었어."

"주디, 그럼 안 돼."

"아니야, 난 앉아 있기 싫어. 뛰어다니는 게 좋아."

"하지만 네 눈에 뭐가 들어가면, 네 친구도 앉아서 같이 이야기해주길 바랄 거야. 너만 두고 가버리면 싫을걸."

"난 괜찮아…… 아무튼 내 눈에 뭐가 들어간 건 아니었어. 마거릿이 그랬던 거지."

Chapter 15

성공

1

더멋은 성공했다. 그는 일 년에 2000파운드 가까이 벌었다. 부부는 행복한 시간을 보냈다. 둘 다 저축을 해야 한다고 생각했지만 당장 하지는 않기로 했다.

그들은 중고차부터 구입했다.

실리아는 시골에서 살고 싶은 마음이 간절했다. 주디에게 훨씬 좋을 것이고, 런던이 싫기도 했다. 예전에 더멋은 출퇴근 교통비가 많이 들고 식료품비 등 물가가 더 비싸다는 이유로 시골 생활에 반대했었다.

하지만 이번에는 그도 찬성했다. 그들은 돌턴 히스에서 멀지 않은 곳에 집을 구할 생각이었다.

대규모 택지 내 저택을 분할 분양한 주택 한 곳에 들어가게 됐다. 돌턴 히스 골프장과 10마일 떨어져 있었다. 또 부부는 귀여운 실리엄*을 사서 오브리라고 이름 지었다.

덴먼은 같이 내려가지 않겠다고 했다. 힘든 시기에 천사 같던 그녀는 형편이 좋아지자 고약해졌다. 실리아에게 무례했고 고개를 쳐들고 거만한 분위기를 풍겼다. 그러다가 무슨 낌새를 챘는지 결국 자신에게 변화가 필요한 것 같다고 통고하듯 말했다.

그들은 봄에 이사했고, 실리아를 가장 흥분하게 만든 건 라일락나무였다. 라일락나무 수백 그루가 보랏빛 그늘을 드리웠다. 이른아침 오브리를 데리고 정원을 거닐면서 실리아는 삶이 완벽해졌다고 느꼈다. 먼지도 티끌도 안개도 없었다. 이게 바로 집이었다……

실리아는 시골 생활과 오브리와 하는 긴 산책을 아주 좋아했다. 주디는 근처의 작은 학교에 다녔다. 주디는 오리가 물을 좋아하듯 학교를 좋아했다. 아이는 한 사람을 상대할 때는 수줍음을 탔지만 여러 사람 앞에서는 전혀 그렇지 않았다.

"나중에 진짜 큰 학교에 다닐 수도 있죠, 엄마? 여자애 수백 하고 수백 하고 수백 명이 다니는 학교에 다닐 수 있는 거죠? 영국에서 가장 큰 학교는 어디예요?"

---

* 테리어종의 개.

실리아는 방을 정하는 일을 두고 더멋과 말다툼했다. 전면을 향한 좋은 방들 중 하나는 안방으로 쓸 생각이었다. 실리아는 더멋이 옷방으로 쓰고 싶어했던 방을 주디 방으로 써야 한다고 주장했다.

더멋은 짜증을 냈다.

"당신은 당신 하고 싶은 대로 하겠죠. 이 집에서 햇볕이 들지 않는 방을 쓰는 사람은 나밖에 없게 생겼고."

"주디는 햇볕이 잘 드는 방을 써야 해요."

"말도 안 돼요. 주디는 종일 밖에서 놀잖아요. 뒤쪽 방은 아주 넓어요. 아이가 뛰어다녀도 될 만큼."

"그 방은 햇볕이 들지 않아요."

"주디에게 중요한 햇볕이 왜 나한테는 중요하지 않은지 모르겠네요."

하지만 실리아는 처음으로 단호하게 맞섰다. 더멋에게도 볕이 잘 드는 방을 주고 싶은 마음이 굴뚝같았지만 그렇게 해주지 않았다.

결국 더멋은 순순히 패배를 받아들였다. 그는 투덜대면서도 양보했고 혹사당하는 남편, 아빠인 척했다.

2

주변에 좋은 이웃이 많았고 대부분 자녀가 있었다. 모두 친절했다. 곤란한 점은 딱 하나, 더멋이 저녁식사 모임에 가지 않으려 하는 것이었다.

"실리아, 난 지쳐서 런던에서 내려오는데 당신은 내게 옷을 차려입고 나가서 자정이 지나서야 돌아와 자라고 하고 있어요. 난 그렇게는 못 해요."

"물론 매일 그러자는 게 아니에요. 일주일에 하루 정도는 괜찮잖아요."

"그래도 싫어요. 좋으면 당신이나 가요."

"나 혼자는 못 가요. 다들 저녁은 파트너 동반으로 초대한다고요. 그리고 당신이 저녁에 꼼짝도 않는다고 하면 아주 이상하다고 생각할 거예요. 당신은 아주 젊으니까요."

"나 없이도 당신은 잘 어울릴 수 있을 거예요."

하지만 그건 쉽지 않았다. 실리아의 말처럼 시골에서는 파트너 동반으로 초대했다. 그래도 그녀는 더멋의 말에 따르기로 했다. 돈을 벌어오는 그가 부부 생활에서도 칼자루를 쥐는 게 당연하니까. 그래서 그녀는 초대를 일절 사양하고 그와 집에서 지냈다. 더멋은 금융 관련 서적을 읽었고 실리아는 바느질을 하거나 손을 모으고 앉아 콘월의 어부 가족을 생각했다.

3

실리아는 아이를 더 낳고 싶었다.

더멋은 아니었다.

"런던에 살 때 당신은 방이 부족하다고 말했었죠." 실리아
가 말했다. "그리고 아주 가난했고요. 하지만 이제 우린 꽤 넉
넉하고, 방도 많아요. 아이가 둘이라도 하나일 때보다 더 힘들
진 않을 거예요."

"어쨌든 당장은 싫어요. 또다시 그 소란스럽고 성가시고 울
고불고 사방에 우유병이 굴러다니는 일을 겪는 건."

"당신은 계속 그렇게 말할걸요."

"아니, 안 그래요. 난 아이를 둘 더 갖고 싶어요. 하지만 지
금은 아니에요. 우리는 아직 젊고 시간도 많잖아요. 세상일이
지루해지면 그때 일종의 모험처럼 아기를 갖자고요. 지금은
우리끼리 즐겁게 지내면 좋겠어요. 당신도 다시 입덧을 하고
싶지는 않겠죠?" 그는 말을 멈췄다가 이었다. "오늘 내가 뭘
봤는지 알아요?"

"더멋!"

"자동차요. 우리 중고차가 아주 형편없어졌잖아요. 데이비
스가 알려줬어요. 스포츠카예요, 주행거리가 8천 마일밖에 안
되는."

실리아는 생각했다.

'난 이 사람을 얼마나 사랑하는가! 정말 소년 같아. 적극적이고…… 정말 열정적이야. 이렇게 좋아하는데 못 갖게 할 이유가 있을까?…… 아기는 언젠가 갖게 되겠지. 그동안은 차를 갖게 해주자…… 난 아기보다 이 사람을 더 좋아하니까……'

4

실리아는 더멋이 옛친구들을 집으로 초대하지 않는 게 의아했다.

"전에는 앤드루스와 굉장히 잘 지냈잖아요."

"그랬죠. 하지만 지금은 서로 연락하지 않아요. 거의 얼굴도 못 보고. 사람은 변하기 마련이에요……"

"짐 루커스도 있어요. 우리가 약혼할 무렵 당신과 늘 붙어다니던."

"아, 난 군대 시절에 알던 사람들하고는 어울리고 싶지 않아요."

어느 날 실리아에게 엘리 메이틀런드의 편지가 도착했다. 이제 그녀는 엘리 피터슨이었다.

"더멋, 내 친구 엘리 피터슨이 인도에서 돌아왔어요. 엘리 결혼식 때 내가 들러리를 섰었죠. 엘리에게 주말에 남편과 놀러오라고 해도 될까요?"

"물론이죠, 당신이 그러고 싶으면. 그 남편은 골프 쳐요?"

"모르겠어요."

"골프를 안 친다면 좀 따분하겠네. 뭐 그래도 상관없어요. 당신 설마 내가 집에 있으면서 그들을 접대하길 바라는 건 아니겠죠?"

"같이 테니스를 치면 어때요?"

단지 내에 주민이 사용할 수 있는 코트가 여러 개 있었다.

"엘리는 테니스를 아주 좋아했고, 톰도 테니스를 쳐요. 예전엔 잘 쳤어요."

"나는 테니스 못 쳐요. 그러면 골프 폼을 완전히 망치게 된다고. 게다가 삼 주 후에 돌턴 히스 컵 대회가 있어요."

"당신한텐 중요한 게 골프밖에 없어요? 그것 때문에 뭐 하나 쉬운 게 없네요."

"각자 좋아하는 일을 하는 게 좋지 않겠어요? 나는 골프를 좋아하고 당신은 테니스를 좋아하잖아요. 당신 친구들이 오면 같이 당신이 좋아하는 일을 하면 돼요. 난 당신이 하고 싶어하는 일에 간섭하지 않잖아요."

그건 사실이었다. 딱 맞는 말이었다. 하지만 실제로는 그러는 것이 어쩐지 상황을 불편하게 만들었다. 실리아는 결혼하면 남편과 하나로 묶일 거라고 생각했다. 아무도 결혼한 여자를 독립된 개체로 봐주지 않았다. 엘리만 온다면 상관없지만 그녀의 남편도 같이 온다면 더멋은 의당 뭔가를 해야 한다.

전에 데이비스(거의 주말마다 더멋과 골프를 치는)와 그의 부인이 왔을 때 실리아는 종일 그 부인을 상대해야 했다. 그녀는 상냥하지만 지루했다. 둘은 앉아서 대화만 했다.

하지만 더멋은 불평하는 걸 싫어했기 때문에 실리아는 아무 말도 하지 않았다. 그녀는 엘리 부부를 초대했고, 잘될 거라고 낙관했다.

엘리는 변한 게 거의 없었다. 엘리와 실리아는 과거를 회상하며 즐거운 시간을 보냈다. 톰은 말수가 많지 않았고 머리가 조금 희끗희끗했다. 실리아는 톰이 점잖은 사람이라고 생각했다. 늘 뭔가에 정신이 팔린 것 같았지만 굉장히 유쾌한 면도 있었다.

더멋은 천사처럼 굴었다. 토요일에는 골프를 치러 가야 한다고 했지만(톰은 골프를 치지 않았다) 일요일에는 엘리 부부와 강가로 놀러가 오후나절을 보냈다. 실리아는 더멋이 억지로 어울렸다는 것을 알았다.

엘리 부부가 떠나자 더멋이 말했다. "자, 이만하면 훌륭했죠?"

훌륭하다는 말은 더멋이 잘 쓰는 표현이었다. 실리아는 그 말을 들을 때마다 웃음이 나왔다.

"훌륭했어요. 당신은 천사 같았어요."

"그럼 당분간은 내게 이런 일 시키지 마요, 알았죠?"

실리아는 그렇게 했다. 이 주 후 그녀는 다른 친구 부부를 초대하려 했으나 친구의 남편이 골프를 치지 않는다는 것을 알고는 더멋을 또 희생하게 만들고 싶지 않아 초대하지 않았다.

자신을 희생하는 사람과 사는 건 무척 어렵다고 실리아는 생각했다. 더멋은 순교자처럼 노력했다. 스스로 즐기는 일을 할 때의 더멋이 함께 살기는 한결 낫다고 생각했다……

아무튼 그는 옛친구들에 대해 매정했다. 그는 그 친구들이 하나같이 따분하다고 말했다.

주디는 그런 점에서 아빠와 아주 비슷했다. 며칠 후 실리아가 주디의 친구인 마거릿 얘기를 꺼내자 주디는 멀뚱멀뚱 쳐다보았다.

"마거릿이 누군데요?"

"기억 안 나니? 런던에 살 때 공원에서 같이 놀던 친구잖아."

"아뇨, 그런 적 없어요. 난 어디에서도 마거릿이란 아이랑 놀지 않았어요."

"주디, 분명히 기억날 거야. 겨우 일 년밖에 안 된 일이잖니."

하지만 주디는 어떤 마거릿도 기억하지 못했다. 아이는 런던에서 같이 놀던 누구도 기억하지 못했다.

"난 우리 학교 여자애들만 알아요." 주디가 아무 문제도 없다는 듯 말했다.

5

무척 설레는 일이 있었다. 이 일은 실리아가 어느 만찬 파티가 열리기 직전에 불참을 알린 누군가의 자리를 채워줄 수 있느냐는 전화를 받으면서 시작됐다.

"전 상관없기는 한데요……"

실리아는 상관없었다. 기분이 좋았다.

그녀는 그날 저녁을 무척 즐겁게 보냈다.

수줍어하지 않았다. 말이 술술 나왔다. 자신이 '바보같이' 구는 건 아닌지 조심할 필요가 없었다. 더멋의 비난하는 듯한 눈길이 없었기 때문이다.

실리아는 순간 아가씨 시절로 돌아간 듯했다.

오른쪽에 앉은 남자는 동양 여행을 많이 한 사람이었다. 실리아가 무엇보다 원하는 것이 여행이었다.

가끔 그녀는 기회가 된다면 더멋, 주디, 오브리를 비롯해 모든 것을 두고 낯선 곳으로 떠나고 싶다고 생각했었다…… 정처 없이……

옆에 앉은 남자는 바그다드, 카슈미르, 이스파한, 테헤란, 시라즈에 대해 이야기했다. (얼마나 멋진 이름들인가. 어딘지 모르지만 이름만 들어도 근사했다.) 그는 여행자들이 거의 가지 않는 발루치스탄*에 대해서도 이야기했다.

실리아 왼쪽에는 나이가 지긋하고 친절해 보이는 남자가 앉아 있었다. 그는 옆에 앉은 밝고 젊은 여성이 마음에 들었다. 그녀가 마침내 먼 그곳들의 매력에 빠져 황홀한 얼굴을 그에게 돌렸다.

실리아는 그가 책에 관련된 일을 한다는 것을 알고는 활짝 웃으며 과거의 불운한 도전에 대해 이야기했다. 신사는 원고를 보고 싶다고 했다. 실리아는 아주 형편없는 원고라고 대답했다.

"그래도 한번 보고 싶은데요. 보여줄 수 있습니까?"

"네, 정 그러시다면. 하지만 실망하실 거예요."

그도 그럴 거라고 생각했다. 실리아는—북유럽 사람처럼 창백한 이 젊은 여성은—작가처럼 보이지 않았다. 하지만 그녀에게 끌렸기 때문에 그녀의 글에도 관심이 갔다.

새벽 한시쯤 돌아와보니 더멋은 곤히 자고 있었다. 실리아는 무척 흥분해서 그를 깨웠다.

---

* 페르시아(현재 이란) 남동부와 파키스탄 서남부의 산악 지대.

"더멋, 정말 멋진 밤이었어요. 세상에! 아주 즐거웠어요! 페르시아와 발루치스탄에 대해 이런저런 이야기를 들려준 남자도 있었고 친절한 출판인도 만났어요. 저녁식사 후에 나는 그들에게 노래를 불러줬어요. 아주 형편없었지만 그들은 그렇게 생각하는 것 같지 않았어요. 그런 다음 정원으로 갔어요. 여행가와 수련 연못을 구경했는데, 그 사람이 내게 키스하려고 했어요. 아주 멋지고, 모든 게 정말 아름다웠어요. 달이며 수련이며 전부 다요. 그의 키스를 받아주고도 싶었지만─그러지 않았어요. 당신이 싫어할 테니까요."

"당연하죠." 더멋이 말했다.

"하지만 신경쓰는 건 아니죠?"

"물론이에요." 더멋은 부드럽게 말했다. "즐거웠다니 다행이네요. 하지만 그런 이야기를 굳이 깨워서까지 해야 하는지는 모르겠군요."

"왜냐하면 정말로 즐거웠으니까요." 실리아가 사과하는 투로 덧붙였다. "내가 이러면 당신이 싫어하는 줄 알면서도요."

"난 상관없어요. 그냥 좀 바보 같아 보일 뿐이에요. 혼자 즐기면 되지 꼭 말로 해야 하는 거예요?"

"그럴 수가 없어요. 나는 말로 해야 해요. 안 그러면 가슴이 답답해요." 실리아는 솔직하게 말했다.

"그래, 이제 말했으니까 됐죠?" 더멋이 돌아누우며 말했다.

그는 다시 잠들었다.

더멋은 언제나 그렇게 조금 냉정하지. 실리아는 옷을 갈아입으면서 생각했다. 사람을 의기소침하게 만들 때도 있지만 그래도 아주 자상해……

6

실리아는 출판인에게 원고를 보여주기로 한 약속을 까맣게 잊어버렸다. 다음날 오후 그가 찾아와 약속을 상기시키자 실리아는 깜짝 놀랐다.

그녀는 다락방 찬장에서 먼지를 뒤집어쓴 원고 뭉치를 찾아 그에게 건넸다. 그러면서 원고가 아주 형편없다는 말을 되풀이했다.

이 주 후 그녀는 런던으로 와달라는 그의 편지를 받았다.

원고 뭉치가 몹시 너저분하게 흩어진 탁자 앞에서 그가 안경 쓴 눈을 빛내며 실리아를 바라보았다.

"자, 나는 이것이 완성된 작품일 줄 알았습니다. 그런데 절반 조금 넘게만 있더군요. 나머지는 어디 있죠? 원고를 잃어버린 겁니까?" 그가 물었다.

실리아는 당황한 채 원고를 건네받았다.

그녀는 놀라서 입이 떡 벌어졌다.

"제가 원고를 잘못 드렸네요. 이건 완성하지 못한 그전 원고예요."

실리아는 사정을 설명했다. 출판인은 주의깊게 듣더니 개작한 원고를 보내달라고 했다. 그리고 미완성 원고는 당분간 그가 보관하겠다고 했다.

일주일 후 그가 실리아를 다시 불렀다. 그의 눈은 전보다 더 반짝거렸다.

"두번째 원고는 안 되겠더군요. 이 원고를 받아줄 출판사는 없을 겁니다―꼭 맞는 출판사는요. 하지만 처음 원고는 나쁘지 않았습니다. 그걸 마무리할 수 있겠습니까?"

"하지만 그건 순 엉터리예요. 실수투성이거든요."

"들어봐요, 실리아. 제가 분명히 말해주겠습니다. 당신은 하늘이 내린 천재는 아니에요. 난 당신이 걸작을 쓸 거라 생각하진 않습니다. 하지만 당신은 확실히 타고난 이야기꾼입니다. 당신은 낭만적인 아지랑이 속에서 심령술, 영매, 웨일스의 부흥회를 생각하죠. 그 이야기가 전부 엉터리일지는 모르지만 당신은 그것들을 구십구 퍼센트의 독자가 보는 것처럼(독자들도 그런 것들에 대해 전혀 모르죠) 보고 있어요. 그 구십구 퍼센트의 사람은 면밀히 조사한 사실을 읽고 싶어하는 게 아니에요. 그들은 픽션을 원합니다. 픽션이란 그럴듯한 거짓말이죠.

반드시 그럴듯해야 한다는 점을 명심해야 합니다. 내게 말했던 콘월의 어부들에 대한 이야기도 마찬가지라는 것을 알 겁니다. 그들의 이야기를 써봐요. 하지만 탈고 전까지는 절대 콘월이나 어부들 근처에도 가지 말아야 합니다. 그러면 사람들이 콘월의 어부들에 대해 예상하는 혹독하리만치 현실적인 것만 늘어놓게 될 테니까요. 가서 콘월 어부들이 다른 세계 사람들이 아니라 월워스의 배관공과 다름없는 사람들이란 사실을 알고 싶지는 않겠죠? 당신은 정직하기 때문에 확실히 아는 것에 대해서는 잘 쓰지 못할 거예요. 현실에서는 거짓말할 수 없지만, 상상으로는 그럴 수 있을 겁니다. 아는 것에 대해서는 거짓으로 쓸 수 없지만, 당신이 모르는 것에 대해서는 아주 근사한 거짓말을 할 수 있다는 말입니다. 기막히면서(당신에게 기막히면서) 현실은 아닌 것을 써야 합니다. 당장 돌아가서 시작해봐요."

일 년 후 실리아의 첫 소설이 출간됐다. 제목은 '외로운 항구'였다. 명백한 오류는 편집자들이 수정했다.

미리엄은 멋지다고 했고 더멋은 정말 이상하다고 했다.

실리아는 남편 생각이 맞는다고 생각했지만, 엄마에게 고마움을 느꼈다.

실리아는 생각했다. '이제 나는 작가인 체하고 있어. 아내나 엄마인 체하는 것보다 훨씬 묘한 기분이야.'

Chapter 16

상실

1

미리엄은 병약해졌다. 실리아는 엄마를 볼 때마다 심장이 죄어드는 것 같았다.

미리엄은 정말 작고 약해 보였다.

그리고 큰 집에서 혼자 너무 적적해 보였다.

실리아는 엄마와 같이 살기를 바랐지만 미리엄은 한사코 반대했다.

"그건 안 돼. 더멋이 좋아하지 않을 거야."

"내가 물어봤어요. 그 사람도 흔쾌히 그러라고 하던데요."

"고맙구나. 하지만 난 너희와 사는 건 꿈도 꾸지 않아. 젊은 사람들은 자기들끼리 살아야 해."

그녀는 단호하게 말했다. 실리아는 맞서지 않았다.

이어 미리엄이 말했다.

"전부터 해주고 싶은 말이 있었단다. 오래전부터. 내가 더멋을 잘못 생각한 것 같구나. 네가 결혼할 때 난 더멋을 믿지 않았지. 정직하지도 성실하지도 않을 거라 생각했어…… 다른 여자가 있을 거라고 생각했단다."

"세상에, 엄마, 더멋은 골프공 말고는 어떤 것에도 관심 없어요."

미리엄이 미소 지었다.

"내가 틀렸어…… 다행이야…… 이젠 내가 떠나도 널 돌봐주고 보살펴줄 사람이 있다는 느낌이 들어."

"그 사람이 그래줄 거예요. 지금도 그렇고요."

"그래, 나도 만족한다…… 더멋은 아주 매력적인 남자지. 여자들에게도. 그러니 조심해야 해……"

"그는 집밖에 모르는 사람이에요, 엄마."

"그래, 그렇다면 다행이지. 그리고 더멋은 주디를 진심으로 사랑해. 아이가 아빠를 꼭 닮았거든. 주디는 너 같지 않지. 주디는 더멋을 닮았어."

"알아요."

"더멋이 네게 잘할 거라 생각하지만…… 처음에는 안 그런 것 같았어. 나는 더멋이 냉정하고 인정머리 없다고 생각했단다."

"그렇지 않아요. 그 사람은 무척 자상해요. 주디가 태어나기 전에는 다정했고요. 더멋은 말로 떠드는 걸 싫어할 뿐이에요. 속이 깊은 남자죠. 바위 같은 사람이에요."

미리엄은 한숨을 쉬었다.

"내가 여태 질투를 한 것 같구나. 그의 좋은 점을 보려고 하지 않았어. 난 네가 행복하기를 진심으로 바란단다. 실리아."

"난 행복해요, 엄마. 행복해요."

"그래, 그런 것 같구나……"

이윽고 실리아가 말했다.

"난 아무것도 바라지 않아요. 그저 아기를 하나 더 갖고 싶을 뿐이에요. 딸도 좋지만 아들을 갖고 싶어요."

실리아는 엄마가 공감할 거라 기대했지만 미리엄은 이맛살을 살짝 찌푸렸다.

"네가 현명하게 할 수 있을지 모르겠구나. 넌 더멋을 아주 많이 생각하지만, 남편에게 자식이란 아내를 빼앗는 존재일 뿐이지. 흔히 자식이 부부를 하나로 묶어준다고 생각하지만 그렇지가 않아…… 그래, 실상은 그렇지가 않아."

"하지만 엄마 아빠는—"

미리엄은 한숨을 쉬었다.

"어려웠어. 늘 양쪽에서 당겨대니까. 그건 어려운 일이야."

"하지만 엄마 아빠는 더없이 행복했잖아요……"

"그랬지. 하지만 난 무척 신경썼단다…… 온갖 일에 다 신경썼지. 자식을 위해서 뭔가를 포기해야 할 때는 네 아빠도 가끔 짜증을 냈어. 그는 너희를 사랑했지만, 우리가 가장 행복했을 때는 짧게라도 단둘이 휴가를 갔을 때였어…… 남편을 오래 혼자 두지 마라, 실리아. 조심해야 해, 남자는 잘 잊어버리거든……"

"아빠는 엄마 아닌 누구에게도 눈길을 주지 않았을 거예요."

엄마는 생각에 잠겨 대답했다.

"그래, 아마 그랬겠지. 하지만 난 항상 조심했어. 잔심부름하는 하녀가 하나 있었는데 얼굴도 예쁘고 몸매도 풍만했지. 네 아빠가 자주 칭찬하던 타입의 아가씨였어. 난 그 아이가 망치와 못을 건네면서 그의 손 위에 자기 손을 포개는 모습을 보게 됐다. 네 아빠는 크게 개의치 않는 듯 잠깐 놀란 표정만 지었어. 아마 그 일에 의미를 두진 않았을 거야. 우연한 일로 넘겼겠지. 남자들은 아주 단순하니까…… 하지만 난 바로 그 하녀를 내보냈어. 추천장을 잘 써주면서 우리집과는 맞지 않는 것 같다고 말했지."

실리아는 충격을 받았다.

"하지만 아빠는 절대―"

"아마 그랬을 거야. 하지만 나는 어떤 위험도 감수하고 싶지 않았어. 나는 수많은 경우를 보며 살았단다. 건강이 좋지 않은 부인, 젊고 똑똑한 가정교사나 동료의 등장. 실리아, 주디의 가정교사를 들일 때 조심 또 조심하겠다고 약속해라."

실리아는 웃으면서 엄마에게 입을 맞췄다.

"예쁘고 풍만한 아가씨들은 들이지 않을게요." 그녀는 약속했다. "비쩍 마르고 늙고 안경 쓴 여자들만 들일게요."

2

미리엄은 주디가 여덟 살일 때 세상을 떠났다. 그때 실리아는 외국에 있었다. 더멋이 부활절에 열흘의 휴가를 얻어 실리아에게 이탈리아에 가자고 했던 것이다. 실리아는 영국을 떠나고 싶지 않았다. 엄마의 건강이 좋지 않다는 주의를 들었기 때문이다. 미리엄은 곁에서 보살펴주는 사람이 있었고, 실리아는 몇 주에 한 번씩 엄마를 보러 내려왔었다.

실리아는 남편을 혼자 보내고 친정에 와 있고 싶었지만 미리엄이 말렸다. 그래서 그녀는 주디, 가정교사와 함께 런던에 있는 사촌 로티(이제는 과부인)의 집에 머물렀다.

코모*에서 실리아는 돌아오는 게 좋겠다는 전보를 받았다.

---

* 이탈리아의 섬.

그녀는 바로 기차를 탔다. 더멋도 같이 가겠다고 했지만 실리아가 휴가를 마치고 오라고 설득했다. 그에게 기분전환이 필요하다고 생각했기 때문이다.

프랑스를 지날 무렵, 식당칸에 앉아 있던 실리아는 묘하게 오싹하고 확실한 어떤 기운을 느꼈다.

그녀는 생각했다.

'이젠 엄마를 보지 못하는구나. 엄마는 돌아가셨어……'

도착한 실리아는 미리엄이 한 시간 전에 세상을 떠났다는 이야기를 들었다.

3

엄마…… 자그맣고 씩씩하던 엄마……

꽃들과 하얀 천에 쌓여 창백하고 평온한 얼굴로 고요하고 낯설게 누워 있는 엄마……

즐거워하다가도 우울에 잠기던 엄마—매력적인 변덕스러움—한결같은 사랑과 보호……

실리아는 생각했다. '이제 난 혼자야……'

더멋과 주디는 타인들이었다……

그녀는 생각했다. '이제는 달려갈 사람이 없어……'

공포가 온몸을 휘감고…… 회한이 밀려들었다……

지난 몇 년 동안 그녀의 마음에는 온통 더멋과 주디밖에 없었다…… 그녀는 엄마 생각을 별로 하지 않았다…… 엄마는 그냥 거기 있었다…… 언제나 그곳…… 모든 것의 뒤쪽에……

그녀는 엄마를 속속들이 알았고, 엄마도 딸을 알았다……

어렸을 때 실리아는 엄마가 대단해 보이고 만족스러웠다……

엄마는 언제나 대단하고 만족스러운 모습으로 있어주었다……

그런 엄마가 이제는 떠나버렸다……

실리아가 있던 세계의 밑바닥이 쑥 꺼져버렸다……

그녀의 자그맣던 엄마……

Chapter 17

파국

1

더멋은 잘해주려고 했다. 그는 골칫거리나 불행을 싫어했지만 배려하려고 했다. 그는 파리에서 편지를 보내 실리아에게 그곳에 와서 하루이틀 지내며 기운을 차리라고 권했다.

그건 어쩌면 배려였고, 어쩌면 상중인 집에 오지 않으려고 생각해낸 꾀였다……

하지만 더멋이 해야 하는 일이었다……

그는 저녁식사 직전에 도착했다. 실리아는 침대에 누워 있었다. 초조한 마음으로 남편이 돌아오기를 기다리고 있었다. 중압감을 주는 장례식이 끝났고, 그녀는 슬픈 분위기로 주디를 불안하게 만들지 않으려고 노력했다. 주디는 너무 어렸고, 명랑했고, 자기만 중요한 아이였다. 아이는 할머니 때문에 울었지만 곧 잊어버렸다. 아이들은 으레 그러니까.

더멋이 오면 마음이 놓일 것 같았다.

실리아는 간절하게 생각했다. '더멋이 있어서 얼마나 다행인지 몰라. 이 사람마저 없었다면 나도 죽고 싶었을 거야……'

더멋은 불안해했다. 지독한 불안을 안고 방으로 들어서며 말했다.

"자, 모두 어때요? 기운 차리고 밝아졌나?"

다른 때라면 그가 왜 그렇게 경솔하게 말했는지 실리아가 눈치챘을지 모른다. 그런데 그 순간 그녀는 더멋에게 뺨이라도 얻어맞은 것 같았다.

실리아는 뒷걸음치며 눈물을 쏟았다.

더멋은 미안하다며 변명하려고 애썼다.

결국 실리아는 그의 손을 잡고 잠들었고, 그제야 더멋은 안도하며 손을 뺐다.

그는 침실에서 나와 주디 방으로 갔다. 딸은 그에게 명랑하게 손을 흔들었다. 주디는 우유를 마시고 있었다.

"안녕, 아빠? 우리 뭐하며 놀 거예요?"

주디는 시간을 낭비하지 않았다.

"떠들면 안 돼. 엄마가 잠들었거든." 더멋이 말했다.

주디는 안다는 듯이 고개를 끄덕였다.

"올드 메이드* 하자."

두 사람은 올드 메이드를 했다.

2

삶은 예전처럼 계속됐다. 하지만 예전과 똑같지는 않았다.

실리아는 평소처럼 행동했다. 슬픈 내색은 하지 않았다. 하지만 한동안은 몸에서 의욕이 다 빠져나간 것 같았다. 멈춰버린 시계 같았다. 더멋과 주디는 변화를 느꼈고, 그것을 달가워하지 않았다.

이 주 후 더멋이 사람들을 초대하자고 제안했다. 실리아는 자신을 억누르지 못하고 소리쳤다.

"아뇨, 지금은 싫어요. 지금은 알지도 못하는 여자와 종일 수다떨 기분이 아니라고요."

하지만 곧 그녀는 후회하며 더멋에게 갔고, 바보같이 굴 생각은 아니었다고 말했다. 친구들을 불러도 괜찮다고. 그래서 그들이 왔지만, 그리 좋지는 않았다.

며칠 후 실리아는 엘리의 편지를 받았다. 그녀는 편지 내용에 놀랐고 또 몹시 슬펐다.

---

* 게임이 끝나기 전에 퀸 카드를 상대에게 넘겨야 이기는 카드 게임.

사랑하는 실리아

내가 직접 말해야 할 것 같아. (안 그러면 너는 멋대로 부풀려진 소문을 듣게 될 테니까.) 톰이 우리가 귀국하는 배에서 만났던 여자와 떠나버렸어. 끔찍하게 슬프고 충격적이야. 우리는 정말 행복했고, 톰은 아이들을 사랑했는데 말이지. 무서운 꿈을 꾸고 있는 것 같아. 가슴이 찢어지는 것 같고 어떡해야 좋을지 모르겠어. 톰은 정말 완벽한 남편이었고, 우리는 말다툼조차 하지 않았거든.

괴로워하는 친구의 소식을 접하니 실리아도 몹시 마음이 아팠다.

"세상에는 왜 이렇게 슬픈 일이 많을까요." 그녀가 더멋에게 말했다.

"그 남편이란 작자는 분명 비열한 놈일 거예요. 실리아, 당신은 가끔 날 이기적이라고 하지만, 다른 남자와 산다면 그보다 훨씬 나쁜 점들까지 감수해야 할걸요. 어쨌든 나는 착하고 정직하고, 가식적이지 않잖아요, 안 그래요?"

그의 말투가 장난스러웠다. 실리아는 남편에게 키스하고 웃음을 터뜨렸다.

삼 주 후 그녀는 주디를 데리고 친정에 갔다. 집을 뒤엎다시

피 정리하고 살펴야 했다. 막막한 일이었다. 하지만 누가 대신 해줄 수 없는 일이었다.

웃으면서 맞아주는 엄마가 없는 집은 생각할 수조차 없었다. 더멋이 함께 왔다면 좋았을 텐데.

더멋은 나름대로 실리아를 위로하려고 애썼다. "사실 당신은 그 일을 즐기게 될 거예요. 까맣게 잊고 있던 옛날 물건들을 찾아내기도 하면서. 게다가 딱 좋은 계절이잖아요. 기분전환이 될 거예요. 나는 매일 사무실에서 죽어라 일해야 한다고요."

더멋은 너무 미흡했다! 정서적 스트레스의 심각성을 철저하게 외면했다. 겁먹은 말처럼 도망치기에 급급했다.

실리아도 이번에는 화를 참지 못하고 소리쳤다.

"당신은 무슨 휴가라도 되는 것처럼 말하네요!"

그는 아내에게서 눈을 돌렸다.

더멋이 말했다. "아니, 내 말은 어떤 면으로는 그렇단 거죠……"

실리아는 생각했다. '이 사람은 인정이 없어……'

거대한 파도처럼 고독이 밀려왔다. 실리아는 두려웠다……

엄마가 없는 세상은 너무도 차가웠다……

3

그 후 몇 달 동안 실리아는 힘든 시간을 보냈다. 변호사들을 만나 온갖 사무적인 문제를 해결해야 했다.

물론 엄마의 유산은 거의 없었다. 하지만 집을 가지고 있을지 처리할지 결정해야 했다. 집 상태는 매우 나빴고 돈은 없었다. 더 이상 망가지지 않게 보수하려면 당장 큰돈이 필요했다. 현상태라면 집이 팔릴지조차 의심스러웠다.

실리아는 결정을 내리지 못하고 망설였다.

집을 팔고 싶지는 않았지만 이성은 그것이 최선이라고 속삭였다. 더멋이 그 집에서 살겠다고 마음먹는다 해도(실리아는 그러지 않을 거라 확신했다) 그들이 살기에는 런던에서 너무 멀었다. 더멋에게 시골은 일급 골프 코스를 의미했다.

그러니 집을 갖고 있겠다고 고집하는 건 그저 감상 때문일 수도 있었다.

하지만 실리아는 포기할 수 없었다. 미리엄이 집을 팔지 않고 그렇게 단호하게 버텼던 건 실리아 때문이었다. 오래전 엄마에게 집을 팔지 말라고 설득했던 사람이 바로 실리아였다…… 미리엄은 딸을 위해 집을 지켰다. 실리아와 실리아의 자식들을 위해.

실리아가 이 집을 좋아했던 것처럼 주디도 이 집을 좋아할까? 실리아는 아닐 거라고 생각했다. 주디는 냉정했고 인정이 없었다. 더멋과 비슷했다. 더멋과 주디 같은 사람이 어떤 집에 산다면 그건 그 집이 살기 편하기 때문이다. 결국 실리아는 딸에게 물어보았다. 실리아는 여덟 살인 주디가 자신보다 훨씬 지각 있고 현실적이라고 종종 느꼈다.

"집을 팔면 돈이 많이 생겨요, 엄마?"

"아니, 그렇진 않을 거야. 집이 오래된데다 시골에 있으니까. 런던 근교가 아니잖아."

"글쎄요, 그러면 집을 계속 갖고 있는 게 좋지 않겠어요? 여름에 내려가 있을 수도 있고요." 주디가 말했다.

"넌 여기서 지내는 게 좋아? 아니면 우리집이 더 좋아?"

"우리집은 너무 작아요. 나는 도미 하우스*에서 살고 싶어요. 나는 아주 커다란 집이 좋아요."

실리아는 웃음을 터뜨렸다.

주디의 말이 맞았다. 지금 집을 판다고 해도 그녀가 쥐게 될 돈은 거의 없을 것이었다. 수익 면으로 봐도 시골 주택 거래가 조금이라도 나아질 때까지 기다리는 편이 나을 것 같았다. 실리아는 꼭 필요한 최소한의 보수만 하기로 했다. 수리해놓으면 가재도구를 들여 세를 놓을 수도 있을 테니까.

---

* 코츠월드에 있는 17세기 농가를 개조한 고급 호텔.

사무적인 문제를 처리하는 게 성가셨지만 덕분에 슬픈 생각에 빠지지 않을 수 있었다.

드디어 그녀가 겁내던 일이 다가왔다. 집을 한바탕 정리하는 일. 세를 놓으려면 먼저 정리해야 했다. 방 몇 개는 오랫동안 사용하지 않았고, 낡은 트렁크와 서랍장과 찬장에는 과거의 추억이 가득했다.

4

추억……

집은 정말 쓸쓸했고, 정말 낯설었다.

엄마가 없는 집……

낡은 옷가지가 가득찬 트렁크들, 편지와 사진이 빼곡한 서랍들만 있는 집……

마음이 아팠다. 끔찍하게 아팠다.

어릴 때 그녀가 좋아했던, 황새가 그려진 옻칠한 상자. 그 안에는 잘 접어놓은 편지들이 있었다. 엄마가 쓴 것도 있었다. "내 소중한 복슬강아지……" 실리아의 뺨에 뜨거운 눈물이 흘렀다……

작은 장미꽃 무늬가 있는 분홍색 실크 드레스가 트렁크에 처박혀 있었다. '수선해서 입을' 경우를 대비해 보관했다가 잊어버린, 실리아가 처음 산 드레스 중 하나였다…… 그녀는 그 드레스를 마지막으로 입었던 날을 떠올렸다…… 얼마나 어색하고 들뜨고 바보 같았는지……

할머니의 편지들도 한 트렁크에 가득했다. 할머니가 가져온 게 분명했다. 바퀴 달린 의자에 앉은 노신사의 사진에는 "언제나 그대의 헌신적인 찬미자"라는 문구와 이니셜이 적혀 있었다. 할머니와 '남자들'. 할머니는 해안가에서 바퀴 달린 의자에 앉아 있는 신세로 전락한 뒤에도 항상 '남자들'이 있었다……

고양이 두 마리가 그려진 머그컵은 수전이 준 생일선물이었다……

아주 오래전에……

왜 이렇게 가슴이 아플까?

왜 이렇게 지독하게 가슴이 아플까?

여기 혼자 있지 않았다면…… 더멋이 같이 와줬다면!

하지만 더멋은 이렇게 말할 것이다. '일일이 확인하지 말고 그냥 싹 태워버리는 게 낫지 않겠어요?'

그게 합리적이겠지만 실리아는 어쩐지 그럴 수 없었다……

그녀는 자물쇠가 걸린 서랍들을 더 열어보았다.

시詩들. 흐르는 듯한 필체로 시가 적힌 빛바랜 종이들. 엄마의 소녀 시절 필체…… 실리아는 그것들을 찬찬히 살폈다.

감상적이고 뽐내는 듯한 그 시대의 분위기가 물씬 풍겼다. 하지만 뭔가가 있었다. 재빠른 인식의 전환, 번득이는 구절. 즉각적이고 민첩한 새 같은 미리엄의 사고思考……

존의 생일에 보내는 시……

수염이 있는 쾌활한 아빠……

사진 속에는 수염 없이 말끔하고 진지해 보이는 소년이 있었다.

사람이 자라 나이를 먹어가는 것이 얼마나 신비롭고 두려운 일인가. 사람에게 다른 어떤 순간보다 더 자기 자신다운 특별한 순간이라는 게 있을까?

앞으로…… 앞으로 실리아는 어디로 가게 될까?……

아니, 그건 꽤 확연했다. 더멋은 더 부유해지고…… 큰 집으로 이사하고…… 아이가 태어나겠지…… 어쩌면 둘일지도. 아이들은 병치레를 하고, 더멋은 점점 더 까다로워지고 일을 방해받는 걸 더 못 견뎌하고…… 주디는 밝고 단호하고 활기 넘치는 아가씨로 자라고…… 죽이 잘 맞는 더멋과 주디는…… 살찌고 나이든 실리아를 비웃고 무시하고…… "엄마가 좀 바보 같다는 거 알아요?" 그래, 외모가 변하면 바보 같다는 사실을 숨기기가 더 어렵지. (갑자기 이런 기억이 떠올랐다. "언제까지나 아름다움을 잃지 않겠다고 약속해줘요.") 그랬다, 하지만 이제는 끝났다. 그들은 예쁜 외모 같은 것이 의

미를 잃을 만큼 오랫동안 같이 살았다. 더멋과 실리아는 일심
동체였다. 그들은 한몸이었다. 본질적으로는 타인이지만 그래
도 한몸이었다. 실리아가 그를 그렇게도 사랑했던 이유는 자
신과 정말 달랐기 때문이다. 그녀는 남편이 상황에 어떻게 반
응할지는 정확히 알아도, 왜 그러는지는 모르고 앞으로도 모
를 것이다. 더멋도 마찬가지지 않을까. 아니, 더멋은 모든 일
을 사실 그대로 받아들였다. 그것에 대해 생각하지 않았다. 그
러는 건 그에게 시간 낭비니까. 실리아는 생각했다. '맞아. 사
랑하는 사람과 결혼하는 건 말할 것도 없이 옳은 일이야. 재산
이나 외적인 건 중요하지 않아. 우리가 좁은 집에 살며 요리
와 살림을 내가 다 해야 할 형편이었어도 나는 더멋과 행복했
을 거야.' 하지만 더멋은 가난한 생활에 만족하는 사람이 아니
었다. 그는 성공한 사람이었다. 그리고 앞으로 더 성공할 것이
다. 그는 그런 사람이었다. 물론 소화불량, 그건 심해지겠지.
계속 골프도 칠 테고…… 그리고 그들은 계속, 아마도 돌턴 히
스나 그 비슷한 곳에 다니겠지…… 그녀는 머나먼 곳―인도,
중국, 일본, 발루치스탄의 고원―이스파한, 테헤란, 시라즈처
럼 음악소리 같은 이름의 도시가 있는 페르시아…… 그런 곳
에 가보지 못하겠지.

　가벼운 오한이 엄습했다…… 자유롭다면―가진 것도 매인
데도 없고, 집과 남편과 자식처럼 붙들고 얽매고 마음을 당기

는 것도 없이 그저 자유롭다면……

실리아는 생각했다. '도망치고 싶어……'

미리엄도 그랬었다.

남편과 자식을 사랑했지만 이따금 어딘가로 떠나고 싶어했
다……

실리아는 다른 서랍을 열었다. 편지들. 아빠가 엄마에게 보
낸 편지들. 가장 위에 있는 편지를 집었다. 아빠가 죽기 전해
에 쓴 편지였다.

너무도 소중한 나의 미리엄. 당신이 어서 내게 오면 좋겠
어. 어머니는 아주 건강하고 활기찬 것 같아. 시력이 떨어지
고 있지만 여전히 남자친구들에게 줄 수면양말을 많이 뜨
시지!

나는 아머와 시릴에 대해 오래 얘기를 나눴어. 그는 아이
가 아둔하지는 않다고 말하는군. 시릴은 그냥 무관심할 뿐이
라고. 또 시릴과도 이야기했지. 그 아이가 마음으로 느끼기
를 바랄 뿐이야.

금요일까지는 오도록 해봐, 내 사랑. 우리 22주년 결혼기
념일이니까. 당신이 내게 어떤 존재인지 말로 표현하기가
어려워. 누구보다 소중하고 충실한 내 아내, 난 당신을 보내
주신 신에게 겸손한 마음으로 감사드릴 뿐이야.

우리 귀염둥이에게도 안부 전해줘.

당신의 충실한 남편, 존

실리아의 눈에서 또다시 눈물이 흘렀다.

언젠가 그녀와 더멋도 결혼 22주년을 맞을 것이다. 더멋은 이런 편지를 쓰지 않겠지만 마음속 깊이 같은 감정을 느끼리라.

불쌍한 더멋. 지난 한 달간 비탄에 잠기고 지친 실리아를 보느라 힘들었을 것이다. 더멋은 불행을 꺼리는 사람이었다. 이일을 끝마치면 슬픔을 떨치리라. 엄마는 살아생전 딸과 사위에게 걸림돌이 되지 않았다. 그러니 죽어서도 그렇게 돼서는 안 됐다……

그녀는 더멋과 함께 많은 것을 누리며 행복하게 살아가야 한다.

그것이 엄마가 가장 반색할 일이다.

실리아는 서랍에서 아빠의 편지들을 꺼내 난로에 쌓고 불을 붙였다. 죽은 이들의 것이었다. 그녀는 방금 읽은 편지 한 통만 간직했다.

서랍 맨 밑에 금박으로 수놓은 빛바랜 낡은 공책이 있었다. 공책 안에 오래되고 너덜너덜한 쪽지가 들어 있었다. "미리엄이 내 생일에 보낸 시"라고 적혀 있었다.

감상적이었다……

요즘 세상은 감상적인 것을 경멸하지……

그러나 그 순간 실리아는 그것이 견디기 힘들 만큼 달콤했다……

5

실리아는 병에 걸렸다. 적막한 집이 그녀의 신경을 자극했다. 실리아는 말동무가 있으면 좋겠다고 생각했다. 주디와 후드가 있었지만 그들은 워낙 동떨어진 세계에 있어서 옆에 있어도 위로가 되기보다 부담스러웠다. 실리아는 주디의 생활에 그림자를 드리우지 않으려고 조심했다. 주디는 무척 생기발랄했다. 매사에서 즐거움을 만끽했다. 실리아는 딸과 있을 때 짐짓 쾌활한 척했다. 그들은 공, 배틀도어*, 셔틀콕을 가지고 몹시 격렬한 게임들을 했다.

주디가 잠자리에 든 뒤에는 집의 적막감이 장막처럼 실리아를 휘감았다. 너무 휑했다. 너무도 휑했다……

그러면 엄마와 대화하면서 보낸 행복하고 아늑한 저녁이 생생하게 되살아났다. 모녀는 더멋에 대해, 주디에 대해, 책과

---

* 배드민턴 라켓의 전신.

사람과 생각에 대해 이야기를 나누었다.

이제는 대화할 사람이 없었다……

더멋은 드문드문 짧은 편지를 보냈다. 그는 72홀을 돌았다. 앤드루스와 골프를 쳤고 로시터가 조카딸과 내려왔었다. 마저리 코널이 팀의 네번째 선수로 들어왔다. 그들은 힐버러에서 경기를 했는데 코스가 형편없었다. 여자들은 골프에서 성가신 존재였다. 그는 실리아가 잘 지내기를 바란다며, 주디에게 편지를 보내줘서 고맙다고 전해달라고 했다.

불면이 시작됐다. 과거의 장면들이 떠올라 잠들 수 없었다. 때로는 겁에 질린 채 깼다. 뭐가 무서운지도 모르는 채. 실리아는 거울에 비친 모습을 보고 자신이 아프다는 것을 깨달았다.

더멋에게 편지를 보내 주말에 내려와달라고 부탁했다.

그에게 답장이 왔다.

실리아에게

기차 시간을 알아봤는데 가도 아무 소용이 없을 것 같아요. 나는 일요일 아침에 돌아오거나 새벽 두시쯤 런던에 도착해야 해요. 요즘 차가 말썽이라 점검을 맡겼거든. 당신은 내가 일 때문에 일주일 내내 중압감을 느낀다는 걸 알 거예요. 주말이면 기진맥진해서 기차 여행은 내키지가 않아요.

삼 주 후에 같이 휴가 가요. 당신이 디나르*에 가자고 했었잖아요. 아주 좋은 생각 같아요. 숙소는 내가 예약할게요. 몸이 상할 만큼 무리하지는 마요. 외출도 종종 하고.

당신도 마저리 코널 기억하죠? 배럿 부부의 조카인 좀 가무잡잡한 아가씨 말이에요. 최근에 실직을 했대요. 내가 우리 회사에 취직하도록 도와줄 수 있을 것 같아요. 아주 유능하거든요. 마저리가 힘들어해서 내가 극장에도 한 번 데려갔었어요.

몸조심하고 잘 지내길 바랄게요. 그 집을 지금 팔지 않기로 한 건 잘한 일 같아요. 곧 경기가 좋아질 테고 그러면 집값을 더 잘 받게 될 거예요. 그 집이 크게 쓸모 있을 것 같지는 않지만, 당신이 애착을 느낀다면 관리인에게 맡겨도 비용이 많이 들지는 않을 거예요. 가재도구를 갖춰서 세를 놓아도 되겠죠. 그 수입으로 세금을 내고 정원사를 쓰면 될 거고. 원한다면 나도 도와줄게요. 나는 아주 열심히 일하고 있고, 거의 매일 밤 두통에 시달리며 집으로 돌아와요.

당장이라도 갈 수 있으면 좋을 텐데.

주디에게 안부 전해줘요.

당신의 사랑하는 더멋

---

* 프랑스 브르타뉴 지방의 휴양지.

그 전주에 실리아는 의사를 찾아가서 수면제를 처방받았다. 그녀가 어릴 때부터 알던 의사였다. 그는 몇 가지 질문을 하고 진찰하더니 말했다.

"같이 있어줄 사람은 있니?"

"일주일 후에 남편이 올 거예요. 우린 같이 외국에 갈 거고요."

"잘됐구나! 그런데 실리아, 몸이 많이 안 좋은 것 같구나. 많이 지친 상태야. 충격을 받았고 계속 괴로워하고 있으니 당연하지. 네가 엄마와 얼마나 가까운 사이였는지 나도 안다. 일단 남편과 새로운 환경으로 가면 곧 좋아질 거야."

그는 실리아의 어깨를 토닥이고 처방전을 줘서 보냈다.

실리아는 하루하루 날짜를 헤아리며 기다렸다. 더멋이 오면 다 괜찮아질 것이다. 그는 주디의 생일 전날 오기로 했다. 함께 생일을 축하한 다음 디나르로 떠날 예정이었다.

새로운 생활…… 슬픔과 추억은 뒤로하고…… 더멋과 함께 미래로 나아갈 것이다.

나흘 후면 더멋이 온다……

사흘 후면 온다……

이틀 후면 온다……

오늘이다!

6

뭔가 잘못됐다…… 더멋이 왔지만, 그는 더멋이 아니었다. 그녀를 쳐다보는 그는 낯선 사람이었다. 그는 힐끗 곁눈질하다가 다시 눈을 피했다……

무슨 문제가 있었다……

아픈가……

문제가 생겼나……

아니, 그런 것과는 달랐다.

그는―낯설었다……

7

"더멋, 무슨 문제라도 있어요?"

"문제라니? 무슨 문제요?"

실리아가 지내던 방에 부부만 남았다. 실리아는 얇은 포장지와 리본으로 주디의 생일선물을 싸고 있었다.

그녀는 생각했다. 왜 이렇게 겁이 나지? 왜 울렁거리고 두려운 기분이 들까?

이상하고 망설이는 듯한 그의 눈은 그녀를 피했다가 다시 흘끔댔다……

더멋은 그런 사람이 아니었다. 자세가 바르고 잘생기고 잘 웃던 사람이었다……

지금 그는 음흉해 보였고, 두려워하고 있었다…… 죄라도 지은 사람 같았다……

실리아가 불쑥 말했다.

"더멋, 돈 문제예요? 당신 혹시 무슨 사고 친 건 아니죠?"

왜 그런 말을 했을까? 명예심 넘치는 영혼인 더멋이 횡령이라니? 말도 안 되는 소리다―말도 안 되는!

하지만 양심의 가책을 느끼는 듯 회피하는 저 눈길은……

마치 그가 저지른 짓을 알면 그녀가 언짢아하리라는 것처럼!

더멋은 놀란 것 같았다.

"돈? 아, 아니. 돈 문제는 없어요. 난―나는 아주 잘하고 있어요."

실리아는 안심했다.

"나는―아뇨, 내가 바보같이 굴었네요……"

그가 말했다.

"할 얘기가 있어요…… 짐작했을 것도 같지만."

하지만 그녀는 짐작하지 못했다. 돈 문제가 아니라면(실리아는 언뜻 회사가 도산했을지 모른다는 불안한 생각을 했었다) 무슨 문제가 있을 수 있는지 짐작이 가지 않았다.

"말해봐요." 그녀가 말했다.

설마―설마 암은 아니겠지……

암은 때로 건강한 사람, 젊은 사람을 공격했다.

더멋이 일어났다. 그는 이상하고 경직된 목소리로 말했다.

"그건―저기, 마저리 코널 일이에요. 나는 마저리를 종종 만났고, 많이 좋아하게 됐어요."

아, 다행이야! 암은 아니야…… 그런데 마저리 코널―왜 마저리 코널일까? 더멋은―여자에게 눈길도 주지 않는 사람인데―

그녀가 부드럽게 말했다.

"그건 문제가 아니에요, 더멋. 당신이 어리석은 짓을 했다면……"

불장난. 더멋은 불장난에 익숙지 않았다. 그래도 실리아는 놀랐다. 놀라고 상처받았다. 그녀가 극심한 괴로움에 시달리는 동안, 남편이 곁에서 위로해주길 간절히 바라는 동안, 그는 마저리 코널과 불장난을 했던 것이다. 마저리는 아주 착하고 예쁜 아가씨였다. 실리아는 생각했다. '할머니라면 놀라지도 않았을 거야.' 할머니가 남자를 아주 잘 알았다는 생각이 머리를 스쳤다.

더멋이 발끈하며 말했다.

"당신은 몰라요. 당신이 생각하는 그런 게 전혀 아니에요.

아무 일도 없었어요—아무 일도—"

실리아는 얼굴을 붉혔다.

"물론이에요. 무슨 일이 있었다고 생각하진 않았어요……"

그가 말했다.

"당신을 어떻게 이해시킬 수 있을지 모르겠어요. 이건 마저리 잘못이 아니에요…… 마저리 역시 무척 괴로워하고 있어요—당신에 대해서…… 이런, 제길!"

그는 앉아서 양손으로 얼굴을 감쌌다……

실리아는 의아해하면서 말했다.

"당신, 진심으로 그녀를 좋아하는군요—알겠어요. 아, 더멋, 가엽게도……"

가여운 더멋. 열정에 휩싸이다니. 그는 몹시 힘들어질 것이다. 그녀가 불쾌해할 일이 아니었다. 그래서는 안 됐다—남편이 극복할 수 있도록 도와야 했다—그를 질책하지 말고. 이건 더멋의 잘못이 아니었다. 그녀가 옆에 있어주지 못했으니까—더멋은 외로웠으니까—이런 일이 생기는 건 자연스러웠다……

실리아가 다시 말했다.

"많이 힘들겠네요."

더멋이 다시 일어났다.

"당신은 몰라요. 내 걱정은 할 필요 없어요…… 난 비열한

놈이에요. 마치 똥개가 된 것 같다고요. 난 당신에게 도리를 지키지 못했어요. 더이상 당신과 주디에게 도움이 안 될 거예요…… 당신이 나를 버리는 게 나아요……"

실리아는 빤히 쳐다보았다……

"그러니까 당신은 더이상 나를 사랑하지 않는다는 건가요? 조금도? 하지만 우린 지금까지 정말 행복했어요…… 늘 함께 행복했잖아요."

"그래, 어떤 면으로는―잔잔하게 그랬죠…… 이건 아주 달라요."

"잔잔한 행복이 가장 좋다고 생각해요."

더멋이 몸을 들썩거렸다.

그녀는 의아하다는 듯이 물었다.

"우리를 떠나고 싶어요? 나와 주디를 더이상 보고 싶지 않은 거예요? 하지만 당신은 주디의 아빠예요…… 주디는 당신을 사랑해요."

"알아요…… 그건 나도 몹시 마음에 걸려요. 하지만 어쩔 수 없어요. 내가 하고 싶지 않은 일은 해봤자 쓸데없다고 생각하니까…… 나는 상황이 나빠지면 잘 헤쳐나가질 못해요…… 짐승 같은 인간이 되고 말 거예요."

실리아가 천천히 말했다.

"떠날 건가요―그 여자에게 가려고?"

"물론 아니에요. 마저리는 그런 여자가 아니에요. 나는 마저리에게 그러자고 하지 않을 거예요."

더멋은 불쾌하고 마음이 상한 듯이 대꾸했다.

"이해가 안 돼요. 그럼 단지 우리를 떠나고 싶은 거예요?"

"나는 당신과 주디에게 아무 도움도 안 될 테니까…… 내가 더 심한 짓을 하게 될지도 몰라요."

"하지만 우리 지금까지 정말 행복했잖아요―정말 행복했어요……"

더멋은 답답하다는 듯이 대꾸했다.

"그래, 물론 그랬죠―예전에는. 하지만 결혼한 지 십일 년이에요. 십일 년이나 살았으니 변화가 필요할 때도 됐죠."

실리아는 얼굴을 찌푸렸다.

더멋이 말을 이었다. 설득하는 어조가 한결 그다웠다.

"나는 돈을 제법 많이 벌고 있어요. 당신이 주디를 위해 풍족하게 쓸 수 있게 해줄게요. 그리고 이제 당신 수입도 늘었잖아요. 외국 여행도 다니고 하고 싶었던 일을 할 수도 있을 거예요……

분명 당신은 즐겁게 지낼 거예요. 나와 있는 것보다 훨씬 행복할 거라고……"

실리아는 그가 때리려고 하기라도 한 것처럼 막듯이 손을 들었다.

"그만해요!"

잠시 후 그녀가 나직이 말했다.

"주디가 세상에 태어난 게 바로 구 년 전 오늘밤이에요. 기억은 해요? 그게 당신에게는 아무 의미 없나요? 당신에게 나는 돈이나 쥐여주고 쫓아버리는 정부와 다를 게 없는 거예요?"

그는 부루퉁하게 말했다.

"주디에 대해서는 미안하다고 이미 말했어요…… 하지만 우린 서로를 완전히 자유롭게 해준다는 데 동의했고……"

"우리가요? 언제요?"

"난 우리가 동의했다고 확신해요. 그게 결혼을 존중하는 유일하고 온당한 방식이에요."

실리아가 말했다.

"사람이 세상에 자식을 내놓으면 그 자식을 지켜주는 게 더 온당한 거예요."

더멋이 말했다.

"내 친구들은 모두 결혼의 궁극적인 목적은 자유여야 한다고 생각해요……"

실리아는 웃었다. 친구들? 더멋은 정말 우스웠다…… 이런 일에 친구를 들먹이다니.

"당신은 자유로워요…… 당신이 우리를 떠나기로 했다면 그럴 수도 있어요…… 당신이 정말로 그러기로 한다면……

하지만 잠시 시간을 두고 확실한지 알아보는 게 어때요? 십일
년의 행복과 한 달의 열정을 따져봐야죠. 일 년만 기다려봐요,
완전히 그르치기 전에 생각해보는 거예요……"

"난 기다리고 싶지 않아요. 그 고역을 견딜 수 없어요……"

실리아가 갑자기 손을 뻗어 문손잡이를 잡았다.

이건 현실이 아니었다—현실일 리 없었다…… 그녀는 소
리쳤다. "더멋!"

방이 깜깜해지면서 빙빙 돌았다.

정신을 차려보니 그녀는 침대에 누워 있었다. 더멋은 물잔
을 들고 옆에 서 있었다. 그가 말했다.

"당신을 힘들게 하고 싶진 않았어요."

그녀는 신경질적으로 웃고 싶은 것을 참았다…… 물잔을
받아서 마셨다……

"난 괜찮아요." 실리아가 말했다. "다 괜찮아요…… 당신 좋
을 대로 해야죠…… 이제 나가도 좋아요. 난 괜찮으니까……
당신은 당신 좋을 대로 해요. 하지만 내일은 주디의 생일이니
까 즐겁게 해줘요."

"물론이에요……"

더멋이 말을 이었다. "당신이 정말 괜찮다면……"

더멋은 열린 문 쪽으로 천천히 걸어나갔고 그의 방으로 들
어가서 문을 닫았다.

내일은 주디의 생일이다……

구 년 전 이날 그녀와 더멋은 이 집의 정원을 거닐었고—그러다 잠시 헤어졌고—그녀는 산고와 두려움을 겪었고—더멋은 마음을 졸이며 기다렸다……

누구도, 세상 그 누구도 이런 날에 그런 말을 할 만큼 잔인할 수는 없을 것이다……

그런데 아니었다, 더멋은 그럴 수 있었다……

잔인하고…… 잔인하고…… 잔인했다……

그녀는 속으로 격렬하게 외쳤다.

'어떻게—어떻게 이렇게까지—내게 잔인할 수 있어!'

8

주디는 생일을 누려야 했다.

선물—특별한 아침식사—소풍—늦게까지 깨어 있기—그리고 게임.

실리아는 생각했다. '하루가 이렇게 길었던 적이 없었어—너무 길어—미칠 것 같아. 더멋이 좀더 연기를 해줘야 할 텐데.'

주디는 전혀 눈치채지 못했다. 아이는 선물과 게임, 마음껏 노는 데 푹 빠졌다.

주디가 정말 행복해하는 것이—아무것도 모르는 것이—실리아는 마음 아팠다.

9

더멋은 이튿날 떠났다.

"런던에 가서 편지할게요. 괜찮죠? 당신은 여기 더 있을 건가요?"

"아뇨, 여기 있지 않을 거예요. 여긴 아니에요."

위로해줄 엄마도 없는 이 텅 비고 썰렁한 집에?

아아, 엄마, 엄마. 돌아와줘요, 엄마……

아아, 엄마. 엄마가 살아 있다면……

여기 혼자 있는다고? 행복한 기억, 더멋에 대한 기억이 가득한 이 집에?

실리아가 말했다. "차라리 집에 돌아가고 싶어요. 내일 집으로 갈래요."

"좋을 대로 해요. 나는 런던에서 지낼 거예요. 나는 당신이 이 시골집을 아주 좋아하는 줄 알았는데."

실리아는 대답하지 않았다. 가끔 그럴 수 없을 때가 있었다. 사람들이 알든 모르든.

더멋이 떠나고 실리아는 주디와 놀아줬다. 그녀는 딸에게 프랑스에 가지 않게 됐다고 말했다. 주디는 별 관심 없는 듯 담담하게 받아들였다.

실리아는 몹시 아팠다. 다리에 힘이 없고 머리가 핑 돌았다. 아주 늙은 여자가 된 것 같았다. 두통이 심해져서 결국 비명이 터질 것 같은 상태가 됐다. 아스피린을 삼켰지만 아무 소용이 없었다. 속이 울렁거렸고, 음식 생각만 해도 역겨웠다.

10

실리아는 두 가지가 두려웠다. 미칠까봐 두려웠고, 주디가 알게 될까봐 두려웠다······

후드가 뭔가를 눈치챘는지는 알 수 없었다. 후드는 아주 조용했다. 침착하고 남의 일에 간섭하지 않는 그녀는 실리아에게 위로가 되어주었다.

후드가 집에 돌아갈 채비를 했다. 그녀는 실리아와 더멋이 프랑스에 가지 않는 것이 아주 자연스럽다고 여기는 눈치였다.

집에 가기로 한 건 잘한 일 같았다. 실리아는 생각했다. '이러는 게 나아. 그곳이라면 내가 미치지는 않을 거야.'

두통은 조금 나아졌지만 몸은 더 힘들었다. 온몸을 두들겨

맞은 것 같았다. 다리에 힘이 풀려 걸을 수가 없었다…… 지독한 울렁거림 때문에 축 처지고 기운이 없었다……

그녀는 생각했다. '난 병들었어. 정신은 어떻게 육체에 이렇게도 영향을 미치는 걸까?'

실리아가 집에 돌아오고 이틀 후 더멋이 찾아왔다.

그는 여전히 더멋이 아니었다…… 남편 속에 있는 낯선 사람을 느끼자 이상하고 두려웠다……

실리아는 너무 무서워서 비명이라도 지르고 싶었다……

더멋은 외적인 문제들에 대해 딱딱한 태도로 말했다.

'손님 같아.' 실리아는 속으로 중얼거렸다.

그때 더멋이 말했다.

"그렇게 하는 게, 그러니까 갈라서는 게 최선이지 않겠어요?"

"최선이라니, 누구에게요?"

"뭐, 우리 두 사람에게."

"난 그것이 주디나 내게 최선이라고 생각하지 않아요. 내가 그렇게 생각한다는 건 당신도 알 거고요."

더멋이 말했다. "모두 다 행복해질 수는 없어요."

"그 말은 행복해질 사람은 당신이고 나와 주디는 아니라는 뜻이군요…… 왜 그 사람이 당신이고 우리는 아닌지 모르겠네요. 그래요, 더멋, 그냥 하고 싶은 대로 해요. 그리고 그 이야기를 하자고 고집부리지 마요. 당신은 나와 마저리 중에 하나를 선택해야 해요—아니, 그게 아니죠—당신은 나한테 싫증났고 아마도 그건 내 잘못일 테죠—이런 일을 예상해야 했는데—내가 더 노력해야 했는데 그러지 못했군요. 하지만 난 당신이 날 사랑한다고 확신했어요. 신을 믿는 것만큼 당신을 믿었다고요. 바보 같았어요. 할머니라면 그렇게 말씀하셨을 거예요. 아뇨, 당신이 선택해야 할 사람은 마저리와 주디, 둘 중 하나예요. 당신은 주디를 사랑해요. 주디는 당신 핏줄이에요. 그리고 난 주디에게 당신 같은 존재가 될 수 없어요. 둘에게는 나와 주디 사이에 없는 끈이 있어요. 나는 주디를 사랑하지만 이해하진 못해요. 난 당신이 주디를 버리지 않길 바라요. 아이 인생이 망가지는 건 원치 않아요. 나 자신을 위해서는 싸우지 않겠지만 주디를 위해서는 싸울 거예요. 자식을 버리는 건 비열해요. 그런다면 행복할 수 없을 거예요. 여보, 노력해보지 않을래요? 일 년만 시간을 가져보지 않을래요? 일 년이 지나도 안 되겠다면, 마저리에게 꼭 가야만 하겠다면—그래요, 그때는 가요. 그때는 나도 당신이 노력은 해봤다고 생각할 거예요."

더멋이 대답했다. "난 기다리고 싶지 않아요…… 일 년은 긴 시간이에요……"

실리아의 어깨가 축 처졌다.

(이 지긋지긋한 울렁거림만 없다면.)

"알았어요. 당신은 선택한 거예요…… 하지만 돌아오고 싶다면, 우리는 기다릴 거고 내가 당신을 원망하지 않을 거라는 걸 알아둬요…… 가요. 가서―행복하게 살아요. 아마 언젠가는 우리에게 돌아오겠죠…… 난 그럴 거라고 생각해요…… 근본적으로 당신이 사랑하는 사람은 나와 주디일 테니까…… 그리고 나는 당신이 근본적으로 바르고 성실한 사람이라고 생각해요……"

더멋은 헛기침을 했다. 그는 당황한 것 같았다.

실리아는 그가 가기를 바랐다. 둘 사이에 오간 그 모든 말…… 그녀는 더멋을 사무치게 사랑했다―그를 쳐다보는 것조차 고통스러웠다―그가 가서 하고 싶은 대로 하는 게 차라리 나을 것이다―이렇게 괴롭히지 말고……

"관건은 '내가 얼마나 빨리 자유로워지는가' 하는 거예요." 더멋이 말했다.

"당신은 자유로워요. 이제 가도 돼요."

"말을 못 알아듣는 것 같군요. 내 친구들은 모두 가능하면 빨리 이혼해야 한다고 충고해요."

실리아는 노려보았다.

"당신은 전에 내게 이혼할 사유가 없다고, 아무 일도 없었다고 말하지 않았나요."

"물론 사유는 없어요. 마저리는 아주 정숙한 여자예요."

실리아는 웃고 싶은 강렬한 충동에 휩싸였다. 그러나 충동을 억눌렀다.

"그래요? 그런데요?" 실리아가 말했다.

"나는 마저리에게 어떤 제안도 하지 않았어요." 그는 충격받은 듯한 목소리로 말했다. "하지만 내가 자유로워지면 그녀가 결혼해줄 거라고 믿어요."

"하지만 당신은 나와 결혼했어요." 실리아가 황당하다는 듯이 말했다.

"그러니까 반드시 이혼해야 한다는 거예요. 이혼만 한다면 아주 수월하고 신속하게 마무리될 거예요. 당신을 성가시게할 일도 없고. 그리고 모든 비용은 내가 부담할 거예요."

"결국 마저리와 떠나겠다는 건가요?"

"당신은 내가 그 여자를 이혼 법정에 끌어들일 거라고 생각해요? 아니, 모든 일은 아주 간단하게 처리될 수 있어요. 그 여자 이름이 오르내릴 필요가 없다고요."

실리아는 일어섰다. 그녀의 눈이 활활 타올랐다.

"당신은, 당신은 정말이지 역겨워! 내가 다른 사람을 사랑하게 됐다면 나는 그게 잘못이라 해도 그 사람과 떠났을 거예요. 나라면 그를 그의 아내에게서 빼앗을지 몰라도 자식에게서 빼앗진 않았을 거라고요! 사람 속은 모르는 거지만, 하지만 나라면 그 일을 정직하게 감당할 거예요. 다른 사람에게 더러운 역할을 떠맡기고 안전하게 그늘에 숨지는 않을 거라고요. 당신과 마저리, 둘 다 역겨워요! 역겨워! 정말로 사랑해서 헤어질 수 없다고 했다면, 난 적어도 당신들을 존중했을 거예요. 당신이 원한다면, 난 이혼이 나쁘다고 생각하지만 그래도 이혼해줬을 거라고요. 나라면 거짓말도, 연극도, 짜고 하는 짓 따위도 하지 않을 거예요!"

"말도 안 돼. 다들 그런다고요."

"그건 내 알 바 아니에요."

더멋이 그녀 앞으로 걸어왔다.

"실리아, 난 이혼할 거예요. 기다릴 생각은 없어요. 마저리를 이 일에 끌어들일 생각도 없고. 당신은 합의해야 해요."

실리아는 그의 얼굴을 똑바로 보았다.

"그렇게는 못 해요." 그녀가 말했다.

Chapter 18

두려움

1

더멋은 이 부분에서 실수를 저질렀다.

그가 실리아에게 호소했다면, 그녀의 자비에 매달렸다면, 그가 마저리를 사랑하고 원하고 그녀 없이는 못 산다고 애원했다면, 실리아는 마음이 약해져서 더멋이 원하는 대로 들어줬을 것이다. 마음이 찢어진다 해도 그렇게 해줬을 것이다. 더멋이 불행해지는 건 견딜 수 없었을 테니까. 실리아는 언제나 더멋이 원하는 것을 내주며 살았고, 이제 와서 그렇게 안 해줄 수 없었을 것이다.

실리아는 주디를 위해 더멋과 맞섰지만, 그가 제대로 끌고 갔다면 주디를 희생해서라도 그의 뜻을 따랐을 것이다. 비록 그러는 자신을 미워했겠지만.

하지만 더멋은 완전히 다른 길을 택했다. 자신이 원하는 것을 권리라고 주장하면서 그녀를 협박해 합의를 강요했다.

여리고 유순한 줄만 알았던 실리아가 맞서자 더멋은 크게 놀랐다. 실리아는 먹지도 자지도 않았다. 다리에 힘이 없어 걷기 힘들고 신경통과 귓병 때문에 지독한 통증을 느꼈지만 그래도 군건히 버텼다. 더멋은 그런 그녀를 협박해 이혼에 합의하게 하려고 했다.

그는 실리아에게 수치스럽게 행동한다고 모욕했다. 그녀가 창피한 줄도 모르고 자존심도 없이 매달린다고, 그런 그녀가 창피하다고 말했다. 이런 말은 실리아에게 아무런 영향도 미치지 않았다.

겉으로는 그랬다. 하지만 그 말은 실리아의 마음을 갈가리 찢고 상처 입혔다. 더멋이—더멋이—그녀를 그렇게 생각하다니.

실리아는 자신이 걱정되기 시작했다. 이따금 무슨 말을 하던 중이었는지 실마리를 놓쳤고, 머릿속이 혼란스러웠다……

밤중에 공포에 질린 채 깨곤 했다. 더멋이 그녀에게 독을 먹이고 있다고, 걸리적거리는 그녀를 없애버리려 한다고 확신하기도 했다. 낮이면 이런 생각이 한밤의 무시무시한 환상임을 알았지만, 그래도 화분이 있는 헛간의 제초제 통을 안전한 곳으로 옮겨놓았다. 실리아는 생각했다. '제정신이 아니구나—

미치면 안 돼—절대 미치면 안 돼……'

실리아는 밤에 일어나서 뭔가를 찾으러 집안을 돌아다니곤 했다. 어느 밤, 그녀는 그게 뭔지 알았다. 그녀는 엄마를 찾고 있었다……

그녀는 꼭 엄마를 찾아야 했다. 옷을 입고 코트와 모자를 걸쳤다. 엄마의 사진을 챙겼다. 경찰서에 가서 엄마를 찾아달라고 부탁할 생각이었다. 엄마가 사라졌지만 경찰이 찾아줄 것이었다…… 엄마만 찾으면 다 괜찮아질 것이었다……

실리아는 오랫동안 걸었다. 비가 내려 습했다…… 뭐 때문에 걷고 있는지 잊어버렸다. 아, 그래. 경찰서—경찰서가 어디 있었지? 분명 타운에 있었는데, 이렇게 트인 시골이 아니었는데.

그녀는 몸을 돌려서 반대 방향으로 걸었다……

경찰은 친절하게 날 도와줄 거야. 그들에게 엄마의 이름을 알려줘야지—엄마 이름이 뭐지?…… 이상했다. 기억이 나지 않았다…… 엄마 이름이 뭐지?

너무 무서웠다—기억이 나지 않았다……

시빌? 이본? 이름이 기억나지 않는다니 너무 무서웠다……

엄마 이름을 꼭 기억해내야 한다……

도랑에서 발을 헛디뎠다……

도랑에는 물이 가득했다……

물에 빠져 죽을 수도 있는데……

목을 매느니 물에 빠져 죽는 편이 나을 거야. 물속에 누워 있으면……

아, 얼마나 추울까!—그럴 순 없다—그래, 그럴 순 없어……

엄마를 찾을 것이다…… 엄마가 모든 걸 바로잡아줄 것이다.

그녀는 말할 것이다. '하마터면 도랑에 빠질 뻔했어요.' 그러면 엄마는 이러겠지. '그랬다면 바보 같았을 거야, 실리아.'

바보—그래, 바보. 더멋은 그녀에게 바보 같다고 했었다, 오래전. 더멋은 그렇게 말했고, 그의 얼굴은 그녀에게 뭔가 떠오르게 했다.

맞아! 총을 든 남자!

그건 총을 든 남자에 대한 두려움이었다. 지금까지 더멋은 실리아에게 총을 든 남자였다……

실리아는 두려워서 속이 울렁거렸다……

집에 가야 했다…… 숨어야 했다…… 총을 든 남자가 그녀를 찾고 있었다…… 더멋이 그녀를 몰래 쫓아오고 있었다……

마침내 집에 도착했다. 두시였다. 집은 잠들어 있었다……

실리아는 살금살금 계단을 올라갔다……

공포. 총을 든 남자가 거기—문 뒤에 있었다—실리아는 그의 숨소리를 들을 수 있었다…… 더멋, 총을 든 남자……

그녀는 침실로 돌아가지 못했다. 더멋이 그녀를 죽일 것이다. 그가 몰래 숨어들어올지도 모른다……

그녀는 계단을 정신없이 뛰어올라갔다. 주디의 가정교사인 후드의 방. 실리아는 불쑥 들어갔다.

"날 찾지 못하게—그 사람이 날 찾지 못하게 해줘……"

후드는 아주 친절했고 실리아를 잘 달래줬다.

그녀는 실리아를 침실로 데려가서 곁에 있어줬다.

실리아는 잠들기 직전 갑자기 중얼거렸다.

"정말 바보 같아. 난 엄마를 찾을 수 없잖아. 생각났어—엄마는 돌아가셨어……"

2

후드가 의사를 불렀다. 의사는 친절하면서도 단호했다. 실리아는 후드에게 의지했다.

의사는 더멋과 면담했다. 그는 실리아가 위중한 상태라고 분명하게 이야기했다. 그리고 그녀가 불안을 완전히 떨쳐내지 못하면 어떻게 될지 경고했다.

후드는 자신의 역할을 아주 잘해줬다. 가능하면 실리아와 더멋을 둘만 두지 않았다. 실리아는 후드에게 의지했다. 후드와 같이 있으면 안전하다고 느꼈다…… 후드는 친절했다……

어느 날 더멋이 들어와 침대 옆에 섰다.

그가 말했다. "당신이 아프다니 유감이에요……"

그 말을 한 사람은 더멋이었다. 낯선 사람이 아니었다.

실리아의 목구멍에 뭔가 걸리는 느낌이 들었다……

다음날 후드가 걱정스러운 표정으로 들어왔다.

실리아가 조용히 말했다. "그는 떠났어?"

후드는 고개를 끄덕였다. 실리아가 아주 차분히 받아들이는 것을 보고 그녀는 안도했다.

실리아는 꼼짝도 하지 않고 누워 있었다. 슬픔이 느껴지지 않았다. 아픔도 느껴지지 않았다…… 무감각하고 평온할 뿐이었다……

그는 떠났다……

그녀도 이제 다시 인생을 시작해야 했다. 주디와 함께……

다 끝났다……

가여운 더멋……

그녀는 잠들었다. 이틀 동안 거의 잠만 잤다.

3

그러다 그가 돌아왔다.

돌아온 사람은 더멋이었다. 낯선 사람이 아니었다.

그는 미안하다고 했다―떠나자마자 괴로웠다고. 그녀와 주디의 곁을 지켜야 한다는 실리아의 말이 옳다고 했다. 아무튼 노력해보겠다고…… 더멋은 말했다. "하지만 당신이 회복하는 게 우선이에요. 나는 병에도…… 불행에도 약한 사람이에요. 내가 마저리와 가까워진 것도 올봄에 당신이 힘들어했기 때문이었어요. 나는 친구가 필요했어요……"

"알아요. 당신이 늘 말했던 것처럼 내가 '아름다운 모습을 지키지' 못했으니까."

실리아는 머뭇거리다가 다시 말했다. "당신―당신, 정말 노력해볼 생각이에요? 난, 나도 오래 견디진 못할 거예요…… 만약 당신이 정직하게 석 달만 노력해본다면, 그런 뒤에도 당신이 안 되겠다면, 그때는 정말 끝이에요. 하지만―하지만― 난 내가 또 이상해질까봐 겁이 나요……"

더멋은 석 달 동안 노력해보겠다고 말했다. 마저리를 만나지 않겠다고. 그는 미안하다고 말했다.

4

하지만 그런 식으로 흘러가지 않았다.

후드는 더멋이 돌아온 것을 비관적으로 보는 것 같았다.

나중에야 실리아는 그때 후드의 판단이 옳았다는 것을 알게 됐다.

일은 서서히 진행됐다.

더멋은 침울해졌다.

실리아는 남편이 안쓰러웠지만 아무 말도 하지 않았다.

상황은 천천히 조금씩 나빠졌다.

실리아가 방에 들어가면 더멋은 방에서 나갔다.

말을 걸어도 대꾸하지 않았다. 그는 후드와 주디하고만 말했다.

더멋은 실리아에게 말을 걸지도 눈길을 주지도 않았다. 이따금 그는 주디에게 차를 타고 나가자고 했다.

"엄마도 가요?" 주디가 물었다.

"그래, 엄마가 좋다면."

그러나 실리아가 외출 준비를 하면 더멋은 이렇게 말했다.

"주디, 엄마와 가는 게 좋겠다. 아빠는 바쁜 일이 생겨서."

가끔은 실리아가 아니라고, 엄마는 바빠서 못 나간다고 말했고 그러면 더멋은 주디와 나갔다.

믿기 힘들지만 주디는 전혀 눈치채지 못했다. 적어도 실리아는 그렇다고 생각했다.

하지만 이따금 주디는 엄마를 놀래는 말을 했다.

가족의 귀여움을 받는 오브리에게 잘해줘야 한다는 이야기를 하던 중에 주디가 불쑥 말했다.

"엄마는 상냥해요─정말 상냥해요. 아빠는 그렇지는 않지만 정말 재미있어요……"

한번은 주디가 생각에 잠겨 말했다.

"아빠는 엄마를 별로 좋아하지 않아요……" 그러더니 무척 만족스러운 말투로 덧붙였다. "그런데 아빠는 나를 좋아해요."

어느 날 실리아가 딸에게 말했다.

"주디, 네 아빠가 우리를 떠나고 싶대. 아빠는 다른 사람과 살면 더 행복할 거라고 생각해. 넌 아빠를 보내주는 게 맞는다고 생각하니?"

"난 아빠가 가는 거 싫어요." 주디가 재빨리 말했다. "엄마, 제발요. 아빠를 보내지 마요. 아빠랑 노는 게 정말 좋단 말이에요─그리고─아빠는 우리 아빠잖아요!"

"아빠는 우리 아빠잖아요!" 그 말에서 우러나는 자부심, 확신!

실리아는 생각했다. '주디 편을 들어야 하나 더멋 편을 들어야 하나. 난 둘 중 한 편에 서야 해…… 하나뿐인 자식이니까 주디 편에 서야 하겠지……'

하지만 그녀는 생각했다. '더멋이 함부로 구는 걸 더는 못 참겠어. 내가 다시 인내심을 잃어가고 있어…… 점점 무서워

저……'

더멋은 다시 자취를 감췄고 낯선 사람이 거기, 더멋의 자리에 있었다. 그는 싸늘하고 적대적인 눈길로 실리아를 쳐다보았다……

세상에서 가장 사랑하는 사람에게 그런 눈길을 받는 건 끔찍했다. 실리아가 아무리 그의 외도를 이해할 수 있다 해도 십일 년의 애정이 갑자기, 하룻밤 사이에 혐오로 변하는 건 참을 수 없는 일이었다……

열정은 식고 사라졌더라도 그것 말고는 아무것도 없었을까? 실리아는 더멋을 사랑했고 그와 살았고, 그의 아이를 낳고 함께 가난을 겪었다. 그런데 그는 태연하게 그녀를 다시 보지 않을 준비를 했다…… 맙소사, 무서웠다. 끔찍하게 무서웠다……

그녀가 걸림돌이었다…… 그녀가 죽는다면……

더멋은 그녀가 죽기를 바랐다……

틀림없이 그는 그녀가 죽기를 소원했다. 그게 아니라면 이렇게 두려울 리가 없었다.

5

실리아는 아이 방을 들여다보았다. 주디는 곤히 자고 있었다. 실리아는 조용히 문을 닫고 내려가서 복도를 지나 현관으로 갔다.

오브리가 거실에서 총총 뛰어왔다.

오브리가 말하는 것 같았다. '안녕? 산책 나가요? 이 밤에? 나도 데려가든가요……'

하지만 여주인의 생각은 달랐다. 그녀는 양손으로 오브리의 얼굴을 잡고 코에 입을 맞췄다.

"집에 있어. 착하지. 넌 같이 갈 수 없어."

넌 같이 갈 수 없어—안 돼! 아무도 여주인이 가는 곳에 갈 수 없어……

실리아는 더이상 견딜 수 없다는 것을 알았다…… 달아나야 했다……

더멋과 길고 긴 소동을 겪으면서 기진맥진해버렸다…… 하지만 필사적인 느낌이 들기도 했다…… 그녀는 달아나야 했다……

후드는 외국에서 돌아온 언니를 만나러 런던에 갔다. 더멋은 이때를 '터놓고 이야기할' 기회로 삼았다.

그는 그동안에도 마저리를 만나왔다고 곧바로 인정했다. 약속을 지키지 못했다고 털어놓았다……

실리아는 그건 중요하지 않다고 생각했다. 더멋이 다시 자신을 비난하지만 않는다면…… 하지만 그는 그녀를 다시 그렇게 대했다……

지금은 잘 기억나지 않지만…… 잔인하고 상처가 되는 말들―적대적이고 낯선 눈빛…… 그녀가 사랑했던 더멋이 그녀를 증오하고 있었다……

실리아는 참을 수 없었다……

이것이 가장 쉬운 해결책이었다……

그가 나가면서 이틀 후에 오겠다고 말하자 실리아가 대답했다. "그때 난 여기 없을 거예요." 그의 눈꺼풀의 떨렸고, 실리아는 더멋이 자신의 의도를 알아차렸다고 확신했다……

그는 얼른 말했다. "그래요, 당신이 떠나고 싶다면."

실리아는 대답하지 않았다…… 나중에 모든 일이 끝나면 더멋은 그녀의 의도를 전혀 몰랐다고 사람들에게 말할 수(그리고 자신을 설득할 수) 있을 것이다…… 그편이 더 마음 편할 테니……

더멋은 알았고…… 순간적으로 그녀는 그에게서 가물거리는 희망을 보았다. 아마도 더멋 자신은 몰랐을 것이다. 그렇다고 인정하는 건 충격일 테니까…… 하지만 가물거리는 희망이 거기 있었다……

물론 더멋은 그런 해결을 바라지 않았다. 실리아가 그와 마찬가지로 '변화'를 환영하는 것이 그가 바라던 해결이었다. 더멋은 실리아 역시 자유를 구하기를 바랐다. 즉 자신이 원하는 대로 하면서 그 일에 대해 편안해지길 원했다. 실리아가 외국 여행을 하면서 행복하고 만족하며 살기를 바랐다. 그렇게 됐다면 그는 '그래, 두 사람 모두에게 멋진 해결책이었어' 하고 느꼈을 것이다.

더멋은 행복하고 싶었고, 양심적으로도 편안하고 싶었다. 그는 사실을 그대로 받아들이려 하지 않았다. 그가 원하는 대로 상황이 풀리기를 바랐다.

죽음도 하나의 해결책이었다…… 그렇다고 그가 죽음에 대해 자책할 리는 없었다. 더멋은 엄마를 잃은 뒤부터 실리아의 상태가 안 좋았다고 이내 자신을 설득할 것이다. 그는 자신을 설득하는 재주가 뛰어나다……

실리아는 그가 미안해할 거라는 생각에 잠시 빠졌다—무척 후회할지도…… 그녀는 잠시 아이처럼 생각했다. '내가 죽으면 미안해할지도 몰라……'

하지만 실리아는 아니란 걸 알았다…… 어떤 식으로든 그녀의 죽음에 자신의 책임이 있다고 인정한다면 그의 정신과 육체는 무너질 것이다…… 그가 자신을 구할 방법은 단 하나, 스스로를 속이는 것뿐…… 더멋은 자신을 속일 것이다……

그래, 그녀가 떠나면 된다—이 모든 것으로부터.

그녀는 더이상 견딜 수 없었다.

가슴이 찢기는 것처럼 고통스러웠다……

실리아는 더이상 주디를 생각하지 않았다. 그 단계는 이미 넘어서 있었다…… 이제 그녀에게는 자신의 고통과 달아나고 픈 마음 외에는 아무것도 중요하지 않았다……

강……

오래전에 이 골짜기에는 강이 흘렀다. 그리고 앵초…… 아무 일도 일어나지 않았던 오래전에는……

실리아는 빠르게 걸었다. 도로에서 다리로 접어들었다.

아래에서 강물이 빠르게 흘렀다……

주위에 아무도 없었다……

그녀는 피터 메이틀런드가 어디 있을지 궁금했다. 그는 전쟁이 끝난 후 결혼했다. 피터라면 잘해줬을 텐데. 피터와 살았다면 행복했을 텐데…… 행복하고 안전했겠지……

하지만 더멋만큼 피터를 사랑하지는 않았을 것이다……

더멋, 더멋……

너무 잔인해……

온 세상이 잔인하다. 잔인하고 믿을 수 없다……

강이 더 친절하다……

그녀는 난간으로 올라가 뛰어내렸다……

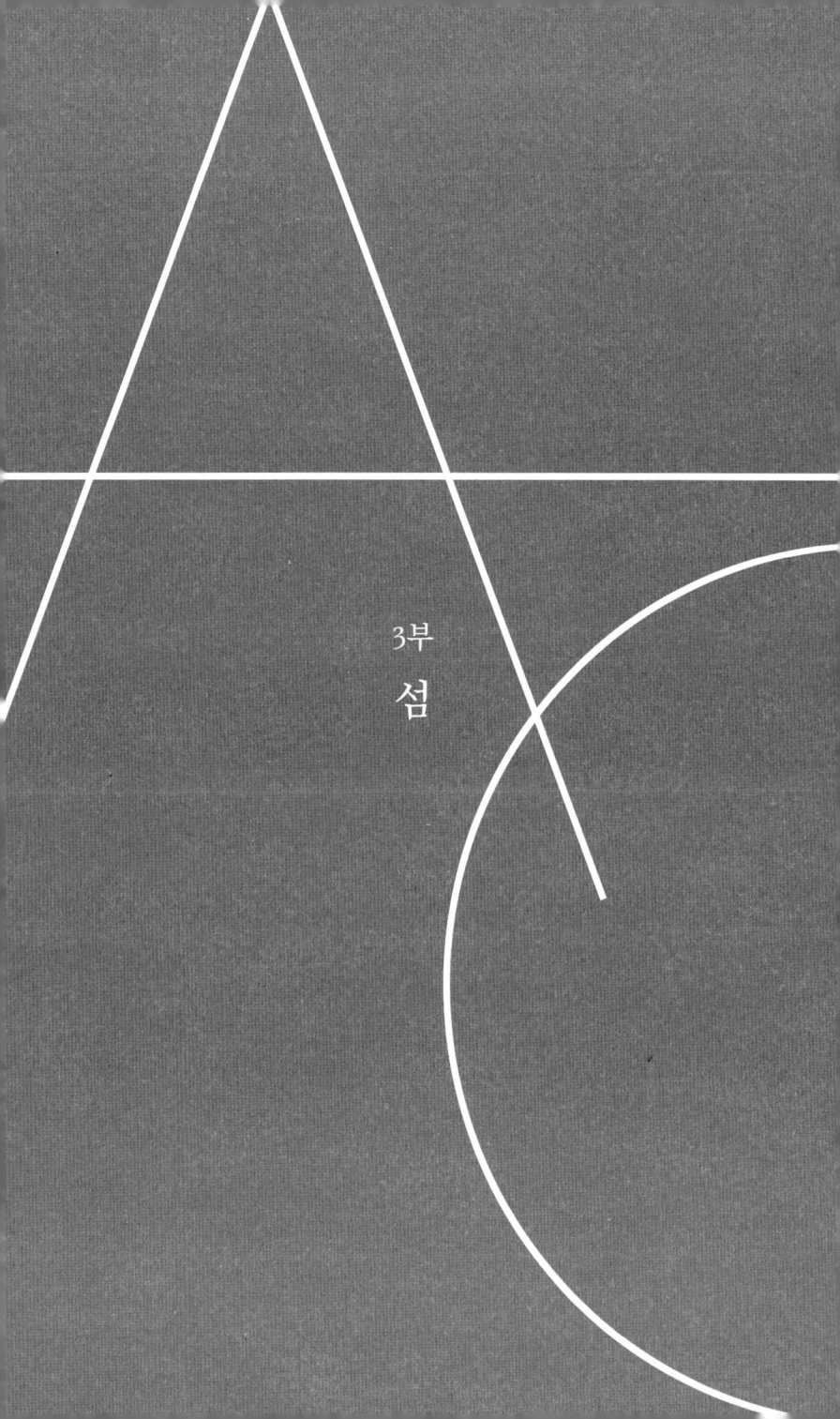

3부

섬

Chapter 1

굴복

실리아의 이야기는 거기서 끝났다.

그후에 일어난 일은 전혀 중요하지 않은 듯했다. 즉결재판—그녀를 강에서 구해낸 런던 출신의 청년—즉결재판 판사의 견책이 있었다. 언론의 보도들—더멧의 분노—후드의 충직함—침대에 앉은 실리아는 꿈속에서 벌어진 일이라도 되는 듯 담담하게 전부 털어놓았다.

그녀는 다시 자살을 생각하지 않았다.

실리아는 자신의 잘못을 인정했다. 주디를 버린 더멧을 비난했으면서 자신도 똑같은 짓을 하려 했으니까.

실리아는 말했다. "용서받기 위해 내가 할 수 있는 건, 오로지 주디만을 위해 살고 내 생각은 다시 하지 않는 것뿐인 것 같았어요…… 난 부끄러웠어요……"

그녀는 후드와 주디를 데리고 스위스로 갔다.

더멋은 이혼 사유가 될 만한 것들을 서류로 꾸며 우편으로 보내왔다.

하지만 실리아는 한동안 아무 대응도 하지 않았다.

"정말 당황스럽더군요. 난 평온하게 지내기 위해 그가 바라는 대로 해주고 싶었어요…… 실은 두려웠어요—더 많은 일을 겪게 될까봐. 그후로도 계속 두려웠어요……

어떡해야 좋을지 모르겠더군요…… 더멋은 내가 앙심을 품고 꿈쩍도 하지 않는 거라고 생각했죠…… 그건 아니었어요. 난 주디에게 절대로 널 네 아빠에게서 떼어놓지 않겠다고 약속했어요. 그리고 난 진저리나는 내 비겁함 때문에라도 이미 포기할 준비가 되어 있었어요…… 난, 아아, 얼마나 그러길 바랐는지 몰라요—더멋과 마저리가 같이 떠나기를요. 그러면 그들에게서 떨어질 수 있을 텐데…… 나중에 주디에게 '나로서는 선택의 여지가 없었다……' 이렇게 말할 수 있을 텐데. 더멋은 편지에 그의 친구들이 모두 내 행동을 수치스럽다고 말한다고 썼어요…… 그의 친구들이 다…… 맨날 그 타령!

난 기다렸어요…… 그저 쉬고 싶었어요. 안전한 곳에서, 더멋이 날 괴롭히지 못할 곳에서. 그가 와서 또 윽박지를까봐 무서웠어요…… 사람이 무섭다는 이유로 어떤 일에 굴복할 수는 없어요. 그건 바람직하지 않아요. 나도 내가 겁쟁이란 걸 알아요―언제나 겁쟁이였죠―나는 말다툼도 그런 상황도 싫어해요―평온하게 지낼 수 있다면 뭐든, 어떤 일이든 참을 수 있죠…… 하지만 두려움 때문에 굴복하지는 않았어요. 난 버텼어요……

스위스에서 난 건강을 회복했어요…… 정말 놀랄 만큼 좋아졌어요. 언덕을 오를 때마다 울지도 않았고, 음식을 볼 때마다 구역질하지도 않았죠. 끔찍하던 신경통도 사라졌어요. 정신적인 고통과 육체적인 고통을 한꺼번에 감당하는 건 너무 벅차요…… 정신 아니면 육체라야지―두 가지 다는 견디지 못해요……

마침내 건강을 되찾자 영국으로 돌아왔어요. 더멋에게 편지를 썼어요. 난 이혼이 좋은 해결책이라고 생각하지 않는다고요…… (그에게는 고루하고 말도 안 되는 것으로 비치겠지만) 자식을 위해 함께 살면서 견뎌내는 게 좋겠다고 썼어요. 사이가 좋지 않은 부모는 헤어지는 게 자식을 위해 더 낫다는 말도 있지만, 난 그 말이 틀렸다고 생각한다고요. 자식에게는 엄마 아빠가 다 필요하다고, 자식은 부모의 혈육이니까. 자식에게는 부부싸움이나 언쟁이 어른들이 짐작하는 것 절반만큼도 중요하지 않다고요. 심지어 어쩌면 부부싸움은 좋은 것일 수도 있다고요, 아이들에게 인생을 가르쳐주니까…… 우리 가정은 지나치게 행복했어요. 그게 날 바보로 만들었죠…… 우리 부부가 다툰 적이 없었다는 사실도 지적했어요. 우리는 항상 사이가 좋았다고……

나는 바람을 피운 것이 엄청난 문제는 아니라고 생각한다고 했어요…… 그는 자유롭게 지낼 수 있다고, 주디에게 자상하고 좋은 아빠 노릇을 해주는 한은 그럴 수 있다고요. 그리고 나보다는 그가 주디에게 더 의미 있는 일을 해줄 수 있다고도 썼어요. 새끼 짐승처럼 아플 때는 육체적으로 엄마를 원하지만 주디가 정신적으로 결속된 사람은 아빠라고요.

그가 돌아온다면 나는 비난하지도 않을 거고, 면전에 물건을 던지지도 않을 거라고, 우리 둘 다 고통받았으니 이제는 서로를 불쌍히 여길 수도 있지 않겠느냐고요.

선택권은 그에게 있지만, 나는 이혼을 원하지도 않고 그것이 좋다고 생각하지도 않는다는 것을 명심해달라고 썼어요. 그가 이혼을 택한다면 그 책임은 오직 그에게 있는 거라고요.

더멋에게 답장이 왔고, 새로운 사유를 보냈더군요……

우리는 결국 이혼했어요……

정말 불쾌했어요…… 이혼은……

많은 사람 앞에 서서…… 사적인 질문에 대답하고…… 일하는 사람들이 증언하고.

전부 다 끔찍했어요. 속이 울렁거렸어요.

합의하는 편이 더 편했겠죠. 그런 꼴을 당하지 않아도 됐을 테니까……

결국 굴복했어요. 더멋의 뜻대로 됐어요. 내가 애초에 굴복했다면, 그래서 고통과 두려움을 덜었다면 나았을까요……

더 일찍 굴복하지 않은 게 다행인지 불행인지 모르겠어요……

심지어 내가 왜 포기했는지도 모르겠어요. 너무 지쳐서 쉬고 싶었던 건지, 그것밖에 할 수 없다고 믿었던 건지, 그것도 아니면 결국 더멋에게 굴복하고 싶었던 건지……

가끔 마지막 이유 때문이었다는 생각이 들어요……

그래서 주디가 쳐다보면 죄책감이 들었던 걸 거예요……

결국 난 더멋을 위해 주디를 배신했으니까요."

Chapter 2

회상

이혼 판결이 있고 며칠 후 더멋은 마저리 코널과 결혼했다.

나는 마저리에 대한 실리아의 속마음이 궁금했다. 실리아는 마저리에 대해 별로 언급하지 않았다. 마치 그 여자가 존재하지 않는 것처럼 굴었다. 실리아는 마음 약한 더멋이 유혹당했다는 식으로 보지 않았다. 배신당한 아내들은 보통 그런 태도를 보이지 않던가.

실리아는 내 질문에 곧바로 솔직하게 대답했다.

"난 그렇게 생각하지 않아요. 그가 유혹당한 게 아니라는 뜻이에요. 마저리요? 내가 그 여자를 어떻게 생각했더라? 잘 기억나지 않아요…… 그건 중요하지 않았어요. 중요한 건 마저리가 아니라 더멋과 나였으니까. 내가 참을 수 없었던 건 더멋이 내게 잔인하게 굴었다는 거였어요……"

나는 실리아가 결코 알지 못할 것을 안다는 생각이 든다. 실리아는 근본적으로 고통에 약한 사람이었다. 더멋이라면 모자에 핀으로 꽂은 나비를 보고도 결코 마음 아파하지 않았을 것이다. 그라면 나비도 그러는 것을 좋아한다고 생각할 게 분명했다!

더멋은 실리아에게도 그런 태도를 취했다. 그는 실리아를 좋아했지만 마저리를 원했다. 그는 근본적으로 윤리를 따지는 인간이었다. 더멋이 마저리와 결혼하려면 실리아가 사라져줘야 했다. 그는 실리아를 좋아했기 때문에 그녀 또한 이러한 해결법을 환영해주길 바랐다. 그녀가 그러지 않자 더멋은 화가 났다. 그는 실리아에게 상처주는 것이 괴로웠기 때문에 그녀를 더 닦어대고 쓸데없이 잔인하게 굴었다…… 나는 이해할 수 있다. 거의 공감할 정도다……

자신이 잔인하게 군다는 걸 느꼈다면 그는 그럴 수 없었을 것이다…… 그는 비정할 만큼 정직한 수많은 남자가 그러듯이 자신에게는 정직하지 않았다. 더멋은 자신을 실제보다 더 좋은 사람이라고 생각했다……

그는 마저리를 원했고 그녀를 가져야 했다. 그는 언제나 원하는 걸 가졌고, 실리아와 살면서 이런 면이 더 악화됐다.

더멋이 실리아를 사랑한 건 그녀의 미모 때문이었다는 생각이 든다. 오직 미모……

실리아는 더멋을 평생, 꾸준히 사랑했다. 그녀가 말했듯이 그와 그녀는 일심동체였다……

또 그녀는 매달렸다. 그리고 더멋은 누가 매달리는 것을 참을 수 없는 타입의 남자였다. 실리아에게는 여우 같은 구석이 없었고, 여우 같은 데가 없는 여자는 남자에게 승산이 없다.

미리엄은 여우 같았다. 그녀는 남편을 사랑했지만 그녀와 사는 것이 남편에게는 쉽지 않았을 것이다. 그녀는 남자를 존중했지만 시험하기도 했다. 남자에게는 상대가 맞서는 것을 즐기는 야수 같은 면이 있다……

미리엄은 실리아가 부족한 점을 갖고 있었다. 속된 말로 하면 배짱이다.

실리아가 더멋에게 맞섰을 때는 너무 늦어버렸다……

실리아는 더멋의 비인간적인 면이 전처럼 당혹스럽지는 않다고, 그에 대해 다른 생각을 갖게 됐다고 말했다.

"난 그를 언제나 사랑했고, 그가 바라는 건 뭐든 들어줬다고 생각했죠. 그런데 내가 처음으로 그를 진정 필요로 했을 때, 그는 등을 돌렸고 내 뒤통수를 친 것 같았어요. 신문기사 같은 말투지만 내 마음은 그랬어요.

그런 마음이 고스란히 실린 성경 구절이 있어요." 실리아는 잠시 말을 멈췄다가 성경을 인용했다.

"'나를 모욕하는 자가 원수였다면 차라리 견디기 쉬웠을 것을, 나를 업신여기는 자가 적이었다면 그를 피하기라도 했을 것을. 그러나 그것은 내 동료, 내 친구, 서로 가까이 지내던 벗.'*

마음이 아픈 건 바로 그 구절 때문이었어요. '내 친구, 서로 가까이 지내던 벗.'

더멋이 배신할 수 있다면 누구라도 날 배신할 수 있다는 생각이 들었어요. 세상의 모든 게 불확실해 보였어요. 난 더이상 아무도, 어떤 것도 믿을 수 없게 된 거예요……

그건 끔찍할 만큼 무서운 일이에요. 얼마나 무서운지 몰라요. 안전한 곳이 어디에도 없다는 것.

총을 든 남자는 어디에서나 보여요……

물론 더멋을 너무 믿은 내 잘못이에요. 누구도 그렇게까지 믿으면 안 되는데. 그건 부당한 거예요.

주디를 키우며 몇 년 동안 생각해봤어요…… 아주 많이…… 그리고 알았어요. 진짜 문제는 내가 멍청했기 때문이었다는 것을요…… 멍청하고 오만했어요!

난 더멋을 사랑했지만—붙잡지는 못했어요. 더멋이 뭘 좋아하고 뭘 원하는지 알고 그렇게 해줘야 했는데…… 그가(그가 그렇게 말했어요) '변화를 바란다'는 걸 알아야 했는데……

---

* 「시편」 55장 12~13절.

엄마는 그를 혼자 두고 집을 떠나지 말라고 하셨죠…… 난 그를 혼자 뒀어요. 그런 일이 일어날 거라고 생각도 못했으니까 오만했던 거죠. 그가 날 사랑하고 앞으로도 계속 사랑할 거라고 확신했어요. 아까 말한 것처럼 사람을 너무 믿는 건, 추켜세우고 좋아한다고 떠받드는 건 부당한 일이에요. 난 더멋을 명확하게 보지 못했어요…… 볼 수도 있었죠…… 그렇게 오만하지 않았다면요—다른 여자에게 일어나는 일이 내게는 일어나지 않을 거라 생각하지 않았더라면…… 난 멍청했어요.

그러니 이제 더멋을 탓하지 않아요. 그는 그런 사람이니까요. 내가 알아차리고 경계해야 했어요. 그렇게 자만해서 혼자 만족하면 안 되는 거였어요. 인생에서 무엇보다 중요한 것이 있다면, 현명하게 지켜야 해요…… 난 그러지 못했어요……

아주 진부한 이야기예요. 나도 알아요. 신문에도 나잖아요. 특히 이런 이야기를 자주 다루는 일요판 신문에요. 가스오븐에 머리를 처박거나 수면제를 몽땅 삼키는 여자들 이야기. 세상은 고통과 잔인함으로 가득차 있어요. 인간이 바보이기 때문이에요.

난 바보예요. 나만의 세계에서 살았죠. 그래요, 난 바보예요."

Chapter 3

도피

1

"그후에는요? 그후에는 어떻게 지냈습니까? 벌써 한참 전이잖아요." 내가 실리아에게 물었다.

"네, 십 년 전이죠. 난 여행을 하며 살았어요. 가보고 싶었던 곳에 다녔어요. 친구도 많이 사귀었고요. 모험을 했어요. 사실 아주 즐겁게 지냈다고 생각해요."

혼란스러운 듯한 말투였다.

"물론 주디가 방학을 하면 함께 지냈죠. 주디에게는 늘 죄책 감을 느꼈어요…… 주디도 알 거예요. 주디는 아무 말도 하지 않았지만, 속으로는 아빠를 잃게 만든 나를 비난했어요…… 물론 주디가 맞아요. 한번은 이렇게 말했죠. '아빠가 좋아하지 않은 사람은 엄마였어요. 아빠는 난 좋아했어요.' 내가 아이에게 도움이 되지 않았던 거예요. 엄마라면 자식을 좋아하는 아이 아빠를 붙잡고 살아야 하는데. 그게 엄마가 할 일인데. 난 그러지 못했어요. 주디는 가끔 무의식적으로 잔인하게 굴었지만, 내게는 그게 도움이 됐어요. 주디는 철저하게 솔직했으니까요.

주디를 잘 키운 건지 잘못 키운 건지 모르겠어요. 그 아이가 날 사랑하는지 사랑하지 않는지도요. 난 딸에게 물질적인 것을 줬어요. 다른 것, 내게 중요한 것은 주지 못했고요. 그건 그 아이가 원하지 않았기 때문이에요. 난 내가 할 수 있는 유일한 것을 했어요. 딸을 사랑하기 때문에, 아이를 내버려뒀죠. 내 관점과 믿음을 강요하지 않았어요. 아이가 원할 때 언제든 내가 거기 있다는 걸 느끼게 만들려고 노력했어요. 하지만 아이는 날 원하지 않더군요. 나 같은 사람은 주디 같은 아이에게 아무 도움이 안 되죠, 아까 말했던 것처럼 물질적인 부분을 제외하면요…… 난 주디를 사랑해요. 더멋 못지않게 사랑하지만 주디를 이해하지는 못해요. 주디를 자유롭게 내버려두면서도 비겁함 때문에 주디에게 굴복하지는 않으려고 노력했어요…… 내가 주디에게 도움이 됐는지 못 됐는지는 앞으로도 모를 거예요. 도움이 됐기를 바라지만—아, 정말로 내가 그런 엄마였기를 바라요…… 난 주디를 정말 사랑해요……"

"주디는 지금 어디 있습니까?"

"결혼했어요. 그래서 내가 여기 있는 거고요. 그전까지는 내가 자유롭지 않았다는 뜻이에요. 주디를 보살펴야 했으니까. 주디는 열여덟 살에 결혼했어요. 사위는 아주 괜찮은 남자예요. 주디보다 나이가 많죠. 반듯하고, 친절하고, 부유하고, 내가 바라는 걸 모두 갖췄죠. 난 주디가 확신이 들 때까지 기다리길 바랐지만 아이는 그러지 않았어요. 주디나 더멋 같은 사람과는 싸울 수가 없어요. 자기 고집대로 해야 하는 사람들이니까요. 게다가 내가 어떻게 다른 사람 대신 판단할 수 있겠어요? 그들을 위해서라고 생각하지만 그들의 인생을 망칠지도 모르는데? 남의 일에 간섭하면 안 되죠······

주디는 동아프리카에 있어요. 거기서 종종 편지를 보내와요. 짧지만 행복이 묻어나는 편지들. 더멋의 편지와 비슷해요. 사실만 쓸 뿐이지만, 읽어보면 다 괜찮다고 느끼게 돼요."

2

"그래서 여기로 왔다고요? 그런데 왜죠?" 내가 물었다.

실리아는 천천히 대답했다.

"당신이 이해할 수 있을지 모르겠네요······ 전에 어떤 사람이 내게 인상적인 이야기를 했어요. 내 이야기를 그에게 조금 들려줬거든요. 이해심이 많은 사람이었죠. 그는 '어떻게 살 생각인가요? 당신은 아직 젊어요'라고 말했어요. 난 자식이 있고, 여기저기 여행하면서 많은 것을 보며 살고 있다고 대답했어요.

그는 '그것만으로는 만족할 수 없을 겁니다. 하나든 여럿이든 남자를 만나야 해요. 누굴 만나느냐는 전적으로 당신에게 달렸고요'라고 했어요.

난 두려웠어요. 그 사람 말이 맞는다고 생각했으니까……

사람들은, 보통 사람들은 별 생각 없이 '당신도 이제 재혼해야죠. 모든 걸 보상해줄 좋은 남자와'라고 했어요.

결혼? 난 결혼이 두려워요. 남편만큼 내게 상처줄 수 있는 사람은 없어요. 누구도 그만한 상처를 줄 수는 없어요……

난 남자를 만나고 싶은 마음이 전혀 없었어요……

그런데 그 젊은 남자가 날 두렵게 했어요…… 난 늙지 않았다…… 그렇게 늙지 않았다……

혹시 애인이 생긴다면 어떨까? 애인이라면 남편만큼 무섭지는 않을 것 같았어요. 애인에게는 그렇게까지 의지하지 않을 테니까. 남편과 헤어질 때 내 가슴을 찢어놓았던 건 함께했던 삶의 사소하고 친밀한 것들이었어요…… 애인은 가끔만 만날 테고 일상은 나만의 것일 테니까……

한 사람? 아니면 여러 사람?

여러 사람을 만나보는 게 좋겠어. 그편이 안전할 테니까!

하지만 난 그러고 싶지 않았어요. 혼자 사는 법을 배우고 싶었어요. 그래서 노력했어요."

그녀는 한동안 아무 말도 하지 않았다. 그녀는 "노력했어요"라고 말했다. 그 말에 많은 것이 담겨 있었다.

"그래서요?" 마침내 내가 말했다.

실리아가 천천히 말했다.

"주디가 열다섯 살이었을 때, 한 남자를 만났어요…… 그는 피터 메이틀런드와 비슷했어요…… 별로 재치 있지는 않지만 자상했고 날 사랑해줬어요……

그는 내게 보살펴줄 사람이 필요하다고 말했어요. 내게 무척 잘했어요. 그의 아내는 아기를 낳다가 아기와 함께 죽었죠. 그 역시 불행한 사람이었어요. 그는 불행이 뭔지 잘 알았어요.

우리는 여러 가지를 함께하며 즐거웠어요…… 많은 것을 나눌 수 있을 것 같았죠. 그리고 그는 내 본래의 모습을 싫어하지 않았어요. 그러니까 내가 들뜨고 즐거워하더라도 날 바보 같다고 생각하지 않았다는 거예요…… 그는—이상한 말이지만 사실 그는 엄마 같았어요. 아빠가 아니라 엄마요! 그는 정말 친절했어요……"

실리아의 목소리가 점점 부드러워졌다. 그녀의 얼굴에 아기 같은 행복감, 자신감이 깃들었다……

"그래서요?"

"그가 청혼했어요. 난 누구와도 결혼할 수 없다고 말했고
요…… 자신이 없다고요. 그는 그것도 이해해줬어요……

그게 삼 년 전이에요. 우린 친구로 지냈어요. 좋은 친구……
내가 원할 때마다 그는 언제나 그 자리에 있어줬어요. 사랑받
고 있다는 느낌이 들었죠…… 행복했어요……

주디가 결혼하자, 그가 다시 청혼했어요. 이제는 자기를 믿
어보라면서요. 그는 날 보살펴주고 싶어했어요. 난 우리집으
로, 내 집으로 가자고 말했어요. 오랜 세월 그 집은 관리인에
게 맡겨두고 걸어잠근 상태였죠─난 그 집으로 돌아가는 게
두려웠지만 집이 거기서 날 기다리고 있다고 느끼며 살았어
요…… 날 기다리고 있다고요…… 그는 거기서 같이 살자고,
그럼 지금까지의 고통은 그저 나쁜 꿈이었다고 생각될 거라
말했어요……

나도─나도 그러고 싶었어요……

그런데 망설여졌어요. 그냥 연인 사이로 지내는 게 어떠냐
고 물었어요. 이제 주디도 결혼했으니 거리낄 게 없다고, 대신
당신이 자유로워지고 싶으면 언제라도 날 떠나도 된다고 말
했어요. 내가 걸림돌이 되지는 않을 거라고, 다른 여자와 결
혼하고 싶은데 내가 방해가 돼서 나를 미워할 일은 없을 거라
고……

그는 그러고 싶지 않다고 했어요. 아주 부드러웠지만 단호했죠. 그는 의사였어요. 상당히 유명한 외과의였죠. 그는 내게 신경과민의 공포를 극복해야 한다고 했어요. 결혼하면 다 괜찮아질 거라고……

마침내―나는 받아들였어요."

3

나는 잠자코 있었고 잠시 후 실리아가 말을 이었다.

"행복했어요―많이……

평화가 찾아왔고, 든든한 기분이 들었어요……

그런데 그 일이 터졌어요. 결혼식 전날.

우리는 차를 몰고 런던 교외로 저녁을 먹으러 갔어요. 무더운 밤이었죠…… 우리는 강가의 정원에 앉았어요. 그가 내게 키스하면서 아름답다고 말해줬어요…… 난 서른아홉 살이었고 지치고 고단해 보였을 테지만, 그는 내게 아름답다고 말해줬어요.

그런데 그가 한 말이 날 소스라치게 했어요―내 꿈을 깨뜨렸어요."

"그가 뭐라고 했는데요?"

"'아름다움을 잃지 않겠다고 약속해줘요……'라고요. 더멋
과 똑같은 목소리로……"

4

"난 당신이 이해하지 못할 거라고 생각해요. 아무도 이해하
지 못해요……

또다시 총을 든 남자가 찾아왔던 거예요……

행복하고 평화롭다가 문득 그의 존재를 깨달은 거죠……

공포가 다시 엄습했어요……

난 그 공포에 직면할 용기가 없었어요―모든 일을 되풀이
할 수 없었어요…… 몇 년은 행복하겠지만―병에 걸리거나
무슨 일이 터지면…… 다시 그 모든 고통이 덮쳐오고……

그 경험을 되풀이할 순 없었어요.

그런 일을 또다시 겪는 고통을 감당할 용기가 없었다는 거
예요…… 똑같은 일이 점점 다가오는 것. 행복한 매일은 그 순
간을 더욱 무시무시하게 만들 테고…… 그 압박감을 감당할
수 없었던 거예요……

그래서 도망쳤어요……

그뿐이에요……

난 마이클을 떠났어요—내가 왜 떠났는지 그는 모를 거예요—난 변명을 늘어놓았고—작은 호텔에 들어가 역이 어디 있는지 물었어요. 걸어서 십 분 거리였어요. 역으로 가서 무작정 기차에 올랐죠.

런던의 집에서 여권을 가지고 나와 아침까지 빅토리아역 여자 승객 대기실에 앉아 있었어요. 마이클이 찾아와 설득할까 봐 두려웠어요…… 그랬다면 흔들렸을 거예요. 그를 많이 사랑했으니까…… 마이클은 정말 다정했거든요.

하지만 그 모든 일을 되풀이할 용기가 없었어요……

못 해요……

공포 속에 사는 건 너무 무서워요……

더이상 믿음이 없다는 것도 섬뜩하죠……

난 아무도 믿을 수 없었을 뿐이에요…… 마이클까지도.

그건 나뿐 아니라 그에게도 지옥일 테니까……"

5

"그게 일 년 전이에요……

난 마이클에게 편지를 쓰지 않았어요……

아무런 설명도 하지 않았죠……

그에게 염치없는 짓을 했어요……

상관없어요. 더멋과 헤어진 후로 난 냉정해졌어요…… 내가 사람들에게 상처를 줬든 안 줬든 상관하지 않아요. 너무 고통스러우면 타인은 신경쓰지 않게 돼요……

이곳저곳을 여행했고 다양한 것에 관심을 가지면서 내 삶을 꾸려가려고 노력했어요……

하지만 실패했어요……

난 혼자 살 수 없는 사람이에요…… 이야기를 상상하는 것도 더이상 할 수 없었어요—아무것도 떠오르지 않았어요……

사람들 속에 있었지만 늘 고독했다는 말이에요……

다른 사람과 살 수도 없었어요…… 정말 비참할 만큼 두려웠으니까……

난 지쳤어요……

그런데 앞으로 삼십 년도 더 살아야 한다고 생각하면 견딜 수가 없어요. 자신이 없어요……"

실리아는 한숨을 내쉬었다…… 그녀의 눈꺼풀이 내려왔다……

"이곳이 떠올랐고, 난 목적을 가지고 여기 왔어요…… 여긴 아주 아름다운 곳이죠……"

그녀가 덧붙여 말했다.

"아주 길고 한심한 이야기예요…… 말이 너무 많았네요……

지루했을 텐데……"

실리아는 잠이 들었다……

Chapter 4

시작

1

모든 이야기가 끝났다. 내가 처음에 언급했던 사건만 빼고.

중요한 것은 그 사건이 의미가 있는가 없는가, 그뿐이다.

내가 옳다면, 실리아의 인생 전체는 그 한순간으로 이어졌고 거기서 정점을 찍었다.

내가 배에서 그녀에게 잘 가라고 인사할 때 그 일이 일어났다.

실리아는 많이 졸린 듯했다. 나는 그녀를 깨워서 옷을 갈아입으라고 했다. 그녀를 얼른 섬에서 내보내고 싶었다.

실리아는 지친 어린아이처럼 고분고분하고 아주 온순했다. 그리고 무척 몽롱한 상태였다.

나는 생각했다―내가 틀렸을지 모르지만―그래도 위험은

끝났다고……

그런데 내가 작별 인사를 건넬 때 그녀는 문득 정신을 차린 것 같았다. 말하자면 그녀는 그때 처음으로 나를 보았던 것이다.

실리아가 말했다. "당신 이름도 모르는군요……"

내가 말했다. "그런 건 중요하지 않아요. 전에는 제법 알려진 초상화가였죠."

"지금은 아닌가요?"

"네. 전쟁중에 어떤 일이 있어났어요."

"어떤 일이요?"

"여기……"

나는 손이 잘려나간 뭉툭한 부분을 내밀었다.

2

출발 경적이 울렸고 나는 뛰어야 했다……

그래서 내게 그런 인상만 남았을 뿐이다……

하지만 그 인상은 아주 선명했다.

공포 ― 그리고 안도.

안도라는 말은 너무 약하다. 그 이상의 것이었다. 구제가 더 적절할 것이다.

그녀가 본 것은 총을 든 남자였다. 그녀에게 공포를 상징하는……

긴 세월 동안 그녀를 쫓아다녔던 총을 든 남자……

그녀는 마침내 그를 똑바로 대면하게 됐던 것이다……

그는 아주 평범한 인간이었다.

나 같은……

3

나는 그렇게 생각했다.

실리아는 새로운 출발을 위해 세상으로 돌아간 거라고 나는 굳게 믿고 있다……

그녀는 서른아홉 살에 돌아갔다—성장하기 위해……

내게 이야기와 공포를 맡겨두고 갔다……

나는 그녀가 어디로 갔는지 모른다. 그녀의 이름조차 모른다. 내가 그녀를 실리아라고 한 것은 그 이름이 어울리는 것 같았기 때문이다. 호텔에 물어보면 그녀의 이름을 알 수 있을 것이다. 하지만 난 그럴 수 없다…… 그녀를 만날 일은 두 번 다시 없을 테니까……

MARY
WESTMACOTT
COLLECTION

옮긴이의 말

애거사 크리스티의 소설 번역을 끝내고 이스탄불에 갔다. 출발 전날 밤까지 작업에 매달리느라 비행기에 올라서야 겨우 정보를 찾아볼 수 있었는데, 이스탄불에 오리엔탈 익스프레스가 출발했던 기차역과 애거사 크리스티가 묵었던 호텔이 있다는 내용을 발견했다. '방금 두고 떠난 줄 알았는데 먼저 와서 기다리고 있었네. 대체 무슨 인연일까?' 문득 이런 생각이 들었다.

유럽과 아시아 사이를 흐르는 보스포루스해협에 겨울비가 내리던 날, 나는 애거사의 행적을 더듬었고, 세월을 거스른 듯한 도시에서 아주 오래전의 그녀를 만났다. 글을 쓰며 사랑하고 미워하고 울고 웃었던 한 여자이자 인간, 애거사 크리스티가 그곳에서 나를 기다리는 것 같았다. 절망과 회한을 씻고 다시 자신을 추스르며 단단해졌을 그녀를, '추리소설의 여왕' 같은 거창한 수식어를 뺀 민낯의 그녀를 나는 가슴으로 맞아들였다.

애거사 크리스티는 실리아처럼 일찍 아버지를 여의고 어머니에게 직접 교육을 받았다. 십대에 파리에서 외국어와 예술 교육을 받았고, 이후 공군 조종사 아치볼드 크리스티에게 한눈에 반해 결혼했다. 세계대전 기간 중 어렵사리 소설을 발표했고, 전쟁이 끝난 후에는 딸을 낳고 행복한 생활을 이어갔다. 그러나 행복도 잠시, 그녀는 사랑하는 어머니를 잃고 남편의 외도를 알게 되며, 이혼을 요구받는 시련을 겪는다. 가장 사랑했던 두 사람에게 죽음과 배신으로 외면당한 애거사는 신경쇠약과 배회증에 시달리던 중 실종된다. 그리고 십일 일 후 서리 지역의 한 호텔에서 발견되지만, 단기 기억상실 증세를 보이고 남편의 애인 이름으로 투숙한 사실이 밝혀지자 세간이 시끄러웠다. 이후 결국 애거사는 이혼했지만 이때의 실종에 대해서는 단 한 번도 언급하지 않았다. 심지어 예순 살 즈음에 시작해 십오 년에 걸쳐 완성한 방대한 분량의 자서전에도 이 사건에 대해서는 전혀 쓰지 않았다. 그때의 상처가 얼마나 깊었으면 오랜 시간이 흘러 작가의 눈으로 자신의 삶을 객관화하면서도 인생의 전환점이었던 그 일에 대해 한마디도 하지 않았을까.

여성스럽고 순진하고 관계에 서툴렀던 그녀 속에는 기발한 사건을 만들고 인간을 날카롭게 통찰하던 추리작가가 있었다. 안락한 가정을 꿈꿨지만 사랑하는 존재와 결별한 후 그녀는 '내가 어떤 사람인지 알아내기 위해' 모래바람이 부는 메소포타미아로 혼자 여행을 떠난다. 그리고 혼란과 방황을 끝내고 여행지에서 만난 고고학자와 결혼해 안정된 생활 속에서 최고의 걸작들을 연이어 발표하는 힘을 보여준다. 약하지만 주저앉지 않고, 강인하지만 연약한 면모가 보이는 애거사의 인간적인 모습에, 나는 대작가라기보다 인생의 좋은 선배를 만났다고 느꼈다.

수많은 작품을 쓰고 인간들의 다양한 일면을 그리면서 자신의 이야기를 나누고 싶은 갈망이 깊어진 걸까? 애거사 크리스티는 메리 웨스트매콧이라는 필명으로 발표한 『두번째 봄』에서 자신의 이야기를 들려준다. 이 소설은 그녀의 자서전보다 더 깊고 촘촘하게 그녀의 인생을 엿보게 한다. 잇따른 불행에 자살을 결심하는 연약한 모습까지도 숨김없이 드러낸다. 소설 속 실리아는 초상화가 래러비를 만나 함께 밤을 지새우며 자신의 과거를 지루할 만큼 세세하게 돌이켜본 뒤, 마음을 추스르고 다시 인생 속으로 떠난다. 마지막에 그녀가 배를 타고 떠난 것은 아마 두번째 봄맞이였는지도 모른다.

애거사 크리스티는 『두번째 봄』을 통해 가족과 사랑이 전부였던 사람이 가정이라는 둥지에서 밀려났을 때의 마음을 생생히 그린다. 사랑만 꿈꾸는 미숙함을 벗고 성장하려면, 죽음과도 같은 어려움을 이겨내야 한다는 인생의 이치를 자신의 삶으로, 이 소설로 말한다. 그 진솔함과 간절함이 우리에게 힘을 준다.

공경희

옮긴이 **공경희**

1965년 서울에서 태어나 서울대학교 영어영문학과를 졸업했다. 성균관대학교 번역대학원 겸임교수를 역임했고, 서울여자대학교 영어영문학과 대학원에서 강의했다. 시드니 셀던의 『시간의 모래밭』을 시작으로 『모리와 함께한 화요일』 『비밀의 화원』 『매디슨 카운티의 다리』 『파이 이야기』 『천국에서 만난 다섯 사람』 『우리는 사랑일까』 『행복한 사람, 타샤 튜더』 『우연한 여행자』 『타샤의 정원』 『포그 매직』 『꿈꾸는 아이』 『매뉴얼』 『빗속을 질주하는 법』 『좀비─어느 살인자의 이야기』 『대디 러브』 『카시지』 등을 우리말로 옮겼다.

문학동네 세계문학
두번째 봄

초판 인쇄 2026년 2월 10일 | 초판 발행 2026년 3월 20일

지은이 애거사 크리스티 | 옮긴이 공경희
기획 김혜정 | 책임편집 윤정민 | 편집 김혜정 이희연
디자인 김유진 이원경 | 저작권 박지영 형소진 주은수 오서영 조경은
마케팅 정민호 서지화 한민아 이민경 왕지경 정유진 한경화 정경주 김혜원 김예진 이서진
브랜딩 함유지 김은솔 박민재 이송이 박다솔 조다현 김하연 이준희
제작 강신은 김동욱 이순호 | 제작처 한영문화사

펴낸곳 (주)문학동네 | 펴낸이 김소영
출판등록 1993년 10월 22일 제2003-000045호
주소 10881 경기도 파주시 회동길 210
전자우편 editor@munhak.com | 대표전화 031) 955-8888 | 팩스 031) 955-8855
문학동네카페 http://cafe.naver.com/mhdn
인스타그램 @munhakdongne | 트위터 @munhakdongne
북클럽문학동네 http://bookclubmunhak.com

ISBN 979-11-416-1528-4 04840
        979-11-416-1525-3 (세트)

www.munhak.com